Eliza Hart
Das Leuchten deiner Worte

Eliza Hart

Das Leuchten deiner Worte

Roman

PIPER

Mehr über unsere Autorinnen, Autoren und Bücher:
www.piper.de

Bei »Das Leuchten deiner Worte« handelt es sich um eine bearbeitete Version des auf Wattpad.com von Tyskerfie und HeyGuys77 ab 2017 unter dem Titel »Wenn Worte Leben schenken« veröffentlichten Textes.

Triggerwarnung: Diese Geschichte behandelt die Themen Suizid, Verlust und Missbrauch.

ISBN 978-3-492-50569-7
1. Auflage Mai 2022
2. Auflage Juni 2022

Redaktion: Michaela Retetzki
Satz auf Grundlage eines CSS-Layouts
von digital publishing competence (München)
mit abavo vlow (Buchloe)
Covergestaltung: FAVORITBUERO, München
Covermotiv: Bilder unter Lizenzierung von
Shutterstock.com genutzt
Printed in EU

Prolog

Ich kann einfach nicht mehr.

Ich will das alles hier nicht mehr.

Ich will nicht mehr jeden Tag dieselben Menschen sehen.

Mich nicht mehr jeden Tag ausgestoßen fühlen.

Mich nicht mehr ungeliebt fühlen.

Mich nicht mehr hässlich fühlen.

Ich will diesen Schmerz betäuben.

Will nichts mehr spüren.

Ich sehe mich noch einmal um, nehme meine Umgebung in mich auf.

Ich sehe, wie schon die ersten gelbbraunen Blätter des Baumes neben mir zur Erde segeln. In nur wenigen Wochen wird der Baum kahl, hässlich und einsam dastehen. Verlassen am Ufer des Flusses, ein Spiegelbild meines Innern.

Bringe ich es wirklich übers Herz, das alles hier nicht mehr wiederzusehen?

Ja. Ja, das tue ich.

Die Alternative wäre aussichtslos.

Um mich herum ist alles still, und für einen kurzen Moment schließe ich meine Augen und genieße die Ruhe. Hier, an diesem Ort, konnte ich schon immer fast vergessen, was in meinem Leben alles schiefläuft.

Jedoch auch nur fast.

Sollte ich Angst davor haben, was ich gleich tun werde? Tatsächlich fühle ich mich jetzt gerade einfach nur taub, fast als würde endlich alles gut werden.

Ich sehe nach unten in die dunkelgraue Tiefe, sehe den Wellen zu und fühle mich von ihrer gelassenen Gleichmäßigkeit so angezogen, dass ich mich einfach fallen lasse.

1

Lorenzo

Jeder erlebt irgendwann in seinem Leben etwas, was man nie wieder vergisst. Etwas, was einen so großen Eindruck hinterlässt, dass man nachher die Welt mit anderen Augen betrachtet. Die Prioritäten frisch anordnet. Neue Dinge als wichtig erachtet. Etwas, was so heftig ist, dass man plötzlich ein anderer Mensch wird. Vielleicht nicht für Außenstehende sichtbar, nur man selbst spürt es.

Irgendwie hatte ich immer erwartet, dass dieses bedeutungsvolle Erlebnis erst später in meinem Leben eintreffen würde. Wenn ich schon Enkelkinder und eine steile Karriere als Arzt hinter mir hatte und in einem riesigen Haus mit drei Autos in der Garage wohnen würde.

Dass ich dann, nach all den Jahren, verstehen würde, dass mein Streben nach Reichtum und Erfolg sinnlos gewesen war. Dass andere Dinge im Leben wichtiger waren, so wie die Familie, die Gesundheit und das eigene Glück.

Doch dieser alles entscheidende Moment kam, als ich gerade mal dreiundzwanzig Jahre alt war. Jahrzehnte früher als erwartet. Zu früh, zu überraschend und doch zur richtigen Zeit.

Der Moment kam, als ich Jules Hyatt traf.

Wunderschön und engelsgleich lag sie in dem weißen Bett in dem noch weißeren Krankenhauszimmer der neurologischen Intensivstation. Ihre braunen Haare auf dem Kissen ausgebreitet, ihre makellosen Gesichtszüge entspannt und gelassen. Sie sah so friedvoll aus, wären da nicht die ganzen Schläuche und Maschinen gewesen, an denen sie hing. Der Verband um ihren Kopf. Der dunkle Bluterguss an der Seite ihres Gesichts.

Ihre Schönheit raubte mir im ersten Moment den Atem. Ihre Geschichte dagegen zerstörte etwas in mir.

»Jules Hyatt, siebzehn, wurde heute Nacht nach einem missglückten Suizidversuch eingeliefert und nach erfolgter Trepanation ins künstliche Koma versetzt«, erklärte Dr. Ronson neben mir mit gleichgültiger Stimme, während ich mit zwei weiteren Mitstudenten auf das Mädchen vor uns starrte.

Ich konnte mich nicht vom Fleck rühren. Sah sie an, verstand nicht, dass dieses Leben vielleicht nur durch Glück und Zufall noch existierte.

»Wie …?«, fragte Mona neben mir leise. Mein Blick blieb an der Hirndrucksonde hängen, die von ihrem Kopf wegführte.

»Sie ist von der *Kings Bridge* in den Fluss gesprungen. Sie war leicht unterkühlt, hatte eine Kopfverletzung und war nicht bei Bewusstsein, als sie aus dem Wasser gezogen wurde. Sie hat ein Schädelhirntrauma mit einer Gehirnschwellung als Folge erlitten«, antwortete Dr. Ronson in seiner gewohnt zackigen Art. »Wie ist normalerweise der weitere Verlauf?«, fragte er dann an mich gewandt.

Ich verdrängte die Bilder von diesem Mädchen, das allein im kalten, dunklen Wasser darum kämpfte, endlich ihren Frieden zu bekommen. Ich schluckte.

»Das Koma soll so lange wie nötig, aber so kurz wie möglich gehalten werden. Abgesehen von den Vitalwerten, soll auch der Hirndruck überwacht werden, und erst wenn die Schwellung deutlich zurückgegangen ist, kann das Koma beendet und die Öffnung des Schädels wieder geschlossen werden«, sagte ich leise, als könnte ich sie wecken, falls ich zu laut sprach.

Dr. Ronson nickte knapp. »Der Rest steht in der Akte.«

Seth, der neben Mona stand, fuhr sich nervös durch die Haare. Das war das erste Mal für uns alle drei, dass wir persönlich mit einer Selbstmordkandidatin Bekanntschaft machten.

Wie ging man mit so etwas um?

Dr. Ronson sah sich einige Werte in der digitalen Patientenakte an, als wären es gleichgültige Zahlen, und wandte sich daraufhin zum Gehen. Mona und Seth folgten relativ schnell, verließen fast schon fluchtartig den Raum.

Ich blieb noch einige Sekunden regungslos stehen.

Was hatte dieses Mädchen dazu gebracht, diesen Schritt zu gehen?

Wieso hatte sie nicht mehr leben wollen? War ihr alles aussichtslos erschienen? War dies ein Hilferuf? Oder hatte sie tatsächlich nichts gehabt, wofür es sich zu leben gelohnt hatte?

Als ich realisierte, dass ich im Zimmer nur mit meinen Gedanken allein war, beeilte ich mich, hinter den anderen herzukommen. Versuchte Jules für einen kurzen Moment zu vergessen, um mich auf die nächsten Patienten konzentrieren zu können.

Seit zweieinhalb Wochen war ich auf der neurochirurgischen Intensivstation als Teil meines Medizinstudiums tätig. Dies war meine zweite Famulatur hintereinander. Davor war ich in der Allgemeinchirurgie gewesen. Die Tage waren lang, hart, anspruchsvoll. Wenn ich nach meinen Schichten nach Hause kam, taten mir die Füße und der Rücken weh. Mein Kopf summte, und die Müdigkeit vereinnahmte meinen ganzen Körper.

Ich lernte, hörte zu, saugte Wissen in mich auf, arbeitete, lernte und schlief. Verarbeitete das Gesehene ziemlich schnell.

Doch bei Jules war es anders.

Als wir nach einer weiteren halben Stunde unsere Visite beendet hatten, zog es mich fast wie magnetisch zu ihrem Zimmer zurück. Ich war für gewöhnlich nicht der sentimentale Typ. Vielleicht war ich das auch jetzt nicht.

Aber ich war neugierig.

Als ich mich dem Zimmer näherte, hörte ich von innen Schluchzen und leises Flüstern. Ich sah einen Mann und eine Frau, eng umschlungen, vereint in ihrer Trauer.

Es mussten Jules' Eltern sein.

Ich konnte mir gar nicht ausmalen, wie es ihnen jetzt wohl ging. Sie machten sich Sorgen, keine Frage.

Und sie machten sich bestimmt auch Vorwürfe.

Was hatten sie übersehen? Was hatten sie nicht verstanden? Wo hatten sie versagt?

Und vor allem: Warum?

Ich drehte mich wieder um und ließ die beiden mit ihrer Trauer allein.

Stunden später ging ich mit müden Schritten in die Cafeteria, holte mir ein Sandwich und setzte mich allein an einen Tisch in der Ecke.

Die älteren Ärzte, mit denen ich schon zusammengearbeitet hatte, und die Dozenten an der Uni hatten uns oft vorgewarnt. Wir würden es nicht schaffen, uns gefühlsmäßig nicht zu involvieren. Es würde uns unter die Haut gehen. Wir würden die Schicksale der Menschen, mit denen wir zu tun hatten, mit nach Hause nehmen.

Ich hatte ihnen nie geglaubt.

Bis jetzt.

Seth kam mit einem Salat zu mir, setzte sich neben mich, begann wortlos zu essen.

»Ganz schön krass, das mit dem Mädchen da«, meinte er dann. Er würde es nicht zugeben, aber ich war mir sicher, dass er das Bedürfnis verspürte, über Jules zu reden, um das Gehörte so zu verarbeiten.

»Wieso macht man so was?«, quatschte er weiter. »Die hat eindeutig einen an der Klatsche.«

Bei seinen Worten zog sich alles in mir zusammen.

»Das weißt du doch gar nicht«, sagte ich ruhig und bestimmt. »Sie hat sicherlich ihre Gründe gehabt. Aus Spaß macht man so was ganz sicher nicht.«

Ich rechtfertigte die Tat eines Mädchens, das ich gar nicht kannte. Es fühlte sich richtig an.

»Wie auch immer.« Seth zuckte mit den Schultern, tat so verdammt gleichgültig. Irritiert betrachtete ich ihn, während er Salat in seinen Mund schaufelte.

Mir war klar, dass das Thema *Selbstmord* immer ziemlich ambivalente Gefühle hervorrief. Trotzdem ging mir seine verurteilende und voreingenommene Einstellung gewaltig gegen den Strich.

Und erinnerte mich daran, wieso ich nie mit in die Bar ging, wenn er mich auf ein Bier einlud.

In Schweigen aß ich zu Ende. In Gedanken bei diesem einen Mädchen, das mich mehr beeinflussen würde, als ich zu dem Zeitpunkt ahnen konnte.

Meine Wohnung war klein und spartanisch eingerichtet, nur die nötigsten Möbel und Gegenstände waren vorzufinden. Von Schnickschnack keine Spur.

Ich verbrachte eh nie viel Zeit zu Hause.

Und sollte mir die Wohnung doch zu eng werden, kletterte ich einfach über die Feuerleiter aufs Dach, von wo aus es eine hervorragende Aussicht über die Stadt gab. Dort oben war ich allein. Es gab nur mich, meine Gedanken und, so wie jetzt, die Sterne am tiefschwarzen Himmel.

Ich lag auf dem Rücken, die Hände unter meinem Kopf verschränkt, und starrte in die Nacht. So viele Gefühle tobten in meinem Innern, dass es beruhigend war, auf die unendliche Weite des Universums zu blicken.

Ich bekam Jules einfach nicht aus dem Kopf.

Ich bekam ihre Geschichte nicht aus dem Kopf.

Was brachte einen Menschen dazu, sich das eigene Leben zu nehmen?

Ich hatte noch nie Selbstmordgedanken gehabt. Nie hatte ich überlegt, meiner Existenz ein Ende zu setzen. Ich schätzte das Leben samt seinen Überraschungen zu sehr.

Natürlich hatte ich auch schon Tiefphasen gehabt.

Zum Beispiel, als Ilaria vor einem Jahr mit mir Schluss gemacht hatte. Sie hatte mir das Herz gebrochen, und ich verlor für einige Wochen die Lust an allem. Aber sogar da war alles nicht so schlimm, grau und trist gewesen, dass der Tod für mich eine Erleichterung dargestellt hätte.

Ich seufzte.

Wie es Jules wohl gehen würde, wenn sie irgendwann langsam aufwachte?

Würde sie physische, bleibende Schäden davontragen? Vielleicht sogar gravierende?

Und wie würde es mit ihrem psychischen Wohlbefinden aussehen?

Würde sie traurig sein? Enttäuscht? Wütend sogar?

Oder wäre ein kleiner Teil in ihr vielleicht erleichtert, dass sie noch am Leben war?

Ich schloss die Augen.

Ich sollte mir wirklich nicht so viele Gedanken über sie machen. Ich konnte ihr im Moment eh nicht helfen. Sie lag im Koma, bekam nichts von alldem um sie herum mit. Sie wusste nicht einmal, dass ich an sie dachte.

Doch ich konnte einfach nicht anders. Irgendetwas an ihr ließ mich nicht wieder los.

Ich kramte mein Handy aus der Hosentasche und sah auf das Display. Halb zwölf.

Stöhnend erhob ich mich und kletterte langsam die Feuertreppe nach unten und durch mein Wohnzimmerfenster. Morgen würde der Tag genauso lang und hart werden wie der heutige. Und abends wäre ich noch bei meinen Eltern. Meine überfürsorgliche Mutter hatte mich seit zwei Wochen nicht gesehen und hatte deswegen angerufen, um mich einzuladen. Sie machte sich wie immer Sorgen.

Doch dazu gab es nun wirklich keinen Grund.

Wie erwartet, war ich am nächsten Morgen müde. Das war inzwischen fast ein Dauerzustand. Das Medizinstudium und vor allem auch die Famulaturen waren einfach kein Zuckerschlecken, aber ich wollte es so sehr, dass ich den Stress, den dieses Studium und alles, was dazugehörte, mit sich brachte, einfach in Kauf nahm.

Ich wollte Menschen helfen. Sie gesund machen. Ich wollte in dieser Welt etwas bewirken.

Mit einem Thermobecher randvoll mit heißer Schokolade in der Hand machte ich mich auf den Weg zum Krankenhaus. Und ja, dass das ein Mädchengetränk war, hatte ich schon oft genug gehört. Trotzdem half mir nun mal Zucker fast besser als Koffein, auch wenn ich gern mal einen Kaffee trank.

Ich ignorierte also die belustigten Kommentare meiner Mitmenschen und schlürfte einfach weiterhin meinen Kakao. Sollten sie doch denken, was sie wollten.

Im *Grand General University Hospital* angekommen, begab ich mich wie jeden Morgen in die Personalschleuse der Intensivstation, wo ich mir meinen blauen Kasack und die dazugehörige Hose anzog. An manchen Tagen fühlte es sich so an, als würde man sich mit der Krankenhauskleidung auch einen mentalen Schutz anziehen. Als müsste man sich vor dem bevorstehenden Tag wappnen.

Ich begab mich zum Stationsstützpunkt, begrüßte auf dem Weg einige Ärzte und Pfleger und sah mir dann den Dienstplan an. Die Schicht heute hatte ich unter anderem zusammen mit Larissa und Paul, zwei erfahrene Intensivpfleger, die von uns Studenten oft als Mentoren angesehen wurden. Damit konnte ich leben. Um neun würde ich wie immer bei der Visite des Stationsarztes zugegen sein. Obwohl ich schon ein paar Wochen hier arbeitete, durfte ich nur wenige Tätigkeiten allein – oder teilweise unter Aufsicht – erledigen.

Als Famulant durfte ich keine Diagnosen stellen, natürlich auch nicht selbst operieren und auch keine Medikamente verabreichen. Deshalb galt es, so viel Wissen wie möglich übers Beobachten aufzusaugen. Und auf einer Intensivstation musste man sich schon arg konzentrieren, weil das Tempo einfach höher war.

Blutabnehmen war jedoch eine der Disziplinen, die wir Medizinstudenten schon früh zu beherrschen lernten. In der ersten Woche meiner Famulatur hatte man mir dabei noch über die Schulter gesehen, mittlerweile durfte ich es allein durchführen. Als Erstes würde ich deswegen meine Liste mit den Patienten durchgehen, die eine tägliche Blutabnahme benötigten. Dann würde auch schon die Visite anstehen.

Und ich würde Jules wiedersehen.

Schnell verbannte ich diesen Gedanken wieder. Was hatte dieses Mädchen nur an sich, dass sie mir nicht aus dem Kopf ging?

Ich hatte hier auf der Intensivstation während meines Praktikums schon einige schwere Schicksale miterlebt, aber Jules' hatte sich in mein Inneres eingebrannt.

Vielleicht, weil sie noch so jung war. Vielleicht, weil sie in dem Krankenhausbett so unschuldig aussah, so friedlich. Vielleicht, weil sie ihr Leid bewusst verschuldet hatte.

»Hey, Lorenzo! Na, schon wieder am Faulenzen?«, begrüßte mich in dem Moment Paul und schlug mir so unerwartet auf den Rücken, dass er mir vor Schreck beinahe einen Herzinfarkt verpasst hätte.

»Mann, wenn du so was noch mal machst, dann kannst du mich gleich in das nächste Bett legen und persönlich gesund pflegen«, meinte ich lachend und war froh, dass er mich aus meinen doch eher trübsinnigen Gedanken gerissen hatte.

Ich mochte Paul, er war mir hier eigentlich sogar einer der liebsten Mitarbeiter, und wir verstanden uns einfach gut. Er war schon seit über einem Jahr hier Pfleger, und sowohl Patienten als auch Ärzte liebten ihn. Er brachte einfach überall gute Laune hin, was vor allem in diesem Bereich wichtig war, begegnete man doch jeden Tag den schlimmsten Schicksalen.

»Kommst du nach den Blutabnahmen zu mir?«, fragte er, während ich mir einen Wagen schnappte und überprüfte, ob er richtig bestückt war.

»Gern«, gab ich gut gelaunt zurück und packte noch ein paar zusätzliche Kanülen in meine Nierenschale, bevor ich noch einmal einen Blick auf meine Liste warf, damit ich keinen Patienten vergaß. Paul war schon ins nächste Patientenzimmer verschwunden. Er war immer nur zwei bis drei Patienten zugeteilt, da die engmaschige Überwachung einfach nicht genügend Raum ließ, noch mehr Menschen gleichzeitig zu versorgen. Vor allem bei schweren Fällen konnte man sich kaum eine Pause erlauben, da es konstant etwas zu tun gab.

Die nächste halbe Stunde erlaubte ich mir bei den wenigen wachen Patienten den einen oder anderen passenden, aber humorvollen Kommentar, füllte gefühlt zehn Liter Blut in kleine Entnahmeröhrchen und bereitete die Proben für den Transport ins Labor vor.

»Doch wieder mit den Patienten geflirtet?«, ärgerte mich Paul, als ich ihn endlich am Stationsstützpunkt traf.

»Das sind die beiden Patienten, die ich heute betreue«, erklärte er mir und zeigte auf die Übersicht, die an dem Whiteboard hing, für jeden Mitarbeiter auf der Station gut sichtbar. Ich warf einen kurzen Blick auf die Namen. Myrna Irgendwas-nicht-Aussprechbares und Jules Hyatt.

»Dann lass uns loslegen«, meinte Paul hypermotiviert wie immer, während ich noch in meiner kleinen Starre dastand und nur daran denken konnte, dass ich Jules gleich wiedersehen würde.

Und ich verstand nicht einmal genau, warum mich dieser Gedanke so mitnahm.

»Zu wem gehen wir zuerst?«, wollte ich von Paul wissen.

»Erst Myrna, dann Jules. Myrna hatte aufgrund eines gerissenen Hirnaneurysmas eine Hirnblutung, ist jetzt halbseitig gelähmt, und da noch das Risiko einer Hirnschwellung besteht, ist sie bei uns unter Beobachtung. Wir müssen zusehen, dass wir ihr wieder zurück ins Leben helfen«, fasste Paul kurz für mich zusammen, während wir uns auf den Weg zu Zimmer 211 machten.

Zurück ins Leben helfen. So wie Jules.

Aber hatten wir ihr überhaupt geholfen? Oder hatten wir sie in ein Leben zurückgeholt, in dem sie nicht mehr sein wollte? In dem sie vielleicht ab jetzt mit körperlichen Einschränkungen zurechtkommen müsste?

Mir war vollkommen bewusst, unter welchen Umständen man in ein künstliches Koma versetzt wurde. Und das waren definitiv keine gemütlichen Umstände. Wie es bei Jules der Fall war, konnte es zum Beispiel eine Einblutung ins Gehirn sein, die beim Aufprall auf dem Wasser entstanden war. Damit sich dieses Hämatom zurückbilden kann, wird eine Entlastungstrepanation durchgeführt. Hierbei wird die Schädeldecke zur Druckentlastung chirurgisch eröffnet und der Patient anschließend in ein künstliches Koma versetzt. Sobald sich das Hämatom zurückgebildet hat, wird die Schädeldecke wieder geschlossen und die Aufwachphase beginnt. Diese kann ein paar Tage oder auch einige Wochen dauern, erst dann kann man genau feststellen, ob bleibende Schäden vorhanden sind.

Auch wenn alles gut verlief und sie wieder aufgeweckt werden konnte, kaum bleibende Schäden vorhanden wären, war ihr Genesungsweg noch lange nicht zu Ende.

Erst einmal hieß es dann für sie, noch viele Tage im Krankenhaus unter Beobachtung zu stehen, anschließend käme sie für mehrere Wochen zur Rehabilitation.

Und das stellte ich mir für eine Siebzehnjährige sterbenslangweilig vor.

»Lorenzo? Hey!« Paul fuchtelte vor meinem Gesicht herum, und ich musste ein paarmal blinzeln, um wieder in der Gegenwart anzukommen. »Du warst grad meilenweit weg, meine Güte«, meinte Paul amüsiert.

»Entschuldige, jetzt bin ich wieder voll da.« Vor Jules hatte ich nie derartige Aussetzer gehabt. Ich hatte jede Silbe in mich aufgesogen, die einer der Pfleger oder Ärzte von sich gegeben hatte, war nicht eine Sekunde abgelenkt gewesen.

Und jetzt kreisten meine Gedanken permanent um ein suizidgefährdetes Mädchen.

Obwohl suizidgefährdet wohl nicht mehr der richtige Ausdruck war, da sie ja bereits einen Suizidversuch hinter sich hatte. Andererseits war sie noch immer gefährdet. Sie würde auf jeden Fall psychologische Betreuung erhalten. Aber gut, im Koma brauchte sie die natürlich noch nicht wirklich.

»Guten Tag, Myrna, wie geht es dir heute?« Paul war offensichtlich mit der Patientin schon per Du. Oder er wusste auch nicht, wie ihr Nachname ausgesprochen wurde.

Die Patientin befand sich wie Jules in der Oberkörperhochlagerung, um allein schon dadurch zu verhindern, dass der Hirndruck anstieg. Sie war wach und lächelte uns mit einem schiefen Grinsen müde zu. Eine kleine Kopfbewegung diente als Gruß ihrerseits.

Jetzt reiß dich zusammen und lern was!, ermahnte ich mich und verbannte Jules völlig aus meinen Gedanken, um mich auf Paul zu konzentrieren und mir zu merken, wie er an die Pflege heranging und welche Bewegungen er mit Myrnas Arm und Bein vollführte. Üblicherweise kamen Physiotherapeuten oder Krankengymnasten, um diese Form der Therapie durchzuführen, den meisten Pflegern waren die Vorgänge aber gezeigt worden.

Die nächsten zwanzig Minuten bewegte Paul ihre Gliedmaßen, um die Blutzirkulation und die Muskeln anzuregen. Langsam spürte sie sogar schon wieder ein bisschen was, und er gab ihr einen kleinen Ball, den sie mit der Hand zu kneten versuchen sollte, jeden Tag so oft und so fest wie möglich.

Myrna tat sich noch schwer mit dem Sprechen, die Augen der etwa Fünfzigjährigen strahlten Paul jedoch freundlich an. Ich konnte es ihr nicht verübeln, denn Paul mit seinen braunblonden Haaren und Grübchen hatte eine spitzbübische und extrem freundliche Ausstrahlung, die solche Reaktionen vonseiten der Patienten fast schon zwingend hervorrief.

Und genau das war es, was ich wollte.

Die Menschen, die ich behandelte, sollten wieder glücklich werden und ihre Lebensqualität zurückerhalten.

»So, dann sehen wir uns morgen wieder«, verabschiedete sich Paul, und mir schoss dabei der völlig unpassende Kommentar *Bloß nicht davonlaufen!* durch den Kopf. Gut, dass ich das nicht laut ausgesprochen hatte.

»Ich hoffe, du hast gut aufgepasst. Wir gehen jetzt nämlich zu Jules, und da wir bei ihr den gesamten Körper anregen müssen, übernimmst du die eine Seite und ich die andere.«

Ich war dankbar dafür, dass ich mithelfen durfte. Ich sollte ja etwas lernen, und wie lernte man besser als direkt in der Praxis und unter anfänglicher Beaufsichtigung.

»Geht klar«, sagte ich also nur und spielte in Gedanken noch mal die Abläufe ab, die ich gerade eben gesehen hatte.

Gut, dass ich doch aufgepasst hatte. Und ein wenig konnte ich mich auch an das Gelernte aus meinem Krankenpflegerpraktikum in meinen allerersten Semesterferien erinnern, aber es war wirklich erschreckend, wie schnell man vergaß.

Als wir uns Jules' Zimmer näherten, spürte ich, wie sich mein Herzschlag ein wenig beschleunigte. Jules war so anders als alle anderen Patienten hier. Das sagte ich mir zumindest selbst, denn eigentlich hatte ich keine Beweise, dass es sich so verhielt. Trotzdem löste Jules' Schicksal etwas in mir aus.

Paul öffnete die Tür und ich vernahm gleich eine kleine Veränderung.

Jules' Eltern hatten in der Zwischenzeit einige von ihren persönlichen Gegenständen mitgebracht, auch wenn auf einer Intensivstation nicht viele Dinge erlaubt waren. Am Fußende des Bettes saß ein Stofftier, das so aussah, als hätte es schon einige Jahre mit Jules erlebt, und daneben lag ein flauschig aussehendes Kissen mit Patchworkmuster.

»Ich habe gehört, dass ihre Eltern gestern mit einer halben Wagenladung von Jules' persönlichen Sachen aufgetaucht sind. Sie wollten Blumen, eine Tagesdecke und Bücher hierlassen und hatten sogar ein Wandbild dabei.« Paul schüttelte den Kopf. »Die Nachtschicht hatte wohl ein wenig Mühe, ihnen zu erklären, dass sie nur ein paar wenige Dinge hierlassen dürfen.«

Ich trat näher an das Bett heran und betrachtete die Habseligkeiten genauer, als könnten sie mir direkt etwas über Jules erzählen. Ich war so in meinen Gedanken versunken, sah Jules in ihrem eigenen Bett zu Hause liegen, in ihrem Zimmer, mit ihren persönlichen Gegenständen, dass der ganze Raum auf mich plötzlich nicht mehr so kalt und steril wirkte.

Bis das kontinuierliche Piepen der Geräte, an denen Jules angeschlossen war, wieder in mein Bewusstsein drang und ich mit einem Mal auch all die Dinge wahrnahm, die mir mehr als deutlich zeigten, dass dies hier mit Sicherheit nicht Jules' Zimmer war.

Der Verband an ihrem Kopf. Der Bluterguss in ihrem Gesicht. All die Schläuche, die von ihrem Körper ausgingen, unter anderem der Beatmungsschlauch und die Katheter. Die absolut weißen Krankenhauswände. Und der Geruch.

Ich konnte mir einfach nicht vorstellen, dass es bei Jules zu Hause nach Desinfektionsmittel roch.

»So, meine liebe Jules, hier sind wir. Wir werden dich jetzt ein wenig bewegen, damit das Blut in deinem Körper schön zirkuliert und du dich nicht mit eingeschlafenen Beinen herumschlagen musst. Das ist doch immer so lästig, wenn dann die Ameisen anfangen, dort rumzukriechen«, plauderte Paul mit ruhiger Stimme los, als könnte Jules jedes Wort verstehen.

Vielleicht tat sie das ja sogar. Es hieß ja, dass man mit Komapatienten unbedingt reden, ihnen Musik oder Hörspielkassetten vorspielen und sie auch berühren, streicheln, liebkosen sollte, weil sie das vermutlich unterbewusst alles aufnahmen und dies sogar ihren Heilungsprozess günstig beeinflussen konnte.

Und gerade Jules konnte Positives in ihrer Situation mit Sicherheit gut gebrauchen.

»Meinst du, sie spürt das hier? Die Anwesenheit ihrer persönlichen Dinge?«, fragte ich ihn leise.

Paul überlegte kurz und bestätigte dann: »Ja, natürlich nicht so direkt wie unsere Berührungen oder wie wenn sie die vertrauten Stimmen ihrer Eltern hört. Aber ich denke, dass diese Geborgenheit, die ihre persönlichen Dinge ausstrahlen, sich auf uns übertragen und wir das Jules so weitergeben können«, meinte er zuversichtlich.

Der Gedanke gefiel mir. Auch wenn wir uns ja eigentlich nicht sicher sein konnten, dass ihre Sachen für sie *Geborgenheit* darstellten.

»Gut, dann machen wir uns jetzt lieber an die Arbeit.« Paul ging voller Tatendrang, jedoch mit bedachten und ruhigen Bewegungen zu Jules und sah abwartend zu mir. Ich rappelte mich auf und stellte mich auf die andere Seite.

Ich sah zu Paul und kopierte seine Bewegungen und Übungen, damit ich alles so richtig wie möglich machte, während er Jules jeden einzelnen Schritt erklärte, damit wir auch nichts taten, ohne dass sie vorher Bescheid wusste. Theoretisch zumindest.

Vorsichtig griff ich nach Jules' Arm und spürte ein immenses Kribbeln, das durch meine Finger schoss, als ich sie berührte. Unwillkürlich begann ich schwerer zu atmen, als ich sie auch mit meiner anderen Hand anfasste.

Was zum Teufel war mit mir los?

Durch die ganzen Anschlüsse konnten wir Jules nicht so wie zum Beispiel Myrna bewegen und mussten sie deswegen an manchen Stellen eher massieren. Es erforderte einiges an Konzentration und Geduld.

Als wir bei Jules' Beinen angelangt waren, wurde mir auf einmal bewusst, wie nah wir ihr eigentlich waren. Sie schlief, und wir fassten sie an Stellen an, die wir unter normalen Umständen nie berühren würden.

Dass dies unsere Pflicht war, wusste ich. Mir war auch klar, dass das hier zu ihrem eigenen Besten war. Trotzdem musste ich einmal schwer schlucken, weil wir mit Sicherheit eine persönliche Grenze überschritten, ohne dass Jules sich dagegen wehren konnte.

»Lorenzo, alles klar?« Pauls Stimme drang plötzlich zu mir durch.

»Äh, ja klar«, meinte ich und räusperte mich, versuchte meine Gefühle unter Kontrolle zu bringen.

»Dir ist es doch nicht unangenehm, weil sie …?«, fragte Paul leise, ließ den letzten Teil seiner Frage unausgesprochen. Ich hob den Blick.

»Was? Nein! Überhaupt nicht.« Ich schüttelte den Kopf. »Es ist nur ...«

Nur was?

Dass mich ein fremdes Mädchen im Koma allein durch ihre Existenz so durcheinanderbrachte, dass ich kaum wusste wohin mit mir?

Das würde ich definitiv nicht so sagen.

»Woher weiß man überhaupt, dass sie das wollte?«, fragte ich stattdessen. »Es könnte doch auch ein Unfall gewesen sein.«

»Es gab Zeugen. Das waren auch die, die sie aus dem Wasser gezogen haben.«

Ich blieb stumm, während ich weiterarbeitete. Ich merkte, wie mich diese neue Information enttäuschte. Ein Teil von mir hatte gehofft, dass das alles hier irgendwie ein Missverständnis war.

Einige Zeit später waren wir fertig, und ich atmete erleichtert aus.

»So, genau rechtzeitig zur Visite«, sagte Paul lächelnd und verschwand durch die Tür. Ich tat es ihm gleich, blieb dabei aber irgendwie an der Decke hängen, sodass der Teddybär und das Kissen vom Bett herunterfielen. Ich bückte mich erst nach dem Teddybären und setzte ihn lieber auf den Tisch, damit er nicht störte, und hob dann das Kissen auf. Verwundert betrachtete ich das ungewöhnlich harte Kissen in meiner Hand. War da etwa ...? Ich konnte Kanten innerhalb des Kissens ertasten. Ich drehte das Kissen, öffnete den Reißverschluss und zog ein in schwarzes Leder eingebundenes Buch heraus, das einem Kalender glich. Ich strich mit meinen Fingern darüber, als sich ein unmöglicher Gedanke in mein Gehirn schlich.

Ich sah kurz über die Schulter, dann öffnete ich langsam das Buch, schlug es auf der ersten Seite auf, wo sich Jules' feminine Schrift über das Blatt schnörkelte. Mein Herz begann hart in meiner Brust zu schlagen.

Das hier war nicht ihr Kalender.

Das hier war ihr Tagebuch.

Kurz starrte ich auf die Seite, die ich aufgeschlagen hatte. Ich nahm keins der dort geschriebenen Worte wirklich wahr, sah nur ihre Schrift an.

»Wo bleibst du denn, Mann? Die Visite beginnt jetzt, und du weißt, dass wir pünktlich sein müssen!« Pauls Stimme riss mich aus meiner Starre und ich klappte das Buch zu.

»Ich komme!« Schnell versteckte ich das Buch wieder an seinem Platz, legte das Kissen zurück aufs Bett und lief dann eilig hinter Paul her, sodass wir gerade noch rechtzeitig ankamen, bevor Dr. Ronson die Visite begann, zig Augenpaare der Ärzte und Pfleger auf ihn gerichtet.

»Gesellen sich die Herren auch noch zu uns?«, fragte er mit hochgezogener Augenbraue, die sein Missfallen ausdrückte.

»Wir haben soeben noch die Krankengymnastik bei Jules Hyatt beendet«, erklärte Paul, und der Arzt wirkte ein wenig besänftigt. Immerhin hatten wir nicht irgendwo ein Kaffeekränzchen abgehalten, sondern nur unseren Job gemacht.

Mein Herz pochte noch immer wie wild, aber ich wusste nicht genau, ob es daran lag, dass ich fast zu spät bei der Visite erschienen war, oder daran, dass ich Jules' Tagebuch in Händen gehalten hatte.

Das Tagebuch, in dem vielleicht der Grund stand, weshalb Jules sich das Leben hatte nehmen wollen.

Oder die Gründe, besser gesagt.

Ich konnte mir nicht vorstellen, dass eine einzige Sache das Leben eines Menschen so sehr aus der Bahn werfen konnte, dass er keinen Sinn mehr darin sah.

Es musste mehrere Gründe dafür gegeben haben, die Jules immer weiter in den Abgrund gezogen hatten, bis sie schließlich das Licht am Ende des Tunnels nicht mehr erkennen konnte.

Denn das gab es. Immer.

Ich war mir ganz sicher, dass man aus jeder Situation – und sollte sie noch so ausweglos erscheinen – auch wieder einen Weg ans Licht fand.

Man konnte mit jeder Situation zurechtkommen, man musste nur den richtigen Weg für sich selbst finden und eventuell auch Hilfe von anderen annehmen.

Wie lange Jules wohl schon keinen Ausweg mehr gesehen hatte? Wie lange sie schon mit dem Gedanken gespielt hatte, allem ein Ende zu setzen?

Von der Visite bekam ich kaum ein Wort mit. Ich war zwar körperlich anwesend und registrierte auch, was Dr. Ronson sagte, nur dass alles zum einen Ohr rein- und beim anderen gleich wieder rausging.

Nur Jules nicht.

Auch ihr statteten wir einen Besuch ab, standen um ihr Bett herum und begutachteten sie wie ein Tier im Käfig.

Das alles kam mir so falsch vor.

Sie sollte hier nicht liegen und sich von uns anstarren lassen müssen.

Jules sollte jetzt irgendwo mit ihren Freunden draußen sein, lachen, Blödsinn machen. Ihr Leben genießen.

Stattdessen lag sie hier, und ich fragte mich warum.

Mein Blick huschte wie magisch angezogen wieder zu dem Kissen, in dem sich das kleine lederne Büchlein verbarg, in dem Jules' Gedanken, Ängste, Wünsche, Sehnsüchte standen.

Und vielleicht die Antwort auf mein Warum.

Beziehungsweise eines meiner Warums.

Wie hatten Jules' Eltern das Tagebuch übersehen können, als sie das Kissen hergebracht hatten? Ich hatte es nur kurz aufgehoben und war sofort stutzig über die Unförmigkeit geworden. Sie sollten jetzt zu Hause sitzen und jede einzelne Silbe darin analysieren und bewerten. Bei dem Gedanken daran, dass Paul, Dr. Ronson oder sogar Seth ihr Tagebuch an meiner Stelle gefunden hätten und lasen, wurde mir fast schlecht. Kurz überlegte ich, das Tagebuch später zu holen und in meinen Spind zu sperren, doch ich verwarf die Idee gleich wieder. Das wäre einfach nicht richtig.

»Lorenzo, hey, komm jetzt, verdammt!«

Paul schlug mich in die Seite, und ich fuhr erschrocken hoch. Die anderen hatten schon den Raum verlassen.

»Alter, was ist los mit dir? Hast du heute Nacht nicht geschlafen, oder was?«

»Ich ... Äh ...« Schnell folgte ich ihm aus dem Zimmer, und wir schlossen zu den anderen auf.

»Konzentrier dich einfach, okay?« Paul sah mich vielsagend an und ich nickte. Ich wusste, dass er wusste, dass irgendetwas nicht stimmte, weil ich normalerweise nie so durcheinander und abgelenkt war. Trotzdem erwartete er von mir, wie von allen anderen Studenten, dass ich mein Bestes gab.

»Kommst du nach Feierabend noch mit auf ein Bier?«, fragte er mich, als die Visite zu Ende war, und mir wurde klar, dass zwischen uns noch alles im Lot war.

»Tut mir leid, meine Mama will mich sehen«, entschuldigte ich mich halbwegs, weil ich genau wusste, wie sich das anhörte.

»Du bist also tatsächlich das typisch italienische Klischee. Nicht nur verdammt gut aussehend, sondern auch voll das Muttersöhnchen«, ärgerte er mich.

»Wenigstens kriege ich heute Abend eine ordentliche Mahlzeit anstatt der Tiefkühlpizzen, die du dir immer machst, um sie dann mutterseelenallein in deiner Wohnung zu essen«, feuerte ich zurück, ohne ihn anzusehen, und konnte mir dabei nur schwer das Zucken um meine Mundwinkel verkneifen.

Allein nicht mehr in einem Raum mit Jules zu sein half mir, meine innere Ruhe wiederzufinden. Wieder ich selbst zu sein. Sie ein wenig auf Abstand zu halten, weil sie sonst jeden Teil von mir vereinnahmen würde.

»Alles klar, das habe ich wohl verdient.« Paul räusperte sich und verschränkte die Arme vor der Brust, tat so, als würde er Dr. Ronson konzentriert zuhören, der noch irgendwelche Bemerkungen äußerte.

»Also, falls du dich nach ein wenig mütterlicher Zuneigung sehnst, bin ich mir sicher, dass ich dich gern mitbringen darf.«

»Hast du denn eine heiße Schwester, dass sich so ein Besuch lohnen würde?«

»Ich habe eine heiße Schwester, aber ob sie heute auch da ist, weiß ich nicht.«

»Dann warte ich lieber auf eine Einladung, wo ich mir sicher bin, dass sie auch kommt.«

»Der Tag wird vielleicht niemals kommen. Willst du nicht diese womöglich einmalige Chance ergreifen und dein Glück versuchen?«

Dass meine große Schwester Cara schon seit zwei Jahren verheiratet war, sagte ich ihm natürlich nicht. Denn ich wollte wirklich, dass er mitkam.

Einige Sekunden lang schwieg Paul neben mir. Dann seufzte er. »Wann fährst du?«

Kurz nach acht trafen wir bei meinen Eltern ein. Mama war in der Küche und begrüßte uns überschwänglich, und es war, als würde sie sich über Pauls Besuch fast mehr freuen als über das Wiedersehen mit mir. Ich nahm es ihr nicht übel, denn ich wusste, dass sie es einfach liebte, Gäste in ihrem Haus zu empfangen.

»Lorenzo, du bist so dünn geworden!«, sagte sie, nachdem sie mich einige Sekunden lang in Augenschein genommen hatte, während sie am Herd in einem Topf rührte.

»Äh, nicht wirklich, Mama«, antwortete ich lachend und sah zu Paul, der mir zuzwinkerte, bevor er sich umsah. Die Küche war schon immer das Zentrum dieses Hauses gewesen. Sie war mittlerweile alt und abgenutzt, dabei gleichzeitig immer noch so verdammt gemütlich.

Mama hatte immer einen riesigen Korb mit Tomaten, Knoblauch, Auberginen und diversen anderen Lebensmitteln auf der Küchentheke stehen. Im Fensterrahmen standen kleine Töpfe mit frischem Basilikum, Salbei und Oregano. Ich brauchte gar nicht im Kühlschrank und den Schränken nachzusehen, um zu wissen, dass ich Ricotta, Parmesan und Olivenöl in großen Mengen vorfinden würde.

In der Ecke stand ein massiver Eichentisch, umrundet von Stühlen und einer Eckbank. Viel Platz war da eigentlich nicht, aber wenn ich daran dachte, mit wie vielen wir teilweise darum gesessen hatten, stieg unwillkürlich Freude in mir auf.

»Wo ist Papa?«, fragte ich, hörte in dem Moment auch schon den Fernseher im Wohnzimmer.

»Wo glaubst du denn?«, bekam ich als Antwort die Gegenfrage und gab Paul mit einem Zeichen zu verstehen, dass er mir folgen sollte.

»Ciao, Papa.«

Mein Vater saß in seinem Lieblingssessel vor dem Fernseher und sah sich ein Spiel der Serie A an, in der Hand hielt er eine Flasche Bier, in der anderen die Fernbedienung. Nach Feierabend war er eigentlich immer so vorzufinden, und so würde ich ihn gewiss auch nach seinem Tod immer in Erinnerung behalten.

»Ciao, Lorenzo. Wen hast du uns mitgebracht?«, fragte mein Papa, ohne den Blick vom Fußballspiel zu nehmen.

»Mein Name ist Paul, ich arbeite ebenfalls im Krankenhaus.«

Paul störte es nicht, dass mein Vater nicht aufstand oder ihm die Hand reichte, um ihn zu begrüßen. Mit seinen knapp dreißig Jahren musste schon mehr her, um ihn aus der Fassung zu bringen.

»Freut mich«, murmelte Papa, als in dem Moment die Haustür aufging.

»Ciaaaoooo, Mama! Papa!«, rief meine Schwester durch das ganze Haus, und ich bemerkte erfreut, wie Pauls Augenbrauen in die Höhe schossen und er sich halb fragend, aber offensichtlich hocherfreut zu mir drehte.

Die kommende Enthüllung sollte mich noch wochenlang zum Lachen bringen.

Wir gingen zurück in die Küche, wo Cara gerade Mama umarmte, kurz bevor sie auch uns bemerkte.

Armer Paul.

Meine Schwester hatte sich heute in Schale geworfen. Ihre kastanienbraunen Haare hatte sie gelockt, sie hatte mal wieder eine halbe Tonne Make-up im Gesicht und ihr Shirt hätte auch nicht enger sein können.

Ein kurzer Seitenblick zu Paul genügte mir.

Er war ganz hin und weg.

»Hey, ich bin Cara, Lorenzos Schwester«, stellte sie sich vor und reichte Paul die Hand, der das erste Mal in seinem Leben sprachlos war.

Im gleichen Moment betrat mein Schwager die Küche.

»Oh, und das ist mein Mann, Federico.« Cara strahlte und Pauls Gesichtszüge entgleisten.

»Hi, freut mich«, meinte Federico lächelnd und streckte Paul seine Hand hin, die dieser ergriff.

»Mich auch.« Er riss sich noch zusammen, aber als die beiden sich Mama zuwandten, warf er mir einen Blick zu, der unmissverständlich war. Dafür würde er mich später noch töten.

Die Situation war einfach zu komisch, deswegen grinste ich nur breit und zuckte entschuldigend mit den Schultern.

Ups.

»So, da wir alle da sind, können wir ja endlich essen!«, sagte meine Mama in dem Moment so laut, dass auch Papa es im Wohnzimmer trotz des Lärms vom Fernseher hören konnte. Normalerweise hätte sie ihm das Essen auf einem Teller gebracht; wenn jedoch Besuch da war, hatte er doch Anstand genug, mit uns anderen zu essen.

Paul sah immer noch ziemlich genervt aus, als wir uns um den Tisch in der Küche quetschten, entspannte sich jedoch sichtlich, als er das Essen vor sich betrachtete.

»Standest du schon wieder den ganzen Tag in der Küche?«, fragte Cara unsere Mama, als sie sich mit einem Seufzen niederließ.

»Das Los einer Frau«, bemerkte sie schulterzuckend.

»Ach, wirklich?«, warf Federico lachend ein. »Dann ist Cara keine richtige Frau. Wenn wir nicht zweimal wöchentlich hier essen würden, wäre ich bestimmt schon längst verhungert!«

Er traf damit den Nagel auf den Kopf. Meine Schwester war eine ziemlich verwöhnte und dazu noch faule Zicke. Obwohl ich mit der italienischen Kultur aufgewachsen war, wollte ich nicht, dass meine Frau einmal später genauso ackerte wie meine Mutter. Aber Caras Einsatz rein haushaltstechnisch war einfach eine Zumutung.

Ich sah kurz zu Paul, dessen Blick einen Tick weniger bewundernd auf Cara weilte.

»Sie hat eine zu freie Erziehung genossen«, kommentierte mein Vater schmunzelnd, der sich gar nicht zu beschweren brauchte. Denn er hatte nie auch nur eine Sekunde damit verschwendet, meine Schwester und mich zu erziehen.

»Einsicht ist der erste Schritt zur Besserung«, ärgerte ich ihn deshalb, was vor allem meine Mama zum Lachen brachte.

»So, jetzt greift zu. Paul, bitte bediene dich!« Mama begann Schüsseln und Teller zu Paul rüberzuschieben, und dankend begann er, seinen Teller mit den Köstlichkeiten zu füllen, während Cara ununterbrochen von ihrem Tag erzählte.

Ich schaltete automatisch auf Durchzug und widmete mich den Gerichten vor mir. Während ich mir Auberginenlasagne, mit Ricotta und gebratenem Radicchio gefüllte Teigtaschen,

Tomaten-Mozzarella-Salat und Melone in Parmaschinken gewickelt auf meinen Teller lud, musste ich wieder an Jules denken.

Meine Familie war nicht perfekt – bei Weitem nicht –, aber ich liebte meine Eltern und meine Schwester. Ich verstand mich gut mit meinem Schwager. Und obwohl mein Vater ein Patriarch, meine Schwester ein Nichtsnutz und meine Mutter total unterdrückt war, waren wir eine Familie. Und uns allen gefiel unsere Familie mit ihren Fehlern und Schwächen. Denn wir konnten uns immer aufeinander verlassen.

Wie war es Jules in ihrer Familie ergangen?

Hatte sie sich gut mit ihren Eltern verstanden?

Hatte sie Geschwister?

Hatte sie sich geborgen gefühlt?

Wieso hatte sie nicht bei ihrer Familie Hilfe gesucht?

Hätte ich meine Familie um Hilfe gebeten?

Hatte sie darüber etwas in ihrem Tagebuch geschrieben?

»Erde an Lorenzo!«

»Hm?« Erschrocken sah ich zu meiner Schwester, die mit ihren perfekt manikürten Händen vor meinem Gesicht hin und her wedelte. Gedanklich war ich noch bei Jules' schöner Schrift.

»Was ist los mit dir?«, wollte sie wissen.

»Er ist schon den ganzen Tag neben der Spur«, meldete Paul sich zu Wort. »Ich glaube, er ist verliebt.«

»Was? In wen? Wieso hast du nichts gesagt?«

»Halt! Moment! Stopp!«, rief ich und warf Paul erst einen genervten Blick zu, der mir kläglich misslang, weil ich eh wusste, dass Paul nur gerade versuchte mir eins auszuwischen, und sah dann zu Cara.

»Ich bin nicht verliebt. Außer in mein Bett. Ich bin einfach müde.«

»Oh, ist das Studium zu viel für dich?«, neckte sie mich und klimperte mit ihren Wimpern. Die bestimmt auch künstlich waren. Im Ernst, so lange Wimpern hatte doch kein Mensch!

Und wieso war meine Schwester eigentlich nicht ein wenig natürlicher?

»Es ist einfach anstrengend. Fragt Paul. Er ist schon längst ausgebildet, aber auch ihn laugen die Tage im Krankenhaus manchmal aus.«

Ich sah zu ihm, wartete auf seine Unterstützung.

»Hm, eigentlich nicht wirklich«, meinte er gelassen, und meine Familie lachte.

»Danke«, sagte ich tonlos und eindeutig sarkastisch zu meinem Kumpel, bevor ich weiteraß.

»Paul, erzähl doch etwas über dich«, forderte ihn mein Schwager daraufhin interessiert auf, und er fing an zu erzählen.

Ich war ehrlich gespannt, später von Paul zu erfahren, was er denn über meine Familie dachte. Und ob er den Abend doch genoss, trotz des Umstandes, dass meine Schwester nicht mehr zu haben war.

Obwohl ich mir sicher war, dass Paul eher auf natürliche Mädchen stand.

So wie ich.

So wie Jules eines war.

Ich verdrängte den Gedanken sofort. Schlug mir innerlich selbst gegen den Kopf.

Ich wusste rein gar nichts über Jules. Vielleicht lief sie jeden Tag auch mit jeder Menge Make-up herum. Vielleicht hatte sie Extensions. Woher sollte ich das wissen? Und was fiel mir ein, überhaupt so an ein Mädchen zu denken, das nichts von meiner Existenz wusste?

Ich war doch dabei, komplett die Besinnung zu verlieren und mich schon wie ein Besessener zu verhalten.

Um nicht völlig in Gedanken zu versinken, schnappte ich mir einen Weizenpfannkuchen, der mit grünem Spargel, Mozzarella und Parmaschinken gefüllt war, und mischte mich wieder ins Gespräch. Wenn ich nicht gleich mit unangenehmen Fragen bombardiert werden wollte, sollte ich lieber schleunigst anfangen, mich normal zu benehmen, anstatt an Jules und ihr Tagebuch zu denken.

2

Vielleicht hätte ich gestern doch ein wenig früher ins Bett gehen sollen.

Ich war wenig Schlaf zwar durch mein Studium gewohnt, aber heute hingen meine Augenlider schon gut auf Halbmast. In der Früh hatte ich unter der Dusche fast noch im Stehen geschlafen, den Umgang mit meinem Rasierer hatte ich aus Sicherheitsgründen unterlassen, und nur durch Zufall hatte ich im letzten Moment einen Blick in den Spiegel geworfen, der mich nicht sehr diskret auf meine braunen Locken aufmerksam gemacht hatte, die in alle Richtungen abstanden.

Es war unfassbar, wie sehr mir Jules und ihr Tagebuch im Kopf herumspukten. Ich hatte nicht nur gestern Abend ständig meine Gedanken dort gehabt, sondern hatte sogar heute Nacht davon geträumt.

Wie ich in Jules' Tagebuch las.

Und seitdem ich davon geträumt hatte, war mir deutlich bewusst, dass ich eigentlich schon seit dem Moment, als ich realisiert hatte, was es war, mit dem Gedanken spielte, es zu lesen.

Jules' Gedanken zu lesen.

Das konnte ich doch nicht tun, oder?

Tagebücher waren nicht dazu da, von fremden Personen gelesen werden.

Tagebücher sollten Privatsphäre garantieren und auf ewig alle geheimsten Geheimnisse bewahren.

Vielleicht konnte man ihr jedoch auch damit helfen, wenn man wusste, was für Probleme sie hatte.

Hatten ihre Eltern es vielleicht sogar schon gelesen? Wussten sie bereits, weshalb Jules das getan hatte? Oder wusste bisher wirklich noch niemand von ihren geheimsten Gedanken?

Gott, ich musste dieses Mädchen echt aus meinem Hirn bekommen. Es ging mich einfach nichts an. Ich war dafür zuständig, dabei zu helfen, dass sie körperlich wieder gesund wurde, und danach würde sich ein Psychologe um sie kümmern. Es ging einfach nicht, dass ich einen ganzen Morgen lang nicht bei der Sache war, weil meine Gedanken um dieses Mädchen kreisten.

»Lorenzo, mein Lieber«, hörte ich da Pauls Stimme, aber sie klang nicht so lieb, wie seine Worte vermuten ließen.

Jetzt durfte ich mir also die Standpauke wegen gestern anhören.

Innerlich wappnete ich mich dafür, was jetzt gleich kommen würde. Gestern hatte ich die Situation noch lustig gefunden, heute dagegen fehlten mir die Kräfte, um meinen eigenen Scherz amüsant zu finden.

»Danke für den Hinweis, dass deine Schwester schon vergeben ist, oder hast du ihren Mann auch erst gestern kennengelernt?«, meinte er mit spöttisch hochgezogener Augenbraue. So ganz ernst meinte er es natürlich nicht, immerhin hatte er sich nicht auf den ersten Blick unsterblich in Cara verliebt. Er war nur genervt davon, dass er einen Abend verschwendet hatte. Obwohl ich fand, dass ein Abend in Gesellschaft meiner Familie nie verschwendet war.

»Ach, komm schon, als wenn du dir den Spaß mit mir nicht erlaubt hättest«, gab ich zurück und rang mir ein müdes Lächeln ab. Mit meinem Kommentar brachte ich ihn ebenfalls zum Lachen, denn er wusste genau, dass ich recht hatte. Und wie gesagt, so schlimm war der Abend nun auch wieder nicht für ihn gewesen. Über das leckere Essen meiner Mama hatte er sich jedenfalls definitiv nicht beschwert.

»Na gut, ich lass dir das jetzt einmal durchgehen«, meinte er dann großzügig. »Dafür darfst du dich heute allein um eine meiner Patientinnen kümmern. Myrna oder Jules?« Er stellte mich unerwartet vor die Wahl.

»Wie? Ich soll das allein machen?« Durfte ich das überhaupt?

»Natürlich. Ich habe dir gestern dabei zugesehen. Du machst die Arbeit ordentlich, und warum sollten wir dann Zeit verschwenden, wenn beide gleichzeitig unsere Aufmerksamkeit benötigen könnten? Also: Myrna oder Jules?«, fragte er wieder und ich wusste genau, welchen Namen ich sagen würde, ohne dass ich groß darüber nachzudenken brauchte.

»Jules«, hörte ich mich also antworten, obwohl mir in dem Moment klar war, dass dies nicht die sinnvollste Wahl war.

Paul nickte nur, als hätte er mit meiner Antwort gerechnet.

»Lass dich nicht zu sehr davon mitnehmen, Lorenzo«, gab er mir einen gut gemeinten Rat, legte seine Hand kurz auf meine Schulter und sah mich fast besorgt an.

»Keine Sorge, ich komme schon klar.« Ich war mir zwar nicht sicher, ob das stimmte, aber irgendwie musste ich ja, oder?

»Na gut, dann ab an die Arbeit.« Paul wandte sich ab, um zu Myrna zu gehen, während ich noch einen kurzen Moment wie eine Salzsäule dastand.

Vielleicht hätte ich doch Myrna wählen sollen.

Es half mir bestimmt nicht, wenn ich Jules noch öfter dort in ihrem Krankenbett liegen sah.

Jetzt konnte ich es auch nicht mehr ändern, weil Paul schon in Myrnas Zimmer verschwunden war, stellte ich fest.

Ich atmete noch einmal tief durch und bereitete mich innerlich auf den Anblick vor, der mich gleich erwarten würde.

Langsam ging ich zu Jules' Zimmer und hätte beinahe geklopft. Wie dumm von mir.

Ich schritt durch die Tür, und mein Blick landete sofort auf Jules. Der Sonnenschein fiel durchs Fenster und tauchte sie in warmes Licht.

Sie sah beinahe aus wie Dornröschen.

Leise schloss ich die Tür hinter mir und mein Blick fiel auf das Kissen, das unverändert auf dem Bett lag. Ich riss meinen Blick mühsam davon fort. Gerade hatte ich eine andere Aufgabe, der ich nachkommen musste und die mich ablenken würde.

»Hallo, Jules«, begrüßte ich sie leise. Warum kam es mir so komisch vor, mit ihr zu reden? Weil ich nicht wusste, ob sie mich hören konnte? Ob sie mich verstand? Oder weil ich sie nicht kannte?

Ich wusste nichts über das Mädchen, das hier vor mir lag.

Wusste nichts über ihren Alltag, über ihre Freunde, kannte ihre Lieblingsfarbe nicht, wusste nicht, was für Musik sie hörte, ob sie gern las, ob sie ein Instrument spielen konnte und wie ihre Stimme klang.

Nur eines wusste ich: Ich wollte, dass es ihr besser ging.

Ich begann damit, ihren rechten Arm zu bewegen und zu massieren, wie ich es gestern schon unter Pauls Anleitung getan hatte. Paul hatte währenddessen unentwegt mit Jules geplaudert, als würde sie ihm jeden Moment antworten.

Aber Jules würde nicht antworten.

Jetzt zumindest noch nicht.

Ich wollte es trotzdem versuchen, wenn auch nur die kleinste Chance bestand, dass meine Stimme ihr bei ihrer Genesung helfen konnte.

»Ich weiß nicht, ob du dich an mich erinnerst, ich war gestern schon einmal da. Zusammen mit Paul.« Toll, Lorenzo, super Einstieg! Natürlich kann sie sich voll an dich erinnern und weiß auch, wer Paul ist.

Ich brach ab, weil mein erster Versuch gleich so gründlich misslungen war, dann riss ich mich zusammen und startete einen neuen Versuch.

»Ich habe keine Ahnung, weshalb du jetzt hier liegst, ich weiß jedoch, dass du bald wieder aufwachen wirst. Und dann wirst du Hilfe bekommen, Jules, damit du wieder ein gutes Leben führen kannst. Ein Leben, das dir Spaß macht. Ein Leben, an dem du hängst. Ich wünsche mir das wirklich sehr für dich, Jules.« Wieder brach ich ab, dieses Mal, weil ich einfach nicht wusste, was ich noch sagen sollte.

Also konzentrierte ich mich wieder vollends auf meine Aufgabe und versuchte meinen Kopf zu leeren, damit ich nicht ständig zu dem Kissen mit dem Tagebuch schielte, das mich wie magisch anzog.

Ich war gerade auf der anderen Seite von Jules' Körper angekommen, als die Tür aufging und ihre Eltern eintraten. Als sie mich sahen, blieben sie abrupt stehen.

»Oh, entschuldigen Sie bitte. Wir wollten nur Jules besuchen«, erklärte Mrs Hyatt mir das Offensichtliche.

»Das ist kein Problem. Wenn es Sie nicht stört, dass ich noch etwa zehn Minuten brauche, um Jules' Kreislauf und Blutzirkulation anzuregen, dann können Sie gern bleiben«, bot ich den beiden an, und etwas zögerlich kamen sie näher. Ihre Blicke hafteten auf ihrer Tochter, und Mrs Hyatt traten die Tränen in die eh schon geröteten Augen.

Ich kam mir vor wie ein Eindringling, doch ich musste meine Arbeit erst noch fertig machen. Vielleicht hätte ich die beiden doch bitten sollen, etwas später wiederzukommen.

»Sie wird bald wieder aufwachen«, sagte ich leise, in einem kläglichen Versuch, die beiden aufzumuntern. Stattdessen liefen Mrs Hyatt nur die Tränen über die Wangen, und Mr Hyatt starrte gedankenverloren vor sich hin.

»Ich finde es sehr schön, dass Sie sich so um sie sorgen, dass Sie sogar einige ihrer persönlichen Sachen mitgebracht haben«, sprach ich trotzdem weiter, weil ich sonst die traurige, erdrückende Stille nicht ertragen hätte.

Mrs Hyatt rang kurz um Fassung, bevor sie mir antwortete.

»Es hat sich richtig angefühlt. Den Teddy hat sie immer auf ihrem Bett liegen gehabt. Und das Kissen wollte sie immer zum Schlafen auf dem Bett behalten, weil ihre Oma den Bezug gehäkelt hat und sie sich nahestanden«, erzählte mir Mrs Hyatt, und in diesem Moment fasste ich den Entschluss, dass ich Jules' Eltern wenigstens von dem Tagebuch erzählen sollte, falls sie es tatsächlich nicht entdeckt hatten.

»Mrs Hyatt, gestern ist mir aus Versehen das Kissen Ihrer Tochter vom Bett gerutscht, und dabei habe ich entdeckt, dass darin ein Buch versteckt ist. Vielleicht möchten Sie es ja haben?« Ich sagte lieber nicht, dass ich bereits einen Blick hineingeworfen hatte und wusste, dass es sich um Jules' Tagebuch und ihre innersten Gedanken handelte.

Aber Mrs Hyatt überraschte mich. »Ach, Sie meinen das Buch mit dem schwarzen Ledereinband? Das ist ihr Terminkalender, den hatte sie immer bei sich. Deswegen dachten wir, dass wir ihn in das Kissen stecken, da wir sonst keinerlei Bücher hierlassen durften«, erklärte sie mir, und ich stutzte.

Wie konnten sie einfach so die Richtlinien der Station ignorieren? Bewusst Gegenstände hereinzuschmuggeln? Und das so nonchalant auch noch zuzugeben?

Und ... ihr Terminkalender?

Wussten ihre Eltern etwa gar nicht, dass das nicht ihr Terminkalender, sondern ihr Tagebuch war?

»Sie hat ihren Kalender immer bei sich gehabt. Wir wollen sie daran erinnern, dass sie noch eine Zukunft hat. Voller Termine. Voller Pläne«, erzählte ihre Mutter weiter, als hätten sie sich wirklich Gedanken gemacht.

Hatten sie auch – aber es waren die falschen.

Sollte ich etwas sagen? Die Entscheidung wurde mir abgenommen, als Mr Hyatt weitersprach.

»Sie war immer ein ruhiges Kind, hat sich nie beschwert. Sie hat auch sonst nicht viel mit uns geredet.«

Jules hatte nicht mit ihren Eltern über ihre Probleme gesprochen. Das war kein gutes Zeichen.

Und verbunden damit, dass sie nicht einmal in ihren *Kalender* hineingesehen hatten ... Irgendetwas stimmte da nicht. Also hielt ich erst mal meine Klappe und führte die Bewegungstherapie an Jules' Bein fort.

Aus dem Augenwinkel konnte ich immer noch das Kissen sehen. Die Sonne schien direkt darauf, beinahe wie ein Spot. Als würde es mich geradezu dazu einladen, die erste Seite aufzuschlagen und mit dem Lesen zu beginnen.

Ihre Eltern wussten nicht, was darin stand. Sie wussten nicht einmal, dass diese Zeilen existierten.

Vielleicht standen dort ja auch keine wichtigen Informationen drin. Vielleicht waren es nur die Albernheiten eines Teenagers, der Tagebuch führte.

Aber irgendetwas sagte mir, dass das nicht der Fall war. Dass Jules so viel tiefgründiger war als die meisten anderen Teenager in ihrem Alter.

Und ihre Eltern verstanden das nicht. Sie verstanden Jules nicht.

Sie *kannten* Jules nicht.

Sonst hätten sie gewusst, dass das nicht ihr verdammter Kalender war.

Vorsichtig legte ich Jules' Bein wieder ab.

Wenn ich so zurückblicke, fasste ich die Entscheidung, ihr Tagebuch zu lesen, in genau diesem Moment. Als mir bewusst wurde, dass ihre Eltern nicht nach dem Warum suchten.

Irgendjemand schuldete es Jules. Wenn wir sie schon in ein Leben zurückholten, in dem sie eigentlich nicht sein wollte, dann war es unsere gottverdammte Pflicht, dafür zu sorgen, dass es ein besseres Leben war, zu dem sie erwachte.

Und um das zu schaffen, musste man erst einmal wissen, was in ihr vorging.

»Ich lasse Sie jetzt mit ihr allein. Auf Wiedersehen.« Ich verabschiedete mich von Jules' Eltern.

Doch ich wusste, dass ich wiederkommen würde.

Und beim nächsten Mal würde ich der Verlockung, ihr Tagebuch zu lesen, nicht mehr widerstehen können.

17. Februar

Liebes Tagebuch ...
Wow. Ich tue es tatsächlich.
Ich schreibe meinen allerersten Eintrag in einem Tagebuch. Ganz ehrlich, ich hätte nie gedacht, dass dieser Tag einmal kommt. Für mich waren Tagebücher immer nur für geistig instabile oder viel zu kreative Köpfe. Und meiner eigenen Auffassung nach zu urteilen, bin ich keines davon.
Trotzdem habe ich meinen inneren Schweinehund überwunden und dich gekauft.
Du bist ziemlich hübsch, weißt du das? Und heiß ... Ich meine, du bist ganz in schwarzes, mattes Leder gepackt. Dein Selbstvertrauen muss echt unüberwindbar sein. Nicht einmal zehn Pferde würden mich dazu bringen, Leder anzuziehen.
Aber dir steht es.
Verstehst du überhaupt, was ich schreibe? Ich meine, sprichst du meine Sprache? Tue ich dir beim Schreiben weh? Fühlst du eigentlich irgendetwas? Oder bist du nur eine taube Hülle, die ab jetzt von mir benutzt wird?
Ich mag den Gedanken, dass du in irgendeiner Weise lebendig bist.
Deswegen möchte ich versuchen, diesen Eintrag besonders zu machen. Es ist immerhin der erste. Und das heißt: keine durchgestrichenen Wörter, keine hässliche, unlesbare Schrift und keinen peinlichen Schwachsinn. Einfach Ehrlichkeit.
Mal sehen, ob mir das auf Anhieb gelingt.

Mein heutiges Thema ist die Dankbarkeit. Die Bedeutung eines einzigen Wortes.
Und eigentlich geht es auch um kaputte Freundschaften.
Und Bauchkribbeln.
Du wirst sehen.
Okay, dann fange ich mal an ...
Puh, ich bin aufgeregt.
... Los geht's. (Ich blättere lieber auf die nächste Seite, damit klar ist, wo mein eigentlicher Eintrag anfängt.)
Anstatt zu lernen, wie man diverse mathematische Gleichungen löst, sollte in der Schule lieber unterrichtet werden, wie man sich in ganz normalen alltäglichen Situationen einander gegenüber zu verhalten hat.
Es kommt mir so vor, als wäre das Bedürfnis dafür viel größer. Viel aktueller. Denn anscheinend ist es schwerer, ein höfliches »Danke« auszusprechen, als (x) ausfindig zu machen.
Danke.
Das ist so ein kleines, einfaches Wort. Doch es bedeutet so unendlich viel. Mir bedeutet es viel. Viel mehr, als Brianne weiß.
Nein, liebes Tagebuch (du brauchst übrigens einen Namen), wir sind nicht wieder befreundet. Wir ignorieren uns immer noch. Seit vier Monaten, um genau zu sein. Die Hintergrundstory kommt noch irgendwann.
Jedenfalls ist ihr heute ihr Kugelschreiber direkt vor meinen Füßen runtergefallen. Das konnte ich einfach nicht ignorieren. Meine Eltern haben mich schließlich gut erzogen.
Und seitdem keines Blickes gewürdigt, aber das ist eine ganz andere Geschichte, die ich mir für einen späteren Eintrag aufheben will ;-) Du merkst, ich habe vieles, was ich mir von der Seele schreiben möchte.
Wie auch immer.

Ich habe den pinken Kugelschreiber aufgehoben und ihn Brianne gereicht. Der Blick ihrer grauen Augen hat mich kurz durchbohrt. Sie hat sich den Kugelschreiber geschnappt. Anstatt mich nett anzulächeln, hat sie mich abschätzig gemustert und sich umgedreht. Ohne ein Wort.
Ich glaube kaum, dass ihr bewusst ist, wie weh das tat. Einer fremden Person gegenüber hätte sie sich unter normalen Umständen höflicher benommen.
Selbst das bin ich nicht für sie. Ich bin nicht einmal nur eine »fremde« Person.
Ich bin ein Nichts.
Wenn man bedenkt, dass wir mal beste Freundinnen waren, ist das schon ein ziemlicher Kontrast.
Durch das fehlende »Danke« ihrerseits ist mir bewusst geworden, wie oft ich es zu hören erwarte, jedoch nur von gähnender Stille enttäuscht werde.
Ich habe zwei Mädchen aus der Mittelstufe heute die Tür aufgehalten. Sie haben mich nicht einmal angesehen. Ich weiß nicht, ob sie mich mit einem automatischen Türöffner verwechselt haben (so dünn und unscheinbar bin ich eigentlich nicht) oder ob sie die Geste als eine Selbstverständlichkeit sehen. Ein »Danke« war ich offensichtlich auch nicht wert.
Kurz danach hat mich ein Junge gefragt, ob ich denn wüsste, wo sich der Schulsprecher aufhält.
Ich habe es ihm erklärt und dafür wieder kein »Danke« bekommen, sondern nur ein »cool«.
Cool.
Als ob das irgendein Universalwort ist, das man in allen Situationen verwenden kann, und der andere weiß automatisch, ob das jetzt als »Danke«, »Bitte« oder »Ich-lächele-dir-freundlich-zu-aber-eigentlich-kannst-du-mich-am-Arsch-lecken« gemeint ist.

Du denkst dir jetzt vielleicht – falls du überhaupt denken kannst –, dass drei fehlende Dankeschöns an einem Tag nicht so tragisch sind.
Und du hast recht. Ich komme damit klar. Wirklich.
Vielleicht ist jeder Tag so und nur heute ist es mir so deutlich aufgefallen.
Das ist ja auch noch nicht das Schlimme.
Als es endlich läutete und ich aus der Irrenanstalt entlassen wurde, ist MIR mein Kugelschreiber runtergefallen, so eilig hatte ich es, meinen Kram einzupacken und nach Hause zu gehen.
Okay, Tagebuch (du brauchst wirklich einen Namen!), jetzt wird es kitschig. Und eigentlich wollte ich noch weniger, als einfach Tagebuch zu schreiben, einen kitschigen, klischeehaften ersten Tagebucheintrag verfassen, aber was soll's. Ich überschreite heute sowieso sämtliche persönlichen Grenzen.
Gerade als ich den Kugelschreiber aufheben wollte, hat es ein anderer getan. Unsere Finger haben sich berührt. Es hat geknistert. Ich habe hochgesehen und bin in dieses helle Blau getaucht, das mir zum ersten Mal so richtig aufgefallen ist. Ich habe die Luft angehalten. Etwas in mir ist in dieser Sekunde zum Leben erwacht, als ich mein Gegenüber betrachtet habe.
Brad Anderson.
Du musst wissen, dass Brad DER BELIEBTESTE KERL der gesamten Schule ist. Von ihm beachtet zu werden ist so ziemlich das Höchste, was dir in der Schulzeit widerfahren kann.
Und Brad hat mich nie beachtet. Bis jetzt.
Er hat seine strahlend weißen Zähne in einem phänomenalen Lächeln zur Schau gestellt und mir meinen Kugelschreiber mit einem simplen »Hier« wieder gegeben.

Ich habe ihn nur angesehen. Die Unhöflichkeit meiner Mitschüler hat mich angesteckt. Ihre Unfreundlichkeit hat mich infiziert.
Denn er ist aufgestanden und gegangen, bevor ich mich bedanken konnte.
Ich weiß nicht, was mich mehr aufregt. Dass ich nicht »Danke« gesagt habe oder dass mir beim Gedanken an diese Szene die Wangen rot werden.
Der minimale, kurze Kontakt zu ihm sollte mich nicht so aus der Bahn werfen. Sollte meine Gedanken nicht so vereinnahmen.
Und siehst du, namenloses Tagebuch, hier kommst du ins Spiel.
Jemand hat mir nämlich mal gesagt, dass es hilft, zu schreiben, wenn einem die eigenen Gedanken zu wirr sind. Dass man durch das Aufschreiben die Gefühle ordnen und sortieren kann.
Ich weiß nicht, was ich erwartet habe. Denn ich bin jetzt genauso verwirrt und irritiert wie noch vor einer Stunde. Du bist auch echt keine große Hilfe. Wie auch? Du kannst nicht reden.
Na ja ... Du hörst mir zu. Oder du lässt meinen Redeschwall über dich ergehen.
Das ist immerhin schon mehr, als viele in letzter Zeit für mich getan haben.
Ich lenke vom Thema ab. Und ja, das ist mir sehr bewusst. Aber das bringt mir auch nichts.
Ich muss es einfach einsehen.
Obwohl ich mir geschworen habe, nie wie die anderen Mädchen in der Schule zu sein, bin ich es jetzt doch.
Denn seit genau fünf Stunden schwärme ich für Brad Anderson.

3

Ich starrte auf die Zeilen, die ich soeben gelesen hatte, noch ganz benommen davon, wie Jules' Wesen plötzlich in meinem Kopf Gestalt annahm.

Es kam mir vor, als stünde sie plötzlich direkt neben mir und würde mit mir reden.

Ich betrachtete ihr ruhiges, ausdrucksloses Gesicht, warf einen Blick auf die Monitore, auf denen alles normal aussah, und klappte dann das Tagebuch zu, um es wieder an seinen Platz in das Kissen zurückzustecken, bevor ich den Raum verließ.

Als ich darum gebeten wurde, die aktuellen Werte bei Jules zu überprüfen und in ihrer Akte zu bestätigen, hatte ich nicht mehr länger widerstehen können und ihr Tagebuch aufgeschlagen. Ihre Schrift in mich aufgesogen.

Diese Worte hatten ihr in meinem Kopf Leben eingehaucht, und ich wusste, dass ich wiederkommen würde, um weiterzulesen. Nur jetzt konnte ich mir nicht mehr länger die Zeit nehmen, obwohl ich am liebsten alle ihre Einträge in einem Rutsch verschlungen hätte. Paul würde sowieso jede Minute auftauchen, da er seine zwei Patienten abwechselnd nur so kurz wie möglich aus den Augen ließ.

Während ich ein paar Routinearbeiten erledigte, die Praktikanten wie mir nun mal übertragen wurden, waren meine Gedanken ständig bei Jules' Worten.

Das Tagebuch hatte sie vor etwa einem halben Jahr angefangen, und der erste Eintrag klang noch nicht so, als wäre sie am Boden zerstört gewesen. Vielleicht ein wenig nachdenklich, eventuell sogar traurig, jedoch nicht verzweifelt.

Eigentlich war der Eintrag auch ziemlich unterhaltsam und humorvoll formuliert.

Was, verdammt, war im letzten halben Jahr passiert, dass Jules jetzt hier im Krankenhaus lag?

Ich wollte unbedingt sofort weiterlesen, wollte ihre Worte in mich aufsaugen, wollte verstehen, was in Jules vorgegangen war.

Und vielleicht wurde ich langsam verrückt. Ich steigerte mich hier in ein Schicksal hinein, das mich, genau genommen, nichts anging.

In etwa einer halben Stunde hätte ich meine Schicht für heute wieder geschafft, und ich sehnte mich nach einem kühlen Bier.

Und nach Ruhe. Ich wollte nichts mehr hören und sehen. Wenn ich Jules' Tagebuch mitnehmen könnte, würde ich sogar das tun, aber das Risiko war mir dann doch zu groß. Was, wenn ihre Eltern kamen und bemerkten, dass das Buch fehlte?

Andererseits hatten sie nicht einmal gewusst, dass es kein Kalender, sondern ein Tagebuch war.

Die letzte halbe Stunde durfte ich Dr. Ronson bei seiner Arbeit begleiten. Obwohl der Stationsarzt gegenüber uns Studenten teilweise eine ziemlich kühle Ausstrahlung hatte und man sich von ihm leicht einschüchtern lassen konnte, war er – wenn Zeit dafür war – sehr großzügig damit, sein immenses medizinisches Wissen mit uns zu teilen. Ich verabschiedete mich danach von den anderen, zog mich um und machte mich dann auf den Weg zum Bus. Mit einem Semesterticket hatte ich den Vorteil, dass ich so oft mit den öffentlichen Verkehrsmitteln fahren konnte, wie ich wollte, und da rentierte sich ein Auto einfach nicht. Ganz zu schweigen davon, dass ich mir nie im Leben eins leisten könnte.

Der Bus war zum Glück halb leer. Ich setzte mich in die letzte Reihe, winkelte ein Knie an, sodass es am Sitz des Vordermanns abgestützt war, und sah aus dem Fenster.

Acht Stationen bis nach Hause. Acht Stationen, in denen ich mir überlegte, was in meinem Leben passieren müsste, dass ich ihm ein Ende bereiten wollte.

Und ich wusste es nicht.

Ich konnte mir einfach kein Szenario verstellen, das mich so weit an den Rand einer Klippe tragen würde. Egal wie schlimm es war, es ging immer irgendwie weiter, und es gab zu viele andere Dinge, die das Leben lohnenswert machten.

Meine Familie. Meine Freunde. Meine Arbeit, die ich liebte. Die vielen Kleinigkeiten, an denen ich mich jeden Tag erfreute, sei es ein gutes Essen, die sanften Klänge einer Gitarre, das ausgelassene Lachen eines Kindes, die warmen Sonnenstrahlen auf meiner Haut. Es gab jeden Tag Dinge, für die man dankbar sein konnte, nicht zuletzt das Geschenk des Lebens selbst. Man musste diese Dinge nur bewusst wahrnehmen.

Als meine Station in Sicht kam, drückte ich den Stopp-Knopf und machte mich langsam auf den Weg zur Tür, um gleich aussteigen zu können, sobald der Bus hielt.

Vielleicht hatte Jules auch an einer Depression gelitten. Einer ernsten Krankheit. Da ging es nicht darum, welche Einstellung man zum Leben hatte oder ob man sich denn nicht *zusammenreißen* konnte. Da waren physische Vorgänge im Gehirn blockiert.

In ihrer Akte hatte nichts darüber gestanden, dass sie Antidepressiva genommen hatte, bevor sie ins Koma versetzt wurde.

Je mehr ich über dieses Mädchen nachdachte, desto mehr Fragen taten sich auf, dachte ich leicht missmutig, als ich meine Wohnung betrat.

In meinem Kühlschrank warteten noch die Reste von gestern Abend, weil Mama natürlich mit ihren Essensrationen eine ganze Armee hätte ernähren können. Doch als ich in den Kühlschrank blickte und die Stille in meinem Zuhause sich über mich legte, wusste ich, dass ich heute Abend einfach nicht allein sein konnte.

Meine Gedanken an Jules würden mich erdrücken.

Kurzerhand schloss ich den Kühlschrank wieder, schnappte mir mein Handy und meinen Geldbeutel und verließ die Wohnung. Mamas Reste würden auch morgen noch schmecken.

Ich spähte in die Abendsonne und lief dann Richtung Osten zum *Bella Casa.*

Das *Bella Casa* war ein italienisches Nobelrestaurant, das sich auch auf Molekularküche spezialisiert hatte und in dem ich als Kellner arbeitete, um mir meinen Lebensunterhalt zu finanzieren. Während meiner Famulatur hatte ich nicht die Zeit und auch nicht die Lust, dort weiter auszuhelfen. Dafür hatte ich vorher schon genug gespart, um mir an den Wochenenden mal ein wenig Ruhe zu gönnen oder tatsächlich ein wenig zu lernen, und ich erhielt vom Krankenhaus sogar eine kleine Vergütung. Die war zwar ein Scherz dafür, dass ich dort ja Vollzeit arbeitete, aber immerhin besser als nichts.

Heute Abend könnte ich mich zur Abwechslung ja auch mal verwöhnen lassen. Warum sollte ich es nicht ausnutzen, dass es dort sogar einen Studentenabend gab, an dem ich alles billiger bekam?

Außerdem würde es guttun, meine Freunde wiederzusehen. Mich von ihnen aufmuntern zu lassen. Sie würden mich ablenken.

Mit leichten Schritten marschierte ich durch die Straßen der Stadt. Genoss den Herbstsonnenschein. Betrachtete die Menschen, denen ich begegnete. Einige saßen eingepackt in Jacken und Decken in Straßencafés. Andere erblickte ich durch große Fenster, wie sie sich an einer Tasse Kaffee wärmten, zu Abend aßen, in gepolsterten Sesseln saßen und auf ihrem Laptop schrieben oder ein Buch lasen, neben ihnen eine dampfende Tasse auf einem kleinen Tischchen.

Ich musste bei ihrem Anblick lächeln.

Jeder erweckte den Anschein, in seiner eigenen kleinen Welt zu sein, umgeben von einer Seifenblase, die ein paar Eindrücke der Außenwelt durchscheinen ließ, die die Personen manchmal aus ihren Gedanken rissen, sie zum Lächeln brachten oder zum Kopfschütteln.

Ich sog die letzten Sonnenstrahlen in mich auf, bevor ich die Tür des *Bella Casa* öffnete. Wie erwartet, war es noch immer ziemlich voll, auch wenn einige Gäste offensichtlich bald aufbrechen würden. Ich freute mich für Fabio und Ceil, die Besitzer des Restaurants, dass der Laden so gut lief, nachdem sie in den letzten Monaten einige Hürden zu überwinden hatten. Hier war es echt drunter und drüber gegangen.

Als ich eintrat, kam mir schon Enrico entgegen, ein neuer, junger Keller, mit dem ich mich gleich auf Anhieb blendend verstanden hatte.

»Lorenzo! Was machst du denn hier? Sag bloß, es ist dir so langweilig geworden, dass du uns helfen möchtest?«, fragte er mich grinsend und begrüßte mich mit einem Handschlag.

»Eigentlich wollte ich mich heute mal von dir bedienen lassen«, erklärte ich stattdessen flachsend.

»Ich schätze, du spekulierst auf das Studenten-Special?« Er zwinkerte mir zu.

»Du hast es erfasst.«

»Dafür bist du noch ein bisschen früh dran«, ärgerte er mich, aber hallo? Irgendeinen Vorteil musste es doch haben, wenn man hier arbeitete. »Ich schätze mal, dass Fabio da für dich ein Auge zudrückt. Dann schauen wir mal, wo wir noch einen Platz für dich finden«, quatschte er gleich munter weiter, und ich lief ihm hinterher zu einem kleinen Tisch für zwei in einer Ecke. Ein ziemlich beliebter Tisch für Pärchen und erste Dates. Wie oft hatte ich hier schon serviert?

Heute setzte ich mich allein dorthin, bestellte gleich ein Glas Wein, weil es hier kein ordentliches Bier gab, und sagte Enrico, dass Fabio mich überraschen solle.

Ich lehnte mich gemütlich zurück und sah aus dem Fenster, beobachtete die Menschen, die vorbeiliefen, und versuchte auszublenden, dass ich hier überall Berge von Arbeit wahrnahm.

Auf einmal lief ein Mädchen mit braunen Haaren vorbei, und für einen kurzen Moment dachte ich, dass es Jules sei. Mein Herz stand für eine Sekunde still, dann realisierte ich, dass es ein Hirngespinst war.

Das Mädchen hatte zwar entfernt Ähnlichkeit mit Jules, aber Jules lag im Krankenhaus. Im Koma. Und lief definitiv nicht fröhlich hier mit ihrer Freundin durch die Gegend.

Ihr Tagebuch schwirrte mir wieder durch den Kopf. Ich hatte gerade einmal den ersten Eintrag geschafft, und doch war ich gefesselt. Jules wirkte auf mich wie ein Mädchen mit Tiefgang, trotz ihres jungen Alters.

Und ich hatte nun noch mehr Fragen im Kopf als vorher. Was war, zum Beispiel, zwischen Brianne und ihr vorgefallen? Und was war aus diesem Brad geworden? Hatte er Jules geholfen, oder hatte er es für sie nur schlimmer gemacht?

Der erste Eintrag gab nur wenig über sie preis, und ich wollte noch so viel über sie wissen.

»Hier ist schon mal der Wein.« Enrico riss mich aus meinen Gedanken, und ich hielt ihn auf, bevor er wieder gehen konnte.

»Kann ich kurz deinen Stift haben?«, fragte ich aus einem Impuls heraus, und Enrico sah mich verdutzt an, zog dann seinen Kugelschreiber aus der Kellnerschürze und gab ihn mir, bevor er zum nächsten Tisch eilte.

Ich hätte ja gerade auch noch nach dem Block fragen können, aber gut, dann musste eben die Serviette dafür herhalten, meine Gedanken zu ordnen.

Immer wenn mich etwas beschäftigte, dann verarbeitete ich es in Texten. Manchmal klimperte ich dazu sogar eine Melodie auf meiner Gitarre. Vorerst musste der wenige Platz auf der Papierserviette reichen.

Ich summte lautlos vor mich hin, während ich einzelne Worte und Sätze auf die Serviette schrieb. Immer wieder musste ich einzelne Buchstaben nachzeichnen, weil der Kugelschreiber einfach für richtiges Papier gedacht war und nicht für drei Lagen dicken und edlen Stoff.

»Lorenzo!«

Beim Klang von Ceils Stimme sah ich hoch und musste sofort lächeln.

»Enrico hat mir gerade gesagt, dass du hier bist. Mein Gott, wie geht es dir?«

Ich stand auf, um sie zu umarmen, dann erst antwortete ich ihr. »Danke, mir geht's gut! Viel zu tun, die Arbeit im Krankenhaus ist fast noch anstrengender als hier, aber es gefällt mir.«

»Wir vermissen dich«, sagte sie und boxte mich leicht in die Seite.

»Wie läuft es hier?«, wollte ich von ihr wissen, und wir setzten uns wieder hin. Ich wusste, dass es Ceil angenehmer war zu sitzen, wo sie sich nicht so klein vorkam, als mit ihren nur eineinhalb Metern vor mir zu stehen. »Du bist immer noch Geschäftsführerin?«

»Ja, es funktioniert echt gut. Wer hätte das gedacht?«, meinte sie stolz und müde zugleich. Ceil, die eigentlich nur gekellnert hatte, hatte vor drei Monaten die Stelle als Geschäftsführerin übernommen, da Fabio – Koch und Inhaber des Restaurants – plötzlich ohne Geschäftsführerin dagestanden hatte. Und zu aller Freude war Ceil ihrer neuen Aufgabe gewachsen.

»Sag schon, wann kommst du endlich wieder?«

Ich trank von meinem Wein und zuckte mit den Schultern. »Mal sehen. In ein paar Wochen fängt das Wintersemester an, und ich muss mir erst einmal einen Überblick über die Vorlesungen und generell über den Verlauf verschaffen.« Ich wollte mich nicht schon gleich nach dieser Famulatur und zu Studienbeginn zu Tode ackern. Sonst würde ich bei dem Stress noch die Besinnung verlieren.

Obwohl ich die womöglich schon längst verloren hatte.

»Hey, was schreibst du da?«, fragte Ceil auf einmal und zeigte auf meine Serviette.

»Oh, ach das ... Fürs Studium. Sachen, die ich mir merken muss«, log ich und faltete die Serviette zusammen. Ich war normalerweise ein mehr als ehrlicher Typ, aber irgendwie wollte ich die Sache mit Jules noch für mich behalten.

Und ich wollte nicht heute Abend schon als kranker Stalker abgestempelt werden.

»Medizin ist echt ein Vollzeitstudium, was?« Ceil lächelte mir gequält zu, und erleichtert stellte ich fest, dass sie mir meine kleine Notlüge abgekauft hatte. Dann stand sie auf.

»Ich sage Fabio Bescheid, dass er sich fünf Minuten Pause nehmen soll, damit er zu dir kann.«

»Danke, Ceil.«

Dass Ceil und Fabio sich für mich Zeit nahmen, ungeachtet dessen, dass hier so viel los war, bedeutete mir enorm viel. Obwohl wir uns die letzten Monate kaum gesehen hatten, waren sie einfach immer noch für mich da.

Hatte Jules jemanden gehabt, der wirklich immer für sie da war?

Seufzend sah ich aus dem Fenster und fing mein eigenes Spiegelbild auf. Ich wirkte müde. Die Ränder unter meinen braunen Augen sah ich sogar in der Fensterscheibe. Und ich sah nachdenklich aus. Tiefsinnig, fast schon. In meine eigene Welt gekehrt.

Und das alles nur wegen Jules.

Und dann realisierte ich plötzlich, dass ich mit hoher Wahrscheinlichkeit überhaupt nicht mehr in ihrer Nähe tätig sein würde, wenn sie aus dem Koma aufgeweckt wurde. Ich würde nicht mehr mitbekommen, wenn sie zurück ins Leben geführt würde. Wie sie reagieren würde. Wie es ihr ging.

Ich würde nie ihre Stimme hören, würde nie ihre Augenfarbe erfahren, würde sie nie kennenlernen. Ich hätte auf ewig nur die Vorstellung von der Jules im Kopf, wie ich sie mir ausmalte, und nicht, wie sie in der Realität war.

Der Gedanke ernüchterte mich.

Ich. Kannte. Jules. Nicht.

Ich hatte kein Recht darauf, ihr Tagebuch zu lesen.

Sie kannte mich nicht. Würde mich nie kennen.

Der Gedanke war seltsam.

Es gab sowieso keinen Grund, jetzt darüber nachzusinnen.

Ich nahm noch einen Schluck vom Wein und versprach mir in dem Moment, mich wieder normal zu benehmen. Und Jules wie jeden anderen Patienten im Krankenhaus zu behandeln.

Dabei wusste ich tief in meinem Innern, dass es dafür schon viel zu spät war.

Ich ließ meinen Blick durch das Restaurant schweifen, als ich sah, wie Fabio mit einem dampfenden Teller auf mich zukam und mir mein Essen höchstpersönlich brachte.

»Lorenzo, altes Haus! Lässt du dich also auch mal wieder blicken!«, begrüßte er mich und setzte sich zu mir, nachdem er den Teller vor mir abgestellt hatte.

»Ich habe einfach mal eine Auszeit von euch gebraucht«, gab ich ebenso scherzhaft zurück, bevor ich mir mein Essen genauer ansah. »Wow, das sieht wieder mal fantastisch aus, Fabio!«

»Dann hau rein«, forderte er mich lächelnd auf, und ich schaufelte mir eine Gabel von den grünen und gelben Nudeln, die in einer Art Pesto lagen, in den Mund. Am Rand befanden sich drei kleine Türmchen, die ähnlich wie Wackelpudding aussahen, die jedoch, wie ich wusste, eine Gelifikation mit pflanzlichen Bindemitteln waren, alle drei in unterschiedlichen Farben, und ich würde gleich austesten, was für

Geschmackrichtungen sich Fabio dieses Mal wieder hatte einfallen lassen.

»Einfach perfekt«, schwärmte ich mit noch halb vollem Mund, genau so, wie meine Mama mir beigebracht hatte, dass man es nicht tat. Gut, dass sie jetzt nicht da war.

»Wie läuft es hier inzwischen?«, fragte ich dann, um mich ungestört meinem Essen widmen zu können, während Fabio erzählte.

»Jetzt ist wieder alles geregelt. Sydney und Enrico machen sich gut, und Ceil ist mir eine große Hilfe«, erklärte er mit einem warmen Lächeln, das mich vermuten ließ, dass er seine Freundin gerade im Geiste fest an sich drückte. Wie konnte man nur so verknallt sein? »Und sonst ... Na ja, du siehst es ja.« Fabios Lächeln war leicht selbstgefällig und vor allem wirklich stolz, als er seinen Blick kurz durch das gut gefüllte Restaurant schweifen ließ.

Inzwischen hatte ich schon meinen halben Teller leer und nahm einen Schluck von meinem Wein.

»Du hast hier auch echt große Arbeit geleistet«, lobte ich ihn lächelnd.

»Danke, aber ohne euch wäre ich nichts. Ich freue mich darauf, dass du bald wieder hier arbeitest.« Fabio stand auf und klopfte mir auf die Schulter. »Wenn du noch bis Ladenschluss bleibst, öffne ich einen 2010'er für dich«, flüsterte er mir verschwörerisch zu und ging mit eiligen Schritten wieder Richtung Küche.

Ich freute mich auch darauf, wieder hier zu kellnern.

Mein Alltag war momentan einfach so ungewohnt. Ich lebte in einer ganz anderen Welt, war von neuen Menschen umgeben. Ich musste nur an Jules denken, um zu bemerken, dass ich im Krankenhaus ein anderer Mensch war, dass mich wildfremde Dinge beschäftigten.

Trotzdem freute ich mich darauf, dass die Famulatur bald vorbei war und ich meinen *alten* Alltag zurückbekam. Es waren jedoch noch einige Wochen bis dahin.

Und irgendwie kam mir das wie eine Ewigkeit vor.

Am nächsten Morgen wachte ich überraschenderweise, wenn man an die wenigen Stunden Schlaf dachte, die ich bekommen hatte, völlig hyperaktiv auf. Ich verspürte so viel Energie, dass ich sofort aus dem Bett sprang, um mich fertig zu machen, und dann so schnell wie möglich zuzusehen, dass ich ins Krankenhaus kam.

Und ich wusste auch genau, warum es mir so ging.

Es lag alles an Jules.

Oder besser gesagt, an ihrem Tagebuch.

Obwohl ich mir noch vor zwölf Stunden geschworen hatte, mich normal zu benehmen, konnte ich an nichts anderes mehr denken als daran, dass ich unbedingt den nächsten Eintrag lesen wollte. Und den nächsten. Und den nächsten.

Auf einen Außenstehenden musste ich komplett verrückt wirken. Aber Jules lag mir einfach am Herzen. Und nachdem ich ihren ersten Eintrag gelesen hatte, der zwar ein wenig nachdenklich, aber ja bei Weitem noch nicht am Boden zerstört klang, wollte ich umso mehr wissen, was in ihrem Leben noch alles passiert war.

Für mich war Jules mehr als nur eine Patientin. Sie war mein eigenes kleines Forschungsprojekt bezüglich der menschlichen Natur und in gewissem Maße auch der Psychologie.

Wie sehr hatte Jules sich im letzten halben Jahr verändert? Was war aus ihrer Lebensfreude und ihrem Humor geworden? Wie konnte man Menschen helfen, die keinen Ausweg mehr sahen? Gab es Anzeichen? Wie viel musste passieren, dass jemand diesen letzten Schritt gehen wollte? Konnte man das pauschal überhaupt sagen? Jede Person belasteten andere Dinge, auf jeden wirkten diese unterschiedlich schwer.

Ich wollte mich darauf sensibilisieren, möglichst früh derartige Anzeichen zu erkennen. Nur dann konnte man diese

Person unterstützen, sie aufmuntern, ihr die schönen Seiten des Lebens zeigen. Und auch wenn es Rückschläge geben sollte, konnte man füreinander da sein und sich gegenseitig aufbauen.

Und Jules würde definitiv Aufmunterung und Zuspruch benötigen, wenn sie wieder aufwachte, da war ich mir sicher.

Ich betrat die große Eingangshalle des Krankenhauses, die erst vor ein paar Jahren renoviert worden war und dementsprechend einen hellen, modernen Eindruck erweckte, und mein ganzer Körper kribbelte vor Nervosität. Meine Nerven waren gespannt wie Drahtseile, und als jemand hinter mir meinen Namen rief, wäre ich beinahe vor Schreck in die nächste Ecke gesprungen.

Mona schloss lachend zu mir auf. »Was ist denn mit dir los? So schreckhaft kenne ich dich gar nicht.«

»Ich war nur komplett in Gedanken«, meinte ich und musste jetzt selbst über meine Reaktion lachen. »Was machst du denn schon hier?«, fragte ich dann nach. Ich war fast eine halbe Stunde zu früh, und das kam bei Studenten normalerweise nie vor.

»Das Gleiche könnte ich dich fragen«, gab sie schmunzelnd zurück, und für einen kurzen Moment hatte ich das Gefühl, dass sie genau wusste, was ich hier wollte. Dann seufzte sie gespielt theatralisch. »Immer diese senile Altersbettflucht«, ärgerte sie mich ein wenig.

Ich gab ihr einen leichten Schubser. »Hey! Pass auf, was du sagst, du bist immerhin auch hier.« Mona grinste nur. »Dann gehe ich mich mal hübsch machen«, fügte ich dann hinzu.

»Und ich hole mir erst noch einen Kaffee. Einen von den ganz großen.« Und damit drehte sie sich um und verschwand Richtung Kaffeemaschine, die im Wartebereich beim Empfang platziert war und die keiner hier unter normalen Umständen angerührt hätte, weil alles, was da rauskam, einfach gleich ätzend schmeckte. Der lauwarme Kaffee in den Kannen auf der Station war aber nicht gerade besser, und die

Kantine war zu so früher Stunde noch zu. Was tat man nicht alles für eine ordentliche Ladung Koffein, um den Tag zu überstehen?

Ich machte mich auf den Weg zur Intensivstation, um mich umzuziehen. Das kurze Gespräch mit Mona hatte mich beruhigt, und ich spürte dieselbe Gelassenheit durch mich hindurchströmen, wie ich sie sonst immer empfand. Jetzt gerade fühlte ich mich wieder wie ich selbst und nicht so aufgekratzt, wie ich es die letzten Tage gewesen war.

Das hatte ich auch Ceil, Fabio und den anderen aus dem *Bella Casa* zu verdanken.

Wir hatten gestern Abend tatsächlich noch meinen Lieblingsbarolo aus dem Superjahrgang 2010 geköpft und bis in die frühe Nacht gequatscht.

Obwohl mich etwas dazu gedrängt hatte, hatte ich nichts über Jules' Tagebuch gesagt. Ich hatte von ihr erzählt, weil Ceil gefragt hatte, ob ich nicht von meinem Alltag im Krankenhaus und einigen Patienten berichten wolle, natürlich ohne meine Schweigepflicht zu brechen.

Ich wusste, dass vor allem Fabio mir gehörig auf den Schädel hauen würde, wenn er davon erfuhr, dass ich im Tagebuch eines Mädchens im Koma gelesen hatte.

Und weiterlesen würde.

Ich schloss meinen Spind, verließ den Umkleideraum, der mit seinen orange- und erdfarbenen Wandfliesen direkt aus den Siebzigern noch eine grundlegende Modernisierung vor sich hatte, und warf einen Blick auf die Uhr. Noch immer zwanzig Minuten, bis meine Schicht offiziell begann. Genug Zeit also, um Jules einen Besuch abzustatten.

Mein Herzschlag beschleunigte sich mit jedem Schritt, der mich näher zu ihrem Zimmer brachte. Völlig paranoid sah ich mir noch einmal über die Schulter, um mich zu vergewissern, dass mich keiner misstrauisch beobachtete.

Dabei herrschte wie immer eine rege Hektik, und viele der Pfleger und Ärzte kannten mich mittlerweile wenigstens vom Sehen und waren nicht weiter überrascht, dass ich mich auf der Station befand.

Ich horchte kurz, um herauszufinden, ob sich gerade ein Pfleger in Jules' Zimmer befand. Doch ich konnte nur das stete Piepen wahrnehmen.

Ohne ungewollte Aufmerksamkeit auf mich zu ziehen, betrat ich Jules' Zimmer. Die kleinen Härchen auf meinen Armen richteten sich auf, als ich sie erblickte. Ich stellte mir vor, wie sie aussah, wenn sie nicht in diesem Bett, umgeben von Maschinen und Schläuchen wäre. Sie wirkte eher wie ein Roboter statt wie ein Mensch. Am Leben, aber nicht voll Leben.

Ich trat neben sie und blickte auf sie hinunter. »Hey, Jules«, hauchte ich.

Plötzlich kam ich mir wie ein Creep vor, dass ich mich hier hereinschlich, um in ihrem Tagebuch herumzuschnüffeln. Der Stich des schlechten Gewissens machte sich in mir breit. Kombiniert mit der Angst, dass der zuständige Pfleger gleich das Zimmer betrat und ich dann nicht erklären konnte, was ich hier eigentlich tat.

Dann fiel meine Aufmerksamkeit wieder auf das Tagebuch, das ich wie von selbst aus der Kissenhülle gezogen hatte, und meine Bedenken waren verflogen. Zu sehr wollte ich Jules besser kennenlernen. In ihre Gedanken eintauchen. Sie verstehen. Erfahren, wer sie wirklich war.

»Ich kenne dich zwar nicht, aber ich bin mir sicher, dass du mich daran hindern würdest, das zu tun, weshalb ich hergekommen bin«, murmelte ich weiter. »Wenn du wieder wach bist …« Ich schluckte. »Und wir uns vielleicht wieder treffen sollten, darfst du mich gern schlagen«, versuchte ich zu scherzen, erwartete für den Bruchteil einer Sekunde sogar ein Lächeln auf ihren Lippen zu sehen, doch sie schlief unbeeindruckt weiter.

Ich seufzte. Und nahm das Tagebuch zur Hand. Ich sollte lieber keine Zeit vertrödeln, sondern schnell den nächsten Eintrag lesen und wieder aus ihrem Zimmer verschwinden.

Ich warf Jules noch einen schnellen Blick zu, sah auch rasch auf den Flur hinaus, dann schlug ich das schwarze Buch auf und blätterte weiter.

18. Februar.

Und schon bei den ersten Zeilen musste ich schmunzeln.

18. Februar

Na, wie fandest du meinen ersten Eintrag gestern? Und sag jetzt ja nicht, dass du so etwas jeden Tag zu lesen bekommst!

Ich zumindest war danach ziemlich erleichtert. Es hat also doch geholfen, meine ganzen Gedanken niederzukritzeln.

Denn du bist jetzt quasi meine Freundin. Meine beste Freundin, der ich alles erzähle.

Und glaub mir, du bist die einzige, der ich meine Gefühle so anvertraue.

Du fragst dich jetzt bestimmt, wie es sein kann, dass ich sämtliches Vertrauen in die Menschheit verloren habe?Ich will es dir erklären. Der Grund ist simpel.

Und heißt Brianne.

Aber vorher müssen wir beide noch etwas wirklich Wichtiges klären. Ich habe dir gerade gesagt, dass du meine beste Freundin bist, und dass du die einzige bist, der ich meine Gefühle anvertraue.

Und du willst mir nicht einmal deinen Namen verraten?So funktioniert die Welt nicht, Schätzchen.

Also werde ich dir jetzt einen Namen geben, ob er dir gefällt oder nicht. Ich bin mir ziemlich sicher, dass du zufrieden sein wirst.

Ich taufe dich ... Die geheimnisvolle Gerti :)

Und bevor du dich jetzt beschwerst: Denke einmal darüber nach, dass du bestimmt das einzige Tagebuch im gesamten Universum bist, das so heißt.
Du bist einzigartig. Ein Unikat.
Also, Miss Gerti. (Du bist nicht verheiratet, oder? Sonst will ich bitte alles darüber erfahren, wie du und dein Mann euch kennengelernt habt!)
Bist du bereit für Briannes Geschichte?
Hier kommt sie …
Brianne und ich sind zusammen aufgewachsen, haben uns im Kindergarten angefreundet, waren seit damals unzertrennlich. Sie wohnt auch nicht weit weg von mir, weshalb wir eigentlich immer zusammen waren. In der Schule. Außerhalb der Schule.
Sie war meine beste Freundin, und ich habe ihr vertraut. Wenn ich so zurückblicke, muss ich ehrlich gestehen, dass wir uns schon vor ein paar Jahren auseinandergelebt haben. Weil, siehst du, wir sind ziemlich verschieden. Waren wir schon immer.
Als Kinder hat es uns nichts ausgemacht. Es war kein Nachteil. Es hätte auch nie ein Nachteil werden müssen. Mit der Zeit wurden wir beide einfach schlechter darin, die Verschiedenheiten des anderen zu ertragen.
Ich wurde immer stiller, habe mich auf die Schule konzentriert, mich in Büchern vergraben und mehr und mehr in meiner eigenen Welt gelebt.
Brianne hat angefangen zu rauchen, zu trinken, auf Partys zu gehen und mit den coolen Leuten in der Schule abzuhängen.
Und plötzlich war ich ihr nicht mehr gut genug.
Aber hey. So was passiert. Man gewinnt Freunde, man verliert Freunde, man gewinnt neue Freunde.
Ich hätte damit leben können.
Ich lebe damit.
Brianne hat es mir so viel schwerer gemacht …

Sie hat nicht einfach damit aufgehört, meine Freundin zu sein.
Sie hat mich verraten, sie hat mich verletzt, sie hat mich bloßgestellt – und dann erst hat sie aufgehört, meine Freundin zu sein.
Manchmal kommt es mir so vor, als wenn sie so eine Scheiße abziehen musste, um damit klarzukommen, dass wir nicht mehr befreundet sind. Als ob sie so gemein sein musste, um zu rechtfertigen, anschließend nichts mehr mit mir zu tun zu haben.
Das ist zumindest die einzige Erklärung, die ich mir vorstellen kann.
Denn sie hätte ja nicht ihren neuen Freunden erzählen brauchen, wie ich im Sommercamp letztes Jahr eine Abfuhr von meinem Schwarm bekommen habe.
Oder dass ich nach nur einem halben Bier schon einschlafe.
Oder dass meine Eltern nie Zeit für mich haben.
Sie hätte nicht ALLE meine Geheimnisse ausplaudern brauchen. Obwohl ich keine Leichen im Keller habe, gehen manche Dinge einfach keinen etwas an.
Sie hätte mich nicht als Opfer darstellen brauchen.
Ich kann mir vorstellen, dass ich in den Augen ihrer coolen Freunde uncool bin. Und da sie nicht doof dastehen wollte, hat sie sich über mich lustig gemacht. Nach dem Motto: »Gott, wie konnte ich nur je mit der befreundet sein?«
Für sie war es vielleicht nötig, um in ihrem neuen Freundeskreis angenommen zu werden.
In meinen Augen war es komplett unnötig.
Obwohl ich wirklich verletzt war und ich mich mit dem Zerbrechen unserer Freundschaft abgefunden hatte, bin ich nach einigen Wochen zu ihr gegangen, um mich mit ihr auszusprechen.
Das Komische an der Sache war ja, dass sie sich so benommen hat, als wäre SIE auf MICH sauer. Pff. Dabei hat sie mich doch durch den Mist gezogen.

Trotzdem bin ich auf sie zugegangen.
Und sie hat mich abgewiesen.
Wollte mir nicht zuhören. Wollte nichts sagen. Wollte sich nicht entschuldigen.
Nur weil man nicht mehr eng befreundet ist, braucht man sich doch nicht gleich wie Feinde zu behandeln, oder?
Gerti, du hast wesentlich mehr Lebenserfahrung als ich. (Ich stelle mir zumindest vor, dass du alt bist. Entschuldige bitte, falls dich das verletzt.)
Sag mir, ist das normal?
Dass man nicht einfach Nichtfreunde sein kann? Du weißt schon, so neutral einfach?
Oder liegt es an unserem Alter?
Gehört so ein unnötiges Drama zu den Teenagerjahren dazu? Wird das mit dem Alter besser? Oder ist Brianne einfach ein Miststück?
Miststück.
Das Wort habe ich noch nie laut ausgesprochen, noch nie habe ich jemanden so bezeichnet.
Meine Güte, tut das gut, einfach mal grenzenlos ehrlich zu sein und die Meinung rauszulassen.
Miststück.
Miststück.
Miststück.
Brianne ist ein Miststück.
MISTSTÜCK.
M. I. S. T. S. T. Ü. C. K.
Okay, ich höre ja schon auf.
Wo war ich?
Genau.
Kurz zusammengefasst: Sie hat alles kaputt gemacht.
Denn eine Sache ist es, eine einmal tiefe Freundschaft mit vielen schönen Erinnerungen vollständig zu vernichten. Eine andere ist es, mir meine komplette Schulzeit zu vermiesen.

Denn jeden Tag in die Schule gehen zu müssen, mich ihrem Blick und den oft spöttischen Kommentaren ihrer Freunde auszusetzen, ist eine Qual für mich. Und obwohl sie nichts direkt sagen, dann weiß ich es einfach, ich sehe es ihnen an, dass sie mich verurteilen. Über mich lästern. Ich zeige es nicht offensichtlich. Aber es ist verdammt hart für mich. Es ist ein Kampf, morgens aufzustehen, in dem Wissen, dass mein Tag einfach nur schrecklich wird.
Ob ich andere Freunde habe?
Nein.
Nicht wirklich enge Freunde auf jeden Fall.
Oberflächliche, freundschaftliche Schulbekanntschaften nennt man so was, denke ich.
Keiner wartet morgens auf mich, bevor die Schule anfängt. Keiner hält mir einen Platz in der Mensa frei. Keiner ist mein selbstverständlicher Partner bei Gruppenarbeiten.
Ich bin also irgendwie allein.
Unter Menschen, nie wirklich physisch allein, sondern einfach einsam.
Tja, habe wohl aufs falsche Pferd gesetzt, als ich nur Brianne als Freundin hatte …
Ich bin nicht unpopulär, und die Leute mögen mich eigentlich. Trotzdem hat Brianne fast schon magisch dafür gesorgt, dass sich keiner mit mir abgibt.
Aber wie sagt man? Schlimmer geht immer.
Denn weißt du noch, Brad, von dem ich dir gestern erzählt habe?
Er gehört zu Briannes neuen Freunden.

4

Langsam verebbte Jules' Stimme in meinem Kopf, als ich das gelbliche Papier des Tagebuches betrachtete. Mit zitterndem Finger fuhr ich ihre Schrift nach, die an einer Stelle leicht verschwommen war. Ich brauchte nicht viel Fantasie, um mir vorzustellen, wie eine Träne auf das Blatt gefallen war, das Papier erweicht und die Schrift verzerrt hatte.

Wie in Zeitlupe klappte ich das Tagebuch wieder zu und platzierte es in dem bunten Kissenbezug.

Ich verspürte das Bedürfnis, mich hinzusetzen.

Und mir selbst gegen das Schienbein zu treten.

Denn wie um alles in der Welt sollte ich mich den restlichen Tag noch auf die Arbeit konzentrieren, nachdem ich das hier gelesen hatte?

Ich warf noch einen Blick auf Jules und auch auf die Monitore und Schläuche, dann verließ ich ihr Zimmer und steuerte auf die kleine Kaffeemaschine im Stationszimmer zu, um mir einen Kakao zu machen. Es war mir egal, dass das Zeug scheußlich schmeckte. Ich brauchte einfach eine volle Ladung Zucker.

Während das braune Gesöff aus der Maschine in den Pappbecher floss, schloss ich die Augen und rief den Tagebucheintrag vor meinem geistigen Auge hervor.

Ob Brianne wusste, welchen Schaden sie angerichtet hatte? War ihr klar, dass ihr Benehmen Jules so traurig gemacht hatte? Dass Jules' gesamte Schulzeit durch ihr Verhalten negativ beeinflusst worden war?

Wusste sie, welche Schuld auf ihr lag?

Ich musste mich beherrschen, um nicht komplett auszurasten. Ich schluckte schwer, um das anbahnende Gefühl von Ungerechtigkeit zu unterdrücken, den inneren Wunsch nach Rache, der sich in mir breitmachte.

Kinder und Jugendliche verhielten sich teilweise so grässlich gegenüber anderen. Dabei hatten sie keine Ahnung, wie zerstörerisch Mobbing und diese Gemeinheiten sein konnten.

Ich zwang mich dazu, ein paarmal tief durchzuatmen.

Vielleicht hatten Brianne und Jules sich ja wieder vertragen. Das konnte ich nicht wissen.

Noch nicht.

Denn ich war mehr denn je entschlossen, die anderen Einträge auch zu lesen.

Zwei Einträge hatten gereicht, und ich wusste einfach, dass Jules ein ganz besonderes Mädchen war. Einzigartig.

Allein dass sie im Zustand tiefen Schlafs eine so große Wirkung auf mich ausübte, war Beweis genug.

Dazu gehörte auch die Tatsache, dass sie für mich ganz viele andere Jugendliche repräsentierte, die ähnliche Situationen im Alltag erleben und irgendwie verarbeiten mussten. Mobbing in der Schule war schon lange ein großes, ein ernstes Thema, aber ich musste gestehen, dass ich mich nie sonderlich viel damit beschäftigt hatte. Wie viele andere Erwachsene hatte ich der Problematik nicht die verdiente Aufmerksamkeit geschenkt.

Langsam öffnete ich meine Augen wieder und nahm den Becher in die Hand. Ich trank einen großen Schluck und verbrannte mir dabei die Zunge.

Ich musste heute noch irgendwie zurück in Jules' Zimmer. Ungestört. Damit ich den nächsten Tagebucheintrag lesen konnte. Dabei wusste ich, dass ich nicht jedes Mal so ein

Glück haben und das Zimmer ohne Personal vorfinden konnte.

Die geheimnisvolle Gerti.

Beim Namen des Tagebuches musste ich lächeln. Wie kam man bitte auf so einen Namen? Wieso gab man seinem Tagebuch überhaupt einen Namen? Damit man noch persönlichere und ehrlichere Einträge darin schrieb? So wie Jules, die offenherzig ihre Gedanken und Gefühle preisgab?

Mit einem leichten Anflug von Panik fiel mir ein, dass heute Freitag war. Am Wochenende arbeitete ich nicht. Und nächste Woche war meine letzte hier auf der Intensivstation.

Ich wollte unbedingt ihr Tagebuch fertig lesen, bevor ich sie verlassen musste.

»Na, du Zuckerferkel.« Paul riss mich in dem Moment aus meinen Gedanken. Neben ihm ging Seth. Na super, auf den hatte ich heute einfach überhaupt keinen Bock. Mein Kommilitone hatte so blasse Haut und helle Haare, dass er fast durchsichtig schien. Kombiniert mit dem immer stechenden Blick, machte er auf mich einen ziemlich gruseligen Eindruck.

Um auf Pauls Zuruf einzugehen, hob ich einfach meinen Kakaobecher und grinste breit. Ich durfte nicht vergessen, dass ich auch noch ein Leben hatte, in dem sich nicht alles um Jules drehte. Zumindest sollte es das nicht.

Und in diesem Leben musste, nein, wollte ich irgendwie mein Medizinstudium schaffen, und dafür sollte ich jetzt endlich mal die Arschbacken zusammenkneifen und meinen Job erledigen.

»Die Mitarbeiter der Nachtschicht haben sich bereit erklärt, morgen einem von euch Famulanten die Möglichkeit zu geben, einen Nachtdienst zu begleiten. Ihr wisst, wie groß die Ehre ist.« Ohne die Frage direkt auszusprechen, wussten Seth und ich, was Paul damit sagen wollte. Sein vielsagender Blick, der zwischen uns hin und her huschte, sprach Bände. Wir hatten hier die einmalige Chance, eine der seltenen

Nachtschichten mitzuerleben, eine Möglichkeit, die jeder Student mit offenen Armen begrüßen würde.

Wenn sie denn nicht ausgerechnet am Wochenende stattfand.

»Jetzt schreit doch nicht gleichzeitig los«, meinte Paul sarkastisch, als wir nach einigen Sekunden immer noch wortlos vor ihm standen, als würden wir nicht verstehen, wie grandios dieses Angebot war. Und es war einmalig. Wir arbeiteten nur tagsüber und nie an den Wochenenden. Die Extraerfahrungen, die wir sammeln könnten, wären Gold wert. Es wunderte mich, dass Seth nicht gleich auf das Angebot ansprang. Ich schielte zu ihm.

»Ich habe ...«, fing er in dem Moment an, eine Ausrede zu erfinden, als mein Mund sich wie von allein öffnete.

»Ich möchte die Gelegenheit gern nutzen!«

Paul wirkte zufrieden. »So ein Engagement lieben wir!«, meinte er mit dem Anflug eines Lächelns, warf Seth dagegen einen strengen Blick zu. Obwohl ein Intensivpfleger wie er keine Noten für den Arbeitseinsatz eines Studenten verteilte, war es natürlich trotzdem immer gern gesehen, dass sich die Famulanten engagierten. Auch wenn sie praktisch nicht immer eine Hilfe darstellten, zeugte ein Interesse an den Arbeitsvorgängen auf der Station von der gewünschten Einstellung.

Ich unterdrückte das schlechte Gewissen. Ich wollte es mir am liebsten nicht eingestehen, aber ich hatte die Schicht nicht aus edlen Motiven und weil ich in meinem Studium so überaus engagiert war übernommen, sondern nur, weil ich hoffte, so eine gute Gelegenheit zu haben, mehr in Jules' Tagebuch zu lesen.

»Also, Blutproben und leichte Krankengymnastik, bevor die Morgenbesprechung anfängt. Wer macht was?«

»Ich mache die Bewegungstherapie!«, schrie Seth fast schon, bevor ich auch nur mit der Wimper zucken konnte.

»Gut, ich begleite dich. Erst zu Jules Hyatt, dann Richard Johnson und zum Schluss die liebe Myrna«, erklärte Paul, und alles in mir zog sich zusammen. Ein beklemmendes Gefühl machte sich in mir breit bei dem Gedanken, Seth an Jules zu lassen. Seine Sichtweise auf Suizidgefährdete hatte er ja offen geäußert. Wie sollte er mit so einer Einstellung die beste Pflege leisten können?

»Lorenzo, du übernimmst heute alle Blutproben und schickst sie ins Labor. Einverstanden?«

»Ja.« NEIN! NEIN! NEIN!

Mit wachsender Wut sah ich Paul und Seth hinterher, die Richtung Jules' Zimmer marschierten. Seth wirkte auch auf Abstand so weiß wie die kahlen Wände der Intensivstation. Ich gab einen unzufriedenen Laut von mir.

Ich ertrug es wirklich nicht, dass er sie gleich anfassen würde. Dass er versuchen sollte, ihr zu helfen, obwohl er sie vor wenigen Tagen noch verurteilt, als verrückt abgestempelt hatte.

Erst als die beiden nicht mehr zu sehen waren, riss ich mich aus meiner Starre. Ich trank meinen Kakao aus, schmiss den Becher in den Mülleimer und holte daraufhin den Wagen mit den wenigen Utensilien, die ich für die Blutabnahmen bräuchte, da die meisten Dinge in den Patientenzimmern deponiert waren.

Ich konnte nichts dagegen tun, dass die Wut in mir geradezu kochte und brodelte. Trotzdem versuchte ich, meinen Patienten gegenüber möglichst gelassen zu bleiben – sie konnten ja nichts dafür, dass mein Leben gerade wegen einer Komapatientin kopfstand.

Sollte ich mir vielleicht noch einmal überlegen, ob ich tatsächlich für den Beruf des Arztes geschaffen war, wenn mich ein einziges Schicksal schon so mitnahm? Jules war nicht die erste Komapatienten, mit der ich zu tun hatte, und sie würde definitiv auch nicht die letzte sein, wenn ich mein Studium durchzog. Konnte ich damit leben, oder würde es mich Stück für Stück kaputtmachen, mit diesen Schicksalen zu arbeiten?

Fakt war: Ich wollte Menschen helfen. Also musste ich lernen, damit umzugehen. Und dafür waren diese Praktika doch auch da, oder? Ich sollte nicht nur die Praxis kennenlernen und verstehen, wie ich mein Wissen umsetzen konnte, sondern ich sollte mich auch an den Job gewöhnen. Verstehen, was da auf mich zukam.

Und eben lernen, mich nicht zu sehr runterziehen zu lassen.

Natürlich durfte mich Jules' Schicksal berühren. Es wäre ja schlimm, wenn ihre Situation mich ganz kaltlassen würde. Als medizinische Fachkraft durfte ich jedoch einfach nicht den Kopf verlieren.

Was mich natürlich nicht davon abhalten würde, die nächsten Einträge in ihrem Tagebuch zu lesen. Mal sehen, was *Die geheimnisvolle Gerti* noch so zu bieten hatte.

Allein wenn ich wieder an den Namen dachte, musste ich schon schmunzeln.

Jules hatte offensichtlich einen fantastischen Humor. Gehabt? Hatte sie ihn behalten? Oder hatte sie ihn irgendwann verloren?

Meine Mama hatte mir immer eingebläut, dass ich nie meinen Humor verlieren dürfe, er würde mir aus jeder Situation heraushelfen. Anders hätte sie es wohl auf die Dauer auch nicht mit meinem Vater ausgehalten.

Als ich fertig war, machte ich die Proben routiniert für den Versand ins Labor fertig und ging dann zum Stationsstützpunkt, wo der Oberarzt schon auf die gesammelte Mannschaft wartete, um die morgendliche Besprechung mit anschließender Visite zu starten.

Nach Feierabend setzten Mona, Paul, Seth und ich uns spontan in eine Tapasbar um die Ecke. Ursprünglich waren Bier und Snacks geplant gewesen, aber so wurden eben Wein und kleine leckere Gerichte in Tonschüsseln daraus.

Das passte mir eigentlich ganz gut. Ich konnte mich so nämlich aufs Essen konzentrieren, anstatt mich mit Seth zu unterhalten, der mir gegenübersaß.

Ich hatte es im Laufe des Tages nicht mehr geschafft, mich in Jules' Zimmer zu schleichen, aber jetzt war ich froh darüber. Allein die ersten beiden Tagebucheinträge hatten mich so aufgewühlt, dass eine kleine Lesepause nicht schaden würde.

»Und genau eine Sekunde später ist Dr. Ronson um die Ecke gekommen!«, beendete Seth in dem Moment seine kleine Erzählung, und die anderen brachen in schallendes Gelächter aus. Ich lachte mit, obwohl ich überhaupt nicht zugehört und deswegen nicht den blassesten Schimmer hatte, worum es ging.

Und wenn Seth über Dr. Ronson sprach, schaltete ich sowieso auf Durchzug. Er versuchte bei jeder noch so kleinen Möglichkeit, dem Oberarzt in den Arsch zu kriechen. Auch jetzt begann er zu schleimen, obwohl sein Zielobjekt gar nicht da war. Da wunderte es mich noch mehr, dass er die Nachtschicht morgen nicht sofort an sich gerissen hatte.

»Er kann ja total streng wirken, trotzdem bewundere ich ihn echt für sein Wissen und die Art, wie er dieses Wissen vermittelt.«

»Ach, halt doch den Rand, Seth«, meinte Mona augenrollend. »Erstens solltest du weniger schleimen, weil dir das rein unitechnisch nichts bringt, und zweitens würde ich gern einen Abend ohne Dr. Ronson verbringen«, sagte sie schief lächelnd, was auch mich unwillkürlich dazu brachte, mit den Mundwinkeln zu zucken. Sie hatte ein echt süßes Lächeln.

»Genau! Vergessen wir mal Dr. Ronson, das Wochenende hat schließlich angefangen«, gab Paul ihr recht.

»Pff. Für euch vielleicht«, stichelte ich und schnappte mir eine in Bacon gewickelte Dattel. Gott, wie ich diese Teile liebte.

»Du hast dich freiwillig für die Nachtschicht gemeldet. Wehe, du willst jetzt unser Mitleid! Von mir bekommst du es sicherlich nicht.«

»Einfach ein wenig Anerkennung für meine engagierte Einstellung würde es auch tun.«

»Awww, fleißiger Lorenzo, du bist ja sooo toll«, spielte Mona die Bewundernde, und Paul neben ihr hustete schon vor Lachen, obwohl er wie ich auch am Wochenende arbeiten musste und somit auch zu den Leidenden gehörte.

»Also, wenn du es nicht ernst meinst, dann lass es lieber gleich«, warf ich ein. Mona zwinkerte mir nur einmal zu und widmete sich dann ihrem Essen. Ich beobachtete sie noch kurz, aber sie sah nicht wieder zu mir.

Okay.

Ob Jules mit ihren Freunden wohl auch abends mal weggegangen war? Wenn sie denn überhaupt Freunde gehabt hatte. Freunde, mit denen sie nicht zerstritten war.

»Ich sollte eigentlich für die nächsten Klausuren lernen, die bald nach der Famulatur anstehen«, hörte ich Mona sagen, Seth stöhnte daraufhin auf.

»Fang jetzt heute Abend nicht mit der Uni an, da müssen wir schon früh genug wieder hin.«

Paul konnte gemütlich danebensitzen, weil er seine Ausbildung schon eine ganze Weile hinter sich hatte.

»Das Wintersemester hat noch nicht einmal angefangen, und du denkst schon an die Klausuren?«, fragte ich Mona erstaunt, weil ich mental überhaupt noch nicht so weit denken konnte.

»Natürlich! Man muss immer einen Schritt voraus sein, sonst schafft man das ja nie«, erklärte sie mir, als wäre das selbstverständlich. Anstatt mich auf eine Diskussion über Lernmethoden, und wie man am besten an das Studium heranging, einzulassen, trank ich einen Schluck von meinem Wein.

Wir hatten erst Ende September, da konnte ich wirklich noch nicht an diverse Klausuren denken.

Im Moment schwirrten mir sowieso andere Sachen im Kopf herum, und ich wusste, dass das noch eine ganze Weile so bleiben würde, und dass mich sogar meine Freunde nicht vollends davon würden ablenken können.

Zwei Stunden später war ich auf dem Weg nach Hause. Mona und ich waren noch einen Teil der Strecke zusammen mit dem Bus gefahren, doch sie war fünf Stationen vor mir ausgestiegen.

Jetzt ging ich durch die kühle Abendluft, die Hände in die Hosentaschen gesteckt, und genoss den Herbstduft. Vor mir auf dem Gehweg lag das braune und orange Laub und wartete förmlich darauf, von mir in die Luft getreten zu werden.

Der Herbst kam dem Status als meine Lieblingsjahreszeit ziemlich nahe. Die klare Luft, die bunten Farben, der erdige Geruch.

Es war, als ob der Herbst noch einmal richtig schön war, bevor der Winter, die Kälte, die Dunkelheit hereinbrach und man die nächsten Monate förmlich nur versuchte zu überleben.

Ich fragte mich, ob Jules vielleicht deswegen diesen Zeitpunkt ausgesucht hatte, um sich das Leben zu nehmen. Hatte sie Angst vor dem Winter gehabt? Der damit verbundenen Dunkelheit? Der Einsamkeit?

Ich seufzte, als ich meine Hausschlüssel aus meiner Hosentasche kramte. So viele Fragen.

Langsam stieg ich die Stufen zu meiner Wohnung hinauf. Das Viertel war ein wenig heruntergekommen, die Wohnung war winzig, aber für mich reichte sie, und ich konnte sie vor allem allein bezahlen und war nicht auf die Unterstützung meiner Eltern angewiesen.

Der eigentliche Grund, weshalb ich mich damals für diese Wohnung entschieden hatte, war die kleine Dachterrasse, die eigentlich keine wirkliche war, die dazugehörte. Und ich liebte diese Dachterrasse einfach. Ich war dort ganz für mich allein, und diese Zeit genoss ich in vollen Zügen. Wie viele Abende hatte ich schon dort oben verbracht, hatte auf die anderen Hausdächer gestarrt und nachgedacht oder ein wenig auf meiner Gitarre geklimpert, in die Sterne gesehen oder die Sonne genossen. Dieser kleine Fleck war mir der liebste Rückzugsort, und genau den brauchte ich heute.

Ich öffnete also eine Flasche Bier, schulterte meine Gitarre und stieg dann die kleine Feuerleiter nach oben.

Auf der kleinen Fläche war nicht viel Platz. Nur ein Stuhl und ein kleiner Tisch befanden sich dort. Ein zweiter Stuhl stand zusammengeklappt an der Wand, falls ich doch einmal einen Kumpel dahatte, das war es dann auch schon.

Mama war schon mal mit mehreren Blumentöpfen voller Kräuter angerauscht, weil sie meinte, ich bräuchte zum Kochen frische Zutaten. Sie hatte dabei nur vergessen, dass mein Leben aus Kantinenessen und Fertiggerichten bestand, weil ich für etwas anderes entweder keine Zeit oder keine Lust hatte und ich ja oft genug bei Mama oder im *Bella Casa* etwas Anständiges zu essen bekam.

Die Kräuter waren also relativ schnell auf meiner kleinen Dachterrasse verkümmert, und seitdem versorgte mich Mama noch öfter mit Tupperdosen voller Essen. Damit konnte ich definitiv leben.

Da die Sonne schon untergegangen war und nicht mehr ihre Wärme verbreiten konnte, hatte ich meine Fleecejacke gleich angelassen und machte es mir jetzt oben gemütlich.

Ich trank von meinem Bier und drehte die Flasche zwischen meinen Händen, während ich über die Dächer der Stadt blickte. Dieses tiefe Schwarz, durchlöchert von den

Lichtpunkten der Straßenlampen und erleuchteten Fenstern, hatte immer schon eine beruhigende Wirkung auf mich gehabt, und so verbannte ich wenigstens für ein paar Minuten alle wirren Gedanken aus meinem Kopf, die ich zurzeit wegen Jules hatte.

Lange gelang mir das nicht. Zu sehr beschäftigten mich ihre Worte, zu sehr war ich auf konfuse Art und Weise fasziniert von ihr.

Ich wollte ihr ganzes Tagebuch lesen.

Ich nahm noch einen Schluck von meinem Bier, bevor ich mir meine Gitarre schnappte und ein wenig darauf herumklimperte. Leise sang ich die wenigen Worte, die ich vor ein paar Tagen im *Bella Casa* auf die Serviette geschrieben hatte und die sich irgendwie in meinen Kopf eingebrannt hatten.

Und wie von allein bildete sich ein Text, ich konnte die Melodie hören und begann zu summen.

I tried to understand
Why you despised your life
Was your world so unkind?

So you needed an end
To leave that all behind
No need for second tries?

And I know it's not right
But it feels like I
Need to see the world through your eyes
And I know this is wrong
But your words played a song
With my mind – why did I read these lines

Cause now your words came alive
And I tried to keep them quiet

I tried to keep them out
But they brought you to life
And it's so hard to remind me
That you're just in my mind
Cause I can't figure out why
Your life should have ended that night
I wish I could rewind the time
And bring you back to life
Give you a reason why
To stay alive
Give you a reason why
To stay alive

I gotta be honest
I thought that I can handle this
But there's no way

And I guess I have to confess
I wanna read just a little bit more
Just a litte bit

Oh it's so hard
Not to give it up
Cause I wanna know
More 'bout you

And it so damn hard
Not to loose my heart
but there's nothing that I can do

Cause now your words came alive
And I tried to keep them quiet
I tried to keep them out
But they brought you to life
And it's so hard to remind me

That you're just in my mind
Cause I can't figure out why
Your life should have ended that night
I wish I could rewind the time
And bring you back to life
Give you a reason why
To stay alive
Give you a reason why
To stay alive

But for my own safety
I need to get some sleep tonight
Cause I will go crazy
If I don't get you off my mind

Cause now your words came alive
And I tried to keep them quiet
I tried to keep them out
But they brought you to life
And it's so hard to remind me
That you're just in my mind
Cause I can't figure out why
Your life should have ended that night
I wish I could rewind the time
And bring you back to life
Give you a reason why
To stay alive
Give you a reason why
To stay alive

Als ich die letzte Silbe gesungen hatte und der letzte Ton der Gitarre verklang, blickte ich nachdenklich in den Sternenhimmel. Regungslos saß ich da, nicht imstande, mich zu bewegen.

Jules' Schicksal erfüllte mich mit einer Traurigkeit, für die ich kaum Worte fand. Und gleichzeitig zog sie mich an. Faszinierte mich.

Ich nahm mein Handy heraus und notierte einige Punkte und Wendungen von dem Text, den ich gerade gesungen hatte, damit ich ihn nicht wieder vergaß. Auch wenn ich nie versuchen würde, mich als Sänger oder Songwriter durchzuschlagen, wollte ich doch meine *Werke* archivieren.

Während ich auf der Tastatur meines Smartphones tippte, wusste ich, dass ich diese Zeilen selbst in fünfzig Jahren nicht vergessen hätte. Zu sehr vereinnahmte mich die Sache mit diesem unbekannten Mädchen, das in meinem Kopf mehr und mehr zu einer richtigen Person wurde.

Mir war klar, dass ich hier mit dem Feuer spielte. Ich befand mich an der Grenze zur Besessenheit. Meine Fantasie hatte momentan die Oberhand. Ich benahm mich verrückt und komplett daneben.

Doch das war mir egal.

5

Den ganzen Samstag über wartete ich eigentlich nur darauf, abends ins Krankenhaus zu müssen.

Oder besser gesagt, zu dürfen.

Denn ich wollte nichts mehr, als ein wenig Zeit zu stehlen, um mindestens einen weiteren Eintrag in Jules' Tagebuch zu lesen.

Sämtliche Bedenken hatte ich inzwischen über Bord geworfen.

Jules würde doch sowieso nie erfahren, dass ich in ihrem Privatleben, in ihrem Kopf herumgeschnüffelt hatte, also konnte ich genauso gut meine Neugier befriedigen.

Meine Neugier war auch genau der Grund dafür, dass ich den kompletten Samstag über nichts, aber auch wirklich gar nichts auf die Reihe brachte.

Erst dachte ich mir, dass ich mal wieder ein wenig pauken könnte, jetzt, wo mich Mona daran erinnert hatte, dass es auch noch eine Uni gab. Ich konnte mich einfach ums Verrecken nicht konzentrieren, weshalb ich meine Unterlagen schon nach wenigen Minuten wieder zur Seite legte.

Ich hätte rausgehen können, aber eigentlich hatte ich keine Lust, meine Wohnung zu verlassen. Es war zwar nur ein kleines Loch, und ich trat mir fast selbst auf die Füße, so klein war das Zimmer, aber ich verbrachte den Großteil meiner Woche immer draußen. Entweder in der Uni, im Restaurant, jetzt im Krankenhaus, bei meinen Eltern oder ich war mit

Freunden unterwegs. Ich genoss es, einfach mal zu Hause zu sein, allein zu sein, meinen Gedanken nachhängen zu können.

Auch wenn das gerade vielleicht nicht die beste Option war.

Letztendlich machte ich mir einen Film an und futterte nebenbei das Essen, das Mama mir mitgegeben und das bis eben noch immer unberührt in meinem Kühlschrank gestanden hatte. Nur lief ich dabei komplett auf Autopilot, weshalb ich das Essen einfach nur in mich reinschaufelte und auch von dem Film nicht wirklich etwas mitbekam.

Ich brachte den Tag irgendwie über die Bühne, und schließlich war es an der Zeit, endlich zum Krankenhaus aufzubrechen.

Ich hatte überhaupt nicht auf den Plan gesehen, mit wem ich heute Dienst hatte, kannte aber bei Weitem auch nicht die Namen aller Ärzte, Pflegekräfte und angeschlossenen Physiotherapeuten und Logopäden. Ich konnte mich also auch gleich überraschen lassen.

Das *Grand General University Hospital* leuchtete in der Dunkelheit wie ein strahlender Mond, als müsste die ganze Welt darauf aufmerksam gemacht werden, wo sie im Notfall sofortige Hilfe erhalten könnten.

Der Eingangsbereich war so gut wie leer, und wenn man sich etwas genauer umsah, wurde einem bewusst, dass auch in Krankenhäusern nachts das Aktivitätsniveau heruntergeschraubt wurde.

Auf meinem Weg zur Intensivstation wirkten die beinahe menschenleeren Gänge noch länger als sonst, und meine Schritte hallten von den hellgrün gestrichenen Wänden wider. Im Umkleidebereich traf ich auf einige Pfleger, die sich für ihre Schicht vorbereiteten.

Im Stationsstützpunkt sah ich auf die Schichtübersicht, als Paul auch schon wieder einmal wie aus dem Nichts neben mir auftauchte.

»Gut, dass du da bist«, meinte er zur Begrüßung und klopfte mir auf die Schulter. »Ich schufte hier schon seit der Mittelschicht, also überschneiden sich unsere Schichten nur eine Weile. Heute musst du mal keine Blutproben nehmen«, plapperte er grinsend drauflos. Dass ich das nicht musste, war mir klar, sie wurden immer gleich in der Früh abgenommen. Nur ganz selten waren Praktikanten im Laufe des Tages noch einmal für Blutabnahmen verantwortlich.

»Du darfst bei ein paar Patienten den Blutdruck messen. Seit gestern sind wieder ein paar hierherverlegt worden, die Armen«, brachte Paul mich auf den neuesten Stand und wirkte betrübt. Gerade die Intensivstation konnte einem schon mal gehörig an die Nieren gehen. Ja, Jules' Schicksal berührte mich irgendwie besonders, aber das hieß nicht, dass es mich kaltließ, wenn jemand mit einer schwerwiegenden Erkrankung eingeliefert wurde oder mitten in der Nacht reanimiert werden musste, weil das Herz plötzlich aufhörte zu schlagen.

Die Intensivstation machte keinen Halt vor dem Alter, vor dem Status, davor, ob man reich oder arm war.

Krankheiten war es völlig egal, wer man war oder woher man kam – sie trafen jeden unterschiedslos, ohne Vorurteile.

»Und dann kannst du mit dem Stationsarzt einfach später noch die Runde zusammen drehen«, drang Pauls Stimme wieder in mein Bewusstsein. »Und danach wird sich schon Arbeit für dich finden, davon gibt's hier bekanntlich ja immer genug.«

Also würde ich vorerst definitiv keine Möglichkeit haben, bei Jules vorbeizusehen. Das wäre auch zu schön gewesen, um wahr zu sein.

Im Gegensatz zu mir als Praktikant hatten die ausgebildeten Intensivpfleger wie Paul jeden Tag ein bis drei Patienten auf der Station, für die sie verantwortlich waren. Ich half einfach dort, wo ich helfen konnte und durfte, wenn ich nicht die Stationsärzte begleitete und so mehr über die neurochirurgischen Aspekte lernte.

Obwohl man sehr darauf bedacht war, Praktikanten und Famulanten so viel wie möglich beizubringen, ging das Wohl der Patienten vor. Das hier war kein Spaß, das hier war keine Übung. Hier ging es um Leben und Tod.

»Hey, Lorenzo!«

Ich drehte mich um und erblickte Larissa, eine Krankenpflegerin, die ich schon einige Male begleitet und mit der ich erst Mitte der Woche Schicht gehabt hatte.

»Da ich heute alle Hände voll zu tun habe, darfst du mir unter die Arme greifen.« Larissa war Mitte zwanzig, hatte dunkelorange Haare und war stets ein lächelnder, fröhlicher Mensch, obwohl sie die letzten paar Jahre bestimmt einige ziemlich krasse Situationen hier auf der Station miterlebt hatte.

»Stets zu Diensten«, meinte ich und deutete eine Verbeugung an. »Wen betreust du denn heute Nacht?«

»Jules und Carsten, ein neuer Komapatient, der gestern hierherverlegt wurde. Er liegt im Zimmer neben dem von Jules, und sein Zustand ist leider noch nicht stabil. In fünf Minuten ist die Übergabe von Paul.«

Ich versuchte mich schon einmal gefühlsmäßig auf meine Schicht einzustellen. Patienten, deren Zustand dazu noch instabil war, brauchten besondere Überwachung und Betreuung. Und obwohl die Verantwortung nicht bei mir lag, war mir der Ernst der Lage durchaus bewusst.

Carsten hatte einen schweren Verkehrsunfall gehabt und nur dank einer sofortigen Notoperation knapp überlebt. Ob er auch die nächste Nacht überstehen würde, konnte das Ärzteteam jetzt noch nicht sagen.

»Seine Frau schläft im Besucherzimmer.«

Ich wollte mir gar nicht ausmalen, was für Ängste diese Frau gerade durchstehen musste. Wahrscheinlich war sie nur vor lauter Erschöpfung endlich eingeschlafen.

Ich hatte schon öfter mitbekommen, wie die Angehörigen am liebsten keine Sekunde von der Seite des Patienten weichen und kein Auge zutun wollten, als könnten sie ihm mit ihrem Beistand helfen.

Letztendlich landeten sie alle früher oder später auf einem der nicht allzu bequemen Stühle im Besucherzimmer und nickten ein.

»Bei Jules steht ein kompletter Infusions- und Tubuswechsel an. Das machen wir als Erstes. Nebenbei haben wir durchgehend ein Auge auf Carsten«, erklärte Larissa mir den organisatorischen Ablauf, während ich neben ihr herlief, Richtung der Zimmer. Zwischen den Zimmern war eine Nische oder eher so etwas wie ein Extraflur, auf dem die Medikamente und sonstigen Hilfsmittel gelagert wurden. Da würden wir auch gleich Paul treffen.

Gerade war er bei Carsten im Zimmer und kontrollierte die Medikamentenzufuhr. Er sah müde aus.

»Lange Schicht?«, fragte ich ihn und er nickte.

»Heute Nacht war die Hölle los. Als Carsten eingeliefert wurde, musste ihm erst mal ein Luftröhrenschnitt gemacht werden, er musste notoperiert werden, weil er zu viel Blut verlor, und danach musste er bereits einmal wiederbelebt werden. Ich konnte ihn heute kaum aus den Augen lassen. Und nebenbei sollte ich Jules nicht vernachlässigen. Aber den Wechsel müsst ihr machen, ich brauch jetzt erst mal eine ordentliche Portion Schlaf.«

»Keine Sorge, wir haben alles im Griff«, beruhigte Larissa ihn. »Mit Jules alles okay?«

»Keine Probleme bei Jules, sie schläft wie ein Baby. Vorhin wurde zur Kontrolle ein CT ihres Gehirns durchgeführt, sieht alles gut aus. Dr. Hansen ist heute Nacht der diensthabende Neurologe und wird wie immer regelmäßig vorbeischauen.«

Das beruhigte mich. So weit, so gut.

Paul legte noch Carstens Decke zurecht und drückte kurz seine Hand.

»So, Carsten, ruhen Sie sich einfach weiter schön aus. Meine Kollegen Larissa und Lorenzo übernehmen ab hier, und ich komme morgen wieder, um nach dem Rechten zu sehen.«

Paul sprach laut und freundlich und lächelte dem Komapatienten zu, als wäre er wach.

Ich musterte Carsten währenddessen genauer. Seine Nase war gebrochen, seine Lippe zusammengeflickt, schwarze Blutergüsse unter seinen geschwollenen Augen verliehen ihm das Gesicht eines Boxers. Doch die äußeren Schäden waren die geringsten.

Auf dem Monitor neben dem Bett sah ich einige CT-Bilder seines Gehirns. Ich war kein Neurologe, der Stationsarzt würde bei der Visite sicherlich genauer erläutern, wie schlimm es um Carstens Gehirn stand.

Dass selbst ich die einzelnen Hirnregionen und Strukturen nicht ausmachen und voneinander unterscheiden konnte, war jedoch schon mal kein gutes Zeichen.

Leise gingen wir aus dem Zimmer.

»Also, ich mache mich dann mal vom Acker. Carsten benötigt heute eher eure Aufmerksamkeit«, sagte Paul und fuhr sich mit der Hand übers Gesicht. »Wir haben ihn gleich nach der Reanimation auf 33 Grad heruntergekühlt, und dann hoffen wir mal, dass die Schwellung im Gehirn zurückgeht, anstatt dass sein Gehirn erdrückt wird. Es sieht aber nicht gut aus.«

Ich sah Paul an, dass ihn die Sache fertigmachte. Ich klopfte ihm auf die Schulter und lächelte ihm aufmunternd zu.

»Schlaf gut«, verabschiedete ich mich von ihm, und Larissa lächelte ihn sachte an. Dann wandte sie sich an mich.

»Dann machen wir uns mal an die Arbeit.«

Die nächsten drei Stunden hatten wir keine zwei Minuten Ruhe. Ich half Larissa so gut es ging, beobachtete sie, saugte alles in mich auf, was für mich neu war, versuchte mir zu merken, was wichtig war, und verdrängte die Müdigkeit, die sich irgendwann bemerkbar machte.

Als es endlich möglich war, setzten wir uns in den Pausenraum und gönnten uns eine kleine Tasse lauwarmen Kaffee aus den Thermoskannen.

»Wir fangen nachher an, Carstens Körpertemperatur wieder auf 36 Grad zu bringen. Dann sehen wir, wie schlimm es um ihn steht«, erklärte Larissa mir und schenkte sich auch ein Glas Wasser ein. Ich hoffte für Carsten und seine Frau, dass das Ödem kleiner geworden war. Dass wir ihn wieder zurück ins Leben bringen konnten.

Nach unserer wohlverdienten, wenn auch kurzen Pause gingen wir wieder zu unseren Patienten zurück.

»Siehst du mal bei Jules nach dem Rechten, während ich mich um Carsten kümmere?«, fragte Larissa mich, und ich sah sie etwas schockiert an. »Einfach die Werte an den Monitoren anschauen und ihre Pupillenreaktion überprüfen. Das schaffst du schon. Und wenn du willst, kannst du dich ja zu ihr setzen und ein wenig mit ihr quatschen.« Larissa lächelte verschmitzt, und kurz kam ich mir ertappt vor, als würde sie wissen, dass ich nichts lieber wollte, als mit Jules zu sprechen.

»Und falls du auch nur den leisesten Verdacht hast, dass irgendetwas nicht stimmt, dann holst du mich.«

»Geht klar!« Ich versuchte einen selbstsicheren Eindruck zu vermitteln und ging dann in ihr Zimmer.

»Hi, Jules«, begrüßte ich sie. Mein Herz klopfte mir bis zum Hals. Ich konnte nicht anders, als zu überlegen, ob das hier meine Chance war, den nächsten Eintrag zu lesen. Wie viel Zeit konnte ich mir nehmen?

»Du bist ja immer noch hier«, scherzte ich. Oder war das unpassend?

»Ich sehe dir mal in die Augen, also einmal bitte ganz weit aufmachen«, sagte ich ihr, so wie ich es schon Paul und Larissa hatte sagen hören, als ich meine kleine Pupillenleuchte hervorholte. »Ich helfe dir dabei«, raunte ich ihr zu, bevor ich eins ihrer Augenlider anhob und in ihre Augen leuchtete. Während ich auf die Reaktion ihrer Pupillen achtete, bemerkte ich ihre Augenfarbe.

Braun.

Tiefes, dunkles Braun.

Eine Frage weniger.

Ich packte meine Pupillenleuchte wieder weg, dann studierte ich die Werte an den Monitoren. Sah alles prima aus. Ich drehte mich von ihr weg und blickte wie automatisch zu dem Kissen mit dem Tagebuch. Unberührt am Fußende des Betts.

Ich war nicht einmal eine Minute in ihrem Zimmer. Vielleicht war der nächste Eintrag auch nicht so lang? Und Larissa würde nie erfahren, ob ich zwei Minuten in ihrem Tagebuch gelesen oder zwei Minuten belanglos mit ihr geredet hatte.

Ich hatte meine Entscheidung gefällt.

»Tut mir leid, Jules«, hauchte ich, dann schnappte ich mir kurzerhand das schwarze Büchlein aus der Kissenhülle und schlug es auf.

19. Februar

Haha, na, Gerti? Was sagst du zu meinem Ende des letzten Eintrages? Dramatisch, oder?

Habe ich dich neugierig gemacht?

Ungeduldig vielleicht?

Hast du dich gefragt, wieso ich nicht weitergeschrieben habe?

Weißt du, eigentlich hat Mama nur zum Essen gerufen, aber ich dachte, dass ich dich mal so richtig auf die Folter spannen wollte, und habe das Ende deswegen so abrupt ge-

lassen. Obwohl ich nach dem Essen hätte weiterschreiben können.
Der Cut hat mir gefallen. Ein richtiger Cliffhanger. Wie in einer Fernsehserie. Es hört immer auf, wenn es gerade am spannendsten ist.
Ich weiß, ich weiß. Das ist gemein. Aber hey, gönn mir doch den Spaß ;)
Denn weißt du, momentan gibt es nicht besonders viel, was mir sonst Spaß bereitet.
Manchmal denke ich, dass etwas mit mir falsch ist. Weil ich nicht wie alle anderen in meinem Alter einfach nur glücklich bin, voll sprudelnder Laune, zufrieden mit mir und meinem Leben.
Ganz ehrlich?
Das Leben ist kein Ponyhof. Und erst recht nicht das Leben eines Teenagers.
Und überhaupt erst recht nicht das Leben eines intelligenten Teenagers (obwohl dieser Satzbau gerade für den Arsch ist).
Ich weiß, was du jetzt denkst. Dass ich ganz schön eingebildet bin, mich selbst als »intelligent« zu bezeichnen.
Aber es ist so. Ich lese verdammt viel, viel mehr als alle meine Klassenkameraden. Ich lebe durch die Bücher Hunderte von andere Leben. Ich sehe die Welt, obwohl ich mich nicht aus meinem Zimmer bewege. Ich sammle allein durchs Lesen und Fantasieren mehr Erfahrung.
Das ist keine Angeberei. Das ist einfach die Wahrheit.
Und wenn alle anderen in meinem Alter das Gleiche tun würden, dann hätten wir auch nicht den Schlamassel.
Weißt du, wie frustrierend es ist, von lauter dummen Leuten umgeben zu sein?
Wenn man IMMER alles tausendmal erklären muss?
Wenn man IMMER als die »Besserwisserin« und »Klugscheißerin« abgestempelt wird, weil man schon etwas weiß, wovon die anderen noch nie gehört haben?

Es ist ja nicht so, dass ich mich besser fühle als die anderen. Ich bin nur wegen meines aus Büchern resultierenden Wissens auch nicht mehr wert als sie.
Aber ich bin eine Ausnahme. Eine Außenseiterin. Die, die nirgends dazugehört. Die, die nirgendwo reinpasst. Weil ich anders bin als andere in meinem Alter.
Und das nur, weil ich zufällig mehr weiß als sie.
Und das nervt.
Ich will dich eigentlich auch nicht vollheulen.
Ich denke nur, dass das ein Teil der Erklärung dafür ist, dass Brianne mehr Abstand zu mir genommen hat.
Ich war die Vernünftige, die Schlaue, die Langweilerin – sie wollte die Sau rauslassen.
Und ich bin mir ziemlich sicher, dass sie sich nicht davor scheut, anderen dieses Bild von mir zu zeichnen. Und deswegen werde ich auch nie jemandem wie Brad näherkommen. Sie wird es ruinieren.
Es gab eine Zeit, da war ich glücklicher als sie. Und das will sie mir jetzt heimzahlen.
Aber weißt du, was?
Er hat mir heute wieder zugelächelt. Jap, ich meine Brad. Und ja, jetzt lächle ich auch.
Denn es war ein sanftes, freundliches, zuvorkommendes Lächeln, das er nur mir geschenkt hat. Es war ein Lächeln, das mich für einen kurzen Moment hat vergessen lassen, dass seine Freunde sich sonst eigentlich gegen mich verschworen haben.
Es hat mich vergessen lassen, dass ich in der Schule allein bin.
Es hat mich vergessen lassen, dass ich auch zu Hause allein bin.
Es hat mich vergessen lassen, dass andere Menschen mein Potenzial nicht sehen können, weil sie sich von oberflächlichen Dingen blenden lassen.

Ich kann genauso gut auch ehrlich mit dir sein, Gerti. Denn ich weiß, dass du meine Geheimnisse mit deinem Leben behütest und niemand je etwas hiervon erfahren wird.
Ich habe gestern nicht weitergeschrieben, weil Mama zum Essen gerufen hat oder weil ich die Spannung aufbauen wollte.
Ich habe nicht weitergeschrieben, weil es zu wehgetan hätte.
Denn mal ehrlich. Die Tatsache, dass ich das erste Mal seit geraumer Zeit wieder für jemanden schwärme, der mich nie SO sehen wird, ist einfach nur erbärmlich. Mit siebzehn noch keinen Freund gehabt zu haben, macht mich in der Schule zum Freak.
Mir war das eigentlich auch immer egal. Bis jetzt.
Denn jetzt gibt es jemanden, den ich wirklich gern als Freund hätte.
Ich erspare mir viel Leid, wenn ich einfach so früh wie möglich einsehe, dass es ein »Brad und Jules« nie geben wird.
Denn im Ernst ... Wer will schon mit mir zusammen sein? Nicht mal meine Eltern wollen Zeit mit mir verbringen.
Ich habe dir noch nicht viel von ihnen erzählt, aber das kommt noch. Und dann bin ich hoffentlich bald mit meiner ganzen Hintergrundgeschichte fertig und kann in dich reinschreiben, wozu du eigentlich da bist – nämlich wie mein Tag war ;)
Irgendwie ist es mir wichtig, dass du mich vorher kennst. Dass du mich verstehst.
Zumindest will ich es mir vorstellen.
Egal, ich denke, das reicht für heute. Ich muss noch meine Englischhausaufgabe machen und mich für die Geografieklausur morgen vorbereiten. Wenigstens lenkt mich das ein wenig ab.
*Bis dann, Gerti :**

6

»Na, wie sieht es hier aus?«

Erschrocken klappte ich das Tagebuch zu, steckte es schnell unter Jules' Bettdecke und tat so, als würde ich den Stoff zurechtstreichen, als Larissa plötzlich im Zimmer stand und mich fragend ansah.

Shit.

»Äh, gut ... Ich ... Ich habe gerade die Decke zurechtgerückt«, log ich ziemlich lahm, aber Larissa schien zum Glück nichts zu bemerken.

»Auch mit den Vitalwerten alles im grünen Bereich?«, fragte sie mich und warf selbst noch einen Blick auf den Monitor.

Verdammt. Das war knapp gewesen. Wirklich knapp. Jetzt musste ich mir nur noch überlegen, wie ich das Tagebuch zurück an seinen Platz brachte, ohne dass es vorher jemand bemerkte. Unter der Bettdecke konnte es auf jeden Fall nicht liegen bleiben.

»Um sechs Uhr kommt der Neurologe und sieht sich noch einmal Carsten an. Dann sehen wir weiter.« Larissas müdes Lächeln ließ mich schon ahnen, dass der Befund hart war. Ich atmete einmal tief durch. Mein Herz raste mir fast davon, so tief saß noch der Schock von ihrem plötzlichen Erscheinen im Zimmer. Wenn sie mich erwischt hätte, wie ich in Jules' Tagebuch las ...

Doch auch Carstens Zukunftsaussichten machten mich ein wenig nervös.

»Wie schaffst du das?«, fragte ich sie, als wir wieder auf dem Flur standen. Andere Krankenpfleger und Ärzte gingen an uns vorbei. »Also ich meine all diese schrecklichen Schicksale. Wie geht man mit so was um? Wenn man tagein, tagaus mit so etwas konfrontiert wird?«

Larissa überlegte kurz, furchte nachdenklich die Stirn. »Man braucht außerhalb des Krankenhauses einen Ausgleich. Man darf Todesfälle oder Patienten mit einem schweren Schicksal nicht einfach verdrängen, aber für mich funktioniert es ganz gut, wenn ich konsequent versuche, die Erlebnisse auf der Station nicht mit nach Hause zu nehmen. Ich habe quasi zwei Leben. Eins im Krankenhaus und eins außerhalb des Krankenhauses. Und in meiner Freizeit mache ich etwas, was mir Spaß bereitet. Um auf andere Gedanken zu kommen.«

Das ergab irgendwie Sinn. Obwohl es sicherlich leichter gesagt als getan war.

Es war eine harte, lange Nacht. Ich lernte aber mehr über Empathie und Mitmenschlichkeit, als ich zu träumen gewagt hätte. Gerade nachts versuchten die Pflegekräfte, es den Patienten so angenehm wie möglich zu gestalten. Das Licht wurde ausgeschaltet, in den meisten Zimmern wurde beruhigende Musik angemacht, und die Pfleger füllten sogar warmes Wasser in Handschuhe und legten diese unter die Hände der Patienten. Für sie fühlte es sich fast so an, als würden sie einer echten Person die Hand halten, was einen beruhigenden Effekt erzielte.

Ich begleitete auch Dr. Wilson, einen Intensivmediziner, zu sämtlichen Patienten, hörte mir ebenfalls die Zusammenfassung der eingeteilten Intensivpfleger an und besprach die Befunde und Behandlungen mit ihm und dem Neurologen, Dr. Hansen. Anders als Dr. Ronson schienen sie nicht von Famulanten genervt zu sein. Vielleicht, weil sie uns nicht so oft zu Gesicht bekamen.

Als die Morgendämmerung am Horizont sichtbar wurde, war meine Schicht vorbei. Eigentlich. Denn Larissa wollte gern, dass ich noch beim Ultraschall dabei war, wenn Dr. Hansen sich Carstens Halsschlagadern genauer ansah, die das Gehirn mit Blut und dadurch auch Sauerstoff versorgten. Carstens Zustand hatte sich im Laufe der Nacht verschlechtert. Mehrere seiner Organe begannen langsam zu versagen. Sein Gehirn arbeitete nicht ordentlich und konnte so nicht mehr dafür sorgen, dass sein Körper richtig funktionierte. Er war nur noch am Leben, weil wir ihn am Leben hielten.

Wir beobachteten schweigend, wie Dr. Hansen sich die Ultraschallbilder auf dem Monitor ansah. Als er mit der Untersuchung fertig war, sah er zu Dr. Wilson.

»Er ist noch nicht hirntot, jedoch ist das nur eine Frage der Zeit.« Dr. Hansen rückte sich seine Brille zurecht. »Es gibt nichts mehr, was wir für Carsten tun können.«

Dr. Wilson bestätigte die Aussage sichtlich berührt. Vielleicht weil er und Carsten ungefähr im gleichen Alter waren. Er sah Larissa an und dann wieder den Neurologen.

»Dann leiten wir jetzt die palliativmedizinischen Maßnahmen ein. Larissa, holen Sie bitte Carstens Frau und bringen Sie sie in den Besprechungsraum.«

Auch Larissa war sichtlich betroffen und verabschiedete sich von mir. Ich durfte jetzt gehen, brauchte und durfte beim Angehörigengespräch nicht dabei sein.

Und darüber war ich froh.

Palliativtherapie bedeutete, dass man der Krankheit oder Verletzung ihren natürlichen Lauf ließ. Man hörte auf, die Organfunktionen zu unterstützen. Man verabreichte lediglich Schmerz- und Betäubungsmittel, um die letzte Zeit so angenehm wie möglich zu gestalten. Letzten Endes bedeutete es einfach, dass man den Patienten langsam sterben ließ, weil man nichts mehr tun konnte.

Ich hatte Carsten nur diese eine Nacht betreut, trotzdem machte mich die Sache traurig. Mitgefühl breitete sich in mir aus. Es war einfach so ungerecht, wie das Leben für manche Leute endete. Ein Augenblick, eine Situation, ein Unfall – und schon war ein bis dato gesunder Körper kaputt.

Eigentlich wollte ich mich jetzt nur noch umziehen und nach Hause, um ins Bett zu fallen, aber dann fiel mir ein, dass ich noch Jules' Tagebuch wieder in der Kissenhülle verstecken musste. Beim Gedanken daran, dass ich das total vergessen hatte, wurde mir siedend heiß. Was, wenn Larissa etwas bemerkt hatte?

Also machte ich noch einen schnellen Abstecher zu Jules, die zum Glück gerade allein war, da die Pfleger die Übergabe besprachen, zog das Tagebuch unter der Decke hervor und steckte es an seinen Platz zurück, erleichtert darüber, dass es unbemerkt geblieben war.

Mit müden Bewegungen ging ich dann durch die ewig lang erscheinenden Krankenhausgänge, in denen ich mich anfangs auch schon mal beinahe verirrt hatte, zum Mitarbeiterraum und zog mich wieder um. Ich war fertig. Komplett fertig. Es war eine physisch anstrengende Nacht gewesen, und auch psychisch war vor allem der Abschluss kaum zu fassen. Wenn ich Montag wiederkam, musste ich damit rechnen, dass Carstens Bett leer war. Oder dass ein anderer Patient darin liegen würde.

Der Gedanke war kaum auszuhalten.

Als ich aus dem Krankenhaus trat und die frische Morgenluft einatmete, erlaubte ich mir das erste Mal, an Jules' Tagebucheintrag zu denken. Auch ihr Schicksal machte mich müde. Unendlich müde.

Ich schleppte mich langsam zur Bushaltestelle, wo ich mich gegen einen Laternenpfahl lehnte, um nicht umzufallen. Immer wieder fielen mir die Augen zu, so fertig war ich plötzlich, denn es drückte noch zusätzlich die psychische Belastung schwer auf meine Schultern.

Gerade als ich wieder kurz die Augen geschlossen hatte, hörte ich, wie der Bus vor mir zum Stehen kam und sich die Türen öffneten. Schnell stolperte ich hinein und setzte mich auf einen freien Platz.

Ich hatte das Gefühl, als würden mich alle Leute anstarren und gleichzeitig ignorieren. Als würden sie mich bemerken, als würden sie verstehen, dass es mir gerade wirklich nicht sonderlich gut ging, aber als wäre es ihnen egal.

Hatte Jules sich so gefühlt?

Umgeben von Menschen, aber trotzdem allein?

Ihre Gedanken aus dem Tagebuch vermittelten jedenfalls diesen Eindruck.

Ich lehnte meinen Kopf an die Scheibe und schloss meine Augen wieder. Ich war so erschöpft, dass die Welt draußen im Vorüberziehen einfach verschwamm, und davon wurde mir beinahe schlecht.

Als meine Station angekündigt wurde, rappelte ich mich auf und stieg aus, schleppte mich die Treppen zu meiner Wohnung hoch und widerstand dem Impuls, mich einfach so, wie ich war, ins Bett fallen zu lassen. Vorher brauchte ich noch eine Dusche, um die Nacht von meinem Körper abzuwaschen.

Ich ließ meine Klamotten im Bad an Ort und Stelle fallen, wegräumen konnte ich sie auch später noch, stieg dann unter die Dusche und drehte den Strahl auf. Ich ließ das warme Wasser über mich laufen, hielt mein Gesicht dem Strahl entgegen und drehte das Wasser immer heißer, bis es ein fast unangenehmes Prickeln auf meiner Haut hinterließ.

Eine heiße Dusche hatte mir schon immer geholfen, meine Gedanken zu ordnen. Das Wasser machte mich irgendwie ruhiger. Es war fast so, als würden meine Sorgen und beunruhigenden Gedanken einfach mit dem Wasser in den Ausguss gespült.

Und das hatte ich heute bitter nötig.

Carsten schwirrte mir noch immer im Kopf herum. Es nahm mich wirklich mit, das erste Mal zu sehen, wie Ärzte einen Menschen, ein Leben aufgeben mussten, weil ihnen die Hände gebunden waren.

Zu sehen, dass man trotz all der modernen Mittel und Wege nichts mehr für einen Patienten tun konnte.

Es war schon schlimm genug, Menschen im Koma zu sehen oder mit anderen starken Einschränkungen zu erleben, und dabei zu hoffen und zu bangen, dass sie wieder gesund würden.

Aber es war noch mal eine ganz andere psychische Belastung, einen Menschen sterben zu sehen. Zu wissen, dass es nur noch eine Frage der Zeit war, bis sein Herz aufhören würde zu schlagen.

Carsten war noch viel zu jung, um zu sterben. Er hatte eine Frau, hatte sich ein Leben aufgebaut. Hatte bestimmt noch einen Haufen Pläne und Wünsche und Ziele, die er erreichen wollte.

Und das alles wurde ihm geraubt, weil er zur falschen Zeit am falschen Ort gewesen war. Das war einfach nur unfassbar tragisch.

Und dann gab es Menschen wie Jules. Carsten wollte leben und würde nun sterben – Jules wollte ihr Leben beenden, würde, so wie es jetzt aussah, jedoch eine zweite Chance bekommen.

Jules beschäftigte mich noch immer so sehr, dass ich unbedingt weiter ihr Tagebuch lesen wollte, aber ich musste auf jeden Fall wesentlich vorsichtiger sein. Larissa hätte mich heute beinahe dabei erwischt, und das durfte ich einfach nicht mehr riskieren. Ich konnte mir nicht einmal ausmalen, wie groß der Anschiss ausfallen würde. Aber noch weniger konnte ich damit leben, nicht den Rest von Jules' Geschichte zu kennen.

Ich hatte ganz vergessen, dass das heiße Wasser noch immer auf meinen Kopf prasselte, so sehr war ich in Gedanken versunken. Ich schrubbte schnell meinen Körper und wusch meine Haare, bevor ich den Hahn zudrehte und tropfend aus der Dusche stieg, weil ich vergessen hatte, mir ein Handtuch mitzunehmen.

Ich tropfte meinen Badezimmerboden voll, als ich ein Handtuch aus dem kleinen Regal zog, mich abtrocknete und dann in mein Schlafzimmer lief. Ich schlüpfte in eine Boxershorts und ein T-Shirt und legte mich mit nassen Haaren ins Bett.

Ich musste mir mit Jules' Tagebuch etwas einfallen lassen.

Und eigentlich schwirrte mir schon die ganze Zeit ein Gedanke im Kopf herum.

Niemand wusste offenbar von ihrem Tagebuch, außer ihre Eltern, und die wollten nicht einmal hineinsehen.

Es würde also auch niemand vermissen, wenn ich es mitnahm.

Ich musste es nur mit einem anderen schwarzen Büchlein austauschen, und niemandem würde auffallen, wenn ich es für ein paar Tage mit nach Hause nehmen und es in Ruhe lesen würde, selbst wenn ihre Eltern nachsehen sollten, ob das Buch noch in dem Kissen steckte.

Als würde mit diesem Gedanken eine Last von meinen Schultern genommen, fielen mir die Augen zu und ich versank in einem tiefen, traumlosen Schlaf.

Ich wachte irgendwann am Nachmittag wieder auf und fühlte mich ruhelos. Ich hatte das Gefühl, dass ich rausmusste, einfach raus. Also schnappte ich mir meine Laufschuhe, schlüpfte in Jogginghose und ein Shirt und beschloss, noch eine Runde zu joggen.

Draußen atmete ich tief die kühle Luft ein, spürte die Kälte in meiner Lunge und fast schon buchstäblich durch meine Adern fließen. Schon nach nur wenigen Sekunden legte sich eine Ruhe über meinen Körper, die ich seit Tagen nicht mehr verspürt hatte.

Langsam joggte ich los, um mich warm zu machen, und hielt erst einmal das langsame Tempo. Nicht weit von meiner Wohnung war ein kleiner Park angelegt, der den Namen kaum verdiente, aber es war wenigstens ein kleines grünes Fleckchen inmitten dieser Betonwüste.

Ich steigerte mein Tempo ein wenig, da meine Muskeln noch ein bisschen mehr Beanspruchung vertragen konnten, und realisierte, dass ich irgendwann rannte. Ich spürte die Erde unter meinen Füßen bei jedem Schritt leicht nachgeben, drosselte mein Tempo dabei nicht.

Schon lange war ich nicht mehr so gerannt. Es fühlte sich fast wie fliegen an. Ich schwebte über den Boden, fühlte mich leicht, fast schwerelos. Als würde ich vor dem ganzen Ballast davonrennen und ihn weit hinter mir zurücklassen.

Die Uni. Die Prüfungen. Die Famulaturen. Die Schichtarbeit. Carsten. Jules.

Wenn ich all diesen Dingen gewachsen sein wollte, dann musste ich zu meiner alten Energie und Freude zurückfinden und durfte mich nicht in diesem Strudel noch weiter nach unten ziehen lassen.

Ich wusste, dass mich der Rest von Jules' Tagebuch noch einmal wirklich mitnehmen und tief berühren würde. Aber ich würde damit klarkommen.

Weil es mein Job war.

Weil ich es musste.

Und weil ich es hinbekommen musste, Mitgefühl zu empfinden und zu zeigen, ohne mich davon kaputtmachen zu lassen. Denn das würde weder mir noch den Patienten helfen.

Ich würde ewig den Stich in meinem Herzen spüren, wenn ein neuer Patient eingeliefert wurde. Egal ob auf der Intensivstation oder woanders.

Ich würde mit Sicherheit auf ewig das Gefühl haben, dass es mir die Luft abschnürte, wenn ich erfuhr, dass wir für einen Patienten nichts mehr tun konnten.

Mir würde auf ewig ein Schauer über den Rücken laufen, wenn ich sah, wie mitgenommen die Familienangehörigen waren.

Ich würde auch realisieren, dass ich nicht mehr tun konnte, als mein Bestes zu geben. Das nahm ich mir fest vor.

Inzwischen schmerzte meine Lunge von der Anstrengung und der kalten Luft, also wurde ich wieder langsamer, bis ich ganz zum Stehen kam. Ich stützte die Hände auf den Knien ab und atmete schwer. Als ich mich ein wenig erholt hatte, lief ich gemächlich wieder in Richtung meines Zuhauses. Hörte auf das Rascheln der vertrockneten Blätter auf dem Boden, wenn ich darauf trat. Kostete jeden Atemzug voll aus. Und bemerkte ein sanftes Lächeln auf meinen Lippen.

Montag.

Neuer Tag. Neue Woche.

Meine letzte Woche.

Nur noch fünf Tage auf der Intensivstation.

Auf dem Weg ins Krankenhaus blickte ich in die Sonne, die noch tief am Horizont stand. Die hell leuchtete, jedoch ihre Kraft, ihre Wärme verloren hatte.

Und die nächsten Monate würden diesen Zustand nur verschlimmern.

Doch die bevorstehende Kälte und Dunkelheit des Winters konnten meiner guten Laune nichts anhaben. Ich mochte die unterschiedlichen Jahreszeiten, genoss ihre Verschiedenheiten.

Ohne sie wäre es meiner Meinung nach doch langweilig. Und egal was man bevorzugte, Kälte oder Wärme, prächtige Farben oder ein eintöniges Weiß – jeder konnte sich über die Natur freuen.

Ich wünschte mir, dass Jules nach ihrer Genesung einen schönen Winter erleben würde.

Und einen schönen Frühling. Einen wundervollen Sommer. Einen atemberaubenden Herbst. Und abermals einen bezaubernden Winter.

Und das jedes Jahr wieder.

Ich wünschte Jules, dass sie nach dieser ganzen Sache neu starten konnte, von vorn anfangen. Hoffentlich würde sie ihre zweite Chance nutzen.

Das war etwas, was mich sehr beschäftigte. Ich meine, Jules hatte immerhin versucht, sich umzubringen. Nur weil sie jetzt ein paar Tage im Koma lag, hieß das ja nicht automatisch, dass sich ihre Probleme in Luft aufgelöst hatten.

Würde sie also überhaupt wieder den Drang nach Leben verspüren? Oder würde sie die erstbeste Gelegenheit abpassen, um noch mal zu versuchen, allem ein Ende zu setzen?

Allein der Gedanke daran dämpfte meine gute Laune ein wenig.

Dann erinnerte ich mich wieder an meinen Plan. Heute in der Mittagspause würde ich zu dem kleinen Schreibwarengeschäft laufen, das in der Nähe des Krankenhauses lag, und würde einen Kalender kaufen, der genauso aussah wie Jules' Tagebuch.

Ich würde die beiden Büchlein austauschen und das Tagebuch mit nach Hause nehmen, um es zu lesen.

Das war ein Risiko, natürlich. Auch wenn sich ihre Eltern bisher nicht für ihr Tagebuch aka Kalender interessiert hatten, konnte es natürlich immer sein, dass sie doch auf einmal darin blättern wollten. Dieses Risiko wollte und würde ich eingehen.

Und wenn ich alles gelesen hatte, dann würde ich entscheiden, was ich mit diesem Wissen anfangen sollte.

Von diesem Gedanken beflügelt, spazierte ich ins Krankenhaus und grüßte so gut wie jeden, der mir entgegenkam.

»Na hallo! Da hat wohl jemand gute Laune!«, begrüßte mich Mona, die gerade fertig umgezogen aus der Umkleide kam.

»An so einem wunderschönen Tag muss man doch gut gelaunt sein«, antwortete ich ihr zwinkernd, bevor ich in die Umkleide verschwand, um schnell in meine Arbeitsklamotten zu schlüpfen.

Mein ganzer Körper fühlte sich wie vollgepumpt mit Adrenalin an. In einem Comic würde ich wahrscheinlich vor lauter Energie durch die Gegend hüpfen.

In diesem Moment kam ich mir unbesiegbar vor. Ich war glücklich, und ich war darauf eingestellt, Jules' Tagebuch zu klauen, um mehr über sie zu erfahren, um Patienten wie ihr besser helfen zu können.

Rückblickend betrachtet war es eigentlich verwunderlich, dass ich mein Gewissen, meine Moral, meinen Anstand so leicht zur Seite hatte fegen können. Alle Skrupel außer Acht lassen konnte.

Aber es war so. Als ob Jules' Tagebuch und ihre Geheimnisse und Gedanken meinem Leben einen Sinn verschafften. So sehr, dass es mir erst viel später am Tag einfiel, danach zu fragen, wann Carsten von uns gegangen war und wie es seiner Frau ging. Der Bericht seines Todes berührte mich heute auch nicht so sehr, wie der schlechte Befund es während meiner Nachtschicht getan hatte.

Jules' Tagebuch machte mich egoistisch und feinfühlig zugleich. Sensibilisierte mich, stumpfte mich gleichzeitig auch ab.

Vielleicht war ich gerade deswegen von ihr und ihrem Tagebuch so fasziniert. Realistisch betrachtet hatte ich keinen Grund, von ihrem Wesen so eingenommen zu sein. Ich hatte gerade einmal drei Einträge gelesen. Kein Wort mit dem Mädchen persönlich gewechselt.

Die ganze Situation, die Tragweite, die Konsequenz und das Wissen, das ich mir erwarb, zogen mich förmlich an. Die

Gefühle, die dahintersteckten, das Verbotene, das Spannende, das Geheimnisvolle.

Es war skurril, aber für mich war es echt und ergreifend. Und deswegen schaltete mein Verstand einfach ab.

Das war zumindest die einzig plausible Erklärung dafür, dass ich Stunden später in meiner Pause aus dem Krankenhaus trat und nach links ging. Für mein Vorhaben sogar das mehrfache Umziehen in Kauf nahm.

»Hey, Lorenzo, warte mal!«

Ich blieb stehen und stöhnte kurz auf. Ich widerstand gerade noch dem Impuls, mit den Augen zu rollen, als ich mich umdrehte und Seth gespielt anlächelte.

»Hi, Seth, was gibt's?«

»Ich wollte nur fragen, ob ich dich begleiten kann. Du holst doch was zu essen, oder?«

Verfluchte Scheiße.

»Ähm, also ... Schon, nur ... Ich brauche kurz Zeit für mich«, sagte ich dann, weil mir das gerade als einzige Ausrede einfiel.

»Zeit für dich?« Seth wackelte vielsagend mit den Augenbrauen. »Triffst du dich mit jemandem?«

Ich wollte ihm wirklich gern ins Gesicht schlagen, blieb trotzdem ruhig. Wieso merkten Menschen wie er einfach nie, wenn andere Menschen Abstand brauchten?

»Nein, Seth«, sagte ich mit pädagogischer Stimme. »Ich treffe mich mit niemandem, denn ich brauche Zeit für mich. Ich muss ein paar Sachen aus dem Krankenhaus ... verarbeiten.«

»Ach, du meinst die Sache mit diesem Carsten da?«

Ich bejahte.

Für einen kurzen Augenblick hasste ich mich selbst. Wie tief war ich bitte gesunken, dass ich einen toten Menschen für meine fast schon kriminellen Tätigkeiten ausnutzte? Ihn als Alibi benutzte, um meinen egoistischen und eigennützigen Plänen nachzugehen?

»Okay, in Ordnung. Aber hey!« Seth lächelte mich fast schon nachsichtig an. »Du musst lernen, mit solchen Sachen zu leben. Es war für Carsten besser, zu sterben. Denk einfach daran, was für ein Leben er geführt hätte, falls er überlebt hätte. Er wäre ein Pflegefall geworden. Stell dir mal vor, wie belastend das für seine Frau gewesen wäre. Auch für sie war es besser, dass er gestorben ist.« Seth zuckte mit den Schultern, während ich ihn nur völlig fassungslos ansehen konnte. Ich war für einen Moment sprachlos. Seth hatte Carsten noch nicht einmal persönlich zu Gesicht bekommen, sondern nur das gehört, was über seinen Fall besprochen worden war.

»Seth, ich brauche jetzt einfach meine Ruhe.«

Es kostete mich alle Überwindung, mich umzudrehen und weiterzugehen, statt ihn in Grund und Boden zu schlagen und ihm einzutrichtern, dass die Welt ohne so gefühlskalte Menschen wie ihn besser dran wäre.

Aber das würde mich nicht besser machen als ihn.

Ohne ihn noch einmal anzusehen, ging ich die Straße runter und bog dann nach rechts in eine kleine Gasse. Ich war schon gefühlt hundertmal an dem Schreibwarenladen vorbeigegangen, war jedoch noch nie drinnen gewesen. Im Zeitalter der Technologie war es eher selten, dass ich meine Vorräte an Papier, Blöcken und Stiften wieder aufstocken musste.

Die Tür gab beim Öffnen ein Klingeln von sich, das für so kleine Geschäfte typisch war. Ich sah mich kurz um und entdeckte bei einem Regal voller Glückwunschkarten eine blonde Verkäuferin, die mir verräterisch bekannt vorkam.

Sie drehte sich zu mir um und lächelte mich überrascht an. »Lorenzo!«, begrüßte sie mich.

»Sydney!« Ich lächelte erfreut zurück. »Ich wusste gar nicht, dass du hier arbeitest.«

Sydney war im Frühsommer im *Bella Casa* als Kellnerin eingestellt worden. Ich wusste zwar, dass sie auch einen Nebenjob in einem Schreibwarengeschäft hatte, mir war aber nie bewusst gewesen, dass es sich um diesen Laden hier handelte.

»Was machst du hier?«, fragte sie mich und kam auf mich zu. Sie umarmte mich kurz.

»Ich habe gerade Mittagspause und brauche noch einen Kalender«, sagte ich, und sie ließ einmal ihren Blick über meine Erscheinung fahren.

»Die Arztkleidung steht dir gut«, sagte sie flirtend zu mir. Ich musste zugeben, dass ich Sydney wirklich attraktiv fand. Sie hatte einen Bombenkörper und irgendetwas an sich, was bemerkenswert war. Diese dezente Anziehung schien jedoch nicht auf Gegenseitigkeit zu beruhen. Ich erinnerte mich daran, dass Ceil mir verraten hatte, dass sie nicht auf südländische Typen stand.

Und das passte mir dann eigentlich doch ganz gut.

»Danke«, brachte ich nichtsdestotrotz hervor. »Ich wusste gar nicht, dass du hier arbeitest«, sagte ich dann noch mal, weil sie mir keine Antwort gegeben hatte, und einfach, um die Stille zu brechen.

»Im Ernst, Lorenzo. Wie viele *Paperlicious* gibt es denn in der Stadt?«

Ich lachte. Es gab davon nämlich bestimmt über acht verschiedene.

»Dann lass dich mal nicht aufhalten. Die Kalender findest du hinten an der Wand.«

»Super, danke!« Ich drehte mich in die Richtung, in die Sydney gezeigt hatte, und tatsächlich fand man dort wirklich alles, was das Herz begehrte.

Kleine Kalender, große Kalender, bunte Kalender, einfarbige Kalender.

Und Kalender mit schwarzem Ledereinband.

Volltreffer.

Ich sah mir die unterschiedlichen Variationen an, nahm sie in die Hand, um sie genauer zu betrachten, und entschied mich dann für einen, der meiner Erinnerung an Jules' Tagebuch am nächsten kam. Mit dem Büchlein in der Hand schlenderte ich zurück zur Kasse, hinter der Sydney mich bereits mit einem Lächeln erwartete.

»Gefunden, was du gesucht hast?«, fragte sie mich und nahm mir den Kalender aus der Hand.

»Bei der großen Auswahl wusste ich gar nicht, welchen ich zuerst nehmen soll«, schleimte ich ein bisschen, und sie verdrehte die Augen, nannte mir dann den Preis und steckte den Kalender in eine Tüte.

»Wann kommst du uns wieder mal im *Bella Casa* besuchen?«, fragte sie dann.

»Ich war erst letzte Woche dort, da hast du mich verpasst. Bis ich dort wieder Schichten übernehme, dauert es noch ein bisschen. Jetzt muss ich erst noch ordentlich ins Wintersemester starten«, erklärte ich und Sydney nickte.

»Klar, das geht vor, verstehe ich.«

»Also dann, ich muss wieder zurück. Ich kann mir nicht so viele Pausen erlauben wie du«, neckte ich sie und verabschiedete mich, da bereits der nächste Kunde den Laden betrat.

Ich lief wieder zurück Richtung Krankenhaus und holte mir unterwegs an der kleinen Imbissbude noch zwei Hotdogs. Mein Magen knurrte inzwischen wie ein sterbender Wal.

Ich aß die Hotdogs in Rekordzeit und schaffte es sogar, mich dabei nicht vollzukleckern. Bis ich das Krankenhaus betrat, hatte ich wieder nur die Tüte in der Hand und mein Magen blieb endlich still. Jetzt müsste ich nur noch einen Moment abpassen, wenn niemand bei Jules war, die beiden Büchlein austauschen, und dann könnte ich schon heute Abend weiterlesen.

Ich hastete zur Personalschleuse und in den Umkleideraum, wo ich mir schnell saubere Bereichskleidung anzog. Ein Blick auf die Uhr sagte mir, dass ich noch ein paar Minuten Zeit hatte, bis meine Pause vorbei war. Vielleicht konnte ich es ja gleich hinter mich bringen und das Tagebuch in meinem Spind verstauen?

Allein bei dem Gedanken beschleunigte sich mein Herzschlag ein wenig.

Ich durfte mich so was von überhaupt nicht erwischen lassen. Ganz gelassen schlenderte ich also mit dem Kalender in der Seitentasche meines Kasacks durch die Intensivstation. Ich gab mir alle Mühe, keinen misstrauischen Eindruck zu erwecken, konnte meine paranoiden Gedanken aber nur schwer abstellen. Doch wieso sollte jemand misstrauisch werden? Selbst wenn jemand das Büchlein in meiner Tasche bemerkte, würde man nur denken, dass es sich dabei um ein Notizbuch handelte.

Jules' Zimmer war gerade leer. Also komplett leer. Sie war wohl gerade für ein MRT geholt worden.

Kurz rutschte mir das Herz in die Hose, weil ich dachte, sie hätten das Bett samt Kissen aus dem Zimmer geschoben, aber dann entdeckte ich es auf dem kleinen Tisch in der Ecke des Raumes. Da ich nicht wusste, wie lange sie schon weg waren, musste ich mich beeilen. Ich schlüpfte schnell in das Zimmer, zog den neuen Kalender hervor, tauschte ihn mit dem Tagebuch in der Kissenhülle aus und steckte dafür Jules' Tagebuch ein. Die ganze Aktion hatte nur ein paar Sekunden gedauert, und schon stand ich wieder vor der Tür und wandte mich in Richtung Mitarbeiterraum, um das Tagebuch schnell in meinem Spind zu verstauen und zurück an meine Arbeit zu gehen.

Bevor ich die gestohlene Ware zwischen meinen Sachen versteckte, zog ich das lederne Büchlein noch einmal heraus. Ich ließ meine Finger fast liebkosend darübergleiten, und kurz überkamen mich wieder die Zweifel. Das Leder brannte auf meiner Haut, und mir flogen Wortfetzen durch den Kopf, die ich bereits gelesen hatte.

Dankbarkeit. Freundschaften. Bauchkribbeln.

Seit fünf Stunden schwärme ich für Brad Anderson.
Sie war meine beste Freundin und ich habe ihr vertraut.
Meine Eltern haben nie Zeit für mich.
Miststück.

Ich schob meine Zweifel endgültig beiseite. *Die geheimnisvolle Gerti* hatte mich in ihren Fängen, und ich wusste einfach tief in mir, dass ich mich nicht einmal daraus befreien wollte.

Schnell schob ich das Tagebuch in meine Tasche.

Dann schmiss ich die Spindtür zu und ließ es zurück, bis ich mir heute Abend die Zeit nehmen konnte. Und zwar alle Zeit, die ich benötigen würde.

Zum ersten Mal, seit Jules im Krankenhaus war, ging ich nicht mit einem Gefühl der inneren Leere und Ungeduld nach Hause, sondern gespannt und hibbelig, beflügelt von der Aussicht, mich in Ruhe meiner Abendlektüre widmen zu können.

Die Busfahrt kam mir fast schon unterhaltsam vor, die Leute waren alle freundlich, und sogar der Nebel, der sich im Laufe des Nachmittags über die Stadt gelegt hatte und mir unter die Kleidung kroch, konnte mir nichts ausmachen.

Ich nahm zwei Stufen auf einmal die Treppe nach oben in meine Wohnung, machte überall Licht an und betätigte die Kaffeemaschine. Jules' Tagebuch hatte ich auf meinen kleinen Couchtisch, der eigentlich nur eine umgedrehte Holzkiste war, gelegt, und immer wieder sah ich dorthin, als befürchtete ich, dass das schwarze Büchlein plötzlich nicht mehr da wäre.

Aber es blieb dort, egal wie oft ich hinsah. Wartete geduldig darauf, dass ich es wieder zur Hand nahm und aufschlug.

Für den Bruchteil einer Sekunde überlegte ich, ob Gerti vielleicht genauso sehr wollte, dass ich weiterlas. Dass sie mir Jules' Geheimnisse anvertrauen konnte, damit sie nicht mehr allein diese Last auf ihren Schultern trug.

Ich konnte über meine Gedanken nur den Kopf schütteln.

Gerti existierte nicht wirklich. Obwohl Jules sie wirklich lebhaft schilderte und sich mit ihr in ihrem Tagebuch unterhalten hatte. Gerti war nicht echt. Sie trug keine Schuld. Sie hatte gar kein Gewissen. Sie trug keine Verantwortung dafür, was Jules getan hatte.

Ihre Eltern hätten für sie da sein sollen. Sie hätten ihr zuhören sollen. Aber so wie es schien, hatte Jules sich sonst niemandem anvertraut.

Wirklich niemandem.

Ich nahm meine Kaffeetasse zur Hand, stellte mein Handy auf lautlos und fläzte mich auf mein altes Sofa, das unter meinem Gewicht knarzte und nachgab.

Ich nahm das Tagebuch zur Hand, sah mir noch einmal den schwarzen Einband an, dann öffnete ich das Buch und schlug den nächsten Eintrag auf. Ich atmete noch einmal tief durch, dann begann ich zu lesen und tauchte in Jules' Welt ein, als würde ich mich kopfüber in einen tiefen See fallen lassen.

20. Februar

Liebes Tagebuch, liebe Gerti,
wie geht es dir heute?
...
Wie immer also?
Okay, ist das jetzt gut oder schlecht?
Ich nehme an, dass du eigentlich ein ziemlich ordentliches Leben führst, oder? Ruhig, sinnvoll, entspannt. Oder nerven dich meine Einträge schon?
Ich hoffe nicht, denn ich habe gerade erst angefangen.
Heute ist Samstag. Heute musste ich nicht in die Schule (du weißt von unseren Wochenenden, oder?). Und das war gut

so. Denn gerade heute war ich so ausgelaugt und müde, ich hätte für Brianne und ihre Freunde keine Kraft gehabt. Stattdessen habe ich meine Oma besucht. Im Ernst, Gerti, diese Frau solltest du kennenlernen.
Sie ist wunderbar. Ein liebevoller, gütiger, milder Mensch.
War.
Denn leider ist sie auch dement.
Meine Oma war immer schon meine allerbeste Freundin. Doch in letzter Zeit kann sie sich kaum daran erinnern, wer ich bin. Ich weiß, dass das keine Absicht ist, trotzdem tut es weh, auch von ihr wie eine Fremde behandelt zu werden.
Heute hatte sie einen guten Tag. Sie hat zwar die ganze Zeit gedacht, ich sei meine Mutter – also ihre Tochter –, aber sie war glücklich. Hat mir von ihrer Jugend erzählt. Wie sie Opa kennengelernt hat. Wie es war, damals als Krankenschwester zu arbeiten. Dass die Wiesen grüner, der Himmel blauer und die Sonne gelber war.
Sie hat meine Hand genommen und sie gestreichelt. Mich allein durch diese Geste aufgemuntert.
Oma hat eine runzelige Haut, die trotzdem so unendlich weich ist, da sie jeden Tag ihre Hände eincremt. Und sie duften nach Lavendel. Diesen Duft werde ich immer mit meiner Oma verbinden. Dieser Duft wird mich immer daran erinnern, dass sie meine Verbündete ist. Sie lässt mich nicht im Stich. Also wenn sie sich an mich erinnern kann ;)
Es ist traurig zu sehen, wie der Mensch verfällt, je älter er wird. Und es kommt mir so ungerecht vor. Sie hat ihr ganzes Leben geschuftet, hat sich für andere aufgeopfert. Und der Dank?
Alt, schwach und krank zu werden.
Und gerade meine Oma hat das nicht verdient. Sie hätte es verdient, noch viiiele Jahre zu leben. Voll sprudelnder Freude. Und nicht als Witwe (mein Opa ist schon vor mei-

ner Geburt gestorben). Ich hätte mir für meine Oma so gewünscht, dass sie noch voller Energie, Tatendrang und Glück sein würde und eines Morgens einfach nicht wieder aufwacht.
Ich weiß, dass meine Oma eines Tages stirbt. Es bereitet mir Angst, dass sie davor vielleicht viele Schmerzen bekommt. Oder ihr Gehirn so durchlöchert ist, dass sie weder weiß, wer sie ist, noch wie man alltägliche Dinge verrichtet.
Sie ist bereits in einem Altersheim, weil sie oft Aussetzer hat. Sie kann sich noch selbst anziehen, selbst essen und solche Sachen. Wenn sie das nicht mehr kann ... Es wird irgendwie alles so unwürdig.
Weißt du, Gerti. Irgendwie hast du den Platz meiner Oma eingenommen. Klar, Oma wird immer meine Oma sein, und ich werde sie besuchen, bis sie nicht mehr da ist.
Jetzt, wo sie mir nicht mehr richtig zuhört und mir keine Lebensweisheiten geben kann, musst du das übernehmen. Na ja, wenigstens das Zuhören.
Und du machst deine Sache gut. Hast mich noch kein einziges Mal unterbrochen. Ist wirklich nett von dir.
Nur die Ratschläge bräuchte ich irgendwie noch von jemandem.
Und nein, meine Eltern kommen nicht infrage. Papa ist nie zu Hause, und Mama ... Tja, sie interessiert sich nicht wirklich für mich. Wenn wir mal reden, dann ist das so ein oberflächliches Zeug, das mir Übelkeit verschafft.
Gerade in solchen Situationen wie jetzt, wenn ich allein in meinem Zimmer bin und nachdenke, wünsche ich mir einen Freund. Nicht nur einen Willst-du-mit-mir-gehen-Freund, sondern einen Freund-Freund. Einen, zu dem ich mich nicht nur hingezogen fühle, sondern mit dem ich auch über etwas tiefsinnigere Themen reden kann. Der mich zum Grübeln bringt. Der mir Halt verschafft.

Der mir hilft, die Welt mit anderen Augen zu sehen. Der mir versichert, dass ich wertvoll bin. Dass sich jemand um mich sorgt. Der mir das Gefühl gibt, geliebt zu werden. Und wer weiß, vielleicht ist Brad ja genau so einer?

21. Februar

Meine allerliebste Gerti,
ja, schon wieder ich. Ich weiß, ich rede jeden Tag mit dir. Ich bin fast froh, dass du dich nicht einmal dagegen wehren könntest, selbst wenn du das vielleicht wolltest.
Es gibt schon zu viele Menschen in meinem Leben, die einfach nichts mehr von mir wissen wollen. Die einfach keinen Kontakt suchen.
Sollte nicht jeder Mensch andere Menschen um sich herum haben, von denen er geliebt und geschätzt wird? Mit denen man Zeit verbringt, nicht weil man es muss, sondern weil man es möchte?
Meine Oma natürlich ausgenommen. Nun ja, du weißt ja seit gestern, dass es ihr nicht mehr so gut geht.
Ist dir aufgefallen, dass ich meine Eltern bisher noch kaum erwähnt habe?
Gerti, das ist nicht einfach ein Zufall.
Meine Eltern …
Weißt du, es tut schon weh genug, wenn in der Schule jeder einen Bogen um dich herum macht, weil man sich sonst ja vielleicht an deiner Unbeliebtheit anstecken könnte.
Damit kann ich noch irgendwie umgehen, weil es dennoch Fremde sind. Die meisten zumindest.
Aber meine Eltern, das ist meine Familie.
Verstehst du das, Gerti? Weißt du, was eine Familie ist? Eine Familie sind die Menschen, die dich bedingungslos lieben sollten, mit all deinen Ecken und Kanten, mit all deinen Fehlern. Eine Familie sollten Menschen sein, auf die du

dich immer verlassen kannst, von denen du weißt, dass sie immer für dich da sind. Menschen, die alles dafür geben würden, dass es dir gut geht.
Aus irgendwelchen Gründen ist es bei mir nicht so. Ich habe so eine Familie nicht.
Gut, viele Familienmitglieder habe ich sowieso nicht.
Es gibt da meine Oma und dann gibt es Onkel Richard und Tante May, die so weit weg wohnen, dass man mit einem Flugzeug zwei Stunden dorthin braucht. Ich sehe sie also so gut wie nie.
Und dann gibt es da nur noch meine Eltern.
Mama und Papa.
Die ich beinahe genauso selten sehe wie meine Tante und meinen Onkel, obwohl wir eigentlich im gleichen Haus wohnen.
Und das tut am meisten weh.
Meine eigenen Eltern wollen nichts mit mir zu tun haben. Sie sind viel zu beschäftigt mit ihrer Arbeit und mit tollen Urlauben und Geschäftsreisen, bei denen ich meistens nicht dabei bin, weil ich entweder in die Schule muss oder bei den Meetings nur stören würde.
Gerti, ich glaube, das sind alles nur Ausreden.
Ausreden dafür, dass meine Eltern mich eigentlich nie haben wollten.
Ich war ein Unfall. Womöglich hätten sie ohne mich nie geheiratet. Und jetzt, wo ich da bin, wollen sie so wenig Zeit wie möglich mit mir verbringen.
Wir essen so gut wie nie gemeinsam (das neulich war wirklich eine absolute Ausnahme, und du glaubst kaum, wie man sich anschweigen kann, obwohl man am gleichen Tisch sitzt). Wir machen keine Ausflüge zusammen. Wir sitzen abends nie zusammen auf der Couch und sehen uns einen Film an.

Ich kann mich nicht einmal daran erinnern, dass ich mit meinen Eltern mal auf einem Spielplatz war, als ich klein war.
Ich hatte ein Kindermädchen, Rheena hieß sie, und ich hatte sie echt gern. Aber irgendwann wird man auch für ein Kindermädchen zu alt.
Inzwischen bekomme ich jeden Monat ein durchaus großzügiges Taschengeld auf mein Konto, und eine Haushälterin schaut vorbei, um zu putzen, einzukaufen und zu kochen. Maria spricht nicht einmal meine Sprache.
Sie ist zwar nett, denke ich zumindest, aber sie macht auch nur ihren Job, und dann verschwindet sie wieder.
Wie du merkst, verbringe ich also sehr viel Zeit allein.
Eigentlich verbringe ich fast ausschließlich Zeit allein.
Ich habe also sehr viel Zeit, um nachzudenken. Zu viel Zeit.
Und ich habe genügend Zeit, um mich mit dir zu unterhalten.
Genau deswegen wollte ich dir auch mal Danke sagen.
Danke, Gerti, dass du mir immer zuhörst und für mich da bist!
Jetzt lasse ich dich auch mal wieder in Ruhe, ich will dich ja nicht auch noch verschrecken.
Und außerdem bin ich müde.
Vielleicht lege ich mich noch ein bisschen hin.
Das mache ich zurzeit öfter, weil mein Körper einfach schlafen will. Ist ja auch egal, ich habe ja genügend Zeit.
Also gute Nacht, Gerti, wir lesen uns morgen <3

7

Ich japste erschrocken nach Luft, als das Klingeln an meiner Tür mich aus Jules' Gedanken riss. Völlig orientierungslos sah ich mich erst einmal in meiner Wohnung um, als könnte ich mich nicht erinnern, wo ich war.

Ich fuhr mir mit der Hand übers Gesicht, und als es wieder an meiner Tür klingelte, legte ich das Tagebuch umgedreht auf meinen Couchkasten und stand auf.

Hatte ich irgendeine Verabredung vergessen? Ich durchforstete mein Hirn nach abgespeicherten Terminen, aber da war nichts.

Als ich durch den Spion sah, strahlten mich zwei Gesichter an. Schmunzelnd öffnete ich die Tür.

»Was macht ihr denn hier?« Fabio und Ceil standen mit einer Flasche Wein und einer Tüte, die offensichtlich Essen enthielt, vor meiner Tür.

»Überraschung!«, meinte Fabio, und spätestens jetzt war ich mir sicher, dass ich keinen Termin vergessen hatte. »Wir dachten, wir leisten dir ein bisschen Gesellschaft, du kommst ja kaum noch raus, haben wir das Gefühl.«

»Und wir bringen sogar Wein und Sushi«, fügte Ceil hinzu und hielt demonstrativ die Tüte hoch.

»Ach, kein italienisches Essen? Ich glaube, dann müsst ihr wann anders wiederkommen«, antwortete ich gespielt traurig und begann schon, die Tür zu schließen.

»Wenn ich das gewusst hätte, dann hätte ich extra für dich noch mal den Herd angeschmissen.« Fabio brachte mich zum Lachen, ich öffnete die Tür wieder ganz und trat auf die Seite, um die beiden einzulassen.

Sie hatten sich zwar einen denkbar schlechten Abend ausgesucht – ich meine, warum ausgerechnet heute? –, aber ich konnte sie ja auch schlecht vor der Tür stehen lassen. Und die beiden waren immer angenehme und lustige Gesellschaft, und das konnte ich gut gebrauchen. Dann müsste Jules' Tagebuch halt noch ein paar Stündchen länger warten, es würde mir schon nicht weglaufen.

Ich ging voraus in die mickrige Küche, wo wir uns zu dritt hineinquetschten, während Ceil anfing, von ihrem Tag zu erzählen.

Montags hatte das *Bella Casa* geschlossen, was sie nicht daran gehindert hatte, aktiv zu sein. Sie berichtete davon, wie sie bei sich zu Hause umgeräumt, ihren Schuhschrank aussortiert, diverse Taschen und Schuhe und Accessoires online zum Verkauf angeboten und nebenbei noch irgendeine alte Schachtel blau angemalt hatte.

Fabio verdrehte nur die Augen. Er war es mittlerweile gewohnt, dass seine Freundin immer fünfzig Projekte am Start hatte.

Ich entkorkte die gekühlte Weißweinflasche, reichte sie Fabio und holte aus dem Schrank hinter Ceil drei Weingläser hervor.

Fabio nahm auch diese entgegen und ging schon mal zurück in mein Wohnzimmer.

»So, was habt ihr denn Leckeres mitgebracht?«, murmelte ich, als ich die Sushiboxen aus der Tüte holte.

»Weißt du, wie lange es her ist, dass ich Sushi gegessen habe? Ich liebe Fabios Essen, wirklich, aber ab und zu eine klitzekleine Stiländerung tut gut«, plauderte Ceil mit mir und versuchte mir währenddessen über die Schulter zu blicken, als wäre sie genauso neugierig und gespannt wie ich, obwohl sie das Essen selbst besorgt hatte.

»Mann, Lorenzo, ich kann nichts sehen«, rief sie und schubste mich ein wenig zur Seite.

»Scusa«, entschuldigte ich mich schmunzelnd. Was konnte ich schon dafür, dass sie so klein war?

»Du kannst dir ja schon mal drei Teller schnappen und ins Wohnzimmer bringen«, sagte ich dann, als mir auffiel, dass Fabio ja immer noch im Wohnzimmer war. Was machte er so lange?

»Okay, dann decke ich mal deinen Kasten«, flötete Ceil, als es mir plötzlich kalt den Rücken runterlief.

Ich hatte keinen Esstisch. Wir benutzten immer meinen Couchtisch.

Couchtisch.

Auf dem Jules' Tagebuch lag.

Um die Weingläser hinzustellen, musste Fabio das Buch woanders hinlegen.

Scheiße!

Ich ließ alles stehen und liegen und lief ins Wohnzimmer, in dem ich Fabio auf der Couch sitzend vorfand, ein kleines schwarzes Büchlein in der Hand haltend und mit gerunzelter Stirn darin lesend.

Kurz schloss ich die Augen. Das durfte doch alles nicht wahr sein.

Als ich sie wieder öffnete, sah Fabio mich an.

»Lorenzo, was ist das?«

»Du hättest das nicht lesen dürfen.«

»Ich denke, du solltest das auch nicht lesen, kann das sein? Es lag offen auf dem Tisch, also habe ich mir nichts dabei gedacht«, erklärte Fabio trotzdem, warum er einen Blick hineingeworfen hatte.

Was für einen Eintrag hatte ich gerade offen liegen gehabt? Was hatte er alles gelesen?

Ceil tauchte neben mir auf und blickte verwundert zwischen Fabio und mir hin und her.

»Was ist los?«, wollte sie wissen.

»Das wollte Lorenzo gerade erklären.« Er sah mich noch immer an, und ich wusste, dass ich gleich den Anschiss meines Lebens bekommen würde. Fabio sah mich direkt an, wie Mama früher immer, wenn ich etwas ausgefressen hatte. Und dann suchte man besser ganz, ganz schnell das Weite.

Jetzt würde ich nicht mehr drum herumkommen. Ich musste den beiden alles erzählen, sie mussten die ganze Geschichte kennen, um meine Beweggründe nachvollziehen zu können.

»Kann ich das bitte erst wiederhaben? Dann erzähle ich euch alles.« Ich streckte meine Hand nach dem ledernen Tagebuch aus, wollte es zuklappen, vor fremden Blicken verschließen.

Was eigentlich albern war, denn der Inhalt war auch nicht für meine Augen bestimmt.

Langsam klappte Fabio das Buch zu und gab es mir. Ich hielt es in der Hand und wusste dann nicht mal, was ich jetzt damit anstellen sollte. Es wäre komplett bescheuert, es in meinem Schlafzimmer unter meiner Matratze zu verstecken, auch wenn das gerade mein erster Impuls war.

»Wie wäre es, wenn wir das Essen holen und den Wein trinken, und dann haben wir alle Zeit der Welt zum Reden«, schlug Ceil total vernünftig vor, und ich war ihr dankbar für diesen kleinen Aufschub, den sie mir dadurch verschaffte.

Ich nickte, blieb aber trotzdem einfach stehen und starrte auf das Büchlein in meinen Händen.

Ich hatte es doch nur gut gemeint. Ich wollte helfen. Ich wollte verstehen. Das wollte ich doch?

Oder?

Oder war ich wirklich einfach nur neugierig gewesen und hatte dem tiefsten menschlichen Drang nach Wissen nachgegeben, ohne wirklich über die Folgen nachzudenken?

War ich wirklich so egoistisch gewesen?

Ich versuchte diese Frage hier mitten in meinem kleinen Wohnzimmer für mich zu beantworten.

Ja, natürlich war ein gewisser Teil an Neugier mit dabei, vielleicht sogar eine gewisse Faszination.

Aber nein, das war nicht mein Hauptbeweggrund. Ich wollte Jules' Psyche verstehen, weil ich wirklich helfen wollte. Wenn schon nicht ihr, dann vielleicht anderen Personen mit ähnlichen Problemen.

Diese Erkenntnis beruhigte mich wieder ein wenig und gab mir vor allem auch mehr Zuversicht für das Gespräch, das mich jetzt gleich erwarten würde.

Als ich aus meiner eigenen Gedankenwelt wieder in der Realität ankam, huschte Ceil gerade mit drei gefüllten Tellern an mir vorbei und stellte sie auf der Kiste ab. Fabio hatte in der Zwischenzeit die Gläser gefüllt.

Wie lange war ich weggetreten gewesen?

»Du hast gerade so ausgesehen, als bräuchtest du ein paar Minuten für dich«, meinte Fabio in dem Moment mit einem kleinen Lächeln und hielt mir eins der Weingläser entgegen, und da wusste ich, dass er mir nicht den Kopf abreißen würde. Er würde ihn mir eher gehörig waschen. Das erwartete man ja auch von Freunden, oder?

»Komm, setz dich«, forderte mich jetzt auch Ceil auf. Ich nahm das Glas entgegen, trank einen kleinen Schluck und setzte mich vor dem Holzkasten auf den Boden, vor einen der Teller, die Ceil platziert hatte.

Sie legte mir eine Hand auf die Schulter und lächelte mich sanft an.

»Und jetzt erzähl mal, was los ist. Und was ist das für ein Buch, das du da so krampfhaft umklammerst, als würde dein Leben davon abhängen?«

Irritiert huschte mein Blick nach unten. Ich umklammerte Jules' Tagebuch tatsächlich. Es war mir gar nicht aufgefallen.

»Das … Das ist das Tagebuch einer Patientin«, sagte ich schließlich und blickte wieder auf. Zwei Augenpaare trafen mich und warteten gespannt darauf, was ich zu sagen hatte.

»Das hier ist Jules' Tagebuch.«

Beide sahen mich abwartend an.

»Jules?«, fragte Ceil nach. »Ist sie das Mädchen, das Selbstmord begangen hat?«

»Versucht hat. Aber ja.«

Als ich letztens von Jules erzählt hatte, hatte ich ihren Namen nicht erwähnt. Da war sie noch mein Geheimnis.

Du meine Güte, wie sich das anhörte! Als gehörten sie und ihre Geheimnisse mir.

»Sie liegt also im Koma und du liest ihr Tagebuch?« Fabio sagte es ruhig, trotzdem war es nicht misszuverstehen, wie er die Sache betrachtete.

Ich konnte nichts sagen. Nickte erst einmal nur.

»Wo hast du ihr Tagebuch her?« Ceils Stimme war fast nur ein Flüstern.

»Ihre Eltern haben es mit ins Krankenhaus gebracht, zusammen mit einem Kissen und einem Teddy, damit sie ein paar persönliche Sachen um sich hat.«

»Wieso haben sie …?«, hakte Ceil nach, doch ich unterbrach sie. Bereit, mich selbst zu verteidigen.

»Sie wissen nicht, dass es ihr Tagebuch ist! Sie denken, dass es ein Kalender ist! Ein verdammter Kalender! Ihre Tochter versucht sich das Leben zu nehmen, und sie nehmen sich nicht einmal zwei Minuten Zeit, um die Umstände dahinter zu ergründen! Irgendjemand schuldet es ihr, sich ein wenig um sie zu sorgen.«

Ja, ich sorgte mich um Jules. Auf eine vollkommen verquere Art und Weise war sie mir irgendwie ans Herz gewachsen.

»Woher willst du das bitte wissen? Du hast doch gerade gesagt, dass sie ihr auch andere Sachen gebracht haben. Persönliche Sachen?«

»Ja, sie wollten noch viel mehr dalassen, aber durften es nicht, zum Beispiel ihr Lieblingsbuch, ein Bild, Blumen und so …« Ich schloss kurz die Augen.

»Wie oft besuchen sie sie?«

»Jeden Tag?«

Okay, verdammt, wo hatte ich mich hier reingeritten?!

»Hast du sie schon weinen gesehen?«

Ich blieb stumm und sah weg. Für andere musste es so wirken, als wenn Jules' Eltern sich wirklich um sie sorgten.

Aber andere wussten nicht, was ich wusste! Und zwar, dass ihre Eltern nie für sie da waren!

»Wieso glaubst du dann, dass sie nicht nach dem Grund suchen?«

»Sie haben mir gesagt, dass Jules das Tagebuch, oder ihren *Kalender*, wie sie denken, immer bei sich hatte. *Immer!* Und dann denken sie nicht daran, genau dort anzufangen? Sie kennen ihre eigene Tochter nicht. Außerdem haben sie mir gesagt, dass Jules nie viel mit ihnen geredet hat. Das ist doch alles zu komisch.«

»Lorenzo, was gibt dagegen gerade *dir* das Recht, ihr Tagebuch zu lesen?« Fabio sah mich fast schon entrüstet an, verstand offensichtlich nicht, wie ich das tun konnte.

Ich verstand es ja selbst nicht.

»Es war … Es war erst keine Absicht. Ich habe aus Versehen das Kissen, in dem sie das Buch ins Krankenzimmer geschmuggelt haben, auf den Boden geschmissen und beim Hochheben bemerkt, dass darin ein Buch versteckt ist. Ich habe es herausgeholt und gesehen, dass es ihr Tagebuch ist. Ich … Ich weiß auch nicht, aber ich konnte es einfach nicht lassen, bei nächster Gelegenheit reinzuschauen. Ich kann das nicht erklären, irgendwie hat es mich wie magisch angezogen. Und als ich erst einmal angefangen hatte …«

Es laut auszusprechen ernüchterte mich. Ich hatte mir eine Freiheit erlaubt, die mir nicht zustand. Ich hatte eine Grenze überschritten, die ich nie hätte übertreten dürfen.

»Und was macht das Tagebuch bei dir zu Hause?«

Verflucht. Wieso musste Ceil auch alles hinterfragen!

»Ist doch logisch. Weil ich hier mehr Ruhe zum Lesen habe.«

»Aber jetzt fehlt es doch in ihrem Zimmer?«

O boy. Wie sollte ich das jetzt sagen? Gerade eben wünschte ich mir fast schon, dass Fabio mir schon vor zwei Minuten tatsächlich den Kopf abgerissen hätte.

Ich seufzte. Keiner von uns hatte bis jetzt unser Essen angerührt. Ich trank einen Schluck Wein. Dann riss ich mich zusammen und sagte die Wahrheit.

»Ich habe ein ähnliches Buch gekauft und damit ausgetauscht, damit es niemandem auffällt.«

Ich wollte nicht mehr lügen. Ich hatte schon genug gelogen. Fabio und Ceil hatte ich angelogen, Larissa und Seth. Und mich selbst.

Ich hatte mich davon überzeugt, dass meine Handlungsweise in Ordnung sei.

Ich hatte mich getäuscht. Rein moralisch betrachtet hatte ich versagt und etwas Unverzeihliches getan.

Trotzdem fühlte es sich intuitiv richtig an. Ich wusste, dass Jules nicht meine Verantwortung war, dass ihr Wohlbefinden nicht in meinen Händen lag.

Keine Ahnung, wie ich das beschreiben oder verständlich erklären sollte, es fühlte sich trotzdem richtig an.

»Ich kann dich zum Teil verstehen«, sagte Fabio dann nach einiger Zeit. »Aber was willst du damit bezwecken?«

Eine gute Frage.

»Ich ...«, begann ich, brach dann ab, weil ich gar nicht genau wusste, wie ich diese vagen Gedanken, die ich mir zusammengesponnen hatte, in logische Sätze formulieren sollte. »Ich hatte das Gefühl, dass wenigstens einer wissen sollte, warum sie so gehandelt hat«, sagte ich schließlich, und das war in meiner Welt inzwischen das einzig plausible

Argument: Jules hatte anscheinend niemanden, der sich für sie interessierte – außer mich.

Fabio und Ceil sahen mich an, und ich meinte, einen Funken Verständnis in ihren Augen zu erkennen. Dann wandte Ceil ihren Blick zu Fabio.

»Er wollte helfen, Fabio. Eigentlich ist das etwas Gutes. Er hat nur nicht unbedingt den besten Weg dafür gewählt«, kam sie mir jetzt zu Hilfe, und mir fiel ein Stein vom Herzen. Ich war also noch nicht komplett bescheuert!

»Meinst du denn, du kannst ihr mit deinem neu gewonnenen Wissen helfen?« Fabio sah mich fragend an, und ich wiegte unschlüssig den Kopf hin und her.

»Ich hatte eigentlich gedacht, dass es wenigstens irgendjemanden geben wird, der für Jules da sein wird, dem ich das Buch in die Hand drücken und sagen kann ›Lies‹, und der ihr helfen wird. Aber inzwischen glaube ich, dass es einfach niemanden gibt. Jules hat absolut niemanden.« Diese traurige Tatsache schnürte mir fast die Kehle zu.

Jules hatte recht gehabt. Jeder Mensch sollte irgendjemanden haben, wenigstens eine einzige Person, der er vertrauen konnte.

»Und jetzt? Was willst du stattdessen machen?«

»Erst mal die Einträge fertig lesen, schätze ich, dann sehe ich weiter.« Ich rollte ein Sushi-Stück gedankenverloren über meinen Teller.

»Also ich brauche jetzt erst mal was zu essen, lasst es euch schmecken!«, meinte Ceil plötzlich und schob sich schon das erste Sushi in den Mund. Ich schmunzelte. Typisch Ceil, immer am Futtern. Als ich ihr beim Kauen zusah, merkte ich, dass auch mein letztes Essen schon eine ganze Weile her war.

Für ein paar Minuten aßen wir schweigend vor uns hin.

»Willst du ein bisschen von Jules erzählen?«, fragte Ceil mich dann irgendwann, und automatisch lächelte ich. Ob ich von Jules erzählen wollte? Ich konnte die ganze Zeit über sie reden!

Dann fiel mir die ärztliche Schweigepflicht ein, die automatisch auch mich betraf, da ich ja im Krankenhaus arbeitete. Ich konnte nicht einfach Einzelheiten über eine Patientin ausplaudern.

Also wie viel durfte ich erzählen?

»Jules liegt immer noch im Koma. Es geht ihr so weit gut, sie kann also hoffentlich nächste Woche wieder aufgeweckt werden.«

»Du arbeitest da gar nicht mehr, oder?«, fragte Fabio, und ich schüttelte den Kopf.

»Nein, ich bin nicht dabei, wenn sie aufwacht. Ich weiß nicht, vielleicht wollte ich auch deswegen unbedingt ihr Tagebuch lesen, weil ich sie ja nie wirklich kennenlernen werde. Ich meine, was bringt einen mit siebzehn so weit, dass man keinen Sinn mehr darin sieht zu leben?«

»Also wolltest du die Gründe dafür kennen.«

»Ich habe angefangen zu lesen, und Jules hat mich sofort in ihren Bann gezogen. Sie wirkt wie ein intelligentes und eigentlich auch humorvolles Mädchen, aber sie steht so vielen Problemen gegenüber, und das ganz allein. Sie hat niemanden in der Schule, im Gegenteil, da wird sie ausgegrenzt, nicht mal ihre Eltern scheinen Zeit mit ihr zu verbringen. Ich weiß von keinem, der sich für sie interessiert, und ich habe das Gefühl, dass sie einfach den Glauben an die Menschheit verloren hat.«

Ceil seufzte.

»Das arme Mädchen müsste mal von irgendwem total unerwartet positiv überrascht werden. Unterstützung bekommen, aus einer Ecke, von der sie es nie erwartet hätte, wenn sich schon keine Familie oder Freunde um sie kümmern«, meinte sie und steckte sich ihr letztes Sushi in den Mund. Wie schnell konnte so eine zierliche Person bitte so viel gerollten Reis verdrücken?

»Ich habe sogar ein Lied geschrieben«, platzte es plötzlich aus mir heraus. Wenn schon ehrlich, dann gleich ganz.

Irritiert sahen Ceil und Fabio mich an.

»Wie? Ein Lied geschrieben?«

»Na ja, ich hatte den Anfang gelesen, und das hat mich alles so beschäftigt, und plötzlich waren die Worte in meinem Kopf und die Melodie ... Es ist nichts Besonderes«, wiegelte ich gleich wieder ab, doch Ceil war schon voll im Romantikmodus.

»Stell dir vor, du könntest es ihr irgendwann vorspielen«, schwärmte sie. »Das würde sie bestimmt überraschen.«

»Ich werde es ihr nie vorspielen«, holte ich sie wieder auf den Boden der Tatsachen zurück, und das schien Ceil tatsächlich traurig zu machen. Ich wusste, dass sie mich am liebsten gleich gefragt hätte, ob ich es jetzt spielen könne, aber ich war gerade absolut nicht in der Stimmung dafür und das spürte sie. Vielleicht irgendwann einmal.

»Ich meine, Jules wird nicht einmal wissen, dass ich ihr Tagebuch gelesen habe.« Obwohl ich eigentlich wirklich wollte, dass sie wusste, dass wenigstens eine Person für sie da war.

»Es sei denn ...« Fabio brach ab. »Ach, nichts.«

»Es sei denn, was?«, fragte Ceil.

»Es sei denn, ich sage es ihr«, führte ich Fabios Gedanken weiter aus. Und da ich nie mit ihr sprechen würde, gab es nur noch eine Möglichkeit. Ich sah fest in Fabios vertrauenerweckende Augen, der mich wissen ließ, dass ich das Gleiche dachte wie er.

»Ich ergänze ihr Tagebuch.«

3. März

Liebe Gerti,
was habe ich dich die letzten vielen Tage vermisst!
Es tut mir leid, dass ich dir so lange nicht mehr geschrieben habe, aber ich habe mir eine ziemlich heftige Grippe eingefangen. Du weißt, so eine, wo du tagelang im Bett liegst, nur flüssige Nahrung zu dir nimmst und sonst eigentlich die ganze Zeit ausschließlich wünschst zu sterben.
Also, wow, nein, nicht »sterben«-sterben. Das Leiden soll einfach ein Ende haben. Die Gliederschmerzen. Die Fieberschübe. Die Kopfschmerzen. Die Erkältung. Die Halsschmerzen.
Man fühlt sich so elend und erbärmlich. Als Last. Eklig und hässlich.
Zumindest mehr als sonst.
Und wenn man dann schwach und zusammengerollt im Bett liegt, dann erscheint es einem manchmal wie die einfachste Lösung, zu sterben.
Sterben …
Weißt du, Gerti, ich habe nie viel über den Tod nachgedacht. Mein Tod liegt schließlich in weiter Ferne. Der Tod meiner Eltern liegt auch in weiter Ferne.
Seit Oma so krank ist und mehr und mehr verfällt, habe ich angefangen, darüber nachzudenken. Über die Bedeutung des Todes. Den Sinn dahinter.
Und das ist gar nicht mal so einfach. Denn der Tod ist für jeden anders. Er kann schockierend und überraschend kommen, erwartet, aber doch schmerzhaft, oder eben sogar erwünscht.
Alle drei Varianten haben eines gemeinsam: Dem Toten kann es vollkommen egal sein.

Ich glaube nicht an Wiedergeburt oder daran, dass man selbst oder ein Teil von einem nach dem Tod irgendwo weiterlebt. Wenn du tot bist, bist du tot. Mucksmäuschentot. Kannst nichts, spürst nichts, merkst nichts, denkst nichts, fühlst nichts.
Und deswegen trifft es die Hinterbliebenen immer schlimmer.
Ich will versuchen, dir das zu erklären.
Wenn zum Beispiel ein Kind oder ein junger Familienvater stirbt, trauert man auch immer über deren »verlorene Zukunft«. Dass sie nicht mehr leben und nichts mehr erleben. Dass sie nicht älter werden und mitbekommen, wie ihre Familie auch älter wird und wächst. Dass sich ihr Leben nicht vor ihnen entfaltet, dass ihre Träume und Pläne nicht erreicht werden.
Aber das macht UNS traurig, weil WIR das erleben, was die Toten nicht erleben. Weil wir wissen, was ihnen abgeht. Aber die Toten? Die wissen nicht einmal, dass sie tot sind! Sie werden nie erfahren, wie viel sie verpasst haben.
Und deswegen haben sie es im Endeffekt am einfachsten. Sterben lediglich, und die Trauer überlassen sie anderen Leuten. (Ich weiß, wenn jemand krank wird und Monate vorher weiß, dass er sterben wird, ist das wieder eine andere Sache, so philosophisch will ich dann doch nicht werden.)
Was ich eigentlich sagen will, ist, dass ich es zum Teil nachvollziehen kann, wenn man den Tod nicht als Feind, sondern als Erlösung sieht. Und da muss ich wieder an meine Oma denken.
Wenn sie irgendwann so krank ist, dass sie nichts mehr weiß und kann, dann wäre es doch eine Erlösung, fast schon eine Erleichterung, zu sterben. Weil die lebende Alternative weniger aushaltbar ist als der Tod. Oder?
Deswegen gibt es doch auch so viele Selbstmordkandidaten. Weil ihr Leben nicht mehr lebenswert ist und der Tod sie

von allem befreit. Sie können es nachher nicht einmal bereuen, dass sie sich umgebracht haben, weil sie, wie schon gesagt, nicht einmal wissen, dass sie nicht mehr leben.
Okay, das wird irgendwie alles ziemlich abstrakt. Aber hey, das hier ist ja nur meine Meinung.
Du brauchst nicht besorgt zu sein, Gerti. Der Tod stellt für mich keine »Erlösung« dar, sondern das Ende von etwas Wundervollem. Mein Leben ist zwar momentan mehr schlecht als recht, aber ich könnte nie auch nur ansatzweise auf den Gedanken kommen, es mir zu nehmen.
Ich habe nämlich diese grundlegende Haltung, dass es IMMER irgendwann besser wird.
Und vielleicht bin ich auch feige. Ich habe nämlich eine HEIDENANGST, dass mir in Zukunft etwas so Wunderbares passiert, dass es mir den Atem raubt, und ich es dann nicht erleben würde, weil ich mir das Leben genommen hätte. Dass ich durch und durch glücklich werde und meinen »Platz« in dieser Welt finde.
Und das will ich mir einfach nicht entgehen lassen.
Deswegen versuche ich jetzt auszuhalten, bis alles einfacher wird.
Wer weiß, vielleicht wird alles erst einfacher, wenn ich mit der Schule fertig bin und von zu Hause ausziehen kann. Ich hoffe zumindest, dass alles ab da leichter wird.
Gerti, du brauchst gar nicht so verurteilend zu schweigen. Mir ist durchaus bewusst, dass man für sein eigenes Glück auch etwas tun muss. Dass man nicht einfach dasitzen und rumheulen soll. Dass man die Initiative ergreifen muss, um sich sein eigenes Glück zu schaffen. Man kann sich nicht einfach zurücklehnen und auf das Glück warten, und sich dann beschweren, dass es nie kommt.
Und deswegen habe ich schließlich angefangen, mich dir anzuvertrauen. Das ist der erste Schritt.
Der zweite … Tja, daran arbeite ich noch ;)

Ich will einen Plan erstellen, mit dem Ziel, dass ich selbstbewusst und in mir ruhend durch die Schule schreiten kann, ohne mich um die anderen Schüler zu kümmern. Ich will an mich glauben. Irgendetwas tun oder haben, was mir mehr Selbstvertrauen gibt.
Jetzt muss ich nur herausfinden, was das ist. Ich hoffe, dass ich urplötzlich eine Idee bekomme, mal sehen. Also, falls du eine Idee hast, immer her damit!
Jetzt bin ich wirklich ausgelaugt. Ich bin schließlich noch nicht ganz fit.
War schön, wieder mit dir zu quatschen. Und danke, dass du dir meinen Blödsinn anhörst. Obwohl du keine Wahl hast. Aber trotzdem.
Bis demnächst, deine Jules <3

8

Ich raufte mir die Haare und starrte auf Jules' wunderschöne Handschrift, während ich in meinem Bett auf den Ellbogen abgestützt lag, das Tagebuch vor mir auf meinem Kissen aufgeschlagen.

Ich konnte es nicht fassen.

Gleich nachdem Ceil und Fabio gegangen waren, hatte ich mir das schwarze Büchlein geschnappt und angefangen weiterzulesen.

Sie hatte über Selbstmord geschrieben und ihrem Tagebuch versichert, dass sie nicht in Gefahr sei. Ein halbes Jahr später war sie genau dort, wo sie nicht sein wollte.

Was war passiert?

Gut, wie ernst konnte man ein Versprechen an ein *Tagebuch* nehmen? Das war ein toter Gegenstand.

Trotzdem glaubte ich ihr. Ich glaubte ihr wirklich.

Vor einem halben Jahr hatte sie noch die Kraft gehabt, für ihr Glück zu kämpfen. Etwas dafür zu tun. Sie hatte es gewollt. Sie hatte es wirklich gewollt.

Ich seufzte und nahm meinen Kugelschreiber zur Hand. Ich hielt kurz inne. Wollte ich das hier wirklich tun?

Ich zögerte für einen Augenblick. Mehr nicht. Dann setzte ich an und schrieb.

Es fiel mir leicht, Jules' Gedanken mit meinen zu ergänzen. Und als ich erst angefangen hatte, ging ich noch einmal die ersten Einträge durch und schrieb auch dort meinen Mist dazu.

Die halbe Nacht blieb ich auf. Las und kommentierte, las und kommentierte in einer scheinbar endlosen Schleife.

Als ich meine Augen kaum noch aufhalten konnte, kam ich wieder bei ihrem sechsten Eintrag an, den ich Stunden zuvor gelesen hatte, und mein Blick fiel auf ihre letzten Zeilen.

Ich überlegte nicht lange. Bevor mir die Augen ganz zufielen, schrieb ich meine ehrlichsten Gedanken für sie auf.

War schön, wieder mit dir zu quatschen. Und danke, dass du dir meinen Blödsinn anhörst. Obwohl du keine Wahl hast. Aber trotzdem. – **Ich habe eine Wahl, Jules. Und ich würde es immer wieder tun.**

Als ich am nächsten Tag bei Jules im Zimmer stand und bei der Visite auf den neuesten Stand gebracht wurde, hatte ich das Gefühl, dass ich sie mittlerweile besonders gut kannte.

Es war nur logisch, dass ich eine Art *Verhältnis* zu ihr bekam, nachdem ich angefangen hatte, mich mit ihren Gedanken und Gefühlen auseinanderzusetzen. Dass ich eine Verbindung zu ihr spürte. Dass sie mir ans Herz wuchs.

Es war auch logisch, dass dieses Gefühl der Nähe nur von mir ausging. Ich war dabei, eine Beziehung und eine Verbundenheit zu einer Person aufzubauen, die nicht einmal wusste, dass ich existierte.

Aber bald würde sie es wissen.

Beim Gedanken daran, wie Jules auf meine Einträge reagieren würde, bekam ich Herzrasen. Würde sie wütend sein? Denken, dass ich ein kranker Stalker sei?

Oder würde sie meine Absicht dahinter erkennen? Spüren, dass endlich jemand für sie da war?

Ich würde es vielleicht nie erfahren. Nur weil Jules herausfinden würde, dass irgendjemand in ihrem Tagebuch herumgeschnüffelt und etwas geschrieben hatte, gab es keine Garantie, dass sie je herausfinden würde, dass ich es gewesen war. Ich wusste noch nicht einmal so genau, ob ich das überhaupt wollte.

Ein Teil von mir schrie danach, die *echte* Jules kennenzulernen. Die lebende Jules. Sie irgendwann, wenn es ihr besser ging, zu treffen. Ich hatte auch vor ihrer Reaktion Angst. Und davor, dass sie in Wirklichkeit vielleicht ganz anders war. Denn wer wusste schon, ob Jules sich ihrem Tagebuch gegenüber nicht verstellte?

Als ich dann auf ihre zarte Gestalt, die vom Koma mittlerweile ziemlich mitgenommen aussah, blickte, da wusste ich einfach, dass sie ihrem Tagebuch gegenüber ehrlich war. Dass ich durch ihre geschriebenen Zeilen die richtige Jules kennenlernte.

»Wenn das so weitergeht, können wir schon Ende der Woche oder am Wochenende anfangen, Jules wieder aufzuwecken«, schloss Dr. Ronson in dem Moment seine Ausführung und wirkte zuversichtlich.

Ich freute mich für Jules. Ich freute mich, dass sie eine zweite Chance bekam.

Ich sah zu Paul, der heute die Aufsicht für Jules hatte und lächelnd auf sie hinuntersah, bevor er meinen Blick auffing. Ich sah die Erleichterung in seinen Augen.

Für Intensivpfleger war es eine persönliche Freude, wenn ihre Patienten lebend und in verbessertem Zustand von der Intensivstation auf eine Normalstation verlegt wurden. Sie fieberten fast genauso sehr mit wie die Angehörigen. Und gerade nach Carstens schwerem Schicksal tat eine Erfolgsgeschichte allen Beteiligten gut.

Seit dem letzten Schlauch- und Medikamentenwechsel bei Jules waren schon wieder drei Tage vergangen, und Paul fragte mich nach der abgebrochenen Visite, da Dr. Ronson zu einem Patienten gerufen wurde, ob ich ihm dabei helfen wolle.

Natürlich wollte ich das.

»Weißt du, du wirst mir fehlen«, meinte Paul irgendwann, als wir bei Jules im Zimmer die neuen Infusionen, Medikamente und Schläuche befestigten. Fragend und mit einem amüsierten Schmunzeln auf den Lippen sah ich zu ihm.

»Das passiert echt nicht oft, aber ich habe es genossen, dich als Praktikant auf der Station zu haben.«

Ich schwieg ihn kurz an. »Danke«, sagte ich dann.

»Lorenzo ist zwar manchmal ein Idiot, aber ganz tief drinnen ist er ein guter Kerl«, sagte Paul dann an Jules gewandt, was mich noch mehr zum Lächeln brachte. Ich fand es wirklich bewundernswert, wie Paul mit Komapatienten umging.

»Wenn du so lobend über mich sprichst, hoffe ich wirklich, dass sie das unterbewusst alles aufnimmt«, sagte ich scherzend, meinte es jedoch völlig ernst. Wenn Jules sich nach dem Aufwachen an irgendetwas über mich erinnern könnte – und es sogar etwas Gutes wäre –, dann wäre das doch nur von Vorteil!

Vor allem, falls sie doch noch herausfinden sollte, dass ich derjenige war, der unbefugt in ihrem Tagebuch herumgeschnüffelt hatte.

Für einen kurzen Moment huschte mein Blick wieder einmal zu dem Kissen auf ihrem Bett. Nur ich wusste, dass nichts so war wie sonst, denn darin versteckt lag nicht mehr Jules' Tagebuch.

»Insgeheim wünschst du dir doch, dass sie aufwacht und dir in dir Arme fällt, so ein hübsches Mädel, wie Jules es ist«, ärgerte mich Paul ein wenig, und für einen kurzen Moment wurde mir siedend heiß. Ich hatte das Gefühl, als wüsste er genau, was in meinem Inneren vor sich ging, was ich getan hatte. Natürlich war das Blödsinn. Paul hatte keinen blassen Schimmer davon, dass ihr Tagebuch gerade gemütlich bei mir zu Hause darauf wartete, weitergelesen zu werden. Er wusste nicht einmal, dass es existierte.

»Ihr Famulanten wollt immer den Helden spielen und danach den ganzen Ruhm ernten«, fuhr er fort, und mir wurde klar, dass er auf die berühmt-berüchtigte Arroganz vieler Medizinstudenten anspielte.

»Meinst du nicht, dass wir uns lieber darauf konzentrieren sollten, schön alle Medikamente wieder richtig einzustellen? Oder soll dir der Praktikant noch mal zeigen, wie das geht?«, ärgerte ich ihn deshalb und versuchte, meine Unsicherheit zu überspielen.

»Ach, Lorenzo, ich glaube, ich werde sogar deine große Klappe vermissen«, ließ er mich wissen, während er eine Klemme wieder an Jules' Finger befestigte. Ich zwinkerte ihm nur zu, dann arbeiteten wir konzentriert weiter.

Als wir wieder auf dem kahlen Flur standen, brachte Paul mich auf den neuesten Stand, was seine anderen Patienten anging. Außer Jules hatte er heute auch einen jungen Mann zu betreuen, der an bakterieller Meningitis erkrankt war und dazu noch eine schwere Lungenentzündung hatte.

»Myrna ist übrigens auf die Normalstation verlegt worden«, sagte er, als wir uns dem nächsten Zimmer näherten, wo der junge Tobias sich befand.

»Myrna wer ...?« Ich stellte mich doof, einfach um zu sehen, ob Paul ihren Nachnamen aussprechen konnte.

»Ja, die nette Dame, die eine Hirnblutung hatte und deswegen halbseitig gel... Du bist so blöd, Lorenzo«, schloss Paul seinen Satz anders, als er voraus ins Zimmer ging. »Und nein, ich habe auch nicht den geringsten Schimmer, wie ihr Name ausgesprochen wird.« Er lachte leise, bevor er sich voll und ganz auf den Patienten vor ihm konzentrierte.

»Das hier«, erklärte er mir dann, »ist ein medizinisches Wunder. Tobias ist an einer künstlichen Lunge angeschlossen, damit seine eigene entlastet wird.«

Ich betrachtete die blutgefüllten Schläuche, die aus dem Körper von Tobias ausgingen und zu einer Maschine führten, die das Blut wieder zurück in seinen Körper pumpte. Die Maschine machte das, was seine kranke Lunge eigentlich tun sollte. Sie entfernte Kohlendioxid aus dem Blut und reicherte es mit Sauerstoff an.

»Bei diesem Anschluss ist die Gefahr für Blutungen erhöht, weil gerinnungshemmende Mittel hinzugefügt werden, aber wir können ihm Zeit verschaffen.«

Ich betrachtete die Szene vor mir mit Staunen. Wir hatten es nicht in dieses Zimmer geschafft, bevor Dr. Ronson woanders gebraucht wurde. Ich freute mich auf seine späteren Ausführungen. Vor allem, weil dieser Fall eine extrem enge Zusammenarbeit mit der internistischen Intensivstation erforderte. Nicht zum ersten Mal staunte ich über die Effizienz dieses Krankenhauses.

»Deswegen ist dieser Beruf so faszinierend«, erklärte mir Paul. »Du sorgst dich um Menschen, gleichzeitig bist du rein technisch auch ganz vorn mit dabei.«

Ich verstand Pauls Faszination, gleichzeitig spürte ich auch mehr und mehr, wie der menschliche Aspekt mich in seine Fänge zog. Das Gehirn, das Bewusstsein, das Unterbewusstsein, die Psyche eines Menschen … Sie wirkten unergründlich und kompliziert, und je mehr ich darüber lernte, desto vielfältiger breitete sich alles vor meinem inneren Auge aus.

Allein der kleine Einblick in Jules' Psyche hatte es mir so angetan, dass ich das Bedürfnis verspürte, mich mehr damit zu beschäftigen.

Vielleicht sollte ich mir mal ein paar Bücher darüber zulegen. Dazulernen konnte man schließlich immer.

Ich konnte es kaum glauben, dass meine Zeit hier auf der Intensivstation schon bald wieder zu Ende sein sollte. Dadurch, dass man wirklich immer etwas zu tun hatte und ständig Neues lernte, war die Zeit wie im Flug vergangen. Nachmittags war ich sogar bei einer Operation dabei gewesen, die Dr. Ronson geleitet hatte. Auch wenn ich nur Zuschauer gewesen war, würde das Erlebnis sicherlich eines meiner Famulaturhighlights werden. Ich würde sofort noch mal ein paar Wochen dranhängen, wenn ich die Möglichkeit hätte.

Dann könnte ich auch dabei sein, wenn Jules wieder aufwachen würde.

Jetzt würde ich erst einmal in meinen wohlverdienten Feierabend gehen. Ich stopfte meine Krankenhausklamotten in den dafür vorgesehenen Wäschekorb, schlüpfte in meine eigenen Sachen und schnappte mir meine Tasche, um zum Bus zu laufen. Kaum hatte ich einen Fuß aus dem Krankenhausgelände gesetzt, vibrierte mein Handy.

Eine neue Facebook-Veranstaltung. Spontane Studentenparty. Mittwochabend. Studenten feierten doch auch immer und überall, dachte ich mir amüsiert, während ich mir die weiteren Details ansah.

Bisher war ich noch nicht auf allzu vielen Studentenpartys gewesen, aber wenn ich dort war, wurde es meistens recht lustig. Man durfte nur den richtigen Zeitpunkt nicht verpassen, um wieder zu verschwinden.

Spätestens als ich das Motto las, hatten sie mich: *Saufen für die Wissenschaft*. Man würde sogar ein Pulsmessgerät umgeschnallt bekommen, um zu testen, wie sich der Puls entwickelte, sobald man sich ein Promille angetrunken hatte. Als Medizinstudent konnte ich da ja kaum noch Nein sagen.

Schnell tippte ich auf *Zusagen*, als auch schon der Bus vor mir hielt und mich mit offenen Türen empfing.

10. März

Liebe Gerti,
es tut mir leid, ich habe dich die letzte Woche vernachlässigt. Erstens ist einfach NICHTS Erwähnenswertes passiert und zweitens hat mir die Energie und Lust gefehlt, mich hinzusetzen und dir zu schreiben.

Obwohl ich eigentlich immer gern mit dir reden möchte. Manchmal liege ich einfach auf meinem Bett, starre die Decke an und rede in meinem Kopf mit dir. Es ist nicht ganz so erleichternd, wie dir zu schreiben, aber es hilft ein wenig.
Manchmal überlege ich auch, ob ich nicht langsam geisteskrank werde. Ich meine … Ich rede in meinem Kopf mit einem Tagebuch. Das ist nicht normal, oder?
Na ja, normal bin ich sowieso nicht. Da kommt es auf eine Merkwürdigkeit mehr auch nicht an ;-)
Ich muss heute auch ein paar Sachen loswerden.
Meiner Oma geht es immer schlechter. Ich habe sie nach der Schule besucht. Sie hat mich nicht erkannt, sie hat mich nicht einmal mit Mama verwechselt, und als sie dann auch noch leicht panisch und aggressiv wurde, hat die Krankenschwester mich gebeten zu gehen.
Ich brauche dir nicht zu sagen, wie weh das tat.
Von meiner geliebten Oma abgewiesen zu werden …
Autsch.
Als ich Mama davon erzählt habe, hat sie mir nur gesagt, ich solle das nicht persönlich nehmen. Und etwas dagegen unternehmen könne ich ja sowieso nicht. Das Beste wäre eh, wenn ich Oma nicht mehr besuchen würde.
Außerdem wäre es nur eine Frage der Zeit, bis wir sie endlich los sind, und ja, sie freut sich ein wenig darauf – sie will nicht kaltherzig klingen –, aber ab jetzt geht es mit ihr nur noch den Bach runter und Oma wird zur Last.
Jup. Das ist meine Mama.
Sie hat mir zwar das Leben geschenkt, doch manchmal würde ich mir wünschen, dass ich eine andere Mama hätte. Oder dass Mama einfach anders wäre.
Genug davon. Allein an das Gespräch mit meiner Mutter zu denken macht mich schon so wütend, dass ich gleich etwas kaputt mache …
Wie auch immer.

Brad hat mich heute in der Schule wieder angelächelt. So richtig herzlich.
Ich muss zugeben, dass die Aussicht auf ein Lächeln von Brad der einzige Grund ist, wieso ich morgens aufstehe und in die Schule gehe. Ich suche automatisch meine Umgebung nach ihm ab, warte darauf, dass sich unsere Blicke treffen, und sehne mich danach, dass seine Mundwinkel sich zu einem Lächeln anheben.
Vielleicht ist es nur eine Frage der Zeit, bevor wir endlich miteinander reden. Ich spüre, dass er den Kontakt sucht. Ich merke auch, dass Brianne mit allen Mitteln versucht, das zu verhindern. Gott weiß, was sie alles über mich erzählt. Ich will es eigentlich auch gar nicht wissen, denn wie sollte ich mich je verteidigen können?
Meine einzige Möglichkeit ist, dass Brad mich kennenlernt. MICH. Mein wahres Ich sieht und dann weiß, dass Briannes Aussagen über mich gelogen sind.
Aber wage ich überhaupt darauf zu hoffen?
Brad ist der Schulschwarm schlechthin. Er ist beliebt. Er ist angesehen. Keiner schenkt mir Aufmerksamkeit, wieso also sollte er es tun?
Eine kleine Alarmglocke in meinem Hinterkopf bimmelt, wenn ich an ihn denke. Ich kann nicht umhin, mich zu fragen, ob etwas dahintersteckt. Etwas Gemeines. Etwas so klischeehaftes wie eine Wette. Oder ein Streich.
Oder Briannes böse Absichten.
Ich verdränge die Alarmglocke immer wieder.
Weil ich einfach nicht glauben kann, dass Brad mit mir spielen würde.
Ja, er hat in der Schule schon viele Freundinnen gehabt, aber er hat mit keiner von ihnen gespielt. Zumindest soweit ich das weiß.
Ich habe mich dazu entschieden, an das Gute im Menschen zu glauben, solange es dafür eine Grundlage gibt.
Bitte, Gerti, sag mir, dass ich das Richtige tue.

9

Zum gefühlt hundertsten Mal hatte Jules mich sprachlos gemacht.

Ihre Art, ihre Wortwahl, ihre Gedanken ...

Seufzend nahm ich einen Schluck Wasser, dann griff ich nach meinem Kugelschreiber. Ich wollte heute so viele Einträge wie möglich lesen, weil morgen die Party war und ich dann nur noch Donnerstagabend Zeit hatte, bevor ich Freitag Jules' Tagebuch zurückbringen musste.

Ich wollte, nein, ich *musste* einfach alle Einträge lesen.

Jules tat mir so unglaublich leid. Sie war so ein tiefgründiges, intelligentes und herzliches Mädchen, aber das hatte keiner wirklich mitbekommen.

Und ihre Mutter ...

Ich biss die Zähne zusammen, als ich die Stelle über ihre Mutter fand. Ich würde sie am liebsten zur Schnecke machen, wenn ich sie das nächste Mal im Krankenhaus sah. Aber wie sollte ich so einen Gefühlsausbruch erklären können?

Ich überlegte kurz.

Sie hat mir zwar das Leben geschenkt, doch manchmal würde ich mir wünschen, dass ich eine andere Mama hätte. Oder dass Mama einfach anders wäre. – **Hast du je versucht, deiner Mama zu sagen, was du von ihr hältst? Was sie mit dir anstellt? Vielleicht hätte es nichts geändert, aber du hättest deinem Ärger Luft gemacht. Wer weiß, vielleicht würde sie sogar positiv darauf reagieren. Du**

hast geschrieben, dass man für sein eigenes Glück kämpfen muss – wäre dieser Kampf es dir nicht wert?

Ich setzte das Fragezeichen ziemlich schief, weil kaum noch Platz dafür war. Kurz fragte ich mich, ob Jules überhaupt meine Schrift würde entziffern können.

Ich war zwar noch kein Arzt, die unleserliche Kritzelei eines Arztes hatte ich dagegen schon gut drauf.

Ich dachte kurz daran, dass ich ihr all meine Gedanken am liebsten persönlich sagen wollte, anstatt sie hier anonym in ein Buch zu schreiben. Ich wollte ihr in die Augen sehen, wenn ich ihr sagte, wie einzigartig sie sei. Wie sehr ihre Gedanken, wie sehr sie mich berührte.

Aber das würde vielleicht nie geschehen.

Ich habe mich dazu entschieden, an das Gute im Menschen zu glauben, solange es dafür eine Grundlage gibt. – **Du hast ein großes Herz, Jules. Ich bewundere dich für deine Grundeinstellung anderen Menschen gegenüber. Die Welt wäre ein besserer Ort, wenn mehr Leute wie du denken würden.**

An das Gute im Menschen zu glauben war nicht gleich naiv. Es ging darum, den Menschen eine faire Chance zu geben.

Klar, Idioten, Lügner, unehrliche Arschlöcher und korrupte Schweine würde es immer geben. Wenn wir nur ein wenig mehr Vertrauen zueinander hätten, könnten wir meiner Ansicht nach so viele Missverständnisse umgehen.

Ich betrachtete kurz das Büchlein in meiner Hand. Ich hatte ungefähr ein Viertel der Einträge gelesen. Ich konnte also davon ausgehen, dass ihre Einträge entweder seltener geworden waren oder sie hatte oft geschrieben, jedoch weit vor ihrem Selbstmordversuch aufgehört.

Ich schrieb noch einen letzten Satz auf, bevor ich weiterlas.

Bitte, Gerti, sag mir, dass ich das Richtige tue. – **Bitte, Jules, sag mir, dass Brad dich nicht verletzt hat.**

13. Mai

Liebe Gerti,
ich weiß gar nicht, wo ich anfangen soll ... Ich bin nicht nur verknallt, ich bin richtig verliebt. So sehr, dass ich kaum ruhig auf dem Bett sitzen und dir alles erzählen kann.
Ich habe dir ja laufend davon berichtet, was zwischen Brad und mir passiert ist. Dass er mich tatsächlich angesprochen hat. Dass wir endlos lange miteinander geschrieben haben. Dass wir telefoniert haben. Dass wir uns getroffen haben. Dass wir bis in die Nacht geredet haben. Und das immer wieder.
Brad ist das Beste, was mir je passiert ist. Und das meine ich wirklich ernst.
Er versteht mich wie kein anderer. Er hört mir zu. Er interessiert sich für mich. Er sorgt sich um mich.
Das Lustige ist, dass er ganz anders ist, als ich ihn mir eigentlich vorgestellt hatte.
Irgendwie war ich doch ein wenig voreingenommen. Ich hatte gedacht, dass der angesagteste Kerl der Schule im Grunde ziemlich doof und oberflächlich sei.
Ich habe mich getäuscht.
Brad ist tiefsinnig und verständnisvoll, viel reifer als andere Jungs in seinem Alter. Und ich kann ihm alles erzählen.
Egal was ich zu sagen habe, er hört erst geduldig zu, dann erwidert er etwas, was mich nicht verurteilt, sondern mich zum Denken anregt. Er gibt mir das Gefühl, dass meine Gedanken nicht dumm sind, sondern interessant und berechtigt. Auch das angespannte oder fast schon gleichgültige Verhältnis zu meinen Eltern versteht er.
In der Schule sind wir jede Pause zusammen, obwohl Brianne mich immer noch ignoriert. Aber Brad beschützt mich vor ihren langen Krallen. Er hat mir gesagt, dass er

ihr kein Wort glaubt, weil er weiß, wie ich wirklich bin. Und nur das zählt für ihn.
Die anderen in der Schule tuscheln über uns. Mir macht es nicht wirklich etwas aus. Ich bin es schließlich gewohnt, dass andere hinter meinem Rücken über mich reden.
Ich habe ihn letzte Woche sogar ins Altersheim mitgenommen, damit er Oma trifft. Sie war an dem Tag gut drauf und hat mit ihm rumgealbert. Als sie jedoch müde wurde, wusste sie plötzlich nicht mehr, wer wir waren.
Jetzt, da er Oma getroffen hat, versteht er auch zu hundert Prozent meine Trauer über ihren Verfall. Und das finde ich bewundernswert, denn seine Großeltern sind alle noch jünger und kerngesund. Aber Brad kann sich in meine Lage versetzen.
Ich habe das Gefühl, dass ich dank ihm alles bewältigen kann. Er gibt mir moralische Unterstützung. Und ich fühle mich mit ihm an meiner Seite stark.
Aber, liebe Gerti, auch mein Brad kann die zunehmende Müdigkeit nicht von meinen Schultern nehmen. Diese große Masse an Traurigkeit, die sich in meinem Bauch dreht, wenn ich abends allein in meinem Bett liege.
Ich verstehe nicht, wieso es mir so geht. Was los ist mit mir? Nur an Brad zu denken bringt mich schon zum Lächeln. Er ist es, worauf ich mich jeden Tag am meisten freue. Trotzdem ist selbst diese Freude irgendwie gedämpft und abgestumpft.
Ich überlege seit Wochen schon, zum Arzt zu gehen. Vielleicht fehlen mir irgendwelche Vitamine oder Mineralstoffe. Eisenmangel verursacht doch Müdigkeit, oder? Mangel an D-Vitaminen kann traurig machen, oder?
Wenn es nur das wäre. Mir fehlt sogar die Energie, um einen Termin beim Arzt auszumachen.
Ich habe Mama von meiner Müdigkeit erzählt, doch sie sagte nur, dass ich früher ins Bett gehen soll.

Obwohl ich eh schon meistens um neun Uhr im Bett liege. Daran liegt es nicht, das weiß ich.
Vielleicht liegt es auch daran, dass ich so lange immer nur allein war. Und jetzt ist Brad plötzlich ein Teil meines Lebens. Ich benötige meine Energie auch für ihn. Vielleicht muss mein Körper sich einfach darauf einstellen. Und vielleicht bin ich abends immer so traurig, weil ich ihn vermisse und mich einsam fühle.
Es wäre eine Erklärung ... Und falls es daran liegt, dann wird das mit der Zeit doch hoffentlich besser, oder? Vielleicht sogar ab nächstem Wochenende.
Mama und Papa sind nicht daheim, weil sie irgendwo für ein paar Tage ein Kurhotel besuchen – ohne mich natürlich.
Das heißt, dass Brad das ganze Wochenende bei mir verbringen wird.
Ich freue mich auf die Zeit mit ihm. Mein ganzer Körper kribbelt bei dem Gedanken daran, mit ihm so lange allein zu sein. Ein ganzes Wochenende seine ungeteilte Aufmerksamkeit zu haben.
Ich bin mir sicher, dass das Wochenende mir guttun wird. Dass ich daraus neue Kräfte schöpfen werde und somit für die nächsten Wochen wieder gerüstet bin. Mit Brad an meiner Seite.
Es tut mir leid, dass ich hier so rumschwärme, Gerti. Ich kann gar nicht anders. Und da das Glücksgefühl in mir gerade besonders intensiv ist, wollte ich dir unbedingt davon erzählen. Denn ich weiß, dass ich in vielleicht zehn Minuten nichts mehr fühle.
Das wechselt sich momentan immer wieder ab. Starke Gefühle – dann nichts. Immer wieder.
Ein Arzt könnte mir möglicherweise erklären, woran auch das liegt. Und ich will ja irgendwie auch, dass es mir besser geht.

Aber ich habe Angst davor, dass der Arzt mir offenbart, dass ich schwer krank sei. Was, wenn ich Krebs habe? Oder wenn in meinem Kopf irgendetwas nicht stimmt? Was, wenn es dazu führen würde, dass ich Brad verlieren würde?
Das würde ich nicht verkraften. Also behalte mein Geheimnis bitte für dich, Gerti. Ich werde zum Arzt gehen, wenn die Zeit reif ist.
Das Summen in meiner Brust hat wieder eingesetzt. Die Müdigkeit schleicht sich an. Ich werde jetzt also zu Bett gehen.
Gute Nacht, Gerti.
Danke, dass du immer für mich da bist und nicht eifersüchtig bist, obwohl ich Brad jetzt mehr erzähle als dir ;)
Deine Jules <3

10

Der nächste Vormittag war die reinste Hölle. Ich hatte mich erst in den frühen Morgenstunden schlafen gelegt, weil ich in Jules' Tagebuch gelesen hatte.

Die Hälfte war schon geschafft. Langsam näherte ich mich den eigentlichen Gründen, wieso sie versucht hatte sich umzubringen. Falls diese denn überhaupt im Tagebuch erwähnt wurden.

Brad hatte begonnen, eine größere Rolle in ihrem Leben zu spielen. Er hatte sie tatsächlich angesprochen. Sie hatten sich getroffen. Sie hatte sich in ihn verliebt.

Mich überkam jedes Mal, wenn ich an Brad dachte, eine Welle der Wut. Ich war mir sicher, dass er mit Jules' jetzigem Zustand etwas zu tun hatte. Dass er sie verarscht hatte. Dass er zu einem großen Teil an ihrer Trauer schuld war.

Denn mal ehrlich, wären sie zusammen glücklich gewesen, hätte sie bestimmt nicht versucht, sich umzubringen.

Und er hätte sie doch im Krankenhaus besucht, oder?

Um darüber nachzudenken, blieb mir nicht viel Zeit. Ich war nicht nur komplett übernächtigt, wir hatten auf der Station auch alle Hände voll zu tun. Im Laufe des Vormittages wurden drei neue Patienten eingeliefert, einer wurde auf die Normalstation verlegt und ein Patient verstarb.

Und ich hatte noch nicht einmal meine Mittagspause angefangen.

»Lorenzo, wir überprüfen noch einmal Jules' Zustand, dann können wir was essen«, sagte Paul in dem Moment zu mir, und ich folgte ihm. Auch heute arbeitete ich mit Paul zusammen.

Ich hatte so den leisen Verdacht, dass er vielleicht darum gebeten hatte, dass gerade ich ihm zugewiesen wurde, weil wir uns so gut verstanden. Zugeben würde er das sicherlich nicht.

Als wir Jules' Zimmer erreichten, stellten sich meine Nackenhaare auf.

Neben ihrem Bett saß ein Junge, hielt ihre Hand und starrte Jules an.

Allein dass er sich erdreistete, Jules' Hand zu nehmen, ließ in mir schon die Wut aufkochen, obwohl mir mein Verstand sagte, dass ich dazu absolut kein Recht besaß.

Aber ...

Irgendetwas sagte mir, dass ich hier Brad vor mir sitzen hatte. Den Brad, von dem ich mir sicher war, dass er Jules wehgetan hatte.

Der Brad, der sie vielleicht in den Suizidversuch getrieben hatte.

Unwillkürlich ballte ich meine Hände zu Fäusten und war mir nicht sicher, wie ich reagiert hätte, wenn Paul nicht dabei gewesen wäre.

»Oh, hallo«, begrüßte er ihn ein wenig überrascht, doch trotzdem freundlich. Klar, Paul hatte ja auch keinen blassen Schimmer von dem, was ich wusste. Oder zu wissen glaubte.

Brad schrak ein wenig zusammen, offenbar hatte er gar nicht gehört, dass wir das Zimmer betreten hatten. Er wandte seinen Kopf zu uns, und ich konnte leicht gerötete Augen erkennen.

»Hallo. Entschuldigen Sie, ich wollte nicht stören ... Ich dachte nur ...«, stammelte er, ließ Jules' Hand los und sprang von dem Stuhl auf, der sonst in einer Ecke des Zimmers stand, damit er nicht im Weg war.

»Keine Sorge, setz dich ruhig wieder«, redete Paul ihm gut zu. »Wir müssen nur schnell ein paar Werte bei Jules checken und sie dann ein bisschen bewegen, du kannst gern bleiben.«

Ich hatte noch immer kein Wort gesagt, sah Vielleicht-Brad nur dabei zu, wie er sich wieder hinsetzte und sein Blick zu dem Monitor flog, auf dem munter die Linien tanzten, als würde er ihn zum ersten Mal bemerken.

»Bist du ein Freund von Jules?«, fragte Paul ihn freundlich, während er ein paar Werte notierte. Ich lauschte dem Gespräch und überprüfte inzwischen Jules' Medikation.

»Ja. Also, ich denke schon. Ich meine, ja.« Gott, wusste der Junge nicht mal, ob er mit Jules befreundet war oder nicht? Irgendwie hatte ich eine komplett andere Vorstellung von Vielleicht-Brad gehabt. Und ich hatte mir einen komplett anderen Menschen an Jules' Seite vorgestellt.

Ich war innerlich so angespannt, dass ich ihm nicht einmal diese besondere Ausnahmesituation zugutehalten konnte, in der er sich gerade befand.

»Das ist schön, dass du Jules besuchst. Es tut ihr bestimmt gut, wenn sie die Stimmen von Freunden hört.«

Überrascht sah er Paul an. »Meinen Sie wirklich, dass sie mitbekommt, dass ich hier bin?«

»Man kann nie wissen, oder?«, antwortete Paul zwinkernd. »So, Lorenzo, dann lass uns Jules mal ein wenig bewegen, damit sie nicht einrostet.«

Ich ging auf die andere Seite des Bettes, aber Vielleicht-Brad saß mir im Weg.

»Ich muss bitte kurz dorthin«, sagte ich zu ihm und machte eine vage Handbewegung, dass er sich verziehen sollte. Ich hätte möglicherweise auch ein klein wenig freundlicher klingen können.

»Oh natürlich, Entschuldigung.« Er stand auf, zog den Stuhl auf die Seite, um mir Platz zu machen, und stand dann ein wenig unbeholfen daneben, während ich begann, ein Bein zu bewegen.

»Wie heißt du eigentlich?«, fragte Paul dann, und ich spannte mich automatisch an.

»Brad«, bestätigte er meine schlimmsten Befürchtungen, und ich musste aufpassen, dass ich Jules' Bein nicht zerquetschte. Ich hatte also recht gehabt.

»Ich bin Paul und das ist Lorenzo«, stellte Paul uns vor, während er Jules' Arm auf der anderen Seite bewegte.

Kurz war es absolut still im Raum, und ich versuchte, mein Gefühlschaos wieder unter Kontrolle zu bringen. Hätte ich gestern doch nur weitergelesen! Dann wüsste ich jetzt genau, mit wem ich es zu tun hatte.

»Kümmern Sie sich immer um Jules?«, durchbrach Brad plötzlich die Stille.

»Ja, wir kümmern uns jeden einzelnen Tag um sie«, antwortete ich aus Reflex, ohne ihn anzusehen. Wir waren hier jeden Tag an Jules' Seite – wo war er die ganze Zeit, während sie hier hilflos lag, wenn er doch angeblich ein Freund war? Was für ein Freund tauchte bitte jetzt erst auf?

»Und ... Wird sie wieder gesund?«, fragte er weiter.

»Im Moment sieht alles sehr danach aus. Ihre Werte sind stabil, und wir können sie schon in wenigen Tagen aufwecken, wenn weiterhin alles gut läuft. Sie wird zwar danach einige Zeit auf Reha verbringen müssen, man weiß schließlich nie genau, was für Folgen das Koma auf den Körper hat, aber Jules ist jung und stark. Sie wird wieder auf die Beine kommen«, meinte Paul zuversichtlich.

Paul hatte recht. Klar konnte es natürlich immer zu Komplikationen kommen, doch bei Jules sah es wirklich danach aus, als ob sie wieder ganz die Alte werden würde. Fast zumindest, denn ein Schädelhirntrauma und ein Selbstmordversuch hatten immer sowohl physische als auch psychische Folgen.

Brad atmete hinter mir lautstark aus.

»Zum Glück!«, stieß er aus, und wieder merkte ich, wie sich in mir alles verkrampfte.

Was war zwischen Jules und Brad vorgefallen? Warum lag sie jetzt hier und saß nicht mit ihm in einem Café oder im Kino?

»Ich … Ich hole mir mal einen Kaffee. Dann komme ich später wieder und störe Sie so nicht.«

Ich wollte ihm fast sagen, dass er gefälligst nie wieder hier auftauchen sollte, als Paul mir zuvorkam. »Du störst nicht, aber einen Kaffee darfst du dir natürlich gönnen.« Er lächelte dabei so nett, dass ich ein schlechtes Gewissen bekam.

Ich sah Brad hinterher, als er aus dem Zimmer verschwand. Bei meinem Glück heute tauchten Jules' Eltern wahrscheinlich auch gleich auf, und bei denen würde ich mich noch mehr zusammenreißen müssen.

»Wirkte doch nett, der Junge, oder?«, fragte Paul dann, und ich warf ihm einen Blick zu. Wollte er mich gerade verarschen?

»Mhm«, knurrte ich deswegen nur und machte mich weiter an die Arbeit. »Wenn er so ein guter ›Freund‹ von Jules ist – wieso hat er sie dann nicht schon früher besucht?«

Ich konnte es einfach nicht lassen. Es störte mich, dass Paul ihn einfach nett fand, obwohl er für Jules gar nicht da gewesen war.

Paul schwieg einen Moment. »Manchmal ist der Schmerz für Angehörige und Freunde erst einmal zu groß. Manche haben Angst vor Krankenhäusern. Andere wollen den Patienten oder deren Familie nicht zur Last fallen.« Er zuckte mit den Schultern.

Oder manche wussten, dass sie nicht willkommen waren.

Diesen Gedanken sprach ich jedoch nicht laut aus.

»Weißt du, Lorenzo, hier auf der Intensivstation erlebt man so viele Schicksale, da lernt man schnell, Leute nicht vorschnell zu verurteilen.«

Konnte Paul Gedanken lesen?

Ich vermied es, ihn anzusehen, denn seine Worte trafen mich. Er hatte recht. Ich wusste nicht, welche Rolle Brad in dieser ganzen Misere spielte, aber das würde ich noch herausfinden.

Das versprach ich mir.

Die laute Musik – oder vor allem den Bass – hörte ich schon, als ich um die Ecke bog und das Wohnhaus noch in einiger Entfernung lag.

Die Nachbarn würden sich freuen, dass an einem ganz gewöhnlichen Mittwoch so laut gefeiert wurde, dachte ich leicht amüsiert, als ich durch die kalte Abendluft marschierte. Damit musste man wohl rechnen, wenn man sich eine Wohnung in der Nähe eines Studentenwohnheims aussuchte.

Das Gebäude war schlicht, fast heruntergekommen. Es hatte definitiv schon bessere Zeiten gesehen. Doch offensichtlich brauchten Studenten nicht mehr; man konnte auch hier Spaß haben.

Ich betrat das Gebäude und sah schon überall schlampig bemalte Zettel, die mit krummen Pfeilen den Weg zur Party wiesen. Bisher war ich auf ein oder zwei Partys gewesen, ich kannte also den Weg dorthin bereits.

Auf den Fluren standen Leute, unterhielten sich, lachten. Die Musik war hier um einiges lauter, auch wenn es mir noch schwerfiel zu erkennen, um welches Lied es sich genau handelte.

Ich versuchte, mich innerlich auf die Party vorzubereiten. Am liebsten wäre ich ja eigentlich zu Hause auf meiner Couch geblieben, Jules' Tagebuch in meiner Hand. Dass ich nicht wie ein Zombie daheim verrottete, war jedoch auch nicht ganz schlecht.

Als ich endlich den dritten Stock erreichte, ging die Tür auf und drei schon ziemlich angetrunkene Frauen torkelten kichernd an mir vorbei. Bei meinem Anblick lachten sie lauter und begrüßten mich.

Ich hatte echt keine Ahnung, wieso sie dachten, dass sie mit so einem Benehmen auch nur annähernd attraktiv waren.

Ich ignorierte sie und ging nach drinnen, plötzlich umgeben von Lärm, Menschen, blinkenden Lichtern, Alkoholgeruch, Konturen, Schatten und diffusen Bewegungen.

Normalerweise ließ ich bei solchen Partys immer die Sau raus. Ich tanzte wie verrückt – buchstäblich wie verrückt – und sorgte für gute Laune. Ich ging meistens als Letzter nach Hause und war eigentlich gar nicht wieder ruhigzustellen.

Aber heute war irgendetwas anders. Ich beobachtete kurz die Studenten vor mir, und als hätte mir jemand die Augen geöffnet, erkannte ich, wie falsch, gespielt und einsam dieses ganze Unternehmen doch eigentlich war.

Man feierte mit Leuten, die man gar nicht wirklich kannte. Denen es letzten Endes im Grunde egal war, ob man erschien oder nicht. Sie mussten nur mit den Fingern schnipsen, dann war man ersetzt.

Während der ganze Zirkus stattfand, fühlte man sich immer so frei, gelöst und irgendwie glücklich. Und danach?

Einfach nur Leere.

Hatte Jules sich so gefühlt? Tagtäglich? Weil selbst ihre eigene Familie diese unechte Fassade aufrechterhielt?

Ich begann mehr und mehr zu verstehen, dass meine heile Welt für andere nicht automatisch auch eine heile Welt darstellte.

Dass, nur weil ich das Leben schätzte, ja, liebte, andere nicht der gleichen Ansicht waren – und das sogar begründet.

»Lorenzo, was starrst du so durch die Gegend? Ab auf die Tanzfläche!«

Die Hand, mit der mir jemand ziemlich heftig auf den Rücken klopfte, ließ mich herumfahren. Ein Lächeln trat automatisch auf meine Lippen, ein ehrliches Lächeln.

»Chase! Wie geht's, wie steht's?« Der blonde Mann vor mir war ein paar Jahre jünger als ich und hatte diesen Sommer sein Physikum bestanden. Nach den Semesterferien ging es für ihn also in der Klinik weiter. Wir waren uns die letzten Jahre öfters über den Weg gelaufen, vor allem außerhalb des Studiums.

»Bestens, Lorenzo, bestens! Heute ist die einzige Möglichkeit diese Woche für eine Party, also eindeutig ein Grund, die Sau raushängen zu lassen!«, meinte er gut gelaunt, legte mir einen Arm um die Schultern und schob mich in Richtung der Bierträger, die in einer Ecke aufgetürmt waren. Offenbar hatte man es bereits aufgegeben, das Bier kalt zu stellen.

»Und wann ist die nächste?«, fragte ich schmunzelnd, weil ich die Antwort bereits ahnte.

»Montag.« Er lächelte ebenso breit wie ich, während er mir die erste offene Bierflasche in die Hand drückte und sich dann noch eine am Bierträger aufmachte. Er stieß mit mir an und nahm dann einen ordentlichen Zug. Erst da fiel mir das Pulsmessgerät auf, das um sein Handgelenk gebunden war.

»Du machst da nicht tatsächlich mit, oder?« Ich wusste nicht warum, doch ich begann zu lachen, als würde ein Damm brechen. Als hätte jemand einen Schalter in mir umgelegt. Es fühlte sich so gut an, einfach unbeschwert, vollkommen gelöst zu lachen. Seit Jules in mein Leben getreten war, hatte ich mich nicht mehr so locker und leicht gefühlt, fiel mir in dem Moment mit Erstaunen auf.

»Jaja, lach du nur, aber weißt du, was? Wer zuletzt lacht, lacht am besten«, erwiderte er und schob mich ein paar Meter weiter zu einem kleinen Tisch, hinter dem ein offenbar auch schon recht angeheiterter Student saß und gerade einem Mädchen auf halsbrecherischen High Heels einen Pulsmesser um das Handgelenk schnallte.

»Wooow, Moment. Ich mache da sicher nicht mit! Ich werde mir jetzt das Bier genehmigen und danach vielleicht noch ein zweites, werde die Tanzfläche unsicher machen und dann ab nach Hause fahren, weil ich morgen um acht Uhr im Krankenhaus erwartet werde.«

»Du musst morgen arbeiten? Warum hast du dir nicht freigenommen?« Chase sah mich entsetzt an. Immerhin hatte ich den Eindruck, dass er verstand, dass es kein Zuckerschlecken war, wenn man im Krankenhaus voll bei der Sache sein musste. Das war nicht wie in einem anderen Job, in dem man vielleicht mal in einer Mail einen Satz falsch formulierte, weil man einen mörderischen Kater hatte. Im Krankenhaus konnte ein Fehler im schlimmsten Fall ein Menschenleben bedeuten, und ich würde mir, mit dieser Verantwortung auf meinen Schultern, heute sicher nicht die Kante geben.

»Na ja, weil man sich während einer Famulatur nicht einfach mal freinimmt, weil man feiern geht. Ich muss die vollen dreißig Tage schließlich hinbekommen, sonst wird mir das Praktikum nicht angerechnet. Und selbst wenn ich das machen könnte, arbeite ich nur noch diese Woche dort«, erklärte ich meinen Standpunkt, als wäre es nicht die Welt, aber schon war wieder Jules in meinem Kopf. Ich wurde sie einfach nicht los.

Und das wurde ich den ganzen Abend lang nicht, obwohl ich es wirklich versuchte.

Ich betrachtete die Menschen um mich herum, wie sie lachten und tranken und tanzten, und hatte das Gefühl, als wäre ich ein Fremdkörper. Ich gehörte nicht hierher. Zumindest nicht heute Abend. Vielleicht auch nie mehr, ich wusste es nicht. Es fühlte sich an, als hätte ich mich verändert. Jules hatte mich verändert.

Ich versuchte mich auf die Leute, die Musik, die ausgelassene Stimmung einzustellen, doch es funktionierte einfach nicht. Ich konnte im Moment einfach nicht vollständig loslassen.

Also verabschiedete ich mich irgendwann von Chase und den paar anderen Leuten, die ich kannte und die alle schon einen mehr als ausreichenden Alkoholpegel intus hatten, und trat den Heimweg an.

So wie ich mich gerade fühlte, wollte ich nur noch heim, mich vielleicht noch ein wenig auf die Dachterrasse setzen und über Jules' Einträge nachdenken. Dadurch, dass ich durch ihr Tagebuch kopfüber in ihre Welt eingetaucht war, schwirrten mir ständig Satzfetzen im Kopf herum, die ich verarbeiten musste.

So viel wie in den letzten Tagen hatte ich noch nie dagesessen und einfach nur nachgedacht. Eigentlich war ich ein Genussmensch und definitiv lebensfroh. Ich hatte die Einstellung, dass sich immer alles irgendwie wieder einrenkte.

Aber was, wenn es das nicht tat? Oder wenn es einfach sehr lange dauerte? So wie bei Jules offenbar?

Diese Frage beschäftigte mich enorm.

Ich kletterte durch mein Wohnzimmerfenster, hatte meine Gitarre im Schlepptau und setzte mich auf einen der zwei Stühle, die sich dort befanden, um über die Dächer zu blicken.

Irgendwie hatte ich Lust, eine Melodie zu klimpern, die mir auch schon eine ganze Weile im Kopf herumspukte. Ich probierte ein wenig, verspielte mich, probierte es noch mal, immer wieder, bis die Melodie flüssig klang.

Wortfetzen flogen mir durch den Kopf, erst wirr, dann immer strukturierter, bis ich das Gelesene in einem neuen Lied verarbeiten konnte. Die Worte nahmen langsam Gestalt an, bildeten Sätze und fügten sich Stück für Stück in die Melodie ein.

I don't know how to say
I have this feeling that I can't explain
A feeling that I can't escape
Am I slowly loosing my way?
I had this dream to make you wanna stay
Maybe the plan was a mistake

Cause I started drifting away
From this cold hearted world that's on stake
Oh since your words I've not been the same
I tried to be restrained but I ain't

Cause now
I can feel your pain
I can feel your strain
For myself

You need
Somebody to hold
Somebody to dream along
A shoulder to cry on all night long
Somebody to hold
Somebody to hold

I started wondering about
All the reasons why I love my life
Some reasons that you can't deny
But nothing came to mind
I am so used to always feel alright
Cause I had good friends and family time

But now
I can feel your pain
I can feel your strain
For myself

We need
Somebody to hold
Somebody to dream along
A shoulder to cry on all night long
Somebody to hold
Somebody to hold

And if you wake up and feel alone
Just know that you're never on your own
And if you can't find a place like home
You can write these words into stone

I'll be
Somebody to hold
Somebody to dream along
A shoulder to cry on all night long
Somebody to hold
Somebody to hold

Ich hatte jegliches Zeitgefühl verloren, als der letzte Ton verklungen war. Mein Herz schmerzte, meine Brust fühlte sich an wie zusammengeschnürt, und ich hatte beinahe einen Kloß im Hals.

Was hatte Jules nur mit mir angestellt?

07. September

Hallo Gerti,
du hast das jetzt nicht mitbekommen, aber ich saß hier gerade eine kleine Ewigkeit und habe einfach nur die leere weiße Seite angestarrt. Habe versucht, diese Leere in meinen Kopf zu übertragen, die Gedanken abzustellen.
Es funktioniert nicht.
Gerti, ich wollte dir schon längst alles erzählen, aber ich konnte einfach nicht.
Wie konnte mein Leben nur so aus dem Ruder laufen?
Kannst du dich erinnern, wie ich dir von Oma und meinen Eltern, von Brianne und Brad und den anderen in der Schule erzählt habe? Wie niedergeschlagen ich manchmal deswegen war? Ja?
Jetzt wünsche ich mir das alles zurück.

Ich wünschte, ich hätte nur die Probleme, die ich damals hatte.
Diese Probleme erscheinen mir so klein im Vergleich zu dem, was ich jetzt erfahren und erlebt habe und wie ich jetzt behandelt werde.
Wenn ich heute darüber nachdenke, wie sehr mich diese Dinge damals belastet haben, dann komme ich mir so lächerlich vor. So dumm.
Dabei ist dieses »damals« noch gar nicht so lange her. Gerade mal ein paar Monate.
Weißt du, was fast das Schlimmste ist? Inzwischen stumpfe ich ab. Damals hat mich der Schmerz noch wirklich berührt, hat mich tief getroffen. Manchmal hat er sich angefühlt, als würde er mein Herz durchbohren, es zerfetzen.
Aber jetzt: nichts.
Ich sitze oft auf meinem Bett, starre vor mich hin und weiß, dass mir unwahrscheinlich schlimme Dinge passiert sind, doch ich fühle kaum noch etwas.
Manchmal glimmt der Schmerz auf, aber sofort unterdrücke ich ihn, weil ich weiß, dass ich daran zugrunde gehen würde.
Und daran hat sich mein Kopf inzwischen gewöhnt. Er verkapselt die schlimmen Erinnerungen und schiebt sie in eine Ecke. So weit weg, dass ich manchmal das Gefühl habe, als wären sie gar nicht mir passiert. Als wäre ich nur Zuschauer.
Das bin ich aber nicht. Und diese Erkenntnis entzieht mir sämtliche Kräfte, die ich benötige, um zu leben.
Ich will nicht mehr in die Schule, ich will mit niemandem sprechen (nicht dass ich wirklich jemanden hätte, mit dem ich sprechen könnte, außer natürlich mit dir, meine liebe, treue Gerti), ich will nicht mal jemanden sehen. Ich möchte mich einfach nur in meinem Zimmer verkriechen, mir die Decke über den Kopf ziehen und schlafen.

Und manchmal mache ich das tatsächlich den ganzen Tag lang, weil mir inzwischen alles egal ist.
Du fragst dich jetzt sicher, was passiert ist, liebe Gerti, und ich dachte, ich könnte darüber reden, aber ich kann es noch nicht.
Vielleicht geht es ja morgen.
Im Moment strengt mich allein das Schreiben schon so unendlich an. Dabei habe ich dir doch immer so gern alles erzählt.
Alles hat sich verändert, nichts ist mehr, wie es war.
Gerti, bitte mach dir jetzt keine Sorgen.
Ich werde dir bald alles erzählen. Versprochen.
Deine Jules.

PS: Ich habe gerade eben erst bemerkt, dass wir gar nicht mehr so viel Zeit haben, um miteinander zu reden. Schon bald werden alle deine Seiten befüllt sein, und dann …
Dann willst sogar du nicht mehr mit mir reden …

11

Es war ein wunderschöner, eiskalter Morgen an diesem Freitag, meinem letzten Tag auf der Intensivstation. Der überraschend frühe erste Frost des Jahres zeichnete feine weiße Linien auf den schwarzen Ästen der Bäume, wunderschöne Muster auf dem Gehweg und legte sich wie eine Diamantendecke über die Autodächer.

Doch ich nahm nichts davon wirklich wahr.

In meiner Tasche fühlte sich das Tagebuch von Jules bleischwer an. Genau wie mein Herz.

Ich hatte gestern Abend den letzten Eintrag, ihr letztes Geheimnis gelesen. Und ihre Geschichte erschütterte mich bis ins Mark.

Ich war von ihrer Persönlichkeit, ihrem Wesen, ihren Gedanken fasziniert. Ich bewunderte sie regelrecht. Ich war von einem schlafenden Mädchen und seiner Art so angetan, dass ich es mit logischen Argumenten nicht erklären konnte.

Dass sie versucht hatte sich umzubringen, hatte von Anfang an für mich so im Kontrast zu ihrer Natur – wie ich sie mir vorstellte – gestanden, dass ich es einfach nicht verstanden hatte.

Jetzt, da ich wusste, was sie durchgemacht hatte ... Es wunderte mich fast schon, dass sie es nicht früher versucht hatte.

Ich schluckte schwer, als ich meinen Kopf an die Fensterscheibe im Bus lehnte.

Niemand, wirklich niemand sollte das durchmachen, was Jules durchgemacht hatte. Und dazu noch allein.

Ich wusste, es war sinnlos, trotzdem ärgerte ich mich darüber, dass ich Jules nicht viel früher und unter anderen Umständen kennengelernt hatte. Dass ich ihr nicht hatte helfen können. Dass ich nicht für sie da sein konnte. Dass ich nicht ihre Eltern hatte wachrütteln können.

Ich schüttelte den Gedanken ab. Es brachte nichts, darüber nachzudenken. Jules lag im Koma, und daran konnte ich jetzt rückwirkend nichts ändern.

Als ich bemerkte, dass der Bus gleich beim Krankenhaus anhalten würde, drückte ich auf den Stopp-Knopf, stand auf und schulterte meine Tasche.

Der Gedanke, heute von Jules Abschied zu nehmen, brach mir fast das Herz. Knapp zwei Wochen hatte ich sie jetzt gepflegt. An ihrer Gesundheit interessiert zu sein, war für einen Pfleger oder einen Arzt ganz normal. Doch bei mir ging das Gefühl tiefer. Viel tiefer.

Und das hatte ich natürlich mir und meiner unverfrorenen Neugier zu verdanken. Aber auch dem inneren Wunsch, Patienten zu helfen. Und meinem von Anfang an unerklärlichen Drang, gerade Jules zu helfen.

Gleichzeitig hatte ich auch eine Heidenangst, sie zu verlassen, weil ich nicht mitbekommen würde, wie sie aufwachte. Und wie sie reagierte, wenn sie herausfand, dass ich ihr Tagebuch gelesen hatte.

Sie würde nicht wissen, dass *ich* es war. Jemand Fremdes hatte ihre innersten Gefühle, Gedanken, Träume und Ängste kennengelernt – ohne ihre Zustimmung. Wenn sie wütend werden würde, wäre das ihr gutes Recht.

Trotzdem hoffte ich, dass Jules mich verstehen würde. Und deswegen hatte ich gestern Abend noch einen Brief geschrieben, in dem ich meine Beweggründe erklärte. Ich hatte ihn sorgfältig zusammengefaltet und hinten in ihr Tagebuch gelegt.

Ich konnte nicht leugnen, dass ich innerlich hoffte, dass sie mich suchen und auch finden würde. Dass ich ihr in ihre braunen Augen sehen und ihr alles persönlich erklären könnte. Ich wagte kaum darauf zu hoffen.

Jules stand eine schwere Zeit bevor. Sie musste wieder zu Kräften kommen. Sie musste Rede und Antwort stehen. Sie musste auf Reha. Sie musste mit einem Psychologen sprechen. Sie musste gesund werden. Gesund und glücklich. Da würde sie wohl kaum ihre wenigen Kräfte dafür verwenden, einem kranken Stalker wie mir aufzulauern.

Ein Kribbeln durchfuhr meinen Körper, als ich aus dem Bus stieg. Ich war aufgeregt und atmete nur oberflächlich. Ich musste diesen einen letzten Tag über die Bühne bringen. Ungesehen Jules' Tagebuch mit dem Kalender austauschen. Von ihr Abschied nehmen.

Von der Station Abschied nehmen.

Ich stieß die Tür zum Krankenhaus auf, ging durch die inzwischen so vertrauten Flure, erst zur Umkleide und dann weiter bis auf die Intensivstation, saugte alle Eindrücke in mich auf, als wäre ich heute zum ersten Mal hier, um auch ja kein Detail zu vergessen.

Es machte mich wehmütig, die Station verlassen zu müssen, in der ich die letzten viereinhalb Wochen verbracht hatte. Ich hatte so viel gelernt und meinen Horizont auf so vielen Gebieten erweitert. Ich hatte einen *Appetizer* für die Psychologie bekommen. Und ich hatte neue Freunde dazugewonnen.

»Hey, wo ist der Kuchen? Habe ich dir nicht ausdrücklich gesagt, dass *alle* Famulanten am letzten Tag einen Kuchen mitbringen sollen?« Paul kam breit lächelnd auf mich zu und gab mir mit den Papieren, die er in der Hand hielt, einen ordentlichen Klaps auf den Kopf.

»Au«, murmelte ich und rieb mir die leicht schmerzende Stelle, während ich versuchte, nicht zu sehr zu lachen. »Mona wollte für mich mitbacken«, erklärte ich. Mal im

Ernst, meine Backkünste waren alles andere als vorhanden, ich würde nicht einmal Seth einen selbst gebackenen Kuchen von mir zumuten.

Paul lachte amüsiert. »Du suchst dir mal wieder den leichtesten Ausweg, oder?«

»Das Erkennungszeichen eines Genies«, erwiderte ich schelmisch grinsend.

»Also gut, dann lass uns mal loslegen. Denn glaub ja nicht, dass dein letzter Tag hier ein Zuckerschlecken wird.«

»Aye, aye, Boss!«

Paul schüttete noch den letzten Schluck seines Kaffees in sich hinein.

»Also dann, auf geht's! Larissa ist ausgefallen, das heißt, dass ich heute einen Blick auf drei Patienten haben werde: Luca, Merle und Jules. Bei Luca müssen alle Schläuche ausgetauscht und die Medikamente aufgefüllt werden. Wir werden heute also alle Hände voll zu tun haben, und an eine Pause darfst du erst mal überhaupt nicht denken«, warnte Paul mich vor. Mein letzter Tag hier würde also noch mal richtig stressig werden.

»Bevor du dich mir anschließt, hat Dr. Ronson sich bereit erklärt, von dir, Mona und Seth begleitet zu werden. Ihr seid ja hauptsächlich wegen des neurologischen Aspektes hier. Er wartet beim Stationsstützpunkt.«

»Alles klar, bis nachher!«, meinte ich euphorisch und spürte gerade wirklich eine gewaltige Welle von Motivation durch mein Inneres fluten. Dieser Job hier war mein Leben geworden. Und auch wenn er mit viel Anstrengung verbunden war, spürte ich am Ende des Tages doch immer eine tiefe Befriedigung, weil ich das Gefühl hatte, etwas erreicht, etwas bewegt zu haben.

Wir begannen mit Merle, eine Frau mittleren Alters, die gestürzt und nun aufgrund einer Verletzung an der Wirbelsäule gelähmt war. Dr. Ronson führte einige Nerventests durch, notierte alle Arbeitsschritte und Werte in der Akte und erklärte uns, als wir wieder auf dem Gang standen, dass er mit den anderen behandelnden Ärzten einen Therapieplan erstellen würde. Er schilderte detailliert das Ausmaß ihrer Verletzung und welche Möglichkeiten für das Ärzteteam bestanden.

Ich saugte jedes Wort in mich auf.

Als Dr. Ronson zur Besprechung eines Patienten von einem anderen Arzt gerufen wurde, durften wir ihn sogar begleiten. Ich versuchte, mir so viele Details wie möglich zu merken, wie die beiden Ärzte miteinander sprachen, welche Fachbegriffe sie erwähnten und wie respektvoll sie über den Patienten redeten.

Danach durften wir uns wieder den Intensivpflegern anschließen, da bis zur Morgenbesprechung noch Zeit war.

Ich fand Paul bei Luca, der mithilfe von drei weiteren Pflegern gerade umgelagert wurde. Paul machte einen leicht gehetzten Eindruck, als er mich sah, schien aber wie immer den Überblick zu bewahren. Gerade wenn man auf der Intensivstation arbeitete, musste man belastbar sein. Man musste auch unter Druck zügig und konzentriert arbeiten. Wenn man das nicht konnte, dann sollte man sich lieber schnell einen neuen Job suchen, bevor man das Leben eines Patienten gefährdete.

»Wir müssen uns die Arbeit aufteilen. Geh du zu Jules, ich bereite nach der Umlagerung alles für den Infusionswechsel bei Luca vor. Wenn du fertig bist, dann kommst du rüber und hilfst mir«, entschied Paul. Schlagartig begann mein Herz wieder zu rasen. Das war meine Gelegenheit, das Tagebuch zurückzulegen.

Und meine Gelegenheit, mich allein und in Ruhe von Jules zu verabschieden.

Meine Güte, das klang, als wäre sie gestorben.

Dabei lag jetzt ein neues Leben vor ihr. Eines, das hoffentlich mehr Sonnenschein, Glück und Frieden beinhaltete als ihr bisheriges Leben.

Auf dem Weg zu Jules' Raum machte ich einen kurzen Stopp im Mitarbeiterzimmer, wo ich das Tagebuch in meinem Spind untergebracht hatte, und steckte es mir in die Kasacktasche, um nicht damit erwischt zu werden.

Ich würde den Anschiss meines Lebens bekommen, wenn jemand merken würde, dass ich das Tagebuch einer Patientin entwendet und gelesen hatte. Was heißt hier Anschiss? Ich würde wahrscheinlich angezeigt und von der Uni geschmissen werden!

Bei dem Gedanken wurde mir ganz heiß, und ich hatte das Gefühl, dass mir kleine Schweißperlen auf die Stirn traten.

Ich konzentrierte mich wieder auf meine Aufgabe und lief mit zügigen Schritten zu ihrem Zimmer.

Wie immer lag sie ruhig da, mit einer ungesunden, blassen Hautfarbe, doch langsam wurden die Blutergüsse kleiner und verloren ihre Farbe.

»Hallo, Jules«, begrüßte ich sie. »Ich bringe dir dein Tagebuch zurück.« Ich öffnete zum letzten Mal die Kissenhülle, tauschte die beiden Büchlein aus und unterbrach somit auch die letzte Verbindung, die ich noch zu ihr hatte. Das Zurücklegen ihres Tagebuchs fühlte sich so endgültig an.

»Ich darf mich heute noch einmal um dich kümmern, bevor ich gehen muss«, redete ich weiter leise mit ihr, als könnte ich sie sonst aufwecken. »Bald wirst du uns sowieso nicht mehr brauchen, weil du schon in kurzer Zeit wach sein wirst und dann endlich wieder dein Leben leben kannst. Und ich hoffe wirklich, dass du nicht zu sauer auf mich bist, weil ich mir dein Tagebuch ausgeliehen und es gelesen habe«, fügte ich noch hinzu, bevor ich meinen Blick den Monitoren zuwandte.

»Deine Werte sehen gut aus, Jules. Die Ärzte werden sehr zufrieden sein.« Ich lächelte vor mich hin, während ich die Werte auf dem Monitor betrachtete, die automatisch über die Geräte in die Akte eingespielt wurden. Ich war auch zufrieden. Und glücklich, weil sie gute Chancen hatte, wieder gesund zu werden.

Während im restlichen Teil des Krankenhauses tatsächlich noch Patientenakten aus Papier verwendet wurden, war man auf der Intensivstation schon auf elektronische Akten umgestiegen, was nicht nur Papier, sondern auch Zeit sparte, die oft lebenswichtig war.

»So, dann werden wir dich mal ein bisschen bewegen.« Ich griff nach ihrem linken Arm und begann ihn zu massieren und zu bewegen, um die Blutzirkulation anzuregen.

»Weißt du, wie gern ich mich mit dir unterhalten würde? So richtig? Ich will dir in die Augen sehen – nicht von meiner Pupillenlampe beleuchtet, sondern in deine wachen Augen –, will deine Stimme und dein Lachen hören. Ich würde wirklich gern für dich da sein, wenn du aufwachst. Klingt das ein bisschen zu creepy?«, fragte ich sie und erwartete fast eine Antwort.

»Bitte erschrick nicht, wenn du meine Kommentare in deinem Tagebuch liest. Du wirst den Brief finden und dann hoffentlich verstehen, warum ich es getan habe, und dass ich dir nur helfen wollte und kein komischer Kauz bin.«

Ich hatte das Gefühl, als müsste ich ihr all diese Worte noch einmal persönlich sagen. Paul sagte doch immer, dass man nie wusste, wie viel der Patient unterschwellig mitbekam. Vielleicht würde sie wenigstens den Klang meiner Stimme positiv in Erinnerung behalten, wenn sie sich schon nicht mehr an meine Worte erinnern konnte.

Kurz stellte ich mir vor, wie sie meine Notizen in ihrem Tagebuch las und dazu meine Stimme in ihrem Kopf hörte. Die Stimme eines Medizinstudenten, der sich beinahe täglich um sie gekümmert und der so viel Interesse an ihrem Wohlergehen gezeigt hatte.

Wie würde sie sich besagten Famulanten vorstellen, der sich unerlaubt in ihre Angelegenheiten eingemischt hatte?

Der eindeutig so viel mehr Gefühle für sie hegte, als angebracht war?

Während ich auf Jules blickte, ihre weiche Haut unter meinen Fingern spürte, ihre Nähe auf mich wirken ließ, dachte ich darüber nach, ob ich mich in Jules verliebt hatte.

So weit würde ich nicht gehen, den Umständen und ihrer Situation entsprechend wäre das mehr als unangebracht, unpassend und übertrieben.

Aber wenn ich tief in mich hineinhorchte, wusste ich auch einfach mit jeder Faser meines Körpers, dass ich verdammt nah dran war.

Sie hatte mich bezaubert, obwohl das nicht ihre Absicht gewesen war, und ich konnte davon ausgehen, dass es das auch nie werden würde. Ich konnte nichts dafür. Ich konnte es mir nicht erklären. Ich würde es nie im Leben anderen erklären können.

Jules hatte mir die Augen geöffnet. Ich hatte das Gefühl, durch ihre Einträge weiser geworden zu sein. Als würde ich mehr von der Welt verstehen. Als wäre ich erwachsener geworden.

Und welches fast achtzehnjährige Mädchen hatte bitte diese Gabe? Welches *einfache* Mädchen konnte allein mit seinen Worten so etwas Kraftvolles bewirken?

Das konnte nur Jules. Sie hatte mir mit ihren Worten ein ganz neues Leben geschenkt, so kam es mir vor, und ich hoffte, dass ich mit meinen dazu beitragen konnte, dass ihr neues Leben anders, besser aussah.

»Jules, ich verspreche dir, alles wird ab jetzt besser. Ich spüre es. Du brauchst keine Angst davor haben, aufzuwachen. Fürchte dich bitte nicht.« Ich guckte auf ihr friedvolles Gesicht, prägte mir jedes Detail ein. Ihre dichten Wimpern, die perfekt geformte Nase, die kleinen Muttermale synchron auf ihren beiden Wangen.

Ich wusste – egal ob Jules und ich uns wiedersehen würden oder nicht –, dass ich sie nie im Leben vergessen würde.

»Finde mich, Jules. Ich werde auf dich warten«, flüsterte ich, bevor ich ihr einen letzten hoffnungsvollen und zuversichtlichen Blick zuwarf und ihr Zimmer verließ.

Der Tag verging wie im Flug. Ich half Paul so gut es ging, und er brachte mir noch so viel wie möglich bei. Wir waren irgendwie ein ziemlich eingespieltes Team, und ich würde die tägliche Arbeit mit ihm vermissen. Er war zu meinem Mentor geworden, weil die Chemie von Anfang an gestimmt hatte. Ich war ihm wirklich dankbar für die Zeit, die wir zusammen auf der Intensivstation verbracht hatten.

Auch für Seth und Mona war dies der letzte Tag, und nicht nur ich hatte Mona dazu überreden können, für mich mitzubacken. Sie hatte also stellvertretend für uns drei Praktikanten eine riesige Torte mitgebracht, die in der Mitarbeiterküche stand, damit alle Kollegen, die heute Schicht hatten, sich ein Stück nehmen konnten.

Als wir nach unserer Schicht auf dem Weg zu den Umkleidekabinen an Jules' Zimmer vorbeikamen, erhaschte ich einen letzten Blick auf sie. Dornröschen in ihrem Schlaf. Aus dem sie bald erwachen würde, denn heute hatten wir angefangen, die Narkosemittel zu reduzieren. »Jetzt vergisst du mich nicht, oder?«, fragte Paul mich in dem Umkleideraum, als wir uns unsere Alltagsklamotten anzogen.

»Jetzt werde doch nicht so sentimental. Du bist doch der große, starke Paul mit den ganzen Muckis, der alle Hürden überwindet – oder habe ich mich in dir getäuscht?«, ärgerte ich ihn. Er warf mir einen genervten Blick zu, konnte sich ein Schmunzeln jedoch nicht verkneifen.

»Äh, nein, natürlich nicht. Es würde nur meinen Stolz verletzen, wenn du mich vergessen würdest«, versuchte er sich herauszureden.

»Schon klar. Aber keine Sorge, das wird nicht passieren. Alle Leute, die einen außergewöhnlichen Eindruck auf mich hinterlassen, bleiben schön in meinem Hirn abgespeichert.«

»Und manche hinterlassen einen mehr als außergewöhnlichen Eindruck, habe ich recht?« Erst dachte ich, dass Paul sich mal wieder selbst rühmte, doch als ich seinen intensiven, fast stechenden Blick sah, wusste ich, dass er jemand anderes meinte. Mir wurde siedend heiß. Was wusste Paul? Hatte er mich mit dem Tagebuch gesehen? Hatte er womöglich auch in das Büchlein hineingeblickt? Vielleicht sogar auch herausgefunden, dass ich das Tagebuch ausgetauscht hatte?

Ich schluckte und konnte nur mit Mühe seinem Blick standhalten.

»Ich werde gut auf Jules aufpassen, das verspreche ich dir.« Er zwinkerte und schloss seinen Spind. Ich atmete langsam aus. Ich bildete mir bestimmt nur ein, dass Paul mehr wusste, als er sollte. Sonst hätte er mir doch die Leviten gelesen, anstatt mir zuzuzwinkern.

Ich nahm meinen Schal und band ihn mir um, schnappte mir meine Tasche und schlenderte mit Paul den Flur entlang. Ich hatte es nicht wirklich eilig, nach Hause zu kommen, stellte ich fest.

»Ach, und falls deine Schwester sich mal scheiden lässt … Du hast meine Nummer.«

Ich lachte. Ich hätte nichts dagegen, Paul als Schwager zu bekommen, aber er würde mir fast ein wenig leidtun.

Auf dem Weg zum Ausgang winkte ich einigen Kollegen zu, dann traten wir nach draußen. Ich blickte in den wolkenverhangenen Himmel, konnte fast schon riechen, dass der erste Schnee nicht mehr lange auf sich warten ließ, obwohl wir noch in den Herbstmonaten waren.

Ich drehte mich zu Paul.

»Mach's gut, mein Freund!«, sagte er, und wir gaben uns eine richtige Männerumarmung. »Viel Glück mit den weiteren Famulaturen und dem Studium. Und überleg dir gut, ob du nicht später mal auf eine Intensivstation möchtest.«

»Glaub mir, ich werde es mir gut überlegen.« Denn ich hatte mich noch nicht dazu entschlossen, in welche Fachrichtung ich gehen wollte. Die letzten Wochen hatte ich jedoch viel über mich selbst gelernt, und ich fragte mich, ob mein erwachtes Interesse für die Psychologie anhalten würde.

Ich hob die Hand ein letztes Mal zum Gruß, dann trennten sich unsere Wege. Ich entschied mich dagegen, mit dem Bus nach Hause zu fahren, und schlenderte stattdessen durch die Straßen. Ich beobachtete meine Umgebung, sah in die Gesichter der Passanten auf dem Gehweg, versuchte mir vorzustellen, wie diese Menschen privat waren.

Der Mann mit den zusammengezogenen Augenbrauen – war er besorgt? Sauer? Hatte er Kopfschmerzen? Oder sah er einfach so aus, wenn er seinen eigenen Gedanken nachhing?

Die Frau mit dem weinenden Kind im Vorschulalter – hatte sie einen Mann zu Hause oder war sie alleinerziehende Mutter? Gab es jemanden, der ihr zur Seite stand mit dem Kind, mit dem sie ganz offensichtlich ein wenig überfordert war? Oder war sie nur ein Kindermädchen, das sich wegen des Geldes und nicht aus Liebe um das Kind kümmerte?

Und was war mit dem Pärchen, das mir händchenhaltend entgegenkam? Wie lange sie wohl schon zusammen waren? Waren sie glücklich? Oder hatte der Mann, der – wenn seine Freundin wegsah – anderen Frauen hinterherstarrte, vielleicht sogar eine Affäre?

Wir lebten auf so engem Raum miteinander, unsere Leben waren durch die Stränge von gemeinsamen Augenblicken, Momenten und Erlebnissen miteinander verbunden.

Doch wie viel wussten wir eigentlich voneinander?

Sahen wir es, wenn jemand Hilfe benötigte?

Würde ich es sehen, wenn sogar ein enger Freund Probleme hatte? Würde ich über meine eigenen Kämpfe hinwegsehen können, um die von anderen zu bemerken?

Ich dachte an Jules. An ihre Kämpfe. An all das Leid, das ihr widerfahren war. An all ihre Probleme.

Und ich dachte an meine Freunde. Die mir unendlich viel bedeuteten und denen ich das gern noch deutlicher zeigen wollte.

Ich bog nach links, suchte in meinem Kopf die kürzeste Strecke zum *Bella Casa.*

Und als die ersten dichten Schneeflocken des Jahres langsam vom Himmel fielen, erkannte ich, dass ich nur warten musste.

Warten auf Jules.

12

Jules

Piep.

Piep.

Piep.

Der konstante Ton hämmerte in meinem Kopf, obwohl er nur leise zu hören war.

Wo war ich?

Ich versuchte meine Augen zu öffnen, aber es ging nicht. Mein ganzer Körper fühlte sich an wie gelähmt, und eine Welle der Panik durchflutete mich. Angst kroch in jede Nervenzelle, spitz wie Nadelstiche.

Was war passiert? Wieso konnte ich mich nicht bewegen?

Und wieso fühlte ich mich so unendlich müde und erschöpft?

Ich versuchte krampfhaft, mich wach zu halten, doch etwas sehr Starkes zog mich wieder zurück ins Land der Träume.

»Jules? Kannst du mich hören?« Die Stimme war sanft, mir aber unbekannt. Ich wollte etwas sagen, meine Augen öffnen, doch es ging nicht.

»Jules, ich heiße Paul. Du bist im Krankenhaus, aber es geht dir gut. Du lagst die letzten Wochen in einem künstlichen Koma, und jetzt darfst du wieder aufwachen. Kannst du mich schon hören?«

Wieder wartete die Stimme kurz, und ich versuchte mit aller Kraft, meine Lider ein wenig zu öffnen.

Langsam drang ein kleiner Lichtstrahl in meine Augen. Alles war verschwommen, ich konnte nichts erkennen, außer eine Silhouette. Ich schloss wieder die Augen. Übelkeit stieg in mir auf, mein Kopf war kurz vorm Explodieren.

»Du bist ja doch schon wach! Herzlich willkommen zurück, Jules! Lass es langsam angehen. Du wirst bestimmt noch sehr müde sein. Schlaf noch eine Runde. Ich werde später noch einmal wiederkommen, dann wirst du dich bestimmt schon fitter fühlen.«

Ich gab es auf, meine Lider öffnen zu wollen, befolgte den Rat der fremden Stimme und versank wieder in Dunkelheit, die von schlimmen Albträumen durchzogen war.

Als ich die Augen das nächste Mal öffnete, hatte ich schon das Gefühl, ausgeruhter zu sein. Meine Lider fühlten sich nicht mehr ganz so schwer an, und ich konnte meine Glieder auch schon wieder spüren und ein wenig bewegen, auch wenn das mit großer Anstrengung verbunden war. Ich fühlte mich einfach total erschöpft.

Auch wenn es nicht wirklich hell im Zimmer war, musste ich mich doch erst an das Licht gewöhnen.

Langsam erkannte ich weiße Wände, registrierte wieder das Piepen, das inzwischen nicht mehr ganz so unangenehm klang, und drehte den Kopf dann ein wenig, um Richtung Fenster zu sehen.

Wieder schloss ich kurz die Augen, weil mich doch jede kleinste Bewegung unheimlich anstrengte und eine Welle von Schwindel über mich hereinbrechen ließ.

Die Stimme vorhin … Peter? Paul? Er hatte gesagt, dass ich im Krankenhaus sei. Und dass ich im Koma gelegen hatte? Wie lange? Was war nur mit mir passiert?

Oder hatte ich das nur geträumt?

Ich kannte keinen Peter. Auch keinen Paul.

Ich hatte jegliches Zeitgefühl verloren, konnte mich auch nicht mehr erinnern, was passiert war.

Völlig benommen lag ich eine Zeit lang einfach da, die Augen geschlossen, und versuchte das unbehagliche Gefühl in meinem Innern zu ignorieren.

Ich wusste noch, dass ich auf der Brücke gestanden hatte, dass ich auf das Geländer geklettert war, und dass ich endlich meinen inneren Frieden gefunden hatte.

Moment … Koma? Die Realität holte mich ein, die Bedeutung dieses Wortes traf mich mit einer Heftigkeit, die mir den Atem raubte.

Nein, nein, nein!

Ich war doch gesprungen? Wieso war ich dann nicht tot?

Ich wollte doch dieses Leben nicht mehr, ich hatte mit allem abgeschlossen!

Ich musste husten, spürte dabei ein immenses Drücken in meinem Hals. Mir wurde bewusst, dass etwas in meinem Hals steckte. Ich sah nach unten, erkannte einen Schlauch und spürte die Angst, die sich wie eine kalte Hand um meinen Hals legte. Er musste raus! Verdammt, ich hatte das Gefühl, dass ich keine Luft bekam! Ich bewegte meinen Kopf hin und her, was einen Brechreiz auslöste, und die Panik in mir vervielfachte sich.

Ich wollte meine Hand heben und den Schlauch rausziehen, doch ich konnte sie nicht bewegen. Mein Blick flatterte von der einen Hand zur anderen und ich erkannte, dass sie mit Bändern am Bett fixiert waren. Ich war festgebunden. Gefangen.

Wieder überrollte mich eine Panikwelle, und ich riss die Augen auf, versuchte mich aufzusetzen, aber ich war zu schwach. Wie von weit weg hörte ich das Piepen lauter und schneller werden, als würde sogar das Piepen panisch werden.

Und dann stürzten plötzlich zwei Leute in den Raum und zu meinem Bett, ein Mann und eine Frau.

»Jules, bitte beruhige dich! Es wird alles gut! Dir geht es wieder gut!«, redete die Frau beruhigend, aber energisch auf mich ein, und beide drückten mich mit sanfter Bestimmtheit zurück in die Matratze.

Ich wollte ihnen all meine Fragen an den Kopf werfen, doch ich konnte nicht sprechen. Und mein Hals schmerzte wie verrückt, der Schlauch hinderte mich daran, auch nur einen Ton rauszubringen.

Meine Güte, hatte mich die Aktion gerade angestrengt. Mein ganzer Körper zitterte, und mir wurde kurz schwarz vor Augen.

Die Pflegerin und der Pfleger standen noch immer neben meinem Bett.

»Was ist passiert?«, wollte ich sie fragen, doch ich sah nur ängstlich zwischen den beiden hin und her. Ich musste unbedingt diese Lücke füllen, die es in meinem Kopf gab.

Der Mann – war das der gleiche von zuvor? – schien zu verstehen, wie es mir ging.

»Du bist von einer Brücke gesprungen, aber du wurdest rechtzeitig gefunden, bevor es zu spät war«, erklärte mir der Pfleger. Das war die gleiche Stimme wie beim letzten Mal, ich war mir ziemlich sicher. Ich hatte seinen Namen schon wieder vergessen. »Du warst schon unterkühlt, hattest eine Kopfverletzung und warst nicht mehr bei Bewusstsein, als der Notarzt kam. Wir mussten dich nach einer Notoperation ins künstliche Koma versetzen.« Seine Stimme klang so ruhig. Er sprach so sachlich, dass ich fast das Gefühl hatte, das alles sei gar nicht mir passiert. Irgendwie half mir das, die Informationen besser zu verarbeiten.

Ich hatte keine Ahnung, wie lange ich hier gelegen hatte. Waren es Tage gewesen? Oder Wochen? Vielleicht sogar Monate?

»Du fragst dich bestimmt, wie lange du im Koma warst. Zwei Wochen, das war ausreichend bei deinem Grad der Verletzung. Das Aufwachen hat zweieinhalb Tage gedauert«, erklärte er weiter, während die andere Pflegerin nur stumm danebenstand. »Alles verheilt gut und deine Werte sind stabil. Du brauchst dir also keine Sorgen zu machen, Jules, alles wird wieder gut«, meinte er aufmunternd und lächelte mich dabei an.

Alles wird wieder gut.

Der Satz hallte in meinem Kopf wider und wider wie ein Echo.

Nichts würde wieder gut werden.

Ich musste wieder eingeschlafen sein, denn als ich das nächste Mal meine Augen öffnete und meinen Blick zum Fenster schweifen ließ, war es draußen dunkel. Mir fiel es schwer, mich auf einzelne Gegenstände oder Ähnliches zu fokussieren. Ich blinzelte.

Gott, war ich müde.

Der Schlauch in meinem Hals drückte noch, aber ich versuchte, ruhig zu bleiben.

Doch da war auch etwas anderes, was drückte.

Ich drehte den Kopf zur anderen Seite, sah auf meine Hand, die in der Hand von jemand anderem lag. Ich folgte dem Arm hinauf zu dem Gesicht der Person, die neben meinem Bett schlafend auf einem Stuhl saß.

Meine Mutter.

Ich ließ meinen Blick weiterschweifen. Sah an meinem Fußende Omas Kissen und meinen Teddy sitzen.

Ich versuchte, mich zu konzentrieren, döste aber wieder weg.

Irgendwann – ein paar Sekunden, Minuten oder Stunden später, ich wusste es nicht – hörte ich leise Geräusche, ein Flüstern, einen Stuhl, der über den Boden schabte.

»Ist sie wach?«

Papa.

»Nein, noch nicht wirklich. Die Pfleger meinten, sie sei heute Nachmittag wach gewesen.«

Stille.

Dann ein Schluchzen.

Ich stellte mich schlafend. Wunderte mich darüber, dass ich nicht das Bedürfnis verspürte, meinen Eltern in die Augen zu sehen. Ihnen zu vermitteln, dass es mir gut ging. Dass ich ihren Trost brauchte.

Weil es nicht stimmte.

»Sie sieht so friedlich aus«, hörte ich meine Mama schniefend sagen.

Wenn sie nur wüsste.

»Ist es unsere Schuld, Tom?«, fragte sie jetzt, weinte leise. »Sind wir hieran schuld?«

»Ich weiß es nicht«, antwortete er seufzend. »Wir werden Jules fragen müssen, wenn sie wieder bei Kräften ist«, sprach er leise. Er klang müde. Und alt.

»Hätten wir sie ernster nehmen sollen? War es doch die Wahrheit, was sie uns erzählt hat?«

Ich spürte ein wachsendes Unbehagen in mir. Ich wollte nicht hören, wie sie darüber sprachen. Wie sie *jetzt*, nachdem es eigentlich hätte zu spät sein sollen, sich fragten, ob sie mir hätten helfen können.

Ich öffnete langsam meine Augen. Hörte das überraschte und zugleich erfreute Zischen meiner Eltern, die mich erstaunt ansahen. Sah in ihre geweiteten Augen.

Und wusste, dass nichts je wieder so werden würde wie früher.

Drei Tage war es jetzt her, seitdem ich das erste Mal wieder meine Augen aufgeschlagen hatte.

Drei Tage, in denen ich immer noch viel geschlafen hatte, in denen ich von dem vielen Schlafen ganz erschöpft gewesen war.

Ich wurde noch immer über den Schlauch in meinem Hals beatmet, aber inzwischen bekam ich nicht mehr diese Panikschübe. Ich hatte mich fast schon daran gewöhnt. Trotzdem war es mehr als unangenehm, und ich hatte inzwischen das Gefühl, dass mein ganzer Hals aufgescheuert war.

Paul hatte mir erklärt, dass meine Atemmuskulatur nach den zwei Wochen im künstlichen Koma so geschwächt war, dass sie nicht einfach den Beatmungsschlauch entfernen konnten. Erst mussten die Ärzte sicherstellen, dass mein Körper bereit war, das Atmen wieder selbst zu übernehmen. Deswegen wurde die Hilfe der Beatmungsmaschine die letzten Tage reduziert, damit meine Atemmuskulatur angeregt wurde.

Mir war klar, dass Paul mir nur die vereinfachte Erklärung gegeben und einen Haufen medizinischer Ausdrücke und Details weggelassen hatte, aber er hatte gewollt, dass ich verstand, was hier passierte.

Ich drehte den Kopf langsam ein wenig in Richtung Fenster, denn viel anderes gab es hier nicht zu sehen.

Die Bäume waren kahl und es sah kühl aus. Der Himmel war wolkenverhangen, und es würde nicht mehr lange dauern, bis die ersten Tropfen auf die Erde fallen würden.

Das Piepen der Maschinen gehörte schon so zu meinem Tag dazu, dass ich es kaum noch wahrnahm, und auch die Schläuche, die von meinem Körper ausgingen, waren fast schon Normalität, auch wenn es schon wesentlich weniger waren als am Anfang.

Meine Eltern hatten mir erzählt, dass sie mir eigentlich auch Blumen hatten mitbringen wollen, diese jedoch nicht auf der Intensivstation zugelassen waren. Dahlien. Sie hatten Dahlien mitbringen wollen.

Ich hasste Dahlien.

Aber meine Mutter liebte sie, und wer hörte schon seiner Tochter zu?

Als ich das erste Mal wieder so viel wahrnahm, dass ich mit den Fingern über Omas Kissen streichen konnte, war mir schnell aufgefallen, dass damit etwas anders war als sonst. Ich hatte mühsam den Reißverschluss ein wenig aufgeschoben und darin das schwarze Leder meines Tagebuchs entdeckt. Ich hatte es nicht dort versteckt, also konnten es nur meine Eltern gewesen sein. Als ich das realisierte, hatte ich echt Panik geschoben.

Hatten sie es gelesen? Wussten sie, was ich die letzten Monate gefühlt hatte? Wie ich über sie gedacht hatte? Warum ich versucht hatte mich umzubringen?

Wollte ich, dass sie es wussten?

Schon kurz darauf hatte ich verstanden, dass sie sich nicht einmal die Mühe gemacht hatten, hineinzusehen.

Sie dachten noch immer, es sei mein Kalender, den sie extra für mich hier hereingeschmuggelt hatten, und ich habe sie in dem Glauben gelassen.

Immerhin hatten sie mir das Kissen als Andenken an Oma mitgebracht. Es war schon oft gewaschen und dadurch ausgebleicht, aber mein letztes Erinnerungsstück an sie, so wie ich sie früher kannte. Sie hatte mich in eine Decke eingewickelt, wenn ich bei ihr übernachten durfte, mir das Kuschelkissen gegeben, und dann hatte sie mir ein Brot gemacht und ich durfte mir eine Kindersendung ansehen.

Wieso verband ich mit meiner Oma so unendlich viele schöne Momente, und mit meinen Eltern fiel mir spontan kein einziger ein?

»Einen wunderschönen guten Morgen, Jules!«, vernahm ich da plötzlich Pauls fröhliche Stimme, auf die ich mich jeden Tag so viel mehr freute als auf die Besuche meiner Eltern. »Wie geht es dir denn heute? Fühlst du dich langsam ein bisschen fitter?«, wollte er wissen und lächelte mich breit an.

Da ich ja immer noch nichts sagen konnte, nickte ich nur leicht. Nicht mal ordentlich zurücklächeln konnte ich.

»Das ist gut. Aber langsam wird der Tubus ein bisschen nervig, oder?« Paul zwinkerte, und in mir keimte Hoffnung auf. »Wie wäre es, wenn wir ihn heute endlich mal entfernen?«

Mein erneutes Nicken war so euphorisch, dass der Schlauch unangenehm drückte und ich sofort wieder einen Hustenreiz bekam.

»Na, na, na, nicht gleich so überschwänglich. Einen kleinen Moment musst du dich noch gedulden, bis wir alles vorbereitet haben. Du atmest jetzt komplett selbstständig, die Maschine hilft gar nicht mehr mit«, erklärte er mir und lächelte mich freundlich an. »Die Unterstützung der Maschine hat sich, wie du weißt, schrittweise reduziert, und während du geschlafen hast, haben wir natürlich immer ein Auge auf dich gehabt und gut auf dich aufgepasst.«

Wieder versuchte ich zu lächeln, was wahrscheinlich kaum zu sehen war, aber das war mir egal.

Ich würde endlich wieder richtig atmen, essen und trinken können. Vielleicht durfte ich mich dann sogar bald schon wieder bewegen!

Das Extubieren, wie Paul es genannt hatte, war keine angenehme Sache. Ich ließ es so locker wie möglich über mich ergehen, weil ich wusste, was mich danach erwartete – nämlich frei zu sein. Frei zu sein vom Beatmungsgerät. Frei zu sein vom Schlauch. Frei zu sein von der künstlichen Ernährung.

Und frei zu sein von der Intensivstation.

Denn wie Paul mir danach erklärte, waren meine Werte so gut, dass ich in Kürze auf die Normalstation verlegt werden könnte.

Ironisch war das Ganze schon. Ich hatte mir den Tod gewünscht, aber die Ärzte und das Pflegepersonal auf der Intensivstation hatten mich am Leben erhalten. Um mein Leben gekämpft.

Und ich wusste noch nicht wirklich, ob ich dafür dankbar sein sollte.

Aber nur weil ich lieber nicht lebendig sein wollte, hieß das nicht, dass ich es genoss, regungslos in diesem öden Bett zu liegen.

Vor allem, weil meine Eltern meistens nur heulend danebensaßen und ich am liebsten einfach wegrennen wollte. Nicht weil es mich rührte, sondern weil ich ihren Anblick und ihr vorgeheucheltes Interesse einfach nicht aushalten konnte.

»Also, Jules.« Paul kam nach einiger Zeit wieder zu mir und ging in die Hocke, damit er mich auf Augenhöhe betrachten konnte. Ich versuchte mir das sanfte Lächeln und die freundliche Stimme, die mir mittlerweile so vertraut vorkamen, besonders gut einzuprägen.

Die letzten Stunden war ich noch untersucht worden, Werte waren analysiert worden und alles für meinen Umzug vorbereitet.

»Es wäre falsch zu sagen, dass es ein Vergnügen war, dich kennenzulernen«, sprach er weiter mit mir. »Aber ganz falsch dann auch nicht.« Er musterte mich. Ein ungewohntes Gefühl von Wärme breitete sich in meinem Körper aus. Ich spürte, dass mein Gegenüber diese Worte ehrlich meinte. Und das tat so gut, dass ich es mir am liebsten nicht eingestehen wollte.

»Du hast gut gekämpft. Und es freut mich von Herzen, dass ich dich jetzt mit gutem Gewissen an meine Kollegen auf der normalen Station übergeben kann. Ich hoffe für dich, dass du deinen Weg findest. Und dass du glücklich wirst.« Er drückte kurz meine Hand. »Pass auf dich auf, Jules. Und wenn du wieder ganz fit bist, dann komm uns hier auf der Intensivstation besuchen.«

Ich lächelte matt und nickte schwach. Ich war müde. Ich freute mich über Pauls Worte, aber auch das ermüdete mich. Denn ich hatte so lange nichts spüren können und wollen. Und jetzt tummelten sich die verschiedensten Emotionen in meinem Innern, und ich wusste einfach nicht, was ich damit anstellen sollte.

Der Oberarzt kam auch zu mir ins Zimmer und verabschiedete sich offiziell. Als er mir ein paar Tage vorher erklärt hatte, wie mir ein Loch in den Schädel gebohrt worden war, um den Druck in meinem Kopf zu mindern, welche Untersuchungen während des Komas durchgeführt worden waren, wie sich das Personal um mich gekümmert hatte und wie das Loch in der Schädeldecke wieder geschlossen worden war, kam mir als Erstes der Gedanke, dass sich noch nie jemand so sehr um mich gesorgt hatte. Nicht nur in der letzten Zeit, sondern mein ganzes Leben lang.

Dann kam der Mitarbeiter des Patiententransports, bereit dazu, mich im Bett wegzufahren.

Meine Eltern standen auf dem Flur und weinten, erfreut darüber, dass ich noch lebte. Innerlich rollte ich mit den Augen.

»Hey, vergiss deinen Teddy nicht!«, hörte ich plötzlich Paul, und schon erschien in meinem Sichtfeld mein Stofftier aus der ersten Klasse. Ich nahm es von Paul entgegen und schnappte mir dann noch Omas Kissen, in dem noch immer Gerti schlummerte.

Ich sah mich kurz um. Hatte ich alles dabei? Ich hatte Wilfred, meinen Teddy, und das Kissen. Mehr hatten meine Eltern ja sowieso nicht mitbringen können.

Aber am wichtigsten: Ich hatte Gerti.

Obwohl ich sie lange nicht mehr in der Hand gehabt und seit meinem Erwachen auch kein einziges Mal in sie hineingesehen hatte, wusste ich, dass ich nur mit ihrer Hilfe die nächste Zeit überstehen könnte. Wenn ich es wirklich wollte.

»Bye, Paul«, krächzte ich noch ein letztes Mal, dann fuhr ich davon.

Vier Tage war es jetzt her, dass ich die Intensivstation verlassen durfte.

Vier Tage, in denen ich von Tag zu Tag kräftiger wurde und wieder lernte, meinen Körper selbst zu steuern.

Eine Logopädin hatte mich mehrmals besucht, weil mir das Schlucken noch ein wenig schwerfiel.

Auch Physiotherapeuten hatten mich behandelt, weil manche Griffe noch nicht ganz klappten.

Das Gefühl, dass die Signale aus meinem Hirn nicht dort ankamen, wo sie sollten, war verdammt frustrierend.

Dabei hatte ich wirklich Glück gehabt, weil mein Hirn so gut wie keine bleibenden beziehungsweise schweren Schäden aufwies. Und da ich noch jung war, würde ich schnell wieder sämtliche Fähigkeiten besitzen, die ich vorher hatte.

Trotzdem hatte ich in den letzten vier Tagen versucht herauszufinden, ob mir die Ärzte einen Gefallen getan hatten oder nicht.

Und ich war noch immer zu keinem Schluss gekommen.

Die meiste Zeit über versuchte ich, einfach nichts zu fühlen.

Dann gab es Momente, in denen ich mehr als dankbar war, dass ich noch eine zweite Chance bekommen hatte, vor allem, da ich einfach so weit weg von meinem normalen Leben war, das mir zuvor so viel Kummer bereitet hatte.

Ich wusste auch, dass dieser Zustand nicht ewig dauern würde. Irgendwann würde ich wieder so weit gesund sein und sie würden mich nach Hause schicken. Und dann würde der ganze Trott wieder von vorn beginnen.

Allein der Gedanke daran schnürte mir die Luft ab. Ich wollte nicht wieder zurück in mein altes Leben! Ich wollte mich nicht mehr verloren fühlen und nicht mehr in dieses tiefe Loch abrutschen, aus dem ich keinen Ausweg mehr sah.

Ich hatte auch jetzt im Krankenhaus Tage, an denen ich mein Bett nicht verlassen wollte, an denen ich mich einfach niedergeschlagen fühlte. Fertig mit der Welt. Und da machte es mir nicht einmal etwas aus, dass ich mein Bett kaum verlassen konnte.

Aber ich konnte immerhin das Licht am Ende des Tunnels sehen, das ich so viele Monate lang nicht einmal erahnen konnte.

Und jetzt hatte ich einfach Angst davor, dass mich die Dunkelheit wieder verschlingen würde.

Ich saß auf dem Bett und starrte aus dem Fenster. Eine hauchdünne Frostschicht lag auf den Bäumen vor mir, und auch die braune Erde unter ihnen war von kleinen Kristallen durchzogen.

Ich seufzte und schloss die Augen. Meine Eltern waren endlich aus meinem Zimmer verschwunden, um zu Mittag zu essen. Pausenlos redeten sie auf mich ein, erzählten von ihren Bekannten, die alle so besorgt waren, jede Menge Blumen vorbeigebracht und geholfen hatten, wo sie nur konnten.

Doch ich wusste, dass sie alle nur irgendeinen oberflächlichen Stuss von sich gegeben hatten. Keiner von den Bekannten meiner Eltern war wirklich an mir interessiert.

Mama textete mich auch nur so zu, um ihre eigene Unsicherheit zu überspielen. Ich konnte es an ihrem flackernden Blick erkennen, wenn sie mich ansah. Sie wusste nicht, wie sie sich mir gegenüber verhalten sollte.

Ich wusste, dass meine Eltern mit mir reden wollten. Fragen hatten.

Doch ich wusste auch, dass sie sich vor den Antworten fürchteten.

Ich fürchtete mich auch davor, meinen Eltern gegenüber ehrlich zu sein. Und deswegen wusste ich noch nicht, ob ich es sein würde. Wir hatten uns das letzte Jahr und eigentlich auch die Jahre davor so gut wie immer angeschwiegen. Ich hatte kein nahes und vertrautes Verhältnis zu ihnen.

Es war komisch, dass wir auf einmal die perfekte Familie vorspielen sollten.

Ich fuhr mir mit der Hand durch meine feuchten Haare. Die Dusche vorhin hatte mir gutgetan. Und noch nie in meinem Leben hatte es sich so wunderschön angefühlt, meine Haare zu waschen. Meine Muskeln waren zwar noch so geschwächt, dass ich auf so einem obercoolen Duschstuhl sitzen musste, aber damit konnte ich leben. Dass ich diese im Grunde kleine Angelegenheit allein bewältigt hatte, machte mich irgendwie stolz.

Etwas mühsam drehte ich mich ein wenig, sodass ich mich nach hinten in die Kissen lehnen konnte. Ich schob meine Beine unter meine Decke und schloss die Augen. Eine Runde schlafen wäre vielleicht nicht schlecht.

In dem Moment wurde an meine Zimmertür geklopft und ein Arzt, den ich vorher noch nicht gesehen hatte, betrat mein Zimmer. Er sah irgendwie anders aus als alle anderen Ärzte, und auf einmal wusste ich, wer er war und dass ich um eine Begegnung mit ihm nicht herumkam.

»Hallo, Jules«, begrüßte er mich und lächelte freundlich. »Mein Name ist Dr. Carlos Gonzales.«

Ich musterte ihn. Er hatte einen dichten schwarzen Vollbart und trug eine Brille mit runden Gläsern, deren Klugscheißer-Charme irgendwie im Kontrast zu seinem Hipsterbart und Manbun stand.

»Hallo«, meinte ich, während ich ihn weiter neugierig musterte. Meine Stimme hörte sich immer noch leicht komisch an.

»Darf ich mich setzen?« Er zeigte auf einen der beiden Stühle neben meinem Bett und ich nickte. Wenn er dort saß, hieß es, dass nur noch Platz für einen meiner Eltern frei war, wenn sie wieder zurückkamen.

Mit ruhigen und bedachten Bewegungen ging er dorthin und setzte sich. Er schlug die Beine übereinander und behielt mich dabei im Auge.

»Wie geht es dir?«, fragte er mich.

Aha. Eine erste freundliche und relativ vorsichtige Frage. Denn ich könnte ihn anlügen, und er würde sicherlich so tun, als würde er mir glauben.

»Ich bin müde«, sagte ich und hielt seinem Blickkontakt stand.

»Das ist völlig normal. Dein Körper hat ein paar heftige Wochen hinter sich.« Dann schwieg er und sah mich einfach nur an.

War das jetzt der Moment, wo ich einfach anfangen sollte zu erzählen? Wo alles aus mir heraussprudeln sollte? Erwartete er, dass er mich jetzt schon geknackt hatte und ich ihm alle meine Geheimnisse anvertraute?

»Weißt du, wieso ich hier bin?«

Okay, also doch nicht. Das Erzählen wurde hinausgezögert. Erst einmal wollte er sicherlich eine mehr oder weniger vertraute Bindung zu mir aufbauen.

»Sie sind der Psychiater, der begutachten soll, ob ich noch eine Gefahr für mich darstelle.« Ich wusste, was mich erwartete. Ich hatte recherchiert, was passieren würde, wenn ich aus irgendeinem Grund nicht sterben sollte.

Erst ging es darum, mich körperlich wieder auf die Beine zu bringen.

Dann ging es um meine seelischen Narben. Ich müsste mit einem Psychiater sprechen, und er könnte mich in eine psychische Anstalt einweisen lassen, wenn es dafür Gründe geben sollte. Und die wollte ich ihm auf keinen Fall geben.

»Und bist du das?«

Ich senkte den Blick auf meine Finger, überlegte.

»Nein«, sagte ich sicher.

»Hat sich deine Situation geändert?«

Ich wusste, dass ich ihm am besten irgendeine Story darüber auftischte, dass mir die Augen geöffnet worden waren und dass ich für eine zweite Chance so unendlich dankbar war.

»Ja und nein«, war aber das Einzige, was ich sagte.

»Wie meinst du das?«

»Ich stehe nicht auf einer Brücke«, meinte ich nur halb im Spaß.

»Aha.« Dr. Gonzales schien zufrieden mit meiner Antwort zu sein und nickte halb gedankenverloren. »Du bist in einer anderen Umgebung.«

»Das Grundlegende hat sich nicht wirklich geändert«, sagte ich ehrlich, »aber ich bin nicht verzweifelt. Ich überlege mir nicht, wie ich mir jetzt das Leben nehmen kann. Ich werde nicht versuchen, Ihren Kugelschreiber oder das Taschenmesser meines Vaters zu klauen, wenn Sie verstehen, was ich meine.«

»Ich verstehe.« Es wurde still. »Du weißt sicherlich, dass du trotzdem mit einem Psychiater reden musst. Oft. Du bist noch minderjährig, und deine Eltern haben ihre Zustimmung gegeben, dass du in Therapie kommst. Haben sie dir das schon gesagt?«

Ich schüttelte den Kopf und spürte eine altbekannte Irritation in mir. Wie immer entschieden sie über meinen Kopf hinweg und hatten nicht einmal den Anstand, mir das persönlich mitzuteilen.

»Sind sie der Grund, wieso du hier bist?«

Ich seufzte. Sah aus dem Fenster, konnte die Kälte von draußen plötzlich tief in meinem Körper spüren. Dann blickte ich wieder in Dr. Gonzales' Gesicht.

»Nein, nicht direkt.«

»Sie haben in deinen Augen versagt, nicht wahr? Sie haben dich enttäuscht.«

Ich wusste nicht, wie viel ich sagen sollte. Ob ich sie bloßstellen wollte.

»Sagen wir mal so, Doc. Vielleicht hätten meine Eltern all das hier verhindern können. Aber dafür müssten wir sehr weit in der Zeit zurückreisen und sogar Seiten ihrer Persönlichkeit ändern, und allein diese Vorstellung lässt dieses Gespräch hier zu abstrakt werden. Es ist sinnlos, darüber zu reden.«

»Inwiefern?«

»Weil meine Eltern einfach so sind, wie sie sind.«

Ich wollte Dr. Gonzales jetzt nicht alles erzählen, aber ich wollte ihm auch kein Bild von meinen Eltern schildern, das komplett falsch war.

Die Müdigkeit überrollte mich auf einmal. Das Sprechen strengte mich und meine Muskeln an.

»Meine Eltern sind nicht schuld«, murmelte ich fast schon aufgebend und kuschelte mich ein wenig in die Kissen.

Dr. Gonzales nickte wieder. Das hatte er wirklich gut drauf.

»Du scheinst müde zu sein. Danke für deine Offenheit, ich werde dich morgen wieder besuchen.«

Genauso leise, wie er sich gesetzt hatte, stand er auch wieder auf und verließ mein Zimmer, während ich ihm hinterhersah.

Mein Blick flog zu meinem Tagebuch, das ich inzwischen nicht mehr in die Kissenhülle zurücksteckte, sondern offen liegen ließ, weil sich sowieso niemand dafür interessierte. Gerti war schon lange die Einzige, der ich meine Gedanken anvertraute. Und selbst mit Gerti hatte ich seit ... ich im Krankenhaus aufgewacht war, nicht mehr gesprochen. Ich hatte nicht einmal ihre Seiten aufgeschlagen, zu sehr hatte ich Angst, dass mich meine eigenen Worte wieder in den Abgrund ziehen würden.

Dabei war Gerti meine Vertrauensperson gewesen und hatte mir lange Zeit Halt gegeben.

Allein der Gedanke daran ließ mich innerlich bitter auflachen.

Wie deprimierend war ein Leben bitte, wenn die einzige Vertraute ein lebloses Tagebuch war?

Ich wandte den Blick wieder ab. Vielleicht war es Zeit, Gerti gehen zu lassen. Ich musste mir irgendwie wieder ein Leben aufbauen, auch wenn ich noch nicht genau wusste, ob ich das überhaupt wollte.

Leicht verschwommen konnte ich mich noch daran erinnern, wer ich einmal gewesen war. Die Jules, die das Leben geliebt, geachtet und geschätzt hatte, und die nie mit dem Gedanken gespielt hatte, diesem Leben ein Ende zu setzen.

Und dann erinnerte ich mich wieder daran, was meine Meinung geändert hatte, und mich überlief ein eiskalter Schauer.

Jedes. Einzelne. Mal.

Es gab nur drei Personen, die davon wussten.

Die eine war Gerti.

Und die anderen waren meine Eltern.

Weitere zwei Tage später hatte ich Gertis Seiten noch immer nicht wieder aufgeschlagen.

Dr. Gonzales war gestern noch einmal kurz da gewesen, aber da er wusste, dass es nichts bringen würde, wenn ich jetzt zu ihm eine Bindung aufbauen würde, nur um in ein paar Tagen einen neuen Psychiater zu bekommen, hatte er nicht viel Druck erzeugt, und ich hatte keine Anstalten gemacht, ihm von mir aus gleich mehr zu erzählen.

Wenn ich mich nicht einmal dazu überwinden konnte, wieder mit Gerti zu reden, dann erst recht nicht mit Dr. Gonzales.

Ich wusste auch, dass ich mich bald überwinden musste, denn heute war mein letzter Tag im Krankenhaus. Morgen würde ich in eine Rehaklinik gebracht werden, da ich im

Großen und Ganzen so weit wieder fit war, und die restliche Genesung würde dann dort stattfinden.

Unter Aufsicht.

Ein wenig nervös war ich bei dem Gedanken daran ja schon.

So lange hatte ich schon nicht mehr mit anderen Menschen, richtigen Menschen über meine Gefühle geredet. Zumindest nicht wirklich.

Mein mentaler Zustand war zwar momentan alles andere als prickelnd, aber ich war noch so bei Sinnen, dass ich wusste, dass es mir null und nichts bringen würde, wenn ich mich querstellte und nicht mit den Ärzten kooperierte.

Irgendwann meine Geschichte zu erzählen war unumgänglich.

Ich musste also irgendwie wieder lernen, meine Gefühle in Worte zu kleiden.

Überhaupt richtig über meine Gefühle nachzudenken, denn nur so würde ich sie auch verarbeiten können, das war mir bewusst.

Und ich musste mir auch eingestehen, dass ich dafür Hilfe benötigte.

Hilfe, die ich eigentlich schon vor einiger Zeit gesucht hatte.

Nein, so weit war ich noch nicht, um darüber nachzudenken.

Dafür hatte ich eine andere Idee.

Ich warf einen letzten Blick zu Gerti, der treuen Seele, und lächelte. Für sie würde ich schon bald wieder bereit sein, aber jetzt brauchte ich erst einmal etwas anderes.

Es war Zeit für frischen Wind.

Ich schwang die Beine aus dem Bett und zog meinen flauschigen Morgenmantel an. Mit den Plüschpantoffeln an den Füßen trat ich auf den Gang raus und lief in Richtung des Schwesternzimmers.

»Jules! Wie geht es dir denn heute?« Marina, eine Krankenschwester von der neurologischen Station, auf der ich mich nun befand, kam mir entgegen.

»Ganz gut eigentlich«, antwortete ich und freute mich, dass das tatsächlich der Wahrheit entsprach. »Könnten Sie mir einen Gefallen tun? Wissen Sie, ob Paul von der Intensivstation heute arbeitet?« Erst als ich nach ihm fragte, wurde mir bewusst, dass ich nicht einmal seinen Nachnamen wusste. Aber es würde ja bestimmt nicht allzu viele Pauls hier geben.

Marina lächelte und wollte nicht einmal wissen, wofür ich diese Information benötigte.

»Paul? Der Paul, der sich dort um dich gekümmert hat? Warte kurz, ich sehe schnell im Dienstplan nach«, versprach sie mir und verschwand ins Schwesternzimmer, zu dem ich keinen Zutritt hatte.

Während ich auf sie wartete, schweifte mein Blick den Gang entlang zu dem kleinen Tisch, auf dem immer eine Kaffeekanne, eine Kanne mit heißem Wasser und Tassen bereitstanden sowie Teebeutel, Milch und Zucker.

Etwas weiter vorn stand ein anderer Pfleger und las in einer Akte, bevor er sich umdrehte und in ein Zimmer verschwand.

Fast zeitgleich öffnete sich eine Tür gegenüber und eine Familie betrat den Gang. Offenbar war der Vater im Bademantel der Patient. Er führte einen Infusionsständer mit sich und hatte seine kleine Tochter an der anderen Hand, die ihm gerade wild gestikulierend etwas erzählte, während die Mutter einen Schritt hinter ihnen mit einem kleinen Jungen auf dem Arm lief.

Eine Familie.

Das hätten wir auch sein können.

»Also Paul arbeitet heute tatsächlich«, informierte mich Marina und erschreckte mich ein wenig, als sie plötzlich wieder neben mir stand. »Soll ich mal eben kurz durchklingeln und fragen, ob er auf einen Sprung zu uns kommen kann?«, wollte sie wissen. »Er wird vielleicht bald Pause machen.«

»Ich will keine Umstände machen ... Darf ich vielleicht kurz zu ihm gehen? Ein wenig Zeit außerhalb von meinem Zimmer wäre schön«, erklärte ich.

»Dann begleite ich dich eben mal«, meinte Marina kurz entschlossen und rief ins Schwesternzimmer, dass sie in zehn Minuten wieder da sein würde.

Sie lächelte mich an und legte kurz einen Arm um mich.

Ich wusste, dass sie mich nicht allein durch die Gegend laufen lassen durfte – ich könnte ja doch noch Dummheiten anstellen –, aber allein diese kleine Geste ließ mich fast lächeln.

Wir gingen langsam zur Intensivstation und ich merkte, dass mein Körper doch noch ziemlich geschwächt war.

»Setz dich kurz hierhin und warte, ich hole Paul für dich«, bot sie an, und ich nickte schwach. Diese steinharten Holzstühle sahen im Moment wirklich zu verlockend aus. Vielleicht hätte ich doch den Rollstuhl nehmen sollen, anstatt zu laufen. Auf der anderen Seite, wie sollte ich wieder zu Kräften kommen, wenn ich nur saß?

Auf der dritten Seite jedoch war mir das eigentlich auch egal.

Ich ließ mich nieder, und kurze Zeit später kam Marina zusammen mit Paul wieder zu mir.

»Paul bringt dich dann wieder zurück. Bis gleich, Jules«, verabschiedete sich Marina wieder, und Paul kam lächelnd zu mir und setzte sich neben mich.

»Was für eine schöne Überraschung, dass du mich besuchen kommst, Jules! Ich habe gehört, dass es dir schon besser geht.« Paul war so gut gelaunt wie immer.

»Ja, das stimmt. Morgen gehe ich auf Reha«, erklärte ich.

»Das ist doch super!« Er lächelte weiter und wartete ab, was ich wohl zu sagen hatte.

»Paul, ich wollte dich fragen ...« Plötzlich war ich nervös. Ich konnte doch nicht einfach einen Pfleger für meine privaten Bitten einspannen. Was hatte ich mir nur dabei gedacht? Und was, wenn er den Hintergrund wissen wollte? Ich wollte doch eigentlich gar nicht, dass die Leute Fragen stellten!

Ich wollte schon einen Rückzieher machen, als Paul leise lachte.

»Komm schon, Jules, raus mit der Sprache. Erzähl mir ruhig, was dir auf der Seele liegt.« Sein Lächeln, seine ganze Art beruhigten mich auf einen Schlag.

Genau deswegen war ich auch zu Paul gegangen. Irgendwie hatte ich eine ganz besondere Beziehung zu ihm aufgebaut. Was vielleicht auch daran lag, dass er der Pfleger war, der sich auf der Intensivstation am meisten um mich gekümmert und der mir als einziger auch das Du angeboten hatte.

»Könntest du mir vielleicht einen Gefallen tun?«

»Das kommt ganz darauf an, was es ist.« Sein Lächeln blieb das gleiche, aber ich konnte jetzt die Wachsamkeit in seinen Augen sehen. Kein Wunder, eine Selbstmordpatientin bat ihn um einen Gefallen. Da musste er wohl auf alles gefasst sein.

»Könntest du mir ein Notizbuch besorgen?« Auf einmal kam mir meine Bitte ein wenig dumm vor und ich stockte. »Also ... Ich meine ... Ich weiß, das ist natürlich nicht dein Job ... Ich wollte dich auch nicht belästigen ...«

War mein Gehirn noch im Koma? Ich kam mir auf einmal so dämlich und naiv vor. So sehr, dass ich merkte, wie die Angst langsam meinen Nacken emporkroch und ihre Krallen in meinen Hinterkopf rammte, sodass ich mich am liebsten schütteln wollte.

»Jules, beruhige dich. Es ist alles in Ordnung. Du brauchst etwas zu schreiben, um deine Gedanken zu ordnen, hm?« Er zwinkerte mir zu, und ich hatte das Gefühl, dass er mein Innerstes lesen konnte wie am ersten Tag, als ich aufgewacht war und nicht sprechen konnte.

»Ja.« Ich nickte. Normalerweise hätte ich ihn jetzt angelächelt. Aber mir war trotz allem nicht nach Lächeln zumute. »Und ich habe auch keinen Stift«, fiel mir in dem Moment ein. »Oh … Und kein Geld … Meine Eltern wollten später noch einmal kommen, dann bekommst du es!«, versprach ich. Wie hatte ich nur vergessen können, dass ich nicht einmal Geld hierhatte? Nur weil er mich zweieinhalb Wochen versorgt hatte, machte ihn das ja nicht gleich zu meinem persönlichen Assistenten.

Jetzt lachte Paul richtig. »Es ist schon gut, Jules, entspann dich. Ich besorg dir gern dein Notizbuch. Irgendwelche Wünsche?«

Gerti war in schickes schwarzes Leder eingehüllt. Sie gab es nur einmal.

»Irgendetwas Buntes, suche dir etwas Schönes aus.« Es war Zeit, wieder ein wenig Farbe in mein Leben zu bringen.

»Gute Wahl«, meinte er lächelnd. »Dir geht es wirklich wieder besser, oder?«

»Ja, ich denke schon«, sagte ich vorsichtig.

Hier mit Paul fühlte ich mich fast wohl. Schon sehr, sehr lange hatte kein Mensch mehr dieses Gefühl in mir ausgelöst.

»Das ist schön, Jules.« Kurz lächelte er mich einfach an und wir schwiegen. Mehr musste gar nicht gesagt werden, obwohl wir beide wussten, dass es mir besser gehen könnte.

»Na, dann werde ich dir mal dein Notizbuch besorgen, ich habe jetzt eh Pause. In einer halben Stunde hast du es«, versprach er mir.

Früher hätte ich ihn aus einem Impuls heraus umarmt. Aber ich war auf Körperkontakt einfach nicht gut zu sprechen, wie mir in dem Moment nur zu deutlich bewusst wurde. Ich verschränkte die Arme vor der Brust.

»Dann … bis später, und danke noch mal, Paul!«

»Keine Ursache.«

Wir standen auf und Paul blieb stehen, mit den Händen in den Hosentaschen, und sah mir nach, während ich langsam wieder zurück zu meinem Zimmer ging. Oder eher schlurfte.

Und ich lächelte kaum sichtbar, weil ich spürte, dass Paul mir vertraute.

Er ließ mich allein gehen, weil er wusste, dass ich mir nichts antun würde.

Dass irgendjemand mir vertraute, ließ die Hoffnung in mir wachsen, dass ich mir eines Tages vielleicht auch wieder selbst vertrauen könnte.

Etwa eine halbe Stunde später klopfte es an meiner Tür, und zwei Sekunden später stand Paul mit einem breiten Grinsen und einer kleinen Tüte in der Hand in meinem Zimmer.

Ich war froh, dass meine Eltern gerade nicht hier waren und ich ein bisschen Zeit für mich hatte. Gerade las ich den *Joker*, mein absolutes Lieblingsbuch – bestimmt schon zum achten Mal –, und hatte nur noch ein paar Seiten vor mir.

»Hermes im Anflug«, kündigte Paul sich an und kam zu mir.

Ich mochte es, wie er mit mir umging.

Gespannt setzte ich mich im Bett ein klein wenig mehr auf, und er überreichte mir die kleine Plastiktüte, in der sich die Schätze befanden.

Ich sah hinein und zog ein hellblaues Notizbuch mit rosa Blumenranken heraus und einen Kuli mit der Aufschrift *Life starts now*. Wie passend.

Ein wenig verlegen kratzte Paul sich am Kopf.

»Ich hoffe, der Stift ist nicht zu ...« Er suchte nach den richtigen Worten.

»Offensiv?«, half ich ihm, und er lächelte schief.

»So was meinte ich, ja.«

»Nein, er ist absolut passend. Danke, Paul!«

»Ich hoffe, ich habe die richtigen Sachen ausgewählt.«

»Sie sind perfekt.« Mit einem Anflug von Glück in meinem Bauch fuhr ich sachte über das Stoffcover des kleinen Büchleins, das zwar verdammt kitschig, aber immerhin ein fröhlicher Anblick war.

Life starts now.

Vielleicht konnte das mein neues Lebensmotto werden.

Ich versuchte krampfhaft, mein ganzes Denken in positive Bahnen zu lenken, doch gleichzeitig spürte ich, wie ich mir beinahe selbst nicht glaubte.

Was sollte jetzt schon groß anders, besser werden?

Paul bemerkte den Schatten auf meinem Gesicht, und er setzte sich neben mich auf den Stuhl und sah mich ernst an.

»Jules, du kannst nicht erwarten, dass von heute auf morgen alles perfekt ist. Du wirst noch viele Hürden überwinden müssen. Aber ich weiß, dass du es schaffen kannst und wirst, weil ich dir ansehe, dass du es willst. Greif nach den Sternen, Jules.« Er lächelte mich aufmunternd an, drückte kurz meine Hand und stand dann wieder auf.

»So, jetzt muss ich dich wieder allein lassen, die Arbeit ruft. Ich wünsche dir alles Gute, Jules!« Er lächelte noch einmal, und dann war er verschwunden.

Erst da bemerkte ich, dass ich ihm noch gar kein Geld hatte geben können, da meine Eltern noch immer nicht hier gewesen waren. Ich würde es einfach einem anderen Pfleger geben, der es an Paul weiterreichen sollte, falls ich ihn vor meiner Entlassung morgen nicht mehr sehen sollte.

Jetzt widmete ich meine Aufmerksamkeit erst meinen neuen Lieblingen.

Kurz hielt ich inne. Gedanken, Erinnerungen, Bilder vor meinem geistigen Auge brachen über mich herein. Erinnerungen an Gerti, an damals, als es mir noch einigermaßen gut ging, als ich noch Kraft hatte zu kämpfen. Als ich Gerti mein Innerstes geöffnet hatte, um mich von ihr retten zu lassen.

Ich schlug die erste Seite auf, klickte den Kuli an und begann zu schreiben.

Liebe Lizzie …

13

Am nächsten Tag sah ich Paul nicht mehr. Ich drückte Marina das Geld für ihn in die Hand und ließ mich dann von Mama und Papa in die Reha bringen.

Das Krankenhaus hatte nun offiziell nicht mehr die Verantwortung für mich, sondern alles lastete jetzt auf Mamas und Papas Schultern, bis sie die Verantwortung in nur wenigen Stunden wieder an andere Ärzte abgeben konnten, dachte ich ironisch.

Ich fragte mich sowieso, weshalb sie auf einmal so viel Zeit hatten, mich immer beide besuchen kamen und mich jetzt auch beide zur Rehaklinik fuhren. Warum sie mich überhaupt persönlich dorthin brachten und nicht einfach ein anderes Transportmittel organisierten.

Das wäre ihnen zu teuer gewesen, dachte ich säuerlich Und bei Freunden und Bekannten würde es natürlich einen unmöglichen Eindruck hinterlassen. Der Schein der heilen Familie musste immerhin gewahrt werden.

Innerlich kam ich aus dem Augenrollen heute gar nicht mehr heraus.

Die *Anstalt*, wie ich sie in meinem Kopf nannte, war eine Einrichtung für Jugendliche, die sowohl psychische als auch physische Unterstützung benötigten. In ein paar Wochen wurde ich achtzehn, aber ich durfte so lange bleiben wie nötig, hatten meine Eltern mir versichert.

Für sie war ich einfach nur eine Last.

Lange bräuchten sie sich jedoch nicht mehr um mich zu kümmern.

Nein, nicht weil ich wieder versuchen wollte, mir das Leben zu nehmen. Vorerst zumindest.

Sobald ich hier wieder entlassen wurde, würde ich mir eine Arbeit und ein Zimmer suchen, und dann könnten sie mich einfach ganz vergessen.

»Schatz, ich bin mir sicher, dass es dir dort gefallen wird«, plapperte Mama vom Beifahrersitz aus. Ich sah aus dem Fenster, ließ Häuser und Bäume an mir vorbeischweifen, ohne zu blinzeln.

»Bestimmt.« Ich gab ihr recht, weil das am einfachsten war. Ich blickte in den Himmel hinauf und sah, wie die letzten vielen Tage, einfach nur dunkle graue Wolkenmassen.

»Dir wird es sicherlich schnell wieder besser gehen. Und du wirst auch ganz bestimmt viele neue Freunde finden!«

»Hm.« Ich brauchte Ruhe, keine Freunde.

»Wir werden dich immer an den Wochenenden besuchen kommen«, mischte Papa sich jetzt ein und zwinkerte mir über den Rückspiegel zu. Er hatte mir noch nie zugezwinkert.

Ach, doch so oft, dachte ich sarkastisch.

»Ist nicht nötig«, murmelte ich, als es in dem Moment zu regnen anfing. Ich schielte zu meiner Handtasche, die neben mir auf dem Sitz lag, und seufzte dann. Ich vermisste mein Handy. Nicht wegen den diversen sozialen Medien oder weil ich so oft irgendwelche Whatsapp-Nachrichten bekam.

Nein, ich vermisste meine Musik darauf.

Aber mein Handy war im Fluss ersoffen.

Im Gegensatz zu mir.

Irgendwie war das ein wenig ungerecht.

Auf jeden Fall würde ich erst ein neues Smartphone bekommen, wenn ich aus der *Anstalt* entlassen wurde.

Ich lehnte meinen Kopf gegen die Scheibe und betrachtete die Regentropfen, die sich darauf hinunterschlängelten. Ich erinnerte mich daran, dass ich als Kind im Kopf immer ein

Wettrennen zwischen den Regentropfen veranstaltet hatte. Welcher Tropfen wurde vom Wind am schnellsten über das Glas getrieben? Verlief die Spur gerade, hörte sie plötzlich auf, mischte sie sich mit einer anderen?

Als Kind war alles irgendwie einfacher, dachte ich. Meine Eltern hatten zwar sogar damals keine Zeit für mich, aber mir war es da noch nicht wirklich so bewusst.

»Falls wir dir was mitbringen sollen, dann gib Bescheid«, zwitscherte Mama fröhlich und ignorierte dabei meinen Kommentar.

»Wie denn? Ich habe kein Handy.«

»Es gibt bestimmt ein Telefon, das ihr benutzen dürft«, wiegelte sie ab. Ich schüttelte kaum merklich den Kopf. Sie hörte mir einfach nicht zu.

Papa drehte das Radio lauter und ich schloss die Augen. Versuchte zu schlafen, damit die Fahrt schneller vorüberging.

Ich musste eingedöst sein, denn ich kam erst zu mir, als das Auto langsamer wurde und wir auf einem Kiesweg fuhren. Das ganze Gefährt ruckelte, und verschlafen blinzelte ich, erkannte gerade noch ein Schild mit der Aufschrift *Lighthouse*, was mich abermals mit den Augen rollen ließ, und dann konnte ich schon zwischen den Bäumen der Allee einen hellen Gebäudekomplex ausmachen.

Die Parkanlage außenrum war einfach perfekt gepflegt. Hinter der *Anstalt* sah ich einen See. Im Sonnenschein war der Anblick bestimmt atemberaubend, aber an diesem verregneten Herbsttag wirkte die graue Masse nicht besonders einladend.

Die Farbe erinnerte mich ein wenig an die Farbe des Flusses, in den ich vor einer gefühlten Ewigkeit gesprungen war.

Meine Mundwinkel verzog ich halb zu einem Lächeln, halb zu einer Grimasse. Die trauten sich echt, mich wieder so nah ans Wasser zu lassen?

Papa hielt auf dem Besucherparkplatz. Ich blieb ein paar Sekunden länger als meine Eltern sitzen, dann nahm ich meine Handtasche, in der sowohl Gerti als auch Lizzie verstaut waren, und stieg aus dem Wagen. Der Regen peitschte mir ins Gesicht, trotzdem musste ich mir eingestehen, dass das ganze Gelände irgendwie eine friedvolle und ruhige Atmosphäre ausstrahlte.

Die Türen öffneten sich automatisch, als wir uns dem Eingang näherten. Wir schritten wortlos hindurch – Papa schleppte meinen kleinen Koffer – und fanden uns in der Eingangshalle wieder, die eine gute Mischung aus einem schlichten Hotel und einem Krankenhaus war. Die großen Fenster reichten bis zum Boden, und trotz des bewölkten Himmels flutete das Licht in den Raum.

Der Name *Lighthouse* ergab jetzt Sinn. Leuchtturm. Zeigt dir den Weg in der Dunkelheit.

Im Boden waren längs der Wände Lichtstreifen verankert, die zusätzlich zu den Deckenlampen für noch mehr Licht und Helligkeit sorgten. Ich blickte einen Gang hinunter, der durch die Beleuchtung fast raumschiffartig aussah.

Mama und Papa gingen zum Tresen, hinter dem eine ältere Krankenschwester saß, die uns schon lächelnd erwartete. Ich sah ihnen hinterher, überlegte, ob ich mitgehen oder ihnen die Anmeldung überlassen sollte, und bemerkte dann die nassen Spuren auf dem Boden, die ihre verregneten Schuhe hinterlassen hatten. Automatisch wischte ich meine Chelseaboots noch einmal auf der Matte beim Eingang ab, dann ging ich zu meinen Eltern.

»Jules Hyatt«, hörte ich meinen Vater sagen, und die Empfangsdame tippte meinen Namen in den Computer und griff dann nach dem Telefon. Ich drehte mich wieder um. Ich hatte wirklich nicht das geringste Interesse an den praktischen Details.

Ich ging zur Sofagruppe im Wartebereich und setzte mich. Ich sank tief in den hellgrauen Stoff und verschränkte meine Finger miteinander. Während ich sie knetete, ließ ich meinen Blick über die Magazine auf dem Tischchen neben mir schweifen, ohne jedoch wirklich wahrzunehmen, was ich sah.

Ich fühlte mich komisch. Es war, als würde all das hier nicht mir, sondern einem Klon von mir widerfahren. Als ob ich mich nicht in meinem Körper befand, sondern mich selbst von außen betrachtete. Als hätte ich die Verbindung zu meinem Innern verloren.

Ich schielte zu Lizzie in meiner Tasche, die auf dem Sofa neben mir lag.

Lizzie sollte mir helfen, wieder zu mir zu finden.

Falls sie das konnte.

»Jules?«

Ich blickte hoch in das Gesicht einer jungen Ärztin mit pechschwarzen Haaren, die in starkem Kontrast zu ihrem weißen Kittel standen.

»Ja.« Ich wollte einfach nicht sprechen.

»Hallo, ich bin Dr. Christensen und Oberärztin in dieser Klinik. Herzlich willkommen!«

Sie reichte mir die Hand, die ich nach kurzem Zögern entgegennahm.

»Was sagst du dazu, dass ich dir dein Zimmer zeige, und danach bekommst du eine kleine Führung hier im Haus?«

Ich stand auf und zuckte gleichzeitig mit den Schultern. Hatte ich eine Wahl?

»Dann wollen wir uns jetzt verabschieden«, hörte ich meine Mutter sagen und drehte den Kopf. Papa stellte meinen Koffer ab und lächelte mich an.

Unglaublich, sie wollten nicht einmal mein Zimmer sehen. Sie interessierten sich nicht dafür, wo ich mich eigentlich befand. Sie hatten bestimmt irgendwelche Pläne, die viel wichtiger waren als ich.

Ich schielte zu Dr. Christensen, die einen erstaunten Ausdruck aufgesetzt hatte.

»Okay, danke fürs Herbringen«, murmelte ich und erinnerte mich schwach an meinen allerersten Tagebucheintrag, wo es ums Danke sagen ging. Obwohl mir gar nicht danach zumute war, wollte ich doch an meinen Manieren festhalten.

»Mach es gut, mein Schatz!« Mama kam auf mich zu und umarmte mich stürmisch, aber kurz, und sah mich dann intensiv an, während sie noch ihre Hände an meine Arme gelegt hatte. »Bitte werde wieder gesund«, flüsterte sie, und das erste Mal konnte ich so etwas wie ehrliche Gefühle in ihren Augen ausmachen.

Überrumpelt nickte ich, wusste nicht, was ich sagen sollte. Konnte ich wieder gesund werden?

War ich vielleicht eigentlich gesund, nur meine Umgebung krank?

Auch Papa umarmte mich und flüsterte mir ein »Hab dich lieb« zu, was in Verbindung zu seinem eher oberflächlichen Lächeln jedoch ziemlich unecht wirkte.

»Okay«, kam es gedehnt von Dr. Christensen, als wir meinen Eltern hinterhersahen, die in einer unglaublichen Geschwindigkeit das Gebäude verließen. Normalerweise waren Eltern, die in dieser Einrichtung ihr Kind ablieferten, bestimmt um einiges fürsorglicher und interessierter.

»Also, komm mit!«

Die Oberärztin nahm meinen Koffer und ging voraus zum Treppenhaus, das sich rechts befand. Sie zeigte den beleuchteten Gang hinunter und erklärte: »Hier im Erdgeschoss befinden sich sämtliche Behandlungszimmer und der Speisesaal. Im ersten und zweiten Stock sind die Wohnräume.«

Ich folgte ihr hoch in den ersten Stock, der genauso hell und lichtdurchflutet war wie das Erdgeschoss. Panoramafenster auf der ganzen linken Seite gestatteten einen wundervollen Ausblick über den Park. Die Zimmer lagen der Reihe nach den Gang hinunter.

Alle Türen waren offen. Als wir vorbeigingen, sah ich jedoch, dass sie alle leer waren.

»Wir haben fünfzehn – mit dir sechzehn – Jugendliche in der Klinik. Sie sind momentan im Gemeinschaftsraum am

Ende des Flurs. Wir haben einen Betreuer für je zwei Patienten und dann natürlich unsere Ärzte, Psychiater und Physiotherapeuten. Das Personal wohnt im zweiten Stock, immer zwei Mitarbeiter schlafen jedoch bei euch im ersten Stock«, erzählte mir Dr. Christensen, während sie immer noch voranging.

Wir erreichten das Zimmer mit der Nummer fünf, und Dr. Christensen legte den Koffer auf dem Bett an der Wand ab.

»Das hier ist dein Zimmer. Du teilst es dir mit Harriet.«

Ich hörte kaum zu. Wortlos schlenderte ich durch das Zimmer, das nicht überraschend eine ganze Fensterwand hatte, und sah nach draußen auf den See, der sich vor mir erstreckte. Mir war klar, dass die Glasfassade und die offene Gestaltung sämtlicher Räume in erster Linie der Überwachung und Sicherheit der Patienten dienten, aber jetzt gerade machte mir das nichts aus.

»Schön hier, oder?«, hauchte Dr. Christensen hinter mir. Ich ließ mir Zeit, den Ausblick zu studieren und mich im Zimmer umzusehen. Und die Ärztin ließ mir die Zeit, die ich benötigte. Ich warf auch einen Blick ins angrenzende Bad und stellte teils schockiert, teils gleichgültig fest, dass es kein Schloss an der Badezimmertür gab.

Wir waren hier zwar in keiner geschlossenen psychiatrischen Anstalt, trotzdem mussten bestimmte Vorsichtsmaßnahmen eingehalten werden.

»Was sagst du dazu, die anderen kennenzulernen?«

Nein danke, schoss es mir durch den Kopf, doch ich wusste, dass Dr. Christensen die Frage nur aus Höflichkeit gestellt hatte. Ich hatte keine Wahl. Und früher oder später musste ich sowieso wieder Kontakt zu Jugendlichen in meinem Alter aufbauen.

»Wenn es sein muss«, meinte ich deswegen und drückte meine Tasche enger an mich. Ich atmete einmal tief durch, versuchte nicht völlig auszurasten und folgte Dr. Christensen aus dem Zimmer.

Wir liefen den Gang hinunter bis zu dem letzten Zimmer, dem Gemeinschaftsraum, von dem Dr. Christensen vorhin erzählt hatte.

Automatisch spürte ich Nervosität in mir aufkeimen. Was würde mich erwarten? Wie würden mir die anderen begegnen? Ich war von Menschen schon so oft zurückgestoßen und enttäuscht worden – warum sollte es jetzt auf einmal anders sein?

Am liebsten hätte ich auf dem Absatz kehrtgemacht und wäre zurück in mein Zimmer gerannt, um mich dort unter der Decke zu verkriechen.

Doch Dr. Christensen ließ mir keine Wahl. Sie öffnete die Tür leise, ließ mir den Vortritt, und schon stand ich mitten in einem Raum, in dem mich über ein Dutzend Augenpaare anstarrten.

Mit nur einem Blick erkannte ich die unterschiedlichsten Emotionen. Die meisten sahen mich desinteressiert oder einfach nur schüchtern an. Nur ein oder zwei wirkten ein kleines bisschen neugierig, wer denn wohl die Neue in der Gruppe war.

Und ich stand da und wusste nicht, wo ich hinsehen sollte, weil ich mich einfach nur unglaublich unwohl fühlte.

Ich gehörte dann wohl in die Kategorie *unsicheres kleines Ding.*

Deshalb begann ich mir den Raum anzusehen, während Dr. Christensen mich vorstellte. Das Zimmer war hell, offen und ruhig gestaltet.

Die anderen Patienten waren in meinem Alter und etwas jünger. Einige saßen über ein Puzzle gebeugt, ein Mädchen häkelte, ein Junge las ein Buch, andere wiederum spielten mit den Betreuern Karten oder zeichneten.

Ich kam mir wie in einem Teenager-Kindergarten vor, und mir fiel es in dem Moment wie Schuppen von den Augen. Ich hatte die Ruhe und die Atmosphäre hier vor wenigen Minuten noch als angenehm empfunden.

Doch wenn ich mich jetzt umblickte, erdrückte mich die Klischeelastigkeit der Einrichtung, des Gartens, ja, sogar der Menschen hier. Man hatte Patienten wie mich jahrelang analysiert und studiert. Und man hatte entschieden, dass Selbstmordkandidaten in einem hellen, weißen, offenen und langweiligen Leben am besten wieder gesund wurden.

Tja, da kannten sie mich noch nicht.

»Jules, das ist Harriet, deine Zimmerpartnerin«, hörte ich Dr. Christensen sagen, die auf das Mädchen zeigte, das am Häkeln war. Sie blickte von ihrer Arbeit hoch und sah mich ausdruckslos an. Ich erwiderte ihren Blick, ohne auch nur eine Miene zu verziehen.

Dann plötzlich lächelte sie, als hätte sie mich mit ihrem Blick eben bewertet und gnädigerweise als *okay* erachtet. Ich erwiderte vorsichtig ihr Lächeln.

»Jeden Tag um neun Uhr vormittags und um vier Uhr nachmittags finden hier im Gemeinschaftsraum die Statustreffen statt. Da habt ihr die Möglichkeit, alles loszuwerden, was euch auf dem Herzen liegt.«

Innerlich verdrehte ich die Augen. Ich hätte ja schon ahnen können, dass hier solche Wannabe-Anonyme-Alkoholiker-Treffen veranstalten wurden.

»Harriet wird dir dann den restlichen praktischen Kram erklären«, sprach Dr. Christensen lächelnd weiter und fasste mich dann kurz am Arm. »Jetzt kommst du erst einmal mit mir mit.«

Ich wurde in ein Untersuchungszimmer im Erdgeschoss gebracht. Ich wurde gewogen und gemessen, mir wurde Blut abgenommen, ich füllte irgendeinen medizinischen Fragebogen aus, und mir wurde mein Psychologe zugeteilt. Dr. Hendricks. Wie der Gin.

Er war ungefähr im gleichen Alter wie mein Vater, ein ziemlich gut aussehender Mann, wenn ich das so beurteilen konnte, und er schien nett. Fürs Erste. Denn ich wusste, dass er mir irgendwann die unangenehmsten Fragen stellen würde, vor denen ich mich so fürchtete, und da würde er in meinen Augen weder nett noch gut aussehend noch kompetent noch sonst etwas Positives sein.

»Ich freue mich auf unser erstes Gespräch«, entgegnete er, lächelte mir freundlich zu und reichte mir eine kleine Karte, auf der er den Zeitpunkt notiert hatte.

Morgen schon.

Als Dr. Christensen alle nötigen Informationen von mir hatte, führte sie mich zum Speisesaal, da das Abendessen bevorstand. Die Betreuer und Ärzte aßen an einem Tisch, alle Patienten an einem anderen. Neben Harriet war ein Platz frei, und vorsichtig bewegte ich mich darauf zu, wobei ich fast schon erwartete, dass Brianne plötzlich von der Seite angesprungen kam und mir den Platz wegschnappte, sodass ich als Einzige stehen müsste und dabei gedemütigt wurde.

Doch Brianne war nicht hier. Keine der Schultussen war hier. Und keiner würde mir den Platz wegnehmen.

Ich legte meine Tasche unter meinem Stuhl ab und setzte mich neben Harriet, die sich gerade ein Glas Wasser einschenkte. Als sie mich bemerkte, füllte sie auch mein Glas, ohne überhaupt zu fragen.

»Danke«, murmelte ich.

»Du brauchst keine Angst vor uns zu haben«, sagte ein rothaariges Mädchen, das mir gegenübersaß. »Ja, es ist komisch, hier neu anzukommen, aber wir haben alle das Gleiche erlebt, und wir wissen, wie unwohl man sich fühlen kann.« Sie zuckte mit den Schultern, während sie lächelte.

»Genau«, stimmte Harriet zu. »Wir wollen hier alle so schnell wie möglich wieder raus, und das geht am einfachsten, wenn wir uns gegenseitig helfen.« Sie warf mir einen fast schon dreisten Blick zu und zwinkerte.

In dem Moment kamen zwei Köche und platzierten mehrere Platten mit dem Essen auf dem Tisch.

Weißer Reis mit weißer Soße und beinahe weißem Fleisch. So viel Fröhlichkeit auf einem Teller.

Zum Glück schmeckte es – nachdem ich noch ein wenig mit Salz nachgeholfen hatte – nicht ganz so fade, wie es aussah.

Ich merkte, wie hungrig ich war, aber schon nach der Hälfte überkam mich ein riesiges Völlegefühl, als hätte ich gerade drei Burger verdrückt. Seit ich im Koma gelegen hatte, war mein Magen auf die Hälfte seines früheren Volumens geschrumpft. Die Ärzte meinten, dass ich mich mit der Zeit auch wieder an größere Mengen gewöhnen würde.

Alle anderen um mich herum aßen weiter, aber viel geredet wurde nicht.

Als Harriet bemerkte, dass ich nicht mehr weiteraß, zeigte sie auf meinen noch halb vollen Teller, während ihrer inzwischen leer war.

»Keinen Hunger mehr?«, fragte sie, und ich schüttelte den Kopf.

»Kann ich das dann noch haben?« Ihr Lächeln war breit und herzlich, und ich schob ihr meinen Teller zu, über den sie sich sofort hermachte.

Im Nullkommanichts hatte sie auch den Rest von meinem Teller verputzt und lehnte sich auf ihrem Stuhl zurück, eine Hand auf ihrem Bauch abgelegt.

»Mann, jetzt bin ich pappsatt«, meinte sie.

»Wie lange bist du schon hier?«, platzte es aus mir heraus.

»Drei Wochen«, sagte sie und nahm einen Schluck von ihrem Wasser. »Und mit ein bisschen Glück ist meine Zeit hier auch bald abgelaufen. Wann hast du deine erste Sitzung?«

»Morgen.«

»Bei wem?«

»Dr. Hendricks.« Mir brannten tausend Fragen auf der Zunge. Warum war Harriet hier? Wie waren die letzten Wochen hier für sie gewesen? Hatten sie ihr geholfen? Oder machte sie nur gute Miene zum bösen Spiel, wie sie es vorhin angedeutet hatte? Aber ich hielt mich zurück.

Ich wollte definitiv nicht mit Fragen bombardiert werden, also machte ich das auch bei anderen nicht so.

Eine Frage konnte ich stellen.

»Kennst du ihn?«

»Ja, er wurde auch mir zugeteilt. Ist eigentlich ganz nett. Aber ... Na ja, die ersten Sitzungen sind, denke ich, bei jedem Psychologen unangenehm, wenn du eigentlich gar keine Lust hast, darüber zu sprechen, wie es dir geht.« Sie zuckte mit den Schultern, als wäre es keine große Sache, aber mir drehte sich der Magen um.

Das hatte ich zwar schon gewusst, trotzdem war es für mich wieder eine Erinnerung daran, dass mir hier kein Zuckerschlecken bevorstand.

Und trotzdem wirkte Harriet so, als würde sie alles ganz locker nehmen und wäre der gemütlichste Mensch der Welt. Aber ich wusste nur zu gut, dass der Schein trügen konnte.

Jeder Mensch konnte eine Fassade aufsetzen.

Das hatte ich nur zu gut bei mir gesehen.

»Jules! Schön, dass du da bist! Setz dich doch.« Dr. Hendricks lächelte mich an und zeigte mit einer Handbewegung auf einen gemütlich aussehenden Sessel, der geradezu dazu einlud, sich darauf zu kuscheln. Man sollte sich hier ja schließlich wohlfühlen.

Sogar wenn das ganze Zimmer mit Plüsch ausgelegt wäre, hätte ich mich hier nicht wohlgefühlt, da ich wusste, was mir gleich bevorstand.

Meine erste Sitzung mit einem Psychologen.

Die Ironie an der Sache war, dass ich schon vor einem halben Jahr Unterstützung gebraucht hätte. Als alles noch ein kleines Stück einfacher war. Als ich bereit war zu reden.

Aber jetzt?

Zögernd setzte ich mich. Ich wusste, dass Dr. Hendricks es nur gut meinte, und trotzdem fühlte ich mich unglaublich unwohl in meiner Haut.

Dr. Hendricks saß mir mit überschlagenen Beinen gegenüber, ein Notizbuch auf seinem Schoß liegend, und sah mich freundlich lächelnd an.

»Wie geht es dir denn heute?«

Small Talk. Natürlich begann er mit Small Talk. Er musste ja erst einmal eine Bindung zu mir aufbauen. Oder?

»Ganz gut eigentlich. Und Ihnen?« Ich wusste nicht, warum ich ihm diese Frage stellte, immerhin ging es um mich und nicht um ihn. Er schien auch amüsiert über die Frage zu sein, antwortete mir jedoch trotzdem.

»Auch ganz gut«, sagte er und zwinkerte mir zu, bevor sein Gesichtsausdruck wieder seriöser wurde.

»Jules, ich habe hier eine Akte bekommen. Da steht ein Haufen Zeug drin, aber darf ich ganz ehrlich sein? Das meiste davon bringt mir gar nichts, weil es nur Fakten sind, die Außenstehende zusammengetragen haben. Was mich viel mehr interessiert, ist deine Sichtweise. Ich will wissen, wie es dir geht, Jules. Was dich bewegt. Und was dich dazu gebracht hat, bestimmte Dinge zu tun.«

Ich spürte, wie ein wenig Panik in mir hochkroch. Er wollte doch hoffentlich nicht sofort alles wissen? Dafür war ich noch nicht bereit!

»Jules, das heißt nicht, dass du mir sofort alles anvertrauen musst. Wie wäre es, wenn wir uns erst einmal ein bisschen kennenlernen? Du erzählst mir einfach, was dir als Erstes einfällt und was du mir auch erzählen willst. Ist das okay für dich?«

Sofort fiel mir ein Stein vom Herzen. Er ließ mich das Tempo bestimmen. Vorsichtig nickte ich.

»Also?« Er sah mich abwartend an und lächelte dabei schief.

»Hmm …« Ich überlegte. Knetete meine Finger. »Mein Lieblingsbuch ist *Der Joker* von Markus Zusak«, fing ich vorsichtig an.

»Das Buch kenne ich«, meinte Dr. Hendricks. »Wieso ist es dein Lieblingsbuch?«

»Ich weiß nicht genau.« Ich überlegte kurz. »Mich hat diese Thematik immer fasziniert, dass die Hauptperson anderen hilft und auch helfen möchte, aber in gewisser Weise dazu auch gezwungen wird. Als ob wir Menschen – ob wir gut oder böse sind – immer einen Anstoß benötigen, um anderen Gutes zu tun. Oder einfach damit wir nicht automatisch die Augen verschließen und andere ihren Leiden überlassen.«

»Tun wir das?«, fragte mein Gegenüber. »Meinst du, es ist Teil der menschlichen Persönlichkeit, dass wir anderen nicht von uns aus helfen?«

Ich starrte die Wand an. Dann sah ich zu Dr. Hendricks, der sich aufrichtig für meine Antwort interessierte. Oder er tat zumindest so.

»Letzten Endes kümmert sich doch jeder nur um sich selbst. Jeder denkt an das eigene Glück. Immer. Wir helfen erst anderen, wenn es uns grad in den eigenen Kram passt. Menschen sind Egoisten. Wir sind Gelegenheitshelfer.«

»Du sagst ›wir‹. Meinst du damit auch dich?«

»Mir gefällt es nicht, aber ja. Bei mir liegt es nicht daran, dass ich nicht helfen *möchte*. Ich *kann* einfach nicht.«

»Sagtest du nicht gerade, dass der Egoismus quasi zur menschlichen Natur gehört? Können wir den Egoismus denn verdrängen? Ihn gar kontrollieren?«

»Es erfordert Anstrengung, aber es ist möglich. Letzten Endes wird es jedoch immer unnatürlich für uns bleiben. Wir müssen gegen den Egoismus kämpfen. Wir müssen uns aktiv für die Nächstenliebe entscheiden. Wir haben eine Wahl. Irgendwann, manchmal täglich, müssen wir wählen. Wir müssen uns bewusst dafür entscheiden, anderen zu helfen und ihnen Gutes zu tun.«

Dr. Hendricks sah mich einige Sekunden lang an, und ich überlegte, ob ich etwas Dummes gesagt hatte.

»Ist das die einzige Wahl, die einzige Entscheidung, die wir treffen müssen?«, fragte er dann ruhig. Erst dachte ich, dass ich antworten musste, doch er sprach weiter.

»Ist nicht unser gesamtes Handeln durch eine Folge von Entscheidungen bestimmt?«

Ich blickte ihn stumm an.

»Vielleicht liege ich falsch. Aber ist unser Benehmen nicht eine Konsequenz von einer Entscheidung, die wir bewusst oder unbewusst getroffen haben?«

Ich wusste, worauf er hinauswollte.

Mein Selbstmordversuch war eine Entscheidung gewesen. Vielleicht nicht wochenlang vorher geplant, doch ich hatte mich dazu entschieden, mir das Leben zu nehmen. Ich hatte die Wahl gehabt, ob ich es zu dem Zeitpunkt, an dem Ort, sogar ob ich es überhaupt tun wollte.

Ich stöhnte genervt und sah auf meine Hände.

»Manchmal ... Manchmal hat man keine Wahl«, flüsterte ich. Ich war mir nicht sicher, ob Dr. Hendricks mich gehört hatte. Doch dann vernahm ich seine angenehme Stimme.

»Das stimmt nicht. Man hat immer eine andere Wahl. Nur manchmal sieht man sie nicht.«

»Und Sie sollen mir diese andere Wahl vor Augen führen?«, fragte ich mit einem Hauch von Verächtlichkeit. Waren alle Gespräche mit Psychologen so verdammt vorhersehbar?

Doch Dr. Hendricks legte nur ruhig den Kopf ein wenig schief. »Das wäre doch viel zu einfach, oder?«, erwiderte er schief grinsend. »Und jetzt gerade würde es nichts an der Situation ändern. Du bist hier. Du wirst die nächsten Wochen hierbleiben. Darum geht es nicht.«

Ich sah ihn abwartend an. Bemerkte das Ticken der Uhr an der Wand. Ich war erst wenige Minuten in diesem Raum.

»Was ist das Ziel jedes Menschen?«, fragte er jetzt ziemlich philosophisch. Wieder beantwortete er seine eigene Frage. »Ist es nicht, glücklich zu sein? Sich selbst zu lieben und zufrieden zu sein?«

Ich nickte langsam. »Wahrscheinlich.« Ich konnte mich nicht erinnern, wann ich das letzte Mal wirklich glücklich gewesen war. Ob es wirklich so eine große Rolle spielte.

»Ich bin nicht hier, um dir zu sagen, wie du glücklich wirst. Ich kann nicht befehlen, welche Entscheidungen du treffen musst. Das ist nicht meine Aufgabe. Ich will nur versuchen, dir zu helfen, allein die Antwort auf die alles entscheidende Frage zu finden. Was macht dich glücklich, Jules? Und welche Entscheidungen musst du treffen, um dorthin zu gelangen?«

Ich antwortete nicht. Ich wusste, dass wir noch nicht so weit waren. Das hier war eine rhetorische Frage.

»Weißt du, Jules, viele Menschen können allein für ihr Glück sorgen. Manchmal braucht man einen kleinen Anstupser. Manchmal braucht man den Rat eines guten Freundes. Hast du die letzten Monate einen guten Freund gehabt? Hattest du jemanden zum Reden?«

Ich blinzelte.

Konnte ich ihm von Gerti erzählen, ohne gleich als komplett geisteskrank abgestempelt zu werden?

»Hast du in den letzten Monaten deinen Gedanken nie freien Lauf gelassen?«

Misstrauisch beäugte ich den Arzt vor mir. Wusste er von Gerti? Hatten meine Eltern doch in mein Tagebuch gesehen und den Ärzten davon erzählt?

Ich merkte, wie sich langsam, aber sicher – und definitiv bemerkbar – rote Flecken auf meinem Hals ausbreiteten.

»Du siehst mich an, als wäre ich ein Geist.« Dr. Hendricks hatte wieder dieses schiefe Lächeln aufgesetzt. »Bewege ich mich in eine Richtung, in die du nicht gehen willst? Dann drehen wir wieder um.« Beschwichtigend hob er die Hände.

Ich sackte ein wenig zusammen. Dr. Hendricks wusste nichts über mein Tagebuch. Und ich war bestimmt nicht seine erste Patientin, die dem Bedürfnis, sich das Herz auszuschütten, nachgegeben hatte.

Ich versuchte mir immer wieder einzureden, dass er mir nichts Böses wollte.

Doch ich wusste, dass, wenn ich ihm von Gerti erzählte, dann wurden mit einem Schlag meine ganzen Gefühle und Gedanken, die ganze Vorgeschichte meines Selbstmordversuches wieder real. Ich wollte nicht wahrhaben, wie schlecht es mir gegangen war. Und immer noch ging. Ich konnte es nicht zugeben. Ich hatte nicht die Kraft, jemand anderem zu erzählen, dass es dort schwarz auf weiß stand, wie verrückt und traurig und krank ich war.

»Ich habe mit keinem geredet«, sagte ich deswegen bestimmt. Obwohl ich wusste, dass ich gerade kreidebleich im Gesicht war und Dr. Hendricks ohne Probleme sehen konnte, dass ich ihn anlog.

Doch ich konnte ihm einfach nicht von Gerti erzählen. Ich konnte einfach nicht.

Ich hatte seit meinem Aufwachen keinen einzigen Blick in sie geworfen. Sie war noch mein Geheimnis. Meine Geschichte. Meine vertraute Freundin, die ich vernachlässigt hatte.

Ich musste selbst erst mein Verhältnis zu ihr wieder aufbauen, bevor ich anderen von ihr erzählen konnte.

Dr. Hendricks schwieg. Dann nickte er. »Das ist fast schon beeindruckend, dass du diese unglaublich schwere Last auf deinen Schultern allein getragen hast. Du bist ein starkes Mädchen, Jules. Stärker als du denkst. Glaube mir das.«

Ich erwiderte darauf nichts.

Die letzte halbe Stunde der Sitzung redeten wir über belangloses Zeug. Dr. Hendricks spürte offensichtlich, dass wir schon tief genug gegangen waren. Es war meine erste Sitzung. Und ich war so unglaublich müde. Ich hatte schon mehr über meine Gefühle offenbart, als mir lieb gewesen war.

»Wir sehen uns morgen um elf Uhr«, verabschiedete Dr. Hendricks sich, und ich lächelte ihm halbherzig zu, bevor ich den Raum verließ. Ich ging allein zu meinem Zimmer zurück, gedanklich absolut nicht in der Gegenwart.

Das Gespräch mit dem Psychologen hatte einige Gefühle und Erinnerungen in mir wachgerufen, die ich schön verdrängt hatte.

Gerti ...

Mein liebe geheimnisvolle Gerti.

Ich hatte ihr mein Leben anvertraut.

Meine Situation war jetzt anders, aber ich musste mit meinem damaligen Ich abschließen. Ich musste mich von Gerti verabschieden, um mich Lizzie vollständig widmen zu können.

Ich wollte ja, dass es mir besser ging. Ich wollte, dass dieses verdammte Drücken in der Bauchgegend wegging. Ich wollte lächeln, ohne auch einen stechenden Schmerz zu spüren. Ich wollte lachen, ohne mich selbst zu hassen.

Ich wollte leben, ohne das Gefühl zu haben, dass ich nicht durfte.

Gerti hatte mir geholfen, als es mir schlecht ging. Doch Gerti konnte mich nicht gesund machen.

Ich betrat mein Zimmer und steuerte sofort auf meine Tasche zu, die ich in meinem Schrank verstaut hatte. Ich hatte versprochen, mich sofort nach der Sitzung mit Dr. Hendricks auf den Weg zum Gemeinschaftsraum zu machen.

Doch ich musste das schwarze Leder zwischen meinen Händen spüren.

Ich fand das Tagebuch, nahm es zur Hand. Ich hielt es hoch und atmete seinen Duft ein.

Ein Gefühl der Ruhe und Zuversicht überfiel mich. Gleichzeitig wurde mir leicht übel, weil mich Gertis Geruch an die schlimmste Zeit meines Lebens erinnerte.

Ich setzte mich auf den Boden neben dem Schrank und starrte auf das Büchlein in meiner Hand.

»Na, Gerti? Hast du mein Geheimnis für dich behalten?«, flüsterte ich, als mein Blick auf die Ecke eines Papieres fiel, das hinten aus dem Buch hervorblitzte.

Ich runzelte die Stirn.

Irgendetwas stimmte nicht.

Langsam, wie in Zeitlupe, öffnete ich mein Tagebuch, gespannt darauf, was für ein Geheimnis Gerti jetzt mit sich herumtrug.

14

Mir wurde schwarz vor Augen, kaum dass ich Gerti richtig aufgeschlagen hatte. Ich wusste einfach, ich spürte, dass jemand Fremdes hineingesehen hatte.

Meine Geheimnisse gelesen hatte.

Mit zitternden Fingern blätterte ich durch mein Tagebuch und sah auf fast jeder Seite Kommentare an den Rändern und zwischen den Absätzen, bemerkte diese fremde, krakelige Schrift, die ich nicht kannte und die so gar nicht in Gerti hineinpasste. Ich beachtete nicht wirklich, *was* dort stand, sondern nur, *dass* da was stand.

Es fühlte sich an, als hätte mir jemand ein Messer ins Herz gerammt. Mir fiel es schwer zu atmen. Schockiert starrte ich auf die Buchstaben, die vor meinen Augen verschwammen.

Jemand hatte mein Tagebuch gelesen.

Jemand hatte in mein Tagebuch geschrieben.

Ich schluckte, schloss kurz die Augen und dachte an die fremden Worte in meinem Tagebuch, die sich wie Säure durch mein Inneres ätzten.

Wer, verdammt, hatte mein Tagebuch gelesen? Und wann?

Es konnte doch nur in der Zeit gewesen sein, in der ich im Koma gelegen hatte, entweder als Gerti noch zu Hause in meinem Zimmer lag oder als meine Eltern sie in Omas Kissen ins Krankenhaus geschmuggelt hatten. Zu Hause kam außer meinen Eltern niemand infrage, und sie wussten definitiv nichts von diesem Tagebuch. Also musste es jemand aus dem Krankenhaus gewesen sein, oder?

Paul?

Konnte ich ihm so etwas zutrauen?

Oder jemand anderes vom Personal?

Larissa?

Doch irgendwie kam mir die Schrift nicht weiblich vor. Sie war zu unordentlich. Zu hässlich, um ehrlich zu sein.

Mein Puls raste, und das Blut rauschte in meinen Ohren, als ich an dem Papierzipfel zog und ein zusammengefaltetes Papier hervorholte. Gleichzeitig fiel eine Serviette heraus und segelte zu Boden. Ich hob sie auf und erkannte einige Wortfetzen auf Englisch darauf.

Meine Aufmerksamkeit galt aber dem Logo auf der Serviette.

Bella Casa.

Es sah aus wie das Logo eines Restaurants. Ich kannte das Lokal nicht. War es in der Stadt?

Kurz verfluchte ich, dass ich mein Smartphone nicht hierhatte, um das Restaurant oder Café oder was auch immer zu googeln. Aber das musste warten, viel wichtiger war, dass irgendeine unbekannte Person mein Tagebuch gelesen und es kommentiert hatte, als wäre es irgendein verdammtes Studienbuch!

Ich faltete mit eiskalten Fingern den Zettel auf, und bei den ersten Worten wurde mir speiübel.

Liebe Jules.

Als würde die fremde Person mich kennen, dachte ich, während eine Gänsehaut meinen ganzen Körper überzog.

Doch wenn die Person das ganze Tagebuch gelesen hatte, wusste sie mehr über mich als meine Eltern und kannte mich somit ziemlich gut …

Mir wurde noch schlechter.

Ich sah gleich nach unten, um ausfindig zu machen, wer der Schreiber des Briefs war.

Doch nur ein einziger Buchstabe stand dort. Ein lächerliches *L* starrte mich an, als würde mir diese Information auch nur im Geringsten helfen.

Denn auch wenn Larissas Name dazu passen würde, wusste ich einfach mit Sicherheit, dass sie das nicht gewesen war. Diese Schrift war männlich, das spürte ich.

Oder aber es lag an dem leichten Hauch von einem Männerparfum, der an dem Papier haftete? So leicht, dass ich beim wiederholten Schnüffeln am Papier gar nichts mehr davon riechen konnte.

Ich sah auf die Uhr, die im Zimmer hing. Irgendein Betreuer würde mich wahrscheinlich gleich suchen kommen, weil ich nicht direkt von der Sitzung mit Dr. Hendricks in den Gemeinschaftsraum gegangen war.

Ich warf einen Blick auf den Brief in meinen Händen.

Verflucht.

Ich legte die Serviette in mein Tagebuch und dieses wieder zurück in meine Tasche, die ich wiederum im Schrank verstaute. Dann stand ich auf, faltete den Brief und steckte ihn in meine Hosentasche. Ich musste mir irgendwie die Möglichkeit verschaffen, ihn so schnell wie möglich zu lesen.

Ich trat gerade auf den Flur hinaus, als ich Harriet erblickte, die mir entgegenkam.

»Da bist du ja. Die Betreuer haben sich schon Sorgen gemacht, dass du im Bad mit aufgeschlitzten Pulsadern liegst.«

Ich blieb abrupt stehen und starrte sie überrascht an. »Äh, was?«, fragte ich unsicher.

Sie winkte ab. »War nur Spaß. Aber bei der ganzen Überwachung hier denkt man sich ja, dass die einem so etwas zutrauen.«

Ich lächelte schief. Harriets Humor gefiel mir. Unerwartet erfrischend.

»Ist es denn schon einmal passiert?«, fragte ich, während wir zusammen Richtung Gemeinschaftsraum schlenderten und ich mit aller Macht versuchte, mich normal zu benehmen und das Zittern meines ganzen Körpers zu unterdrücken.

»Was? Dass sich jemand während der Reha umgebracht hat? Nicht dass ich wüsste. Hier kommen ja nur noch einigermaßen normale Leute hin. Wären wir wirklich suizidgefährdet, wären wir in der geschlossenen Klapse.«

»Man kann vielleicht auch verbergen, wie schlecht es einem geht«, dachte ich laut und sah dann erstaunt zur Seite, da Harriet stehen geblieben war.

»Weißt du, Jules, du gefällst mir. Dein Gedankengang gefällt mir.« Sie grinste verschmitzt. »Deswegen darfst du mich gern bei meinem Spitznamen nennen.«

Ich runzelte die Stirn. »Was ist mit Harriet?«

»Das fragst du noch?«

Ich wartete auf eine weitere Erklärung, doch sie kam nicht. Für Harriet war es offenbar selbstverständlich, wieso sie nicht so genannt werden wollte.

»Okay«, meinte ich gedehnt. »Und wie darf ich dich dann nennen?« Ich tat so, als wäre alles in Ordnung, dabei brannte der Brief förmlich in meiner Hosentasche. Wartete darauf, gelesen zu werden.

Ich ballte meine Hände zu Fäusten, wenn ich an diese unbekannte Person dachte, die etwas so Unerhörtes getan und mein Tagebuch gelesen hatte. Ich wollte unbedingt herausfinden, wer es gewesen war!

»Nenn mich Phantom«, hauchte sie geheimnisvoll, und ich starrte sie fassungslos an.

»Phantom?«, fragte ich nach. »Ist das dein Ernst?«

Harriet legte den Kopf in den Nacken und lachte laut. »Nein, du Brot. Was glaubst du denn? Vielleicht bist du doch nicht cool genug, um meinen Spitznamen zu erfahren«, ärgerte sie mich.

»Vielleicht hast du gar keinen Spitznamen, und du bist verdammt unkreativ und dir fällt gerade keiner ein und du willst das jetzt nicht zugeben?«, ärgerte ich sie und langsam setzten wir uns wieder in Bewegung. »Oder dir gefällt eigentlich dein Name, aber weil dir das doch ein wenig peinlich ist, tust du die ganze Zeit so, als würde er dir nicht gefallen und als hättest du deswegen einen geheimen Spitznamen erfunden. Den komischerweise niemand kennt.«

Harriet lachte ein kehliges, amüsiertes Lachen.

»Okay, okay, du hast mich überzeugt. Ree.«

Ich brauchte kurz eine Sekunde, um zu checken, dass sie mir gerade ihren Spitznamen verraten hatte.

»Ree«, sagte ich laut, um den Klang des Namens zu vernehmen. Dann sah ich das Mädchen neben mir genauer an. Die Fingernägel waren schwarz lackiert, sie hatte ein Lippenpiercing und lange dunkle Locken, die wie ein See aus Tiefe, Sarkasmus und Rebellion wirkten. Und dann diese aufmerksamen Augen, denen nichts zu entgehen schien.

Ree passte definitiv besser.

»Ree, es freut mich, dich kennenzulernen«, meinte ich dann feierlich und breit lächelnd, als wir in den Gemeinschaftsraum gingen.

»Hi, Jules«, begrüßte mich Tanja, meine Betreuerin, vermutlich einfach um mir mitzuteilen, dass sie durchaus wusste, ob ich da war oder nicht. Ich nickte ihr zu, steuerte auf die Sofagruppe zu und schnappte mir im Vorbeigehen eines der Bücher, die ich mir aus der kleinen Bibliothek nehmen konnte. Ich achtete nicht darauf, welches es war, denn ich würde es sowieso nicht lesen.

Ich setzte mich auf die weiche Couch, zog die Beine an und klappte das Buch auf.

O Gott. Hatte ich mir gerade ein Buch von Danielle Steel genommen?

Ich hob meinen Hintern ein wenig hoch und zog den Brief aus meiner Tasche, als Harriet sich mit ihrem Häkelzeug neben mich setzte. Ich legte den Brief schnell im offenen Buch ab und sah dann zu meiner neu gewonnen Kumpanin.

»Was?«, fragte sie, ohne mich anzusehen. Sie hatte mein Starren bemerkt.

»Was ist das mit dir und dem Häkeln?«, fragte ich. »Das passt irgendwie besser zu Harriet als zu Ree«, stichelte ich ein wenig.

»Haben wir nicht alle zwei Persönlichkeiten?«, scherzte sie und blickte konzentriert auf die Arbeit in ihren Händen. »Häkeln ist ziemlich entspannend. Wenn du erst einmal über dem Niveau bist, wo du es lernen musst. Die ganzen Anfängerfehler nerven und stressen mich. Inzwischen genieße ich es. Ich chille und mache dabei sogar was Produktives.«

»Was häkelst du eigentlich?«

»Einen Schal. Soll im Winter ziemlich praktisch sein, habe ich gehört.«

Ich lächelte und widmete mich dann dem Brief, der durch den Umschlag des Buches hoffentlich für andere nicht sichtbar war.

Ich holte tief Luft, versuchte die anderen Patienten und Betreuer im Raum auszublenden und fing an zu lesen.

Liebe Jules,
bitte erschrick nicht, wenn du das hier liest.
Ich will dir nichts Böses, ganz im Gegenteil sogar.
Erst einmal möchte ich klarstellen, dass ich nur durch Zufall überhaupt herausgefunden habe, dass das schwarze Büchlein dein Tagebuch ist.
Ich wollte es auch gar nicht lesen. Eigentlich.
Aber ich hatte dieses unglaublich übermächtige Gefühl, dass ich dir unbedingt helfen wollte, für dich da sein, dich unterstützen.
Nur deshalb habe ich dein Tagebuch doch gelesen. Bitte verzeih mir, es geschah aus der besten Absicht heraus.
Okay, das klingt jetzt doch ein wenig stalkerhaft, doch ich verspreche dir, dass ich nichts dergleichen bin.
Jules, du hast mich fasziniert und in deinen Bann gezogen.

Du bist gerade einmal siebzehn Jahre alt, aber siehst die Welt mit so klaren Augen und machst dir so tiefgründige Gedanken, als würden die Sorgen des ganzen Universums auf deinen Schultern lasten.
Und nachdem ich dein Tagebuch gelesen habe, weiß ich jetzt, dass das zum Teil sogar stimmt.
Es ist unglaublich, was du schon alles erlebt hast, und ernsthaft – ich war wirklich schockiert.
Als du eingeliefert wurdest, da habe ich mich gefragt, was so ein junges Mädchen so weit bringen kann, dass es bereit ist, allem ein Ende zu setzen. Einen kompletten Schlussstrich zu ziehen.
Ich selbst konnte mir überhaupt nicht vorstellen, wie es ist, keine Freude mehr am Leben zu haben.
Dieser Gedanke beschäftigte mich so sehr, dass ich dein Tagebuch einfach lesen MUSSTE. Vielleicht verstehst du meine Beweggründe ja jetzt wenigstens ein kleines bisschen.
Oder du willst mir gerade einfach nur den Kopf abreißen. Sogar das würde ich verstehen.
Deswegen habe ich mich entschlossen, dir diesen Brief zu schreiben, um dir zu erklären, warum ich mir überhaupt erlaubt habe, so in deine Privatsphäre einzudringen, und vielleicht – ich hoffe es zumindest sehr – bist du nicht allzu böse auf mich, sondern kannst auch meine Anmerkungen als das sehen, was sie sind: gut gemeinte Hinweise von einem neu gewonnenen Freund.
Denn den hast du, auch wenn du mich nicht kennst und mich vielleicht auch nie kennenlernen wirst.
Ich wollte, dass du weißt, dass es da draußen jemanden gibt, der voll und ganz hinter dir steht und an dich glaubt. Jemand, der weiß, dass du alles schaffen kannst, was du nur willst.

Denn Jules, ich weiß, dass du stark genug dafür bist, stark genug für diese Welt, auch wenn du kurz den Mut verloren hast.
Denke immer daran, dass ich immer an dich glauben werde, auch wenn du einmal den Glauben an dich verlieren solltest.
Gib nicht auf!
Zeig's ihnen!
Zeig ihnen, dass eine Jules Hyatt sich von nichts und niemandem unterkriegen lässt und jede noch so schwierige Situation meistern kann!
Ich bin in Gedanken bei dir.
L.

Dieser Mensch hatte tatsächlich mein komplettes Tagebuch gelesen.

Er wusste alles von mir. Wirklich *alles.*

Der Gedanke allein ließ mich zittern, und ich wusste nicht genau, ob es die Erschütterung war, die ich fühlte, oder die Wut, die sein dreistes Verhalten in mir auslöste.

Und dann verschwieg er mir auch noch feige, wer er war? Was sollte die Aktion dann? Wenn er schon einen auf Kumpel machen wollte, sollte er mir dann nicht die Chance geben, ihn kennenzulernen?

Je mehr ich darüber nachdachte, desto wütender wurde ich. Mein ganzer Körper vibrierte vor Anspannung, und ich spürte, wie sich langsam Kopfschmerzen hinter meiner Stirn breitmachten.

»Alles okay bei dir?«, fragte Ree mich in dem Moment auch und sah mich mit gerunzelter Stirn an. Automatisch zog ich das Buch ein wenig näher an mich heran, um den Brief zu verdecken. Warum ich das tat, wusste ich gerade nicht so genau. Wieso wollte ich das vor Ree geheim halten?

»Ja, alles gut. Mir ist nur ein bisschen komisch, keine Ahnung, was los ist«, wiegelte ich ab.

Ree sah mich noch ein wenig misstrauisch an. Sie kaufte mir das definitiv nicht ab, aber sie konnte sich sicherlich nur zu gut vorstellen, wie es war, wenn man über bestimmte Dinge einfach nicht reden wollte.

Nach kurzem Zögern wandte sie sich wieder ihrem Schal zu und häkelte in einer Geschwindigkeit weiter, dass mir beim Zusehen fast schwindlig wurde.

Der Brief war nur mit einem L unterschrieben. Wer war L?

Es musste jemand aus dem Krankenhaus sein, einer der Ärzte oder ein Pfleger. Oder jemand, der mich besucht hatte. Wobei ich das schon wieder ausschließen konnte, denn wer hätte mich schon besuchen sollen?

Unwillkürlich verzog ich meinen Mund zu einem bitteren Lächeln.

Also ein Arzt oder ein Pfleger.

Ich durchforstete mein Hirn nach Namen mit L, die mir im Krankenhaus über den Weg gelaufen waren, doch außer Larissa fiel mir niemand ein, und als Mädchen schied sie definitiv aus. Kein Mädchen hatte so eine unfassbare Sauklaue.

Für einen kurzen Moment war ich wütend auf meine Eltern, dass sie mein Tagebuch überhaupt mit ins Krankenhaus gebracht hatten. Hätten sie das nicht getan, wäre das alles nicht passiert und Gerti würde noch immer ganz allein mir gehören.

Aber jetzt ... Jetzt gehört sie auch noch jemand anderem. Ich musste sie teilen, meine geliebte, treue Gerti.

Und mein großes Geheimnis, das ich nur ein einziges Mal laut ausgesprochen hatte.

Niemand hätte davon erfahren dürfen, und jetzt wusste jemand davon, den ich gar nicht kannte. Ohne dass ich es gewollt hatte.

Ich hatte nicht eingewilligt, dass mein Geheimnis offenbart wurde.

Er hatte es mir geklaut.

Die Ungerechtigkeit dieser Tatsache ließ mich so wütend werden, dass ich mir schwor, die Person zu finden, die so in meine Privatsphäre eingedrungen war, und für ihr Vergehen zur Rechenschaft zu ziehen.

Koste es, was es wolle.

Jetzt musste ich erst einmal die Zeit hier absitzen. Sechs Wochen Reha waren insgesamt geplant. In dieser Zeit konnte ich nicht viel tun, außer zu Sitzungen zu gehen und Däumchen zu drehen. Das durfte ich natürlich die Pfleger und Ärzte hier nicht hören lassen.

Und ich konnte mir überlegen, wie ich es anstellen wollte, die Person zu finden.

Dafür musste ich auch die Notizen lesen, die Gerti nun enthielt. Vielleicht fand ich darin ja noch weitere Hinweise.

Kaum hatte ich den Gedanken gedacht, kribbelten schon meine Fingerspitzen.

Ich wollte Lizzie davon erzählen. Lizzie gehörte noch immer voll und ganz mir. Ich wollte ihr von meinen zwiespältigen Gefühlen und meinen Plänen erzählen.

Das Problem war nur, dass ich jetzt nicht einfach aufspringen und in mein Zimmer rennen konnte. Das würde definitiv nur unnötig Fragen aufwerfen. Außerdem war ja Sinn der Sache, dass wir uns hier im Aufenthaltsraum mit anderen trafen oder einfach etwas für uns taten.

Ich verstaute den Brief wieder zusammengefaltet in meiner Hosentasche, bevor ich zu Ree hinübersah, die konzentriert ein schwierig aussehendes Muster in ihren Schal häkelte.

Während ich den Brief gelesen hatte, hatte sie schon einige Zentimeter hinzugefügt. Ihre Finger arbeiteten zügig und routiniert. Zwischendurch hielt sie Inne und prüfte, ob das Muster weiterhin richtig war und sie sich nicht verhäkelt hatte.

»Kannst du es mir auch beibringen?«, hörte ich mich plötzlich sagen. Wenn ich meine Finger schon nicht mit dem Schreiben beschäftigen konnte, dann brauchte ich wenigstens irgendetwas anderes zu tun. Ich konnte mich momentan nicht einfach nur ruhig hinsetzen und ein Buch lesen, schon gar nicht eine dieser Schnulzen von Danielle Steel. Würg.

Überrascht sah Ree mich an.

»Häkeln?«, fragte sie irritiert nach, so als hätte ich sie gerade aus einem anderen Universum zurück in die Wirklichkeit geholt. Genau dieses Gefühl wollte ich auch. Einfach mal komplett abschalten. Mich auf etwas anderes konzentrieren. Mich in etwas verlieren, das nicht meine eigenen Probleme waren. Meinen Horizont erweitern.

»Nein, tauchen«, gab ich ironisch zurück, aber lächelte dabei.

»Werde dem großen Meister gegenüber ja nicht frech!«, tadelte mich Ree lachend. »Da drüben in der Kiste sind Häkelnadeln und Wolle.« Sie machte eine Kopfbewegung in Richtung der Kiste. »Such dir was Hübsches aus, und dann zeige ich dir, wie das geht.«

Ich legte das Buch zur Seite und schlenderte rüber zu der Kiste. Groß war die Auswahl ja nicht.

Ich wühlte ein bisschen zwischen den Farben und entschied mich dann für ein dunkles Blau. Ein paar Häkelnadeln in unterschiedlichen Größen waren in einer kleinen Schachtel untergebracht und ich nahm eine heraus, die von der Größe in etwa aussah wie die von Ree. Mit meinen beiden Errungenschaften ließ ich mich wieder neben Ree auf das Sofa fallen.

»So, und jetzt?« Erwartungsvoll sah ich sie an, doch Ree schmunzelte nur.

»Mit der Häkelnadel kommst du nicht weit.« Sie legte ihre Arbeit auf die Seite und wandte sich zu mir. »Sieh mal, die Wolle ist viel zu dick für die kleine Nadel.« Zum Vergleich hielt sie mir ihre Wolle hin. »Meine Wolle ist viel dünner, deswegen auch die dünne Nadel. Du brauchst mindestens eine Nadel zwei Stärken größer«, erklärte sie mir, und ich sah auf die beiden Wollknäuel hinunter. Sie hatte recht. Also tauschte ich die Häkelnadel aus und ging wieder zurück.

»Passt die jetzt?«

Ree begutachtete die Nadel und nickte schließlich.

»Dann zeig ich dir jetzt erst mal, wie Luftmaschen gehen. Schau, du musst den Faden so um deine Finger wickeln und dann mit der Nadel genau so eine Schlaufe bilden. Das ist der Anfang von jeder Häkelarbeit.« Während sie erklärte, wickelte sie den Faden gefühlt einmal um ihre komplette linke Hand und hatte auf einmal eine kleine Schlaufe.

»Moment, noch mal.«

Sie wiederholte alles noch einmal ganz langsam, und ich versuchte mir den Ablauf einzuprägen.

»Jetzt du.« Sie drückte mir die Wolle in die Hand, und ich versuchte es ihr nachzumachen. »Nein, der Faden muss um den Finger«, korrigierte sie mich. »Genau. Und jetzt die Schlaufe. Perfekt!«

Ich freute mich wie ein Schneekönig. Ich hatte meine erste Häkelschlaufe gemacht!

Eigentlich war meine Freude ziemlich albern, aber ich hatte einfach das Gefühl, seit Langem wieder etwas allein geschafft zu haben.

Strahlend sah ich auf die kleine Schlaufe.

»Und jetzt?« Ich hatte definitiv Blut geleckt. Natürlich nur sprichwörtlich.

»Jetzt machst du Luftmaschen. Sehr, sehr viele Luftmaschen. So bekommst du nämlich ein Gefühl für die Nadel und die Wolle und wie fest du den Faden halten musst, damit du gleichmäßig häkelst.«

»Und die gehen wie?«

»Die sind ganz einfach, sieh her.« Ree nahm mir wieder Wolle und Nadel aus der Hand und zog den Faden einfach einmal mit der Nadel durch die Schlaufe. Und noch einmal. Und noch einmal.

»Das sieht echt einfach aus.« Ich nahm ihr wieder die Wolle ab und probierte es selbst.

Meine Luftmaschen sahen jedoch ein klein wenig ungleichmäßiger aus als Rees.

»Keine Sorge, das ist völlig normal. Üb einfach ein bisschen, den Dreh kriegst du schnell raus«, motivierte mich Ree. Während sie sich wieder ihrem hochkomplizierten Schal widmete, machte ich Luftmaschen.

Unmengen von Luftmaschen.

Wir saßen hier in einträchtigem Schweigen, und auf einmal fühlte ich mich wohl. Richtig wohl.

Eine gefühlte Stunde später hatte ich das komplette Wollknäuel in Luftmaschen verwandelt, und langsam, aber sicher wurden sie immer gleichmäßiger. Zum Schluss musste ich schon fast nicht mehr auf Nadel und Faden hinuntersehen und häkelte blind.

Na ja, gut, häkeln konnte man das mit Sicherheit noch nicht nennen, doch zumindest war es ein Anfang.

»Ich denke, für heute hast du erst mal genug Luftmaschen gemacht«, sagte Ree schmunzelnd, und ich grinste zurück.

»Zeigst du mir jetzt, wie ich weitermachen kann?«

»Das muss leider bis morgen warten. Jetzt habe ich erst mal meine nächste Sitzung.« Sie verzog das Gesicht zu einer Grimasse und brachte mich damit zum Lachen. Ganz offensichtlich hatte sie auch nicht allzu viel Spaß dabei, mit einem Psychologen über ihre Probleme zu reden. »Du kannst das alles schon mal wieder auftrennen, dann können wir morgen gleich starten.«

Ich sah auf meine liebevoll gehäkelten Luftmaschen hinunter und wurde fast ein bisschen traurig bei dem Gedanken, dass ich sie gleich wieder kaputt machen würde.

»Muss ich dafür irgendwie rückwärts häkeln?« Bei meiner offenbar naiven Frage brach Ree in ein herzliches Lachen aus, das sie mir gleich noch sympathischer machte, obwohl mir gleichzeitig ziemlich warm wurde, weil meine Frage anscheinend doof war.

»Eigentlich musst du nur an dem losen Ende ziehen«, erklärte sie mir dann. Ich zog daran, und tatsächlich löste sich einfach eine Masche nach der anderen auf.

»So, jetzt muss ich wirklich los. Auch wenn ich immer noch keinen Bock auf diese bescheuerten Sitzungen habe«, fügte sie etwas leiser hinzu.

Auf ihr Gesicht hatte sich ein Schatten gelegt, und plötzlich verstand ich, was wir alle eigentlich am meisten bräuchten: einen Freund. Einen echten Freund, mit dem man über alles reden konnte.

So wie Gerti, nur eben als Mensch.

»Ree?« Gerade als sie sich umdrehte, um zu gehen, hörte ich mich reden, bevor ich darüber nachgedacht hatte, was ich da tat.

Ree sah mich fragend an.

»Wenn du mal reden willst …« Ich ließ den Satz unvollständig in der Luft hängen, aber wir wussten beide, was für ein Angebot darin mitschwang.

Und dieses Angebot war für zwei doch leicht verkorkste Persönlichkeiten wie uns ein ziemlich großer Schritt.

Sie nickte knapp, aber ich sah ein winziges Lächeln in ihrem Mundwinkel, bevor sie sich endgültig umdrehte und ging.

Als ich allein zurückblieb, ließ ich meinen Blick durch den Gemeinschaftsraum schweifen und beobachtete für eine Weile die anderen Patienten und ihre Betreuer. Lena, ein vierzehnjähriges Mädchen, das kaum ein Wort sprach, saß über ihr Puzzle gebeugt, hoch konzentriert.

Ich erinnerte mich daran, dass ich als Kind Puzzles geliebt hatte. Wie man langsam, aber sicher zu einem Ergebnis kam. Wie sich nach und nach ein Bild von irgendeinem Motiv formte. Immer erst die Ränder suchen, dann arbeitete man sich nach innen.

Mama und Papa hatten mir manchmal geholfen. Das waren so gut wie die einzigen schönen Stunden mit ihnen, die ich in Erinnerung hatte.

Dass man der eigenen Erinnerung jedoch nicht immer vertrauen konnte, wusste ich mittlerweile auch …

»Na, hast du Rees Einzelstunde im Häkeln überlebt?«

Ich blickte zur Seite und lächelte meine Betreuerin Tanja an.

»Sieht ganz so aus«, meinte ich.

»Hast du Lust, mit Mattis, Jonas und mir Karten zu spielen?«, fragte sie dann fröhlich, und ich sah an ihr vorbei zu dem sechzehnjährigen Mattis und dem etwa gleichaltrigen Jonas, die sich gelangweilt ansahen.

Die beiden konnten doch nie und nimmer ordentlich Karten spielen, dachte ich.

»Okay«, hörte ich mich aber sagen. »Was spielen wir?«, fragte ich, als wir aufstanden. Mein ganzer Körper platzte gleich vor Anspannung. Ich wollte viel lieber meine Neugierde stillen und endlich in Gerti schnüffeln, was für Kommentare dieser unhöfliche L hinterlassen hatte, anstatt mich in diesem Raum voller Menschen zu beschäftigen. Doch ich hatte gerade keine andere Wahl.

»Whist oder Canasta? Oder hast du einen anderen Vorschlag?«

»Wie wär's mit Poker?«, schlug ich vor und grinste schief. Ich war mir ziemlich sicher, dass gerade Mattis, Jonas und ich ein ziemlich gutes Pokerface draufhatten. Das Pokerface, das ich auch jetzt aufsetzte, um meine Ungeduld zu verbergen und so zu tun, als hätte ich gerade wirklich Bock darauf, Karten zu spielen.

»Fragen wir die anderen beiden.« Tanja ging voraus, während ich einen Blick auf die Uhr warf. In einer Stunde gab es

Mittagessen. Der Vormittag war noch nicht einmal rum, und ich hatte das Gefühl, eine Million Dinge erlebt zu haben.

Ich hatte mit Dr. Hendricks geredet, ich hatte herausgefunden, dass irgendein Idiot Gerti gelesen hatte, und Ree hatte mir das Häkeln beigebracht.

Wenn das so weiterging, würde ich nach der Reha erst einmal einen Monat Urlaub wegen Stress benötigen.

Ich schob den Gedanken beiseite. Ich würde nicht in den Urlaub fahren, ich würde alles daransetzen, L zu finden.

15

Zeit ist etwas verdammt Komisches. Diffuses. Unberechenbares.

Manchmal fliegt sie davon, manchmal schleicht sie langsam voran. Im Voraus weiß man nicht, was in der Richtung zu erwarten ist.

Egal wie wir empfinden, ob die Zeit am liebsten schnell oder langsam vergehen soll, sie ist nicht aufzuhalten. Und wenn sie erst einmal gegangen ist, ist sie für immer verloren.

Ich erinnerte mich daran, dass die Zeit für mich eine Erlösung darstellte, als es mir besonders schlecht ging. Oft schloss ich die Augen und wünschte mir, drei oder vier Monate vorspulen zu können.

Die Zeit heilt alle Wunden, so sagte man doch.

Doch die Zeit hatte mich meine Wunden vergessen lassen, bis sie wieder wie aus dem Nichts auftauchten. Die Zeit hatte mich betrogen. Mich in dem Glauben gelassen, dass wirklich alles gut würde. Dass alles gut war.

Doch das stimmte nicht. Damals nicht und auch jetzt nicht.

Die Zeit konnte nichts ungeschehen machen. Sie war ein Verräter.

Und so auch an diesem regnerischen Tag. Denn noch nie war die Zeit so langsam vorangekrochen wie heute.

Seit sieben Stunden, seit ich L's Brief entdeckt hatte, wartete ich darauf, endlich in mein Zimmer gehen und mein Tagebuch lesen zu können. Es fühlte sich wie sieben Jahre an. Die sieben mageren Jahre.

Ich fühlte mich von dieser scheiß Zeit hintergangen. Deswegen war die Erleichterung, endlich mit dem Abendessen fertig zu sein, größer, als ich sie mir je hätte vorstellen können.

»Kommst du noch mit in den Gemeinschaftsraum?«, fragte Ree mich, als wir den hell erleuchteten Flur entlanggingen.

»Nein, ich gehe ins Bett«, meinte ich und konnte nur schwer meine Ungeduld verbergen.

»Langweiler«, ärgerte Ree mich, meinte es aber offensichtlich nicht ernst.

»Ich bin nicht langweilig, einfach müde«, sagte ich trotzdem. Wir gingen in Stille weiter, die anderen Patienten gingen entweder vor oder hinter uns und unterhielten sich gedämpft.

Als wir bei unserem Zimmer ankamen, wünschte ich allen eine gute Nacht und lehnte mich dann einen Augenblick lang an die Tür, die ich soeben hinter mir geschlossen hatte.

Die Ruhe tat gut.

Und sie machte mir Angst.

Mit zügigen Schritten ging ich zu meinem Schrank und fischte innerhalb von wenigen Sekunden mein Tagebuch heraus. Ich legte es auf meiner Decke ab, dann machte ich mich in Rekordzeit bettfertig.

Ich wollte allein sein, wenn ich mir ansah, was der Unbekannte hineingeschrieben hatte, und ein wenig Zeit hatte ich bestimmt noch, bevor auch Ree zu Bett ging.

Mir wurde immer flauer im Magen, als ich mich meinem Bett und Gerti näherte.

Für einen kurzen Moment hatte ich Angst, dass L mich verurteilen würde, dass er mich nicht verstehen würde. Dass er mich fertigmachen würde. Aber dann fiel mir der Brief wieder ein. So hatte es sich eigentlich nicht angehört.

Ich kuschelte mich unter die Bettdecke, atmete tief durch und schlug dann endlich die erste Seite auf.

Ich sah meine Schrift, die relativ kleinen, geschwungenen Buchstaben, die sich über die Seite zogen. Alles war, wie ich es in Erinnerung hatte. Keine fremde Handschrift.

Kurz ließ ich meinen Blick schweifen, überflog die Worte, die dort standen, und fühlte mich in die Zeit zurückversetzt, als ich auf meinem eigenen Bett zu Hause gesessen und diese Zeilen geschrieben hatte. Wie ich mich gefühlt hatte. Damals war alles noch so viel besser gewesen. Obwohl ich schon da mit meinen Dämonen gekämpft hatte, kannte ich noch nicht das Ausmaß meines Leidens.

Bedächtig blätterte ich einmal um, und schon sprang mir die Schrift entgegen, die ich nicht kannte.

Mein erster Eintrag handelte davon, dass man unbedingt Danke sagen sollte, wann immer nötig, möglich oder angebracht.

Und in einem kleinen Freiraum stand dort mit kleiner Schrift neben meinem eigenen *Danke*:

Danke, dass ich deine Gedanken lesen durfte. (Ich habe mich nicht getraut, deine kostbare erste Seite zu verunstalten.)

Ich schwankte zwischen Wut und einem kleinen Funken Sympathie für den Humor.

Andererseits hätte er mein Tagebuch ja auch gar nicht verunstalten müssen, auf keiner Seite. Seine Schrift war wirklich unglaublich hässlich.

Ich las von Brianne und dem Kugelschreiber, den ich für sie aufgehoben und wofür ich kein Danke erhalten hatte.

Denk daran: Personen wie Brianne brauchst du nicht. Es gibt dort draußen wahre Freunde für dich!, unterstützte mich hier die fremde Person.

Ich bin ein Nichts. – **Nein, das bist du ganz und gar nicht. Du bist eine starke junge Frau. Viel stärker, als du im Moment vielleicht glaubst.**

Ich spürte Tränen in meinen Augen aufsteigen. Ich war nicht stark. Ich kam mir wie der schwächste Mensch der Welt vor.

Und dieser L kannte mich nicht. Wie konnte er so etwas dann überhaupt schreiben?

Trotzdem merkte ich, dass diese Worte mir ein wenig guttaten. So lange schon hatte keine Person mehr aufmunternd auf mich eingeredet. Ich hatte ganz vergessen, wie es sich anfühlte.

Dass dann ausgerechnet eine fremde Person, die in meine Privatsphäre eingedrungen war, dieses Gefühl in mir auslöste, war mehr als ironisch.

Ich wollte gerade zum nächsten Eintrag blättern, als ich auf dem Flur Rees Stimme hörte. Schnell klappte ich mein Tagebuch zu, legte es unter mein Kopfkissen, machte mein Licht aus und legte mich mit dem Rücken zur Tür.

Mein Herz klopfte wie verrückt, als Ree unser Zimmer betrat. Als hätte ich etwas Verbotenes getan. Dabei wollte ich einfach nicht, dass sie das Tagebuch entdeckte.

Ich spürte das Buch unter meinem Kopf. Versuchte die Härte zu ignorieren, während Ree im Zimmer umherging und sich umzog.

Als sie ins Bad ging, nutzte ich die Möglichkeit und legte das Büchlein anders hin, damit es mich beim Schlafen nicht stören würde.

Doch an Schlafen war gar nicht zu denken. Ich wollte weiterlesen. Ich wollte L's Kommentare alle lesen. Ich wollte herausfinden, ob ich ihn hassen sollte oder ob er wenigstens etwas Sinnvolles in mein Tagebuch geschrieben hatte. Konnte ich die Einträge überhaupt zu etwas gebrauchen? Was wollte er damit bezwecken?

Wenn ich ihn nie finden würde, hätte ich einfach noch einen imaginären Freund dazubekommen, wie Gerti und Lizzie. Das würde mir im Leben auch nicht wirklich weiterhelfen.

Genervt seufzte ich leise. Ich musste weiterlesen. Einfach weiterlesen.

Als ich am nächsten Morgen aufwachte, war ich mir im ersten Moment nicht sicher, ob es L's Brief und seine Kommentare in meinem Tagebuch wirklich gab, oder ob ich alles nur geträumt hatte. Doch als ich mich auf die Seite drehte und das Tagebuch unter meinem Kissen spürte, hatte ich meine Antwort.

Ich öffnete langsam die Augen, starrte in der Dunkelheit vor mich hin. Ree schlief tief und fest, was ich an ihrer ruhigen Atmung hören konnte.

Ich drehte meinen Wecker und sah mir die Digitalanzeige an. Halb sechs. Und ich war eigentlich überraschend fit, was mit Sicherheit daran lag, dass mein Schlaf-Wach-Rhythmus noch nicht ganz eingependelt war.

Kurz überlegte ich, mich auf die andere Seite zu drehen und zu versuchen, noch eine Runde zu schlafen. Doch ich wusste im gleichen Moment, dass es zwecklos war.

So leise wie möglich stand ich auf, zog mir meinen Schlabberpulli an, schnappte mir das Tagebuch und verließ in Schlafklamotten und Hausschuhen das Zimmer. Ich schlenderte zum Gemeinschaftsraum, der sich dunkel, still und leer vor mir auftat.

Langsam, um in der Dunkelheit nicht gegen diverse Möbel zu treten, bahnte ich mir einen Weg zur Sofaecke. Ich knipste eine kleine Lampe an, schmiss mich in den großen Sessel und zog mir eine Decke über den Körper.

Ich hatte bestimmt noch eine Stunde, vielleicht sogar ein bisschen mehr, bis die ersten Patienten und Betreuer wach wurden. Und diese Zeit wollte ich nutzen.

Ich schlug das Buch bei meinem zweiten Eintrag vom 18. Februar auf, und schon sprang mir nach meinem ersten Satz diese unbekannte Schrift entgegen.

Na, wie fandest du meinen Eintrag gestern? Und sag jetzt ja nicht, dass du so etwas jeden Tag zu lesen bekommst! – **O nein, glaub mir, so etwas bekommt niemand jeden Tag zu lesen ;) Du hast eine Gabe, mit Worten umzugehen …**

Was wurde das? Wieso machte er mir ein Kompliment? Oder lachte er mich aus? Meinte er das sarkastisch?

Ich ließ meinen Blick schweifen. O Gott, jetzt kam Gertis Namenstaufe. L musste doch denken, dass ich verrückt sei. Wer gab bitte seinem Tagebuch einen Namen?

Bevor ich jedoch anfangen konnte, mich zu schämen, sah ich den nächsten Kommentar.

Du bist einzigartig. Ein Unikat. – **Du auch, Jules. Vergiss das nicht. Du bist viel einzigartiger als Gerti. (Obwohl ich sie jetzt auch schon ziemlich cool finde. Ich wünschte mir, dass ich in meinem Leben auch eine Gerti hätte.)**

Ich schluckte.

Dann blätterte ich weiter, überflog meinen eigenen Text, sog L's Worte in mich auf. Ich schwankte immer noch zwischen weiß glühender Wut dem Fremden gegenüber und dem Wunsch, L vertrauen zu können. Doch ich sträubte mich mit aller Macht dagegen.

Egal was er geschrieben hatte, man traute doch keiner Person, die alle Regeln gebrochen und ein privates Tagebuch gelesen hatte, oder?

Ich las weiter.

20. Februar.

Der Eintrag war über meine Oma.

Darüber, wie sehr ich sie liebte, und darüber, wie krank sie doch war. Und dass Gerti in meinem Kopf quasi die Rolle als Oma übernommen hatte. Ich konnte nicht anders, als zu lächeln, als ich las, wie ich Gerti dafür gelobt hatte, dass sie mich noch kein einziges Mal unterbrochen hatte.

Nur die Ratschläge bräuchte ich irgendwie noch von jemandem. – **Und siehst du, Jules, genau hier komme ich ins Spiel.**

Ich gab einen unzufriedenen Laut von mir. L war also ein selbst ernannter Ratschlaggeber.

Arroganter Idiot. Das war er.

Doch obwohl er mich aufregte, blätterte ich weiter zum nächsten Eintrag nur einen Tag später, denn dieser arrogante Idiot hatte tatsächlich meine Neugier geweckt.

Eine leise Stimme in meinem Kopf flüsterte mir zu, dass er sich immerhin sehr viel Mühe gegeben hatte. So viel Mühe hatte sich noch nie jemand für mich gemacht.

Wenn ich weiterhin so dachte, dann würde ich fast schon aus Schuldgefühlen weiterlesen, dachte ich frustriert.

In meinem nächsten Eintrag ging es um Vertrauen und um Familie. Meine Familie.

Sollte nicht jeder Mensch andere Menschen um sich herum haben, von denen er geliebt und geschätzt wird? Mit denen man Zeit verbringt, nicht weil man es muss, sondern weil man es möchte? – **Ja, Jules, wirklich jeder sollte solche Menschen in seinem Leben haben. Es bricht mir das Herz, zu hören, dass es niemanden gibt, der für dich da ist. Aber jetzt hast du ja mich ;)**

Ach ja? Tatsächlich? Und wo verdammt bist du? Ich war schon drauf und dran, Gerti gegen die nächste Wand zu pfeffern, als mir auffiel, dass sie nun wirklich nichts dafürkonnte, dass ich schon wieder so wütend war.

L hatte nicht einmal den Schneid besessen, sich mir vorzustellen, dazu zu stehen, wer er war und was er getan hatte. Was für ein *Freund* sollte das bitte sein?

Ich versuchte wieder runterzufahren. Mich jetzt großartig aufzuregen, brachte auch nichts mehr. Immerhin war es zu spät. L hatte mein Tagebuch gelesen, hatte seine Nase in Dinge gesteckt, die ihn nichts angingen, hatte geschnüffelt.

Ich würde meine Wut sorgfältig verschließen und aufheben, bis er direkt vor mir stand.

Ich atmete einmal tief durch und las weiter.

Ein Stich fuhr durch mein Herz, als ich meine eigenen Worte wieder las. Meine Eltern, die mich vernachlässigten, die ich kaum sah, die mich nicht hatten haben wollen.

Sag so etwas nicht! Ich bin mir sicher, dass deine Eltern dich auf ihre Art lieben und es nur nicht so zeigen können. Weißt du, wie viele Male sie bei dir am Bett saßen, deine Hand hielten und um dich weinten? Rede mit ihnen, sag ihnen, wie du dich fühlst.

Tränen stiegen mir in die Augen. Hatte ich nicht genau das versucht? Ich wollte mich öffnen, doch ich wurde nur zurückgewiesen.

Schnell verdrängte ich die schmerzhaften Erinnerungen wieder. So weit war ich noch nicht. Darüber nachzudenken hatte noch Zeit. Zeit, die ich eindeutig brauchte, um mein Gleichgewicht wiederzufinden.

Eigentlich verbringe ich fast ausschließlich Zeit allein. Ich habe also sehr viel Zeit, um nachzudenken. Zu viel Zeit. – **Hast du schon mal darüber nachgedacht, dir ein Hobby zuzulegen? Du könntest dich in einem Verein anmelden, irgendeinem Club, könntest Sport machen oder über Bücher diskutieren. Jules, du könntest neue Leute kennenlernen, Freunde finden. Wäre das nicht einen Versuch wert?**

Ich sträubte mich dagegen, mir einzugestehen, dass L recht hatte. Ja, mir waren in letzter Zeit, eigentlich mein ganzes Leben lang, sehr viele Steine in den Weg gelegt worden, aber ich hatte auch nicht genug gekämpft. Ich hatte mich nicht genug angestrengt, hatte mich immer weiter in mein eigenes kleines Schneckenhaus zurückgezogen und nichts dagegen unternommen.

Ich hatte die Einsamkeit fast ein wenig genossen. Mich so lange eingeigelt, dass ich den Weg zurück nicht mehr fand.

Dabei wäre es gar nicht so schwer gewesen, wie L mir hier gerade mit nur ein paar Sätzen zeigte.

Innerlich nahm ich mir vor, mein Leben von Grund auf umzukrempeln, sobald ich hier raus war. Das würde nicht leicht werden. Aber immerhin war ich hier, um mir Unterstützung zu holen, oder? Ein bitteres Auflachen entwich meiner Kehle.

Wenn ich erst wieder zu Hause wäre, würde alles wieder seinen gewohnten Lauf nehmen.

Wenigstens nach L konnte ich suchen. L finden, L zusammenscheißen, L wieder vergessen. Das klang doch nach einem Plan.

Aber einen Schritt nach dem anderen. Jetzt war erst einmal Tagebucheintrag Nummer sechs an der Reihe. So ungern ich es auch zugab, mir taten L's Worte gut, und ich hegte die Hoffnung, dass vielleicht doch noch der eine oder andere Tipp dabei war, der mir vielleicht tatsächlich helfen konnte.

L kannte immerhin alle meine Geheimnisse. Dr. Hendricks müsste ich erst alles erzählen, bevor ich Hilfe erwarten konnte.

Und noch etwas zog mich mehr zu L als zu Dr. Hendricks: L machte das alles freiwillig. L wollte mir helfen – Dr. Hendricks tat es doch eh nur, weil es sein Job war.

Ich warf einen Blick auf die Uhr und stellte fest, dass ich schon eine ganze Weile hier saß. Draußen wurde es langsam hell. Noch war zwar von der Sonne nichts zu sehen, aber die Dunkelheit wich langsam einem zarten Grau, das sich schon bald von den Sonnenstrahlen würde verdrängen lassen.

Viel Zeit blieb mir also nicht mehr. Ich entschied, noch einen einzigen Eintrag zu lesen und mich dann wieder ins Bett zurückzuschleichen.

Ich blätterte um und wünschte mir im selben Augenblick, ich wäre doch lieber gleich in mein kuscheliges Bett zurückgeschlüpft.

Das hier war mein Eintrag über das Sterben. In mir verkrampfte sich alles.

Der Eintrag war etwa ein halbes Jahr alt, und es schmerzte mich, dass ich in so kurzer Zeit so tief gefallen war.

Vor einem halben Jahr hatte ich nicht einmal mit dem Gedanken gespielt, allem ein Ende zu bereiten. Und hier war ich nun. Verzweifelt und vollkommen am Boden.

Nicht nur dieses Gefühl ließ meinen ganzen Körper schmerzen.

Ich dachte an meine Oma. Dachte daran, wie krank sie war. Dachte daran, wie ich ihre Hand gehalten hatte, als sie einfach einschlief und plötzlich aufhörte zu atmen. Wie mein ganzer Körper sich unter den Schluchzern zusammengekrümmt hatte, sodass ich völlig die Kontrolle über mich verlor.

Mit meiner Oma war ein Teil von mir gestorben. Jetzt hatte ich niemanden mehr auf dieser Welt.

Dieser Gedanke tat so unendlich weh.

Ich wusste, dass es für Oma so besser war. Ihr Leben war in den letzten Wochen einfach nicht mehr lebenswert gewesen, und sie hatte mir immer gesagt, dass sie froh sei, ein so langes und erfülltes Leben gehabt zu haben. Sie hätte nicht gewollt, dass sie so lange Zeit auf so menschenunwürdige Weise im Heim verbringt. Oma hatte schon immer einfach friedlich einschlafen wollen. Und genau das war ihr vergönnt gewesen.

Ach, Oma, ich wünschte so sehr, dass ich dich noch einmal in den Arm nehmen könnte. Nur noch einen Tag mit dir verbringen.

Die Tränen rannen über meine Wangen und meine Nase lief, aber ich hatte kein Taschentuch da.

Mir fehlte die Kraft für diesen Eintrag. L's weise Worte mussten warten. Ich schlug Gerti zu, schloss für einen Moment die Augen, um mich wieder zu beruhigen, und stand dann auf, um wieder in mein Bett zurückzugehen.

16

Ich sah aus dem Fenster und betrachtete die Schneeschicht, die unberührt, rein und wunderschön auf dem Rasen und den Ästen der Bäume zu sehen war. Es hatte die ganze Nacht geschneit, und auch jetzt noch segelten große Schneeflocken sanft zu Boden. Und das Mitte Oktober.

Ich liebte Schnee. Ich liebte diese immense Ruhe, die mich beim Anblick einer Schneelandschaft befiel. Alle Geräusche wurden gedämpft, die Zeit schien langsamer zu gehen, und alle Bewegungen waren wie in Zeitlupe. Ich fühlte mich weniger gestresst und abgehetzt. Dass ich das Gefühl hatte, die Zeit würde langsamer vorangehen, machte mir nichts aus, weil so ein Wetter eh nur dazu einlud, sich auf der Couch zusammenzurollen und zu lesen oder Filme zu sehen.

Zu lesen.

Wieder wanderten meine Gedanken zu Gerti. Und L. Dem geheimnisvollen L, der mein Tagebuch verunstaltet hatte. Aber aus den besten Absichten heraus.

Ich hatte noch nicht weitergelesen. Es hatte zu wehgetan, alte Gefühle wieder aufleben zu lassen. Es hatte mich ermüdet. Und es hatte mich beunruhigt. Ich musste erst wieder ein wenig zu Kräften kommen, bevor ich die nächsten Einträge und L's nächste Kommentare lesen konnte.

»Woran denkst du?«, riss mich Dr. Hendricks aus meinen Gedanken. Ich drehte wieder den Kopf und sah ihn an. Ich wusste nicht, wie lange ich aus dem Fenster gestarrt hatte. Eine leichte Röte schlich sich auf meine Wangen.

»An den Schnee«, sagte ich.

»Gefällt er dir?«

»Manchmal wäre ich gern wie Schnee.«

»Inwiefern?«

Rein. Unberührt.

»Kalt und eisig«, sagte ich laut.

Dr. Hendricks sah mich ruhig an. »Das Gefühl kenne ich. Oft wäre es leichter, wenn wir uns einfach kalt machen könnten. Sodass uns nichts berührt, uns nichts traurig oder wütend macht. Es wäre schön, wenn andere Leute keinen Einfluss auf uns ausüben könnten.«

Ich nickte, sah kurz aus dem Fenster, dann wieder zu dem Psychologen vor mir. Es war unsere dritte Sitzung, und ein Teil von mir sehnte sich danach, ihm mein Herz auszuschütten und ihm alles zu erzählen. Wirklich alles.

Aber das konnte ich noch nicht.

»Stell dir mal vor, es wäre so«, sprach er jetzt weiter. Interessiert sah ich ihm in die Augen. »Stell dir vor, dir wären andere Menschen und ihre Meinungen komplett egal. Stell dir vor, sie könnten dich nicht berühren. Gar nicht.«

Ich versuchte es mir vorzustellen.

»Wenn sie dich jedoch in negativer Hinsicht weder berühren noch beeinflussen können, dann können sie es auch nicht in positiver.« Er hielt kurz inne. »Du würdest vieles nicht mehr spüren, was du sicherlich nicht vermissen würdest. Du wärst nicht traurig, nicht eifersüchtig, nicht genervt, nicht verletzt, nicht enttäuscht, nicht wütend. Das klingt verlockend, oder?«

Ich rührte mich nicht.

»Aber keiner könnte dich glücklich, erheitert, aufgemuntert, vergnügt machen. Keiner könnte dafür sorgen, dass du dich geborgen, geliebt und wertgeschätzt fühlst. Wäre es das wert?«

Ich sah ihn an, ohne zu blinzeln. Versuchte zu verarbeiten, was er soeben gesagt hatte.

Wäre es das wert?

Wollte ich nicht eigentlich glücklich, aufgemuntert, vergnügt sein? Wollte ich mich nicht am meisten einfach geborgen und geliebt fühlen?

Dazu Nein zu sagen, nur weil man das andere nicht fühlen wollte, wäre doch eigentlich dumm. Der Preis für Gefühlslosigkeit wäre zu hoch. Viel zu hoch.

Ich wusste es ja. Ich hatte es ja am eigenen Leib gespürt im letzten Jahr. Wenn der Körper alle schlechten Gefühle ausschließen wollte, dann schloss er einfach alle Gefühle aus. Der Körper konnte nicht zwischen gut und schlecht unterscheiden. Also entweder fühlte man alles oder nichts.

Und war nichts fühlen auf Dauer wirklich besser?

Mir hatte es nicht geholfen. Im Gegenteil. Es hatte mein Leben nur noch unaushaltbarer gemacht. Denn obwohl ich mein Herz verschlossen hatte, wusste ich, dass die schlechten Gefühle nur so in mir brodelten und nur darauf warteten, rausgelassen zu werden. Ich hatte sie nicht ganz unterdrücken können, keine einzige Sekunde in den letzten Monaten.

Gleichzeitig hatten sie mich auch so überrollt, dass, sogar wenn es etwas Gutes zu fühlen gegeben hätte, ich es nicht bemerkt hätte.

Ich hatte meine Augen vor dem Licht der Welt verschlossen.

In einem kläglichen Versuch, mich selbst zu retten.

Ich konnte mich nicht retten. Das musste ich einsehen.

»Das ist deine Entscheidung, Jules«, sprach Dr. Hendricks jetzt sanft weiter. »Wenn du willst, helfe ich dir dabei, den schlechten Gefühlen in deinem Leben den richtigen Platz und Stellenwert zu geben. Denn weißt du, man kommt im Leben nicht drum herum, enttäuscht zu werden oder traurig zu sein. Das gehört einfach dazu. Aber du brauchst die schlechten Seiten nicht gewinnen zu lassen. Das erfordert Anstrengung und harte Arbeit, doch du kannst es schaffen, selbst zu bestimmen, ob die schlechten Gefühle überhandnehmen oder die guten.«

Zeig es mir, dachte ich, nein, flehte ich innerlich. Doch ich wusste, dass, wenn er mir helfen sollte, er auch wissen musste, welche schlechten Gefühle in meinem Innern rumorten. Und ich wollte es nicht sagen, nicht laut aussprechen. Also konnte er mir nicht helfen.

»Ich weiß, dass dich noch irgendetwas davon abhält, mir alles zu erzählen«, redete er weiter, als er offenbar mein Zögern sah. Den inneren Kampf, den ich mit mir ausfocht. »Das kann ich verstehen. Gerade über negative Dinge redet man nur ungern, weil man sie am liebsten vergessen will. Aber Erinnerungen vergisst man für gewöhnlich nicht einfach so, also muss man einen Weg finden, mit ihnen umzugehen. Wie siehst du das?«

Ich hatte meine Erinnerungen vergessen. Und sie waren ungewollt, völlig unerwünscht wieder zurückgekommen. Hätten sie nicht dort bleiben können, wo sie waren? In dem hintersten Winkel meines Seins, ohne dass ich von ihrer Existenz wusste?

»Sie haben ja keine Ahnung«, hörte ich mich sagen, bevor ich mich stoppen konnte.

Überrascht sah Dr. Hendricks mich an. Mit der Aussage hatten wir wohl beide nicht gerechnet.

»Von was habe ich denn keine Ahnung?«, hakte er nach, doch der Moment war schon wieder vorbei, und ich hatte meine lose Zunge wieder unter Kontrolle.

Ich sah auf die Hände in meinem Schoß.

Dr. Hendricks hatte keine Ahnung.

L dagegen schon.

Auf einmal verspürte ich das Bedürfnis, doch noch die weiteren Einträge und Kommentare in meinem Tagebuch zu lesen. Und zwar so schnell wie möglich.

Was machte ich mir eigentlich vor? Ich hoffte auf ein wenig Verständnis, aber ich konnte ja nicht sicher sein, dass L mich nicht verachtete, nachdem er mein Geheimnis kennengelernt hatte.

Auf der anderen Seite … Sein Brief, den er ja geschrieben hatte, nachdem er mein ganzes Tagebuch gelesen hatte, war trotzdem freundlich und unterstützend gewesen. Er hatte Mitleid gezeigt.

Verdammt, ich wollte kein Mitleid!

»Du scheinst hin- und hergerissen zu sein, Jules«, vernahm ich auf einmal Dr. Hendricks' ruhige Stimme. Ich wollte schon ein eingeschnapptes und sarkastisches »Ach, sagen Sie bloß« loswerden, doch ich stoppte mich noch rechtzeitig. Ich war nicht dieses trotzige, rebellische Mädchen, das man oft in Filmen oder Serien sah. Ich würde nicht unhöflich die Sitzung abbrechen und einen dramatischen Abgang hinlegen. Das würde mir doch eh nichts bringen.

»Und das ist völlig okay«, sprach er weiter. »Vielleicht ist es besser, wenn wir für heute Schluss machen.«

Ich konnte ihm kaum in die Augen sehen, fühlte mich irgendwie so, als würde ich ihn enttäuschen.

»Du kannst mir alles sagen, Jules. Wenn du bereit bist. Und ich warte gern darauf.«

Langsam hob ich den Blick. Dr. Hendricks lächelte mich an. Nicht creepy, nicht aufdringlich, nicht provokativ. Einfach freundlich.

»Ich kann noch nicht«, flüsterte ich, spürte, wie die Tränen hinter meinen Augen zu drücken begannen. Ich war noch nicht stark genug, um die schreckliche Wahrheit laut auszusprechen. Zuzugeben.

»Das ist völlig in Ordnung.« Dr. Hendricks setzte sich ein wenig aufrechter hin. »Hast du irgendein Hobby oder eine Beschäftigung, womit du den Tag verbringen kannst?«

Der plötzliche Themenwechsel verwirrte mich kurz. »Ähm ... Ree, ich meine Harriet, hat mir das Häkeln beigebracht. Oder ... Sie ist noch dabei.«

»Sehr gut. Unternimmst du auch etwas mit den anderen?«

»Ich habe vorgestern Mattis, Jonas und Tanja beim Poker fertiggemacht«, erzählte ich, grinste dabei ein wenig schief und brachte auch den Psychologen zum Lächeln.

»Sehr gut.« Er nickte anerkennend. »Mach weiter so. Unternimm etwas für dich selbst und mit anderen. Braucht ja nichts Spektakuläres zu sein.« Er sah mich ruhig an.

»Dann will ich nicht mehr von deiner Energie beanspruchen«, sagte er und stand auf. Ich tat es ihm zögerlich gleich. »Wir sehen uns dann nächste Woche Montag um zehn.«

Fragend sah ich ihn an. Sollte ich die nächsten paar Tage keine Sitzungen haben?

»Ich denke, du könntest eine kleine Denkpause gut vertragen«, meinte er mit einem Zwinkern und öffnete mir die Tür.

»Vielleicht«, murmelte ich und verabschiedete mich von ihm. Ich ging zu meinem Zimmer.

Aber nicht, um zu denken.

Sondern um zu lesen.

Ich lief also zurück in mein Zimmer und befolgte damit nicht den Rat, den mir Dr. Hendricks gegeben hatte, dass ich etwas mit anderen unternehmen solle.

Wenigstens tat ich in gewisser Weise etwas für mich.

Wenn ich nämlich nicht jetzt sofort weiterlesen würde, dann würde mich die Neugier noch umbringen.

Ich schmunzelte bitter über den Wortwitz.

Ree war zum Glück nicht auf unserem Zimmer, ich musste die Zeit also nutzen, die ich hatte, da ich nicht wusste, wann sie zurückkam, und in spätestens einer Stunde musste ich im Gruppenraum sein.

Warum hatte man sogar in einer Einrichtung wie dieser noch so viele fixe Termine? Sogar das Essen begann immer auf die Minute pünktlich. Der Alltag ließ hier einfach keinen

Spielraum für die eigenen Bedürfnisse. Eigentlich ein witziger Gedanke, wenn man bedachte, dass unsere Bedürfnisse im Grunde das waren, worum es hier in erster Linie gehen sollte.

Ich setzte mich im Schneidersitz auf mein Bett und zog mein Tagebuch aus dem Kissen. Ich hatte es in der Hülle versteckt, weil ich sonst nicht wusste, wo ich es hinstecken sollte, ohne dass es jemand – absichtlich oder unabsichtlich – fand.

Ich blätterte und suchte die Stelle, an der ich letztes Mal aufgehört hatte.

Der Eintrag über das Sterben, den ich letztes Mal einfach nicht lesen konnte.

Erst als ich die ersten Zeilen, meine eigenen Worte wieder gelesen hatte, merkte ich, dass ich unbewusst die Luft angehalten hatte.

Und das ist gar nicht mal so einfach. Denn der Tod ist für jeden anders. Er kann schockierend und überraschend kommen, erwartet, aber doch schmerzhaft, oder eben sogar erwünscht. – **Wie war der Tod für dich, Jules? Hattest du Angst davor? Bereust du inzwischen, was du tun wolltest? Bist du froh, dass dir das Leben eine zweite Chance geschenkt hat, wenn du diese Worte hier liest?**

Ich hielt im Lesen inne, starrte auf die Worte, versuchte in mich hineinzuhören und eine Antwort zu finden.

Und ich fand sie.

Ich wusste es nicht genau.

Auf der einen Seite war ich froh, ja. Es erschien mir nicht mehr alles so aussichtlos. Auf der anderen Seite hatte sich einfach *nichts* verändert. Meine Umstände waren noch immer die gleichen, und auch wenn ich jetzt ein wenig anders darüber dachte – Dr. Hendricks' Worte von vorhin über den Stellenwert von Negativem hatte mich tatsächlich zum Nachdenken gebracht –, so wünschte sich doch ein kleiner Teil von mir, einfach tot zu sein. Denn wenn der letzte Versuch geklappt hätte, dann würde ich das alles hier sowieso nicht mehr mitbekommen.

Aber ob es wirklich die richtige Entscheidung gewesen wäre?

L und Dr. Hendricks belehrten mich langsam eines Besseren. Trotzdem konnte sich keiner von den beiden in meine Lage versetzen. Keiner von den beiden hatte durchmachen müssen, was ich durchgemacht hatte.

Ich las weiter, las meine Bemerkung darüber, dass es die Hinterbliebenen immer stärker traf, weil sie den Toten vermissten.

Doch wer hätte mich vermisst? Sogar meine Eltern wären froh gewesen, dass sie sich endlich nicht mehr um mich kümmern mussten. Wobei *kümmern* ja schon ein sehr großzügiger Begriff für das war, was ich mein Leben lang von ihnen bekommen hatte.

Das war auch einer der Gründe, die mich dazu gebracht hatten, diesen endgültigen Schritt zu gehen. Meine Oma wäre die einzige Person gewesen, die um mich getrauert, die mich vermisst hätte, und sie war tot.

Als mir bei diesem Gedanken schon wieder die Tränen in die Augen schießen wollten, lenkte ich mich schnell ab und las weiter.

Wenn sie irgendwann so krank ist, dass sie nichts mehr weiß und kann, dann wäre es doch eine Erlösung, fast schon eine Erleichterung, zu sterben. Weil die lebende Alternative weniger aushaltbar ist als der Tod. Oder? – **Ja, Jules, im Fall deiner Oma mag das tatsächlich gestimmt haben. Aber denk einmal nach: Sie hatte ein langes, erfülltes Leben. Sie hat ihre Kinder, sogar ihre Enkel, sie hat dich aufwachsen sehen. Sie hat dich geliebt, und jetzt war es an der Zeit. Du hast noch dein ganzes Leben vor dir. Hätte deine Oma gewollt, dass du all deine Chancen und Träume einfach so wegwirfst?**

Diese Frage schnürte mir die Luft ab. Darüber hatte ich noch nie nachgedacht.

Ich war immer noch der festen Ansicht, dass meine Oma mich jetzt nicht sehen konnte, oder so. Sie schlief einfach irgendwo.

Ich konnte sie mit meinen Entscheidungen also nicht direkt verletzen. Aber würde ich dadurch, dass ich weiterkämpfte, nicht ihr Andenken wahren?

Dieser Gedanke berührte mich unglaublich tief. Meine Oma hatte mich immer aufgebaut, sich meine Sorgen angehört, war immer für mich da gewesen. Sie hätte das definitiv nicht gewollt. Ihr hätte es das Herz gebrochen.

Ich habe nämlich diese grundlegende Haltung, dass es IMMER irgendwann besser wird. – **Finde diese innere Stärke, diese Zuversicht wieder – denn es WIRD immer wieder besser!**

L hatte leicht reden. Wusste er zu diesem Zeitpunkt überhaupt schon, was alles passiert war? Er hatte doch das Tagebuch bestimmt erst gelesen, bevor er mit den Notizen anfing. Oder?

Und deswegen habe ich schließlich angefangen, mich dir anzuvertrauen. Das ist der erste Schritt. – **Und das war ein guter Schritt! So kannst du deine Gedanken wenigstens schon einmal ordnen. Aber Jules, du musst dir auch noch jemanden suchen, dem du vertrauen kannst, jemanden, der dich aufbauen und dir durch schwere Phasen helfen kann. Jemanden wie deine Oma. Denk darüber nach.**

Ich wollte mich niemandem anvertrauen. Ich schämte mich zu sehr. Und niemand würde das Geschehene ungeschehen machen können. Egal wie sehr ich es mir auch wünschte.

Dr. Hendricks Worte von vorhin kamen mir in den Sinn. »Ich will dir helfen. Du kannst mir alles sagen, Jules.«

Doch würde es etwas bringen? Konnte ich überhaupt über meinen eigenen Schatten springen und mich einer weiteren

Person öffnen, in der Hoffnung, wenigstens dieses eine Mal nicht enttäuscht zu werden?

Allein bei dem Gedanken bekam ich Panikzustände, und mir wurde ganz kalt. Ich war einfach schon zu oft fallen gelassen, enttäuscht, zurückgewiesen worden.

Noch ein weiteres Mal würde ich nicht überstehen.

Oder das war nur eine schlechte Ausrede, damit ich nicht vollends die Verantwortung für meinen Heilungsprozess übernehmen musste. Denn ich wusste, dass die nächsten Monate mit viel Anstrengung verbunden wären, und dass ich nur wieder ganz gesund werden konnte, wenn ich es auch selbst wollte.

Aber wenn ich mich dazu entschied, es zu wollen, musste ich auch mit dem Risiko leben, dass mein Leben nicht ganz so verlaufen würde, wie ich es mir vorstellte. Dass ich *anders* gesund wurde. Dass ich durch Türen gehen musste, die ich eigentlich nie aufmachen wollte.

Ich seufzte, sah nach unten, las den Abschluss meines Eintrages.

War schön, wieder mit dir zu quatschen. Und danke, dass du dir meinen Blödsinn anhörst. Obwohl du keine Wahl hast. Aber trotzdem. – **Ich habe eine Wahl, Jules. Und ich würde es immer wieder tun.**

Das konnte er doch verdammt noch mal nicht ernst meinen!

Tränen der Wut sammelten sich in meinen Augen, die ich verbissen hinunterschluckte. Wieso sagte er mir nicht, wie ich ihn finden konnte? Wieso hatte er mir nicht seine Nummer dagelassen? Wieso hatte er einen auf Möchtegernpsychologe gemacht, aber seine Identität verschleiert? Wie sollte ich bitte seine Hilfe annehmen können, wenn ich nicht mit ihm reden konnte?

Frustriert fuhr ich mir durch die Haare.

Ich blätterte weiter. *10. März.* Noch mehr Schwärmerei für Brad.

Ich verdränge die Alarmglocke.

Ich lächelte halbherzig. Hätte ich lieber auf mein Bauchgefühl gehört.

Bitte, Gerti, sag mir, dass ich das Richtige tue. – **Bitte, Jules, sag mir, dass Brad dich nicht verletzt hat.**

Ich schüttelte den Kopf. Wenn L wüsste ...

Ich las weiter, vergaß die Zeit um mich herum. Konzentrierte mich nur auf meine Einträge und L's Gedanken dazu. Ich verschlang förmlich seine Ratschläge und Anmerkungen, spürte mehr und mehr, wie einsichtig er eigentlich war.

1. Juni. Der Tag, an dem meine Oma starb. Ich hatte die Wochen davor keinen einzigen Eintrag geschrieben. Aus gutem Grund.

Allein beim Gedanken daran, wie schlecht es mir damals ging, zog sich alles in mir zusammen.

Das Wochenende mit Brad hatte alles verändert. Hatte meine Welt zusammenbrechen lassen. Und die eine Person, die mir am meisten hatte helfen können, war zu dem Zeitpunkt schon zu krank, um für mich da zu sein.

Ich wischte eine weitere Träne von meiner Wange und zwang mich dazu, weiterzulesen.

Drei Wochen Leiden haben heute ein Ende genommen.

Oma ist gegen Mittag eingeschlafen. Ein letztes Mal. Für immer.

Meine einzig wahre Freundin, meine Stütze, ist weg.

Und ich weiß nicht, wie ich dir davon erzählen soll, Gerti. Es ist schwer, nach knapp drei Wochen das erste Mal wieder mit dir zu reden.

Denn es ist etwas Grauenvolles passiert. Und damit meine ich nicht den Tod meiner Oma.

Sie hätte mir helfen sollen. Nach dem Wochenende mit ... Nach dem Wochenende hätte ich sie gebraucht. Doch sie war zu schwach, zu krank. Anstatt dass sie sich um mich kümmerte, habe ich mich um sie gekümmert.

Ich habe meine eigenen Probleme beiseitegeschoben, obwohl es fast unmöglich war, und bin jeden Tag nach der Schule zu ihr gegangen. War an ihrer Seite, obwohl sie mich nicht mehr erkannt hat. Habe mit ihr geredet, habe ihr vorgelesen, habe ihre Hand gestreichelt.

Vor fünf Tagen dann haben die Ärzte empfohlen, ihr gegen die Schmerzen Morphium zu geben. Ihre Organe haben langsam nachgegeben, alles hat ihr wehgetan. Mama und Papa haben natürlich sofort eingewilligt. Ich habe es verstanden. Sie hat gelitten. Es war unschön. Es war ungerecht.

Was wir nicht wussten, war, dass sie durch das Morphium nicht mehr bei Bewusstsein sein würde. Sie war so geschwächt und hat nur noch 39 Kilo gewogen, da hat das Morphium nicht nur die Schmerzen gelindert, sondern sie auch völlig in den Boden geschlagen.

Sie war seitdem kein einziges Mal wach. Die Krankenschwestern haben ihr Morphium gegeben, sie umgedreht, sie gewaschen, nach ihr gesehen, aber sie hat nichts zu essen oder zu trinken bekommen.

Es wurde entschieden, dass es für sie an der Zeit war zu sterben. Wir haben sie sterben gelegt. Morphium gegeben und einfach gewartet, bis ihr Körper nicht mehr konnte und sie starb. Ohne sie vorher gefragt zu haben. Ohne dass sie wusste, was ihr geschah.

Was ist das bitte für eine Wahl, die wir treffen mussten? Aktive Sterbehilfe ist nicht erlaubt, aber war das hier denn etwa anders? Wer gab uns das Recht, Herr über Leben und Tod zu spielen? – **Ich verstehe dich, Jules, mir geht es momentan noch auf der Intensivstation sehr ähnlich. Man wird gezwungen, Gott zu spielen. Und das ist eine unmögliche Angelegenheit. Man kann nichts wirklich richtig machen, weil, egal wie die Situation aussieht, es ist nie richtig, jemanden zum Tode zu verurteilen. Sogar wenn die Person es wünscht. Obwohl es »am besten« ist. Der Tod ist nicht richtig.**

Ich las die Zeilen noch einmal. Und noch einmal.

Ich konnte diesem Absatz mehrere Sachen entnehmen. Erstens wusste L, wie es mir ging. Er konnte sich in meine Gefühle hineinversetzen, und er war somit der Erste überhaupt.

Ich hatte meinen Eltern von meinen Gefühlen erzählt. Wie schlimm ich die Umstände von Omas Tod fand. Doch sie wiegelten meine Bedenken und Gewissensbisse einfach ab. Ich solle froh sein, dass sie friedlich eingeschlafen sei.

L verstand das Dilemma. Verstand, dass es keinem Menschen zustand, so eine Entscheidung zu treffen.

Dann las ich weiter.

Aber Jules, diese unmögliche Wahl – ob jemand leben darf oder nicht – hast du ein weiteres Mal getroffen. Für dich selbst. Macht es das besser und richtiger?

Verdammt, L brachte mich wirklich zum Nachdenken. Hatte ein Mensch je das Recht, diese Entscheidung zu treffen? Sogar wenn es um das eigene Leben ging?

Vielleicht nicht. Vielleicht hatte ich mir eine Freiheit genommen, die mir nicht zustand.

Ich schob den Gedanken beiseite und widmete mich der zweiten Sache, die mir an seinem Kommentar auffiel.

»Mir geht es momentan noch auf der Intensivstation sehr ähnlich.«

L war also nur eine begrenzte Zeit auf der Intensivstation gewesen. Er hatte dort aufgehört, bevor ich ihn bei Bewusstsein hätte treffen können.

War er umgezogen? Hatte er eine andere Arbeitsstelle bekommen? Oder hatte er nur ein Praktikum gemacht?

Und auf einmal wusste ich, wie ich mehr über ihn erfahren könnte. Ich hatte eine wirklich gute Möglichkeit.

Ich musste Paul fragen. Ich musste unbedingt zum Krankenhaus zurück und mit Paul reden. Er hatte sich die ganze Zeit, während ich im Koma war, um mich gekümmert. Das hatte er bestimmt mit L zusammen gemacht. Er würde mir bestimmt verraten, wer mich noch alles gepflegt hatte. Vielleicht hatte er eine Telefonnummer oder eine Adresse von ihm. Vielleicht wusste er, was er jetzt machte.

Ich musste kurz auflachen, weil mir nicht schon viel früher der Gedanke gekommen war. In meinem Kopf war L irgendwie nicht nur für mich unbekannt, sondern auch für alle anderen. Aber das stimmte ja nicht.

Mit einem zufriedenen Lächeln auf den Lippen klappte ich mein Tagebuch zu und zählte im Kopf, wie viele Tage ich noch in dieser Anstalt verbringen musste.

Ich konnte es nämlich kaum erwarten, L zu finden.

Ein Blick auf die Uhr zeigte mir, dass es langsam Zeit wurde, mich in den Aufenthaltsraum zu begeben. Immerhin waren laut den Ärzten die Interaktionen mit anderen sehr wichtig im Genesungsprozess. Ich hörte mich schon an wie ein schlechter Werbeprospekt.

Aber gut, immerhin verstand ich mich mit Ree und hatte Spaß am Häkeln. Vielleicht konnte sie mir heute ja schon mal einen weiteren Schritt beibringen. Dann konnte ich auch schon bald meinen eigenen Schal häkeln. Oder vielleicht gleich eine ganze Decke.

Es war ungewohnt, so viel Tatendrang in mir zu verspüren. Wie lange war es mir schon nicht mehr so gegangen? Ich wusste es schon gar nicht mehr.

Allein der Gedanke, L zu finden und … Ja, was eigentlich? Inzwischen wusste ich schon gar nicht mehr, ob ich ihn zusammenscheißen wollte, weil er mein Tagebuch gelesen hatte, oder mich doch eher bei ihm bedanken, weil seine Worte mir tatsächlich ein wenig geholfen hatten.

Ich würde beides machen, wenn ich ihn irgendwann einmal fand.

Ich öffnete die Tür zum Aufenthaltsraum und sah schon Ree in ihrer gewohnten Ecke sitzen, Wolle um den Finger gewickelt, die Häkelnadel in der Hand, den Blick konzentriert auf ihr Meisterwerk gerichtet.

»Hey«, begrüßte ich sie und ließ mich neben sie auf das Sofa plumpsen, sodass ihr beinahe die Häkelnadel aus der Hand gefallen wäre, weil plötzlich alles wackelte.

»Huch, da ist aber jemand gut gelaunt.« Sie sah mich ein wenig überrascht an. So ein Miesepeter war ich doch auch wieder nicht, oder?

»Ja. Ja, ich glaube schon.« Allein die Tatsache, dass ich gut gelaunt war – ich meine: *gut gelaunt* –, das war für mich schon ein Grund, mich noch mehr zu freuen. »Ich hole mal meine Häkelsachen.«

Kurz darauf war ich mit Wolle und Nadel zurück und ließ mich dieses Mal ein wenig sanfter neben Ree nieder, nachdem sie mir einen warnenden Blick zugeworfen hatte.

»Also gut, da du Luftmaschen inzwischen kannst, zeig ich dir heute die einfachste Masche. Mach erst mal dreißig Luftmaschen. Pass auf, dass sie relativ locker sind, sonst wellt sich dein Schal später«, warnte sie mich, und ich machte mich ans Werk.

Luftmaschen waren mir inzwischen so in Fleisch und Blut übergegangen, dass ich sie fast im Schlaf konnte.

»Und? Willst du mir erzählen, was deine Laune heute so gehoben hat?«, fragte Ree dann wie nebenbei, ohne mich anzusehen.

Wollte ich?

Auf der einen Seite war ich mir relativ sicher, dass ich Ree vertrauen konnte. Ich fühlte mich wohl bei ihr. Aber gleichzeitig saß die Angst, mich wieder zu öffnen, einfach noch zu tief in mir.

»Dr. Hendricks hat heute tatsächlich ein paar ganz nützliche Dinge gesagt, über die ich nachgedacht habe«, sagte ich ihr schließlich die halbe Wahrheit und hoffte, sie würde nicht genauer nachfragen. Irgendwann würde ich ihr vielleicht auch den Rest erzählen.

»Das freut mich.« Sie lächelte mich ehrlich an und ließ es zum Glück dabei bewenden.

»So, dreißig Maschen. Locker genug?«, wechselte ich das Thema, und Ree sah sich meine Luftmaschen an.

»Perfekt. Die feste Masche geht so.« Sie nahm mir wieder mein Häkelzeug aus der Hand, um mir den Stich einmal vorzumachen. »Du stichst mit der Nadel in die erste Masche, holst den Faden einmal durch, sodass du auf der Nadel quasi zwei Maschen hast, und ziehst dann den Faden einmal durch beide durch. Fertig!«

Ich sah ihr genau zu und merkte mir die Schritte. Das sah wirklich nicht schwer aus!

Ich probierte es einmal allein. Der um meinen Finger gewickelte Faden flutschte noch nicht ganz so flüssig wie bei Ree, und die kleinen Maschen zu treffen, war auch eine ziemliche Fummelei, doch letztendlich schaffte ich es.

»Sehr gut! Und denk dir nichts dabei, die erste Reihe ist immer die schwierigste beim Häkeln, weil man das Gefühl hat, dass einem die kleinen Maschen immer gleich wieder wegflutschen, ab der zweiten Reihe wird es besser«, erklärte mir Ree aufmunternd.

»Du bist also jetzt fast vier Wochen hier?«, fragte ich Ree, nachdem ich die erste Reihe fertig gehäkelt hatte.

»Genau«, sagte sie und sah dann auf das Werk in meinen Händen, als wüsste sie, dass ich mittlerweile fertig sein müsste. »Wenn du am Ende der Reihe angekommen bist, dann machst du eine Luftmasche und drehst die Reihe so, dass du wieder in die gleiche Richtung weiterhäkelst, aber einfach eine neue Reihe anfängst.«

Sie half mir, und kurz darauf machte ich schon weiter.

Obwohl ich selbst nicht darüber reden wollte, wieso ich hier war, spürte ich, dass ich extrem neugierig war, wieso Ree im *Lighthouse* war. Doch wie fragte man so was? Und, wieso hast du versucht, dich umzubringen?

Eben nicht.

Ree machte nicht den Anschein, als wollte sie darüber reden. Zumindest sagte sie nichts mehr.

Ich war am Ende der nächsten Reihe angekommen, als sie doch noch weitersprach.

»In zwei Wochen wird bewertet, ob ich wieder in die große weite Welt gelassen werden kann.« Sie hielt kurz inne. »Und obwohl ich wirklich gern wieder hier rauswill, jagt es mir eine Heidenangst ein«, gestand sie ehrlich.

Ich wartete kurz, wägte ab, ob ich nach dem Warum fragen konnte. »Wieso?«

»Weil die Welt hinter diesen Mauern so behütet ist, die Welt da draußen sich aber keinen Deut verändert hat. Ich habe Angst, in alte Muster zu verfallen.«

»Ich dachte, das wäre der Sinn der Sache hier. Dass man lernt, wie man nicht einfach zu seinem alten Ich zurückkehrt.« Hatte ich zu viel erwartet?

»Schon, aber wir können trotzdem nicht wissen, wie uns das Leben in unserer alten Umgebung beeinflusst.« Sie senkte ihre Hände und sah mich an. »Vielleicht ist meine Sorge auch unberechtigt, doch ich kenne mich selbst. Es wäre nicht der erste Rückschlag.«

Sie drehte wieder den Kopf und häkelte weiter. Ihr Schal hatte mittlerweile eine beachtliche Länge angenommen.

»Wie oft …?« Ich ließ die Frage unausgesprochen in der Luft hängen.

»Dreimal.«

Ich schluckte.

Drei Selbstmordversuche. Da meinte man es doch ernst, oder?

Ich kannte Ree nicht lange, doch der Gedanke an ihren Tod machte mich traurig. Fast schon panisch. Und ich hatte Lust, ihr all die vielen Argumente fürs Weiterleben an den Kopf zu brettern, die bei mir aber nichts geholfen hatten.

Ich wusste nicht, was ich sagen sollte.

»Gruppensitzung!«, rief in dem Moment einer der Betreuer durch den Gemeinschaftsraum und ersparte mir somit die Antwort. Ich schielte kurz zu Ree, die ruhig ihre Häkelsachen zusammenpackte, dann legte ich auch meinen Kram weg.

Die anderen Patienten und Betreuer kamen zu uns zur Sofagruppe und alle setzten sich hin – auf der Couch, auf Sitzsäcke, auf den Boden und sogar auf den Couchtisch.

Die Gruppensitzungen waren keine wirklichen Sitzungen, sondern eher als soziales Teambuilding gedacht. Dr. Hendricks war nicht anwesend, sondern nur die Betreuer, die selbst nicht ihren Senf dazugaben, sondern einfach da waren.

Es ging hier darum, dass die Patienten sich gegenseitig öffneten. Oft half es zu wissen, dass es dem Sitznachbarn ähnlich ging wie einem auch.

Und wenn wir hier so etwas wie Freundschaften knüpfen könnten, würden wir uns dem Leben gegenüber auch eher verpflichtet fühlen.

Theoretisch.

»Also, wer mag anfangen?«, fragte Tanja und lächelte breit. Ich sah schnell weg. Rees Geständnis hatte mich so durcheinandergebracht, dass ich kein verständliches Wort hervorstammeln könnte, selbst wenn ich wollte.

»Ich!«, hörte ich dann genau Ree sagen, und überrascht sah ich zu ihr.

»Was hast du auf dem Herzen?«

Ree atmete einmal tief durch, sah kurz zu mir, dann lächelte sie. »Ich habe heute laut zugegeben, dass ich Angst habe. Ich habe Angst, wieder in mein altes Leben zurückzukehren, weil ich mir selbst nicht vertraue.«

Tanja nickte.

»Möchte jemand dazu etwas sagen?«

Mattis hob vorsichtig die Hand. »Angst zu haben ist gar nicht mal so schlecht. Erstens heißt das, dass du wieder was fühlst. Und zweitens lässt Angst dich vorsichtiger werden statt dumm und übermütig.«

Rachel, ein dreizehnjähriges Mädchen, hob danach die Hand. Für ihr Alter war sie viel zu reif und erwachsen. »Wir haben alle Angst vor irgendetwas. Und das heißt, dass wir endlich keine Außenseiter sind, sondern mit anderen – mit allen anderen – etwas gemeinsam haben.«

Ruben, der älteste Patient nach mir hier in der Einrichtung, meldete sich als Nächstes zu Wort. »Angst vor einem Rückfall zeigt, dass du jetzt an einem besseren Ort in deinem Leben bist. Du hast etwas bekommen, was du nicht wieder verlieren willst. Allein das ist ein enormer Fortschritt, Ree. Dass du dich nicht einfach danach sehnst, zu deinen Leiden zurückzukehren, weil das für dich das Vertraute darstellt. Du bist über deinen eigenen Schatten gesprungen. Wäre dir alles egal, wäre ein Rückfall auch egal.«

In dem Moment verstand ich, wieso es für viele Selbstmordkandidaten besser war, in einer Einrichtung zusammen mit anderen Patienten zu wohnen, anstatt einfach einmal die Woche zu einem Psychologen zu gehen.

Man konnte sich vielleicht nicht selbst helfen, aber man hatte die Möglichkeit, anderen zu helfen. Und dadurch half man sich indirekt auch.

Wenn man einer anderen Person einen Rat gab, dann dachte man notgedrungen auch darüber nach, ob man diesen Rat in seinem eigenen Leben befolgte.

Und zu sehen, dass andere wieder glücklich wurden, spornte einen an, auch dafür zu kämpfen.

Ree bedankte sich für die Kommentare und lehnte sich zurück.

»Wer will als Nächstes?«, fragte da Tom, ein Betreuer. Keiner traute sich wirklich, etwas zu sagen. Nach endlosen peinlichen Sekunden der Stille räusperte ich mich und hob die Hand.

»Ja, Jules?«

»Ich … Ich habe heute das erste Mal wieder seit gefühlt einem Jahr einen Hauch von Tatendrang gespürt«, sagte ich und bereute es in der gleichen Sekunde. Was, wenn sie wissen wollten wieso? Das wollte ich ihnen nicht erklären.

Ich wollte eigentlich auch sagen, dass ich hoffte, dass keiner von den anderen sich jemals umbringen würde. Aber ich war erst seit einer halben Woche hier, da kam mir das doch ein wenig zu persönlich vor.

Und heuchlerisch.

»Das freut uns, Jules«, kommentierte Tom lächelnd, und die anderen klatschten, um mir ihre Freude zu zeigen. Das fand ich ein wenig komisch. Trotzdem atmete ich erleichtert aus. Meine Runde war vorbei. War doch ziemlich schmerzfrei verlaufen.

17

Wieder einmal saß ich im Gemeinschaftsraum. Alles war noch dunkel und ich war allein.

Just me, myself and I.

Ich war die letzten Tage jeden Morgen hierhergekommen, lange bevor die anderen im Haus aufwachten. Hier hatte ich die nötige Ruhe für L und seine Einträge.

Vor allem für die Einträge, die heute kommen würden, brauchte ich Ruhe und Zeit für mich.

Es waren die letzten Einträge. Die mit der alles entscheidenden Wahrheit. Und mein Abschied von dieser Welt.

Ich hatte keine Ahnung, wie lange ich hier schon saß, mit Gerti auf meinem Schoß, und mich nicht dazu überwinden konnte, ihre letzten Seiten aufzuschlagen.

Natürlich wusste ich, was mich erwarten würde.

Aber genau das war das Problem.

Ich hatte Angst, meine eigenen verzweifelten Gefühle und Gedanken von damals noch einmal in dieser Intensität aufleben zu lassen.

War ich bereit dafür? Würde ich jemals bereit dafür sein?

Später hätte ich meine nächste Sitzung mit Dr. Hendricks, und ich wollte vorher unbedingt mein Tagebuch fertig gelesen haben.

Ich wusste noch nicht, ob ich mich ihm anvertrauen wollte, doch zumindest wollte ich vorbereitet sein, falls ich mich doch dazu entschließen sollte.

Meine Hände zitterten, als ich Gerti endlich aufschlug, und ich hatte ein seltsames Déjà-vu. Es war ganz genauso wie damals, als ich den Eintrag verfasst hatte. Mein Herz pochte wie verrückt, und ich hatte das Gefühl, dass mein ganzer Kopf seltsam drückte.

Ich las die ersten Zeilen und merkte schon die Tränen in meinen Augen aufsteigen. Mein Blick verschleierte sich, und ich hatte Mühe, meine eigene Schrift zu erkennen.

Es brauchte mehrere Anläufe, bis ich nicht nur meinen Eintrag, sondern auch L's Kommentare entziffert hatte, obwohl sich meine eigenen Worte schon längst in mein Hirn eingebrannt hatten. Worte, Erinnerungen, die ich nie wieder vergessen würde, sosehr ich es mir auch wünschte.

Ich schluchzte ungehemmt, während mir L's letzte Worte zu diesem Eintrag durch den Kopf spukten.

Bitte, Jules, versprich mir, dass du dich jemandem anvertraust. Bitte.

Meine Hände waren von meinen Tränen benetzt und meine Nase lief ohne Unterbrechung. Ich schniefte lautstark, da ich kein Taschentuch hatte.

Es war mir egal. Das erste Mal weinte ich wirklich. Ich trauerte. Ich trauerte darum, was ich verloren hatte, was ich nie wieder bekommen würde, was für einen Verlauf mein Leben deshalb genommen hatte.

Und ich trauerte darum, was für ein Wrack ich geworden war.

»Hier.« Ich erschrak so sehr, dass ich einen Satz in die Ecke der Couch machte. Völlig verstört sah ich in das Gesicht von Dr. Hendricks.

»Entschuldige, Jules. Ich wollte dich nicht erschrecken.« Erst da bemerkte ich die Taschentuchpackung, die er mir entgegenhielt. Etwas zögerlich nahm ich sie. Ich war immer noch komplett desorientiert. Während ich meine Nase putzte, blieb Dr. Hendricks ruhig stehen und wartete, bis ich ihn wieder ansah.

»Darf ich mich setzen?«, fragte er sanft, und ich nickte. Was sollte ich sagen? Nein, hauen Sie ab, lassen Sie mich allein? Machte sich in einer Anstalt wie dieser bestimmt gut. Außerdem wollte ein kleiner Teil von mir, dass er da war, dass überhaupt irgendjemand gerade für mich da war.

Erst da fiel mir Gerti wieder ein. Panisch sah ich mich um. Sie lag nicht mehr auf meinem Schoß.

»Suchst du das hier? Es ist dir vorhin runtergefallen.« Dr. Hendricks hielt mir Gerti entgegen, und ich nahm sie ihm aus der Hand, presste sie mit um mich geschlungenen Armen an meinen Körper.

»Wie haben Sie mich gefunden?«, brach ich schließlich die Stille. Ohne ein Wort zeigte Dr. Hendricks zu einem Regal.

»Dort drüben ist eine Kamera platziert. Du warst jeden Morgen hier.«

O Gott, war ich dumm. Natürlich waren hier bestimmt überall Kameras. Immerhin hatten sie es mit lauter Jugendlichen zu tun, die mindestens einmal versucht hatten sich umzubringen. Klar überwachte man uns hier auf Schritt und Tritt. Warum war ich nicht früher auf die Idee gekommen?

»Möchtest du reden?« Dr. Hendricks' Stimme war sanft, verlockend. Deshalb verstand ich mich selbst nicht, als ich so schroff reagierte.

»Unsere Sitzung ist erst heute Vormittag.« Warum stieß ich ihn so zurück?

Ich hörte ihn leise seufzen. »Jules, ich will dir nicht nur ein Therapeut sein, sondern auch ein Freund. Und das heißt, dass ich immer für dich da bin, egal zu welcher Tages- und Nachtzeit, und nicht nur während der einen Stunde, die als Therapie vorgesehen ist.« Seine Worte lösten einen neuen Schwall Tränen aus. Er gab sich so viel Mühe.

»Jules, spring über deinen Schatten. Öffne dich. Lass mich helfen. Bitte.«

Bitte, hörte ich L in meinem Kopf sagen.

Einige Sekunden haderte ich mit mir.

Und schließlich nickte ich langsam.

Ich setzte mich aufrechter hin, hielt Gerti noch immer fest an meine Brust gedrückt, als könnte sie mir Beistand geben, und begann zu erzählen.

18. September

Gerti, meine Hände zittern so sehr, dass ich mir nicht sicher bin, ob ich diesen Eintrag hier schreiben kann. Ob ich ihn überhaupt schreiben sollte.

Denn weißt du, bis jetzt ist alles nur in meinem Kopf. Es sind Gedanken. Erinnerungen. Vorstellungen. Aber es ist noch nicht die Realität.

Das wird sie jedoch, sobald meine Geschichte schwarz auf weiß zu sehen ist.

Das hier ist meine letzte Chance. Nur noch drei leere Seiten, dann hast du keinen Platz mehr für mich. Wenn ich es loswerden will, dann muss es jetzt sein.

Obwohl es wehtut.

So unglaublich sehr, dass es mein Inneres entzweigerissen hat. Ich hatte keine Ahnung, dass ein Mensch so viel Schmerz, Scham, Verwirrung, Leid, Einsamkeit und Trauer durchleben kann.

Obwohl, das kann ein Mensch auch gar nicht. Kein Wunder, dass ich am Ende meiner Kräfte bin. Am Ende einfach. Ich kann nicht mehr, und ich will nicht mehr. Ich hasse mich selbst. Fühle mich beschmutzt und eklig, verkehrt und missbraucht.

Missbraucht.

Gerti. Erinnerungen sind aufgetaucht. Horrorhafte, schreckliche Erinnerungen.

Es tut mir leid, dass ich das alles für mich behalten habe. Wenn ich erst einmal erzählt habe, was es zu erzählen gibt, wirst du es hoffentlich verstehen …

Kannst du dich an das Wochenende erinnern, an dem Brad bei mir war?
Da hat alles angefangen.
Wieso ich es erst jetzt erzähle?
Weil ich Monate gebraucht habe, um herauszufinden, ob das echte Erinnerungen sind oder die reine Einbildung. Ob es überhaupt möglich ist, sich nach Jahren erst an etwas zu erinnern.
Kann man wirklich Ereignisse so sehr verdrängen, dass man sie aus dem Gedächtnis löscht?
Bis sie dann einfach selbst entscheiden, wann sie wieder an der Oberfläche auftauchen wollen?
... Tut mir leid, Gerti, ich rede wirres, unzusammenhängendes Zeug. Woher solltest du bitte wissen, ob so etwas möglich ist?
Ich habe viel darüber gelesen. Habe im Internet recherchiert. Wenn der Körper und Geist etwas Schreckliches erlebt, kann man es so sehr verdrängen, dass man sich überhaupt nicht daran erinnert. Wenn man älter wird, erwachsen, kann dann vielleicht nur ein Gespräch, ein bestimmter Geruch, ein Wort oder ein Gefühl ausreichen, um die Erinnerungen wieder zu beleben.
Ich habe mir immer gedacht, dass so etwas nicht möglich ist. Dass man nichts Grauenhaftes wirklich vergessen kann.
Aber der Körper macht das zum Selbstschutz.
Was auch das Ironische an der Sache ist. Denn wieso meint mein Körper, dass ich JETZT besser mit dem Schmerz umgehen kann als vor zwölf Jahren? Wieso meint mein Körper überhaupt, dass ich den Schmerz aufleben lassen muss?
Wieso lebt mein Körper nicht nach der Devise »Einmal vergessen, immer vergessen«?
Ich will vergessen! Ich würde wünschen, dass ich alles einfach wieder vergessen könnte! Dass ich auch vergessen

könnte, dass ich mich kurzzeitig wieder daran erinnert habe.
Jetzt ist es schon zu spät, oder, Gerti?
Es gibt keinen Weg zurück.
Nicht mehr und nie wieder.
Soll ich es wirklich tun? Soll ich es dir wirklich erzählen?
Versprichst du mir, es NIEMANDEM zu sagen?
Bitte, Gerti, du musst es mir versprechen. Nur so kann ich dir mein Geheimnis anvertrauen. Nur so kann ich mich sicher fühlen.
Denn ich weiß nicht, was ich tun soll. Wie ich weiterleben soll mit diesem Wissen. Ich will nicht so weiterleben müssen. Ich hoffe also, dass du mir helfen kannst. Ich hoffe auf ein Wunder.
Gerti …
Ich wurde als Kind missbraucht.
Von meinem Onkel.
Mehrere Jahre lang.
Niemand hat es gewusst. Oder auch nur etwas dagegen unternommen. Ich weiß es nicht.
Fakt ist, dass ich mich wieder erinnere. An so gut wie alles.
Und ich habe mich noch nie so schmutzig gefühlt.
Als Brad bei mir war, haben wir uns geküsst. Es war schön. Bis er sich auf mich draufgelegt hat und vor meinem geistigen Auge plötzlich andere Bildfetzen auftauchten. Wie jemand auf mir lag – aber nicht Brad. Wie jemand mich küsste – aber nicht Brad. Wie jemand mit seiner Hand an meiner Seite hinauffuhr – aber nicht Brad.
Ich brauche dir wahrscheinlich nicht zu erzählen, dass ich alles kaputtgemacht habe.
Ich habe Brad von mir weggestoßen, bin ausgeflippt, habe ihn aus dem Haus gejagt und seitdem kein Wort mit ihm geredet.

Ich wollte, dass er mich küsst und berührt. Und plötzlich wollte ich es nicht mehr. Er versteht das bis heute nicht. Verständlich.
Doch wie sollte ich ihm das erklären?
Wie sollte ich irgendjemandem davon erzählen, ohne selbst zugrunde zu gehen?
Vor allem, wer glaubt schon einem siebzehnjährigen, komischen, depressiven Mädchen, das sich urplötzlich an so etwas Ungeheuerliches ERINNERT?
»Oh, das hatte ich doch glatt vergessen. Ich wurde als Kind sexuell missbraucht. Wie dumm von mir, mein Gedächtnis ist nicht das, was es einmal war.«
Das ist doch lächerlich!
Ich kann niemandem vom Missbrauch erzählen, ohne als verrückt und unberechenbar abgestempelt zu werden! Wer wird mir schon glauben?
Und das Mitleid noch dazu – wenn mir denn geglaubt werden sollte.
Ich würde es nicht aushalten. Ich werde es nicht aushalten, denn, Gerti, ich KANN es nicht aushalten.
Irgendetwas an mir ist falsch und verkehrt. Ich bin nicht liebenswert. Wer kann mich schon lieben, nachdem ich so benutzt wurde? Wer würde jemals darüber hinwegsehen können? Wie soll ich mit diesem Wissen leben? Wie soll ich je wieder glücklich sein?
Wie, Gerti? Wie?!
Ich sage es dir. Gar nicht.
Mein Leben ist ruiniert. Mein Vertrauen in andere Menschen ist ruiniert. Meine Liebe zu mir selbst ist ruiniert. Und ich sehe keine Möglichkeit, wie das je wieder berichtigt werden kann.
Seien wir mal ehrlich. Ich bin hier das Problem. Und wie löst man am besten Probleme?
Man beseitigt sie.

Sag mir, Gerti, wofür lohnt es sich noch zu leben? Für was sollte ich noch am Leben bleiben?
Damit ich immer und immer wieder in Gedanken all das Schreckliche durchmachen muss?
Damit ich immer und immer wieder daran erinnert werde, wie verdammt eklig ich bin?
Damit ich immer und immer wieder die Scham in jeder Faser meines Körpers spüren soll?
Das ist kein Leben, Gerti. Das ist ein Gefängnis.
Ich hatte vielleicht nie die Möglichkeit, zu bestimmen, was ich alles erleben musste. Aber jetzt habe ich die Möglichkeit, zu entscheiden, ob ich so weitermachen will.
Irgendetwas Drastisches muss passieren. Sonst überlebe ich auf lange Sicht so oder so nicht.
Nur was das sein soll ... Daran arbeite ich noch.

18

Ich blickte auf den Boden. Traute mich nicht, Dr. Hendricks in die Augen zu sehen.

Ich hatte gerade das größte Geheimnis meines Lebens im Detail laut ausgesprochen, und ich fühlte mich … erleichtert und beschämt zugleich. Irgendwie konnte ich das Gefühl in mir kaum beschreiben.

Tränen tropften aus meinen Augen, klatschten auf meine Hände, die ich krampfhaft im Schoß verschränkt hatte, und kullerten weiter auf Gerti, die unter ihnen lag.

Die Stille zwischen Dr. Hendricks und mir zog sich endlos in die Länge. Oder ich hatte jegliches Zeitgefühl verloren. Vielleicht war nur eine halbe Sekunde vergangen, als ich den Blick hob und zu meinem Psychologen sah, in dessen Augen Tränen schimmerten. Sein Kiefer war angespannt, ein undefinierbarer Ausdruck hatte von seinen Gesichtszügen Besitz ergriffen, seinen Mund hatte er schmerzlich verzogen.

Er richtete sich auf, fuhr sich mit der Hand übers Gesicht und sah mich direkt an. Die Tränen waren weg – hatte ich mir sie nur eingebildet? – und er wirkte gefasst. Überlegte kurz. Dann räusperte er sich.

»Du bist unglaublich stark, Jules. Und unglaublich mutig.«

Ein Schluchzen entwich meiner Kehle, das ich versuchte zu unterdrücken. Die Tränen hörten gar nicht mehr auf zu laufen und alle Luft war aus mir gewichen.

»Das, was du erlebt hast, sollte niemand durchmachen müssen. Aber irgendwie hast du es geschafft, mit diesen Narben auf deiner Seele zu leben. Zu überleben. Und das erfordert so viel Willen, so viel Kraft. Du kannst stolz auf dich sein, Jules.«

Ich schüttelte den Kopf, wollte nicht hören, was er sagte. Ich war weder stark noch mutig noch stolz. Ich war beschmutzt. Und nichts, was Dr. Hendricks sagte, konnte daran etwas ändern.

»Hast du deswegen versucht dich umzubringen, weil die Erinnerungen zu sehr wehtun?«, fragte er leise.

»Eher weil ich mit den Erinnerungen allein war«, flüsterte ich.

»Hast du deinen Eltern davon erzählt?«

Ich starrte vor mich hin. Dachte an den Nachmittag zurück, an dem ich ihnen davon erzählt hatte. Dachte an ihre Reaktion.

»Ja. Sie haben mir nicht geglaubt.«

Es war raus. Ich konnte es nicht wieder ungesagt machen.

Gleichzeitig konnte ich auch nichts ungeschehen machen, und dann war es im Endeffekt auch egal.

»Sie haben dir nicht geglaubt?«, hakte Dr. Hendricks nach, und ich sah ihm wieder in die Augen.

»Nein.« Ich hatte auch nur die kurze, weniger detaillierte Version erzählt. »Mein Onkel hätte so etwas nicht gemacht. Sie hätten es gemerkt. Ich würde mir das nur einbilden.« Meine Stimme zitterte vor Wut.

Ich gab meinen Eltern nicht die Schuld. Für nichts. Aber welche Eltern glaubten ihrem eigenen Kind nicht?

»Sie meinten, solche Beschuldigungen würde die Gesellschaft nie vergessen, und es sei unfair, ihn anzuklagen.«

»Unfair?«

»Er ist tot. Hat sich totgesoffen. Schon vor Jahren. Und man redet ja nicht schlecht über die Toten.«

Und ich konnte ihn sehen. Den Unglauben in seinen Augen. Den gleichen Unglauben, den ich auch gespürt hatte, als meine Eltern mich nicht ernst genommen hatten. Als sie einen Toten um den Ruf der Familie willen verteidigt hatten, weil er sich nicht mehr selbst verteidigen konnte.

Aber was, wenn ich nicht das einzige Kind gewesen war, das er missbraucht hatte?

Hatte er mich ausgenutzt, weil er selbst keine Kinder hatte?

»Er war mit der Schwester meines Vaters verheiratet. Er war also eigentlich nicht einmal ein richtiger Teil der Familie. Aber anscheinend trotzdem wichtiger als ich.«

Laut darüber zu reden hielt mir deutlich vor Augen, wie viele Gefühle ich im Laufe der Zeit unterdrückt hatte. Enorme Wut auf meine Eltern, ein immenses Ungerechtigkeitsgefühl und diese unendliche Scham.

Ich hatte die Sitzungen mit Dr. Hendricks so verdammt nötig. Vielleicht konnte er endlich Gertis Aufgabe übernehmen und ein wenig Ordnung und Verständnis in dieses Chaos reinbringen.

»Ich kann dir helfen, Jules. Jetzt, da ich weiß, mit was du alles kämpfst, kann ich dir helfen. Wenn du mich lässt.«

Langsam nickte ich. Ich wollte seine Hilfe. Ich wollte sie mehr als alles andere.

Dr. Hendricks hatte mich nicht sofort allein lassen wollen. Er wollte erst sichergehen, dass ich nicht einen nächsten Zusammenbruch haben würde. Also redeten wir noch eine ganze Weile und ich erzählte und erzählte. Gab mich das erste Mal nach Gerti einem Menschen so vollkommen preis, ohne dass es mir Angst machte.

Irgendwann spürte ich, dass ich noch ein wenig Ruhe vor diesem Tag brauchte, der sowieso viel zu schnell beginnen würde. Meine Lider wurden schwer und ich musste gähnen.

»Vielleicht solltest du dich noch mal hinlegen«, schlug Dr. Hendricks sofort vor. »Falls du das Frühstück verschläfst, lasse ich dir etwas zurücklegen«, bot er sogar an, und diese Option klang mehr als verlockend. Endlich mal wieder richtig ausschlafen.

Ohne dass ich im Koma lag.

Mein schwarzer Humor war mir zum Glück noch nicht abhandengekommen.

Ich lächelte ihn dankbar an, plötzlich fast zu schwach und zu müde, um auch nur ein weiteres Wort zu sagen. So viel wie in der letzten Stunde hatte ich auch schon lange nicht mehr geredet.

Langsam stand ich auf, Gerti in meiner Hand, und knipste die kleine Lampe aus, die warmes Licht gespendet hatte. Ich war schon ein paar Schritte gegangen, als ich mich noch einmal umdrehte.

»Danke«, sagte ich und erinnerte mich an meine frühesten Tagebuchanfänge. Ich wollte nicht zu den Menschen gehören, die undankbar wurden und all das Gute, das für sie getan wurde, für selbstverständlich hielten.

Dr. Hendricks lächelte. »Keine Ursache. Und jetzt schlaf gut!«

Mit einem kleinen müden Lächeln fand ich den Weg zurück in mein Zimmer. Ich wollte Gerti schon unter mein Kopfkissen legen und dann noch einmal eine Runde schlafen, als ich aus einem Impuls heraus noch einmal die letzten Seiten aufschlug. Hier hinten hatte die Serviette ihren Platz gefunden. Ich blätterte auf die allerletzte Seite und fand L's allerletzte Worte an mich.

I tried to understand
Why you despised your life
Was your world so unkind?

So you needed an end
To leave that all behind
No need for second tries?

And I know it's not right
But it feels like I
Need to see the world through your eyes
And I know this is wrong
But your words played a song
With my mind – why did I read these lines

Cause now your words came alive
And I tried to keep them quiet
I tried to keep them out
But they brought you to life
And it's so hard to remind me
That you're just in my mind
Cause I can't figure out why
Your life should have ended that night
I wish I could rewind the time
And bring you back to life
Give you a reason why
To stay alive
Give you a reason why
To stay alive

I gotta be honest
I thought that I can handle this
But there's no way

And I guess I have to confess
I wanna read just a little bit more
Just a litte bit

Oh it's so hard
Not to give it up
Cause I wanna know
More 'bout you

And it so damn hard
Not to loose my heart
but there's nothing that I can do

Cause now your words came alive
And I tried to keep them quiet
I tried to keep them out
But they brought you to life
And it's so hard to remind me
That you're just in my mind
Cause I can't figure out why
Your life should have ended that night
I wish I could rewind the time
And bring you back to life
Give you a reason why
To stay alive
Give you a reason why
To stay alive

But for my own safety
I need to get some sleep tonight
Cause I will go crazy
If I don't get you off my mind

Cause now your words came alive
And I tried to keep them quiet
I tried to keep them out
But they brought you to life
And it's so hard to remind me
That you're just in my mind

Cause I can't figure out why
Your life should have ended that night
I wish I could rewind the time
And bring you back to life
Give you a reason why
To stay alive
Give you a reason why
To stay alive

Er hatte meine ersten Einträge in einem Gedicht verarbeitet. Seine Worte berührten mich, aber ich war zu müde, um mir noch genauer Gedanken darüber zu machen.

Ich legte mich hin und schlief mit dem beruhigenden Entschluss ein, dass ich L finden würde.

19

Mein Koffer stand fertig gepackt neben meinem Bett. In ein paar Minuten würden meine Eltern draußen stehen und mich abholen.

Und dann würde ich in mein altes Leben zurückkehren. Nur mit dem Unterschied, dass mir diese Vorstellung inzwischen nicht mehr ganz so viel Angst bereitete wie noch vor ein paar Wochen.

Seit ich mich Dr. Hendricks gegenüber geöffnet hatte, wurden auch die Sitzungen produktiver. Jetzt mussten wir nicht nur theoretisch reden, sondern konnten direkt meine Probleme angehen und speziell darauf eingehen.

Dr. Hendricks half mir dabei, das, was passiert war, zu verarbeiten und damit umzugehen.

Es lag zwar noch ein langer Weg vor mir, und er hatte mir ans Herz gelegt, noch eine Weile Unterstützung bei einem Psychologen zu suchen, aber ich war nicht mehr das nervliche Wrack, das ich zu Beginn meiner Zeit im *Lighthouse* gewesen war.

Trotzdem war ich nervös. So, als würde ich mir und meiner neu gewonnenen Stärke noch nicht ganz über den Weg trauen.

Ich dachte an Ree. Wir hatten uns versprochen, dass wir in Kontakt bleiben würden. Sie war schon vor einiger Zeit entlassen worden, und da ich noch immer kein Handy hatte, hatte ich seitdem nichts mehr von ihr gehört. Ich hatte ihre

Nummer und sie meine von zu Hause, und sobald ich wieder an ein Telefon kam, wollte ich mich bei ihr melden. Ich hoffte wirklich, dass es ihr gut ging.

Automatisch lächelte ich. Immerhin hatte ich durch diesen ganzen Mist eine Freundin gefunden. Eine Freundin, die mich sogar genau verstand, die ähnliche Gefühle durchleben musste wie ich. Und ich war mir sicher, dass wir uns gegenseitig aufbauen und helfen konnten.

Dumm nur, dass sie nicht eben mal um die Ecke wohnte. Vielleicht konnten wir uns ja an den Wochenenden mit dem Zug besuchen.

»Na, bist du so weit?« Ich erschrak ein bisschen, als Dr. Hendricks plötzlich in der offenen Tür stand.

»Ja, ich bin fertig«, antwortete ich schließlich, stand vom Bett auf, hängte mir meine Tasche über die Schulter und schnappte mir meinen Trolley.

»Ich bringe dich noch nach unten«, bot Dr. Hendricks mir an. Meine Eltern sollten jeden Moment da sein.

Wir liefen schweigend nach unten, und da von meinen Eltern weit und breit noch nichts zu sehen war, ließ ich mich auf die Sitzgelegenheit fallen, auf der ich auch an meinem ersten Tag hier gesessen hatte, während meine Eltern mich angemeldet hatten.

Wie anders ich das *Lighthouse* heute betrachtete. Ich hätte nie gedacht, dass mir die Zeit hier tatsächlich etwas bringen, geschweige denn, dass ich eine Freundin finden oder mich jemandem anvertrauen würde.

Dr. Hendricks setzte sich neben mich und hielt mir ein kleines Kärtchen entgegen. Seine Visitenkarte.

»Wenn irgendwas ist, dann ruf mich bitte an.«

Ich nickte, lächelte und steckte das Kärtchen ein.

Ich war inzwischen so weit, dass ich ihn sogar wirklich anrufen und sein Angebot annehmen würde, wenn ich seine Hilfe nötig hätte.

Wieder schwiegen wir. Es gab einfach nichts zu sagen.

Ich sah aus dem Fenster, beobachtete die Auffahrt, wartete darauf, dass das Auto meiner Eltern auftauchen würde.

Aber es kam nicht.

Und kam nicht.

Dr. Hendricks sah auf seine Uhr; ich blickte stoisch nach draußen.

Gestern hatte ich mit meinen Eltern telefoniert und ihnen gesagt, dass sie mich heute um drei abholen konnten.

»Komisch, ich frage mal eben an der Rezeption nach, ob sich deine Eltern gemeldet haben, falls sie im Stau stehen.«

Dr. Hendricks stand auf, doch mein Bauch sagte mir, dass keine Nachricht auf ihn warten würde.

Wahrscheinlich hatten sie mich vergessen. Wie schon so oft.

Der Gedanke schmerzte noch immer, und ich atmete tief durch. Irgendwann kam Dr. Hendricks zurück, ein Kartendeck in seiner Hand.

Ich konnte an seinem entschuldigenden, betretenen Gesichtsausdruck erkennen, dass ich recht gehabt hatte.

»Ich habe deine Mutter auf dem Handy erreicht. Ihnen ist etwas dazwischengekommen, aber sie sind jetzt auf dem Weg. Lust auf eine Runde Karten?«

Also hatten sie mich vergessen, sonst hätten sie Bescheid gegeben, dass sie später kommen würden.

Anstatt mich aufzuregen – es würde ja sowieso nichts bringen –, wandte ich mich lächelnd Dr. Hendricks zu.

»Teilen Sie aus.«

Meine Eltern hatten mich an dem Tag tatsächlich vergessen. Aber das hätte mich auch nicht mehr wirklich überraschen dürfen. Jetzt, mehr als einen Monat nach meiner Rückkehr nach Hause, hatte ich diesen Zwischenfall schon so weit verdrängt, dass er mir beinahe egal war.

Ich hatte meine Eltern seitdem sowieso nicht allzu oft zu Gesicht bekommen.

Ich war immer noch krankgeschrieben und verließ mein Zimmer eigentlich nur, um einen täglichen Spaziergang zu machen. Um zu streiten, kamen meine Eltern nämlich auch gern in mein Zimmer.

Denn das Einzige, was mich die letzten Wochen wirklich beschäftigt und belastet hatte, war, dass ich irgendwie noch die Schule beenden musste. Es war vorher schon unerträglich gewesen, doch wie würde es sein, wenn alle wüssten, was ich getan hatte?

Und ... Wie würde Brad reagieren?

Der Gedanke an ihn schmerzte mich. Ich wusste gar nicht, wie ich ihm hätte gegenübertreten sollen. Wollte ich denn überhaupt weiterhin Kontakt zu ihm?

Oder hatte ich die Kraft, mich einzuigeln, die Schule über die Bühne zu bringen und danach dann einfach neu zu starten, mit neuen Leuten, vielleicht sogar in einer neuen Stadt?

Ich hatte schnell meine Antwort gefunden und meinen Eltern von meinem Wunsch erzählt, die Schule zu wechseln. Nicht weiter verwunderlich, hatten wir Wochen mit Diskussionen und Auseinandersetzungen verbracht, bis meine Eltern endlich eingewilligt hatten.

Ich fragte mich immer noch, ob es eventuell daran lag, dass meine Mutter zufällig die Eltern einer meiner Mitschüler getroffen hatte und ihr ziemlich peinliche Fragen gestellt wurden.

Wie konnte man in Zukunft solch unangenehme Situationen vermeiden? Eben indem ich die Schule wechselte.

Mein Blick fiel auf Gerti und Lizzie, die einträchtig nebeneinander auf meinem Nachttischchen lagen.

Hier musste ich definitiv keine Angst haben, dass jemand sie klaute und einfach darin las.

Ich wollte noch immer herausfinden, wer L war. Jeden Tag seit meiner Rückkehr tauchte dieser Gedanke auf. Die Lust war da, nur hatten mir bis jetzt noch die Kräfte gefehlt.

Kurz entschlossen und übermannt von einer Welle aus Motivation, die ich noch immer nicht oft verspürte, lief ich die Treppen nach unten, um mich anzuziehen.

Als Erstes würde ich mir Paul vorknöpfen.

»Wo gehst du hin?«, rief Mama aus ihrem Arbeitszimmer, als sie hörte, dass ich meine Schuhe und Jacke anzog.

»Ein wenig spazieren«, rief ich zurück und hoffte in dem Moment, dass Mama so gleichgültig wie immer sein würde und nicht plötzlich auf die Idee kam, mich begleiten zu wollen.

»Bleib nicht zu lange weg«, war das Einzige, was sie dazu sagte, und ich beeilte mich, nach draußen zu kommen.

Mamas Anwesenheit hätte meinen Plan, Paul aufzusuchen, vielleicht ruiniert. Aber dass sie mich einfach so ohne Aufsicht gehen ließ, machte mich ein wenig traurig. Hatte sie nicht Angst, dass ich mir wieder etwas antun würde? Oder war sie einfach davon überzeugt, dass ich jetzt *geheilt* war? Wieso arbeitete sie überhaupt zu Hause, wenn sie sowieso nicht auf mich aufpassen wollte?

Doch wieso regte ich mich so auf? Das Verhältnis zu meinen Eltern war eh nicht mehr zu retten.

Nachdem ich mich im *Lighthouse* Dr. Hendricks gegenüber geöffnet hatte, wurde auch ein Termin mit meinen Eltern ausgemacht. Eltern von missbrauchten Kindern hatten auch oft psychologische Hilfe nötig.

Dr. Hendricks wollte meinen Eltern klarmachen, dass man seinem eigenen Kind glauben sollte. Dass mit Missbrauchsanschuldigungen nicht zu spaßen war. Dass Missbrauchsopfer, da sie später im Leben oft mit schweren psychischen Folgen zu kämpfen hatten, auf die Hilfe und Unterstützung der Eltern angewiesen waren. Und dass sie in der Hinsicht versagt hatten.

Doch es hatte offensichtlich nichts genützt.

Meine Eltern verstanden nicht, dass sie einen Fehler gemacht hatten, als sie mir nicht geglaubt hatten. Sie sahen nicht ein, dass dieser Vertrauensbruch nicht mehr zu retten war. Und ein Teil von mir glaubte auch nicht, dass sie überhaupt kapiert hatten, wie schlecht es mir wirklich gegangen war.

Ich versuchte an etwas anderes zu denken, als ich an diesem eiskalten Januartag durch die Stadt ging. Eine dünne Frostschicht war in der Sonne deutlich zu erkennen. Keine einzige Wolke war am Himmel zu sehen, und kurz konnte ich mich am Hellblau über mir nicht sattsehen.

Es war ein schöner Tag.

Ich ging zur Bushaltestelle und wartete auf den Bus, der mich zum Krankenhaus bringen sollte. Und während ich dort stand, überlegte ich, ob L auch den blauen Himmel bemerkt hatte. Ob auch er diesen Tag genoss, vielleicht sogar Zeit fand, einen Teil davon draußen zu verbringen.

Er hatte mehrmals in mein Tagebuch geschrieben, dass man auf die kleinen Freuden im Leben achten sollte – und genau das versuchte ich heute, und ich wusste tief in mir drin, dass er es auch tat.

Der Bus kam wenige Minuten später, und ich setzte mich hinten ans Fenster, während ich immer aufgeregter wurde.

Kann Paul sich überhaupt an mich erinnern?, schoss es mir panisch durch den Kopf, aber ich versuchte mich zu beruhigen. Natürlich konnte er das, sagte ich mir.

Konnte er mir auch helfen?

Was, wenn es gar keinen männlichen Angestellten mit dem Anfangsbuchstaben L gegeben hatte?

Was, wenn er es mir nicht sagen wollte?

Aber wenn ich einfach mit der Ausrede kam, dass ich mich persönlich bei allen meinen Pflegern bedanken wollte, war doch nichts dabei, oder?

Zehn Minuten später stieg ich aus dem Bus und betrachtete das Krankenhausgebäude. Es ragte groß und bedrohlich vor mir auf. Schien auf mich fallen zu wollen und mich zu erdrücken.

Auf einmal wich alle Energie aus meinem Körper, und ich begann, hier im Schatten leicht zu zittern.

Ich konnte da nicht reingehen.

Ich wollte nicht, dass die ganzen Erinnerungen mich überfielen.

Stöhnend sah ich mich um. Auf der anderen Seite war eine kleine Bäckerei. Ich könnte dort auf Paul warten, dachte ich und wollte schon darauf zugehen.

Was, wenn Paul heute gar nicht Schicht hatte?

Der Tatendrang, den ich noch vor einer halben Stunde verspürt hatte, verebbte langsam. Mein Plan war doch zum Scheitern verurteilt!

Ich seufzte.

Dann dachte ich an L's Worte in meinem Tagebuch. Und an Dr. Hendricks' Worte.

Du bist ein starkes Mädchen, Jules.

Verdammt, ich hatte mich irgendwie wieder ins Leben zurückgekämpft, da würde ich jetzt doch nicht aufgeben!

Kurz entschlossen marschierte ich ins Krankenhaus, verdrängte den Geruch nach Desinfektionsmitteln und Krankheiten, diese fürchterliche Mischung, und steuerte auf den Empfang zu.

»Hallo«, sagte ich vorsichtig, und die Schwester auf der anderen Seite hob den Kopf.

»Können Sie mir sagen, ob Paul auf der Intensivstation heute arbeitet, und wenn ja, wann seine Schicht endet?«

Das Lächeln der Dame schwand ein wenig.

»Wieso möchten Sie das wissen?«, fragte sie.

»Ich war vor zwei Monaten auf der Intensivstation, und er hat mich gepflegt. Ich wollte mich bei ihm bedanken.«

»Möchten Sie ihn nicht hier persönlich besuchen?«, fragte sie, während sie auf ihrer Tastatur tippte.

»Ich …« Ich hielt kurz inne. »Ich bin noch nicht bereit, die Station wieder zu betreten.«

»Oh, okay.« Ihre Gesichtszüge entspannten sich deutlich. »Paul hat in zwei Stunden offiziell Schichtende«, klärte sie mich dann auf.

»Wissen Sie zufällig, ob er diesen Ausgang hier benutzt?«

»Ja, das tut er«, antwortete sie mir lächelnd. »Aber je nachdem, wie viel zu tun ist, verspätet er sich vielleicht ein wenig.«

»Das macht nichts. Vielen Dank für die Auskunft. Schönen Tag noch«, verabschiedete ich mich höflich und ging wieder nach draußen.

Zwei Stunden.

Wie sollte ich die Wartezeit rumbringen?

Mein Blick schweifte wieder zur Bäckerei auf der anderen Seite. Und dann kam mir eine Idee.

Ich ging wieder zur Bushaltestelle, scannte die Routen und sah zu meinem Glück, dass der richtige Bus in dem Moment anfuhr. Nur fünf Haltestellen weiter stieg ich aus und betrachtete mit einem zufriedenen Blick das graue Gebäude.

Vor mir befand sich der Verlag *Desmond,* und in dessen Erdgeschoss der hauseigene Buchshop. Mein Lieblingsbuchladen.

Ich öffnete die Glastür und sah mich um. Sämtliche Bücher, die der Verlag herausgab, konnte man in diesem Geschäft finden. Und genau deswegen war dies mein Lieblingsbuchshop. *Desmond* hatte nämlich eine Unmenge von guten Büchern in ihrem Programm.

Und wenn ich schon fast zwei Stunden auf Paul warten musste, konnte ich dabei genauso gut ein gutes Buch lesen.

Denn es war unglaublich lange her, dass ich gelesen hatte.

Als es mir so verdammt schlecht ging, hatte ich einfach keinen Kopf dafür gehabt. Es hatte mir keine Freude bereitet, im Gegenteil, das fröhliche Leben der meisten Protagonisten hatte in so starkem Kontrast zu meinem eigenen Leben gestanden, dass mir davon schlecht geworden war.

Aber jetzt ... Jetzt war es wieder an der Zeit.

Ich ging schnurstracks zum Bestseller-Regal und betrachtete die verschiedenen Buchcover.

Worauf hatte ich Lust? Einen historischen Roman? Einen Krimi? Einen Liebesroman oder eine Feel-good-Story?

Ich las mir die verschiedenen Klappentexte durch und entschied mich dann für den ersten Teil einer Familiensaga, die sowohl Witz, Liebe als auch Tiefe zu enthalten schien.

Ich kaufte das Buch und machte mich in freudiger Erwartung wieder auf den Weg zur Bäckerei gegenüber des Krankenhauses. Ich kaufte mir eine Tasse Kaffee und ein Schokocroissant und setzte mich an einen kleinen Tisch am Fenster.

Hier war es zwar nicht so gemütlich wie in einem Café, doch ich hatte einen perfekten Blick auf den Eingang des Krankenhauses.

Ich holte mein neues Buch aus meiner Tüte, schlug es auf und betrachtete das Lesezeichen, das die Verkäuferin mit reingelegt hatte. Wie immer war darauf ein kommendes Buch abgebildet, um schon einmal einige Leser gespannt zu machen.

Es war ein historischer Liebesroman, in dem es um eine junge Frau im London des 19. Jahrhunderts ging, die versucht, sich in der Gesellschaft als weibliche Ärztin durchzuschlagen. Und wie ich lächelnd feststellte, war natürlich auch ein arroganter, eingebildeter, unnahbarer Schnösel dabei.

Das Buch sollte nächsten Monat erscheinen und ich merkte es mir. Die kurze Präsentation hatte mich neugierig gemacht.

Ich sah kurz auf die Straße und versuchte in mich hineinzuhorchen.

Mir ging es gerade gut.

Trotz allem, was ich durchgemacht hatte, war ich gerade fast schon optimistisch.

Und dass ich mich auf einen Liebesroman freuen konnte, zeigte nur zu deutlich, dass ich langsam besser mit meiner Vergangenheit klarkam.

Wieder dachte ich an L.

Ich wollte ihn so gern finden. Ich wollte ihn so gern anschreien. Und ich wollte ihm so gern erzählen, dass es mir besser ging.

Ich seufzte lautlos und begann in meinem Buch zu lesen.

Nach meinem dritten Kaffee und achtzig Seiten in meinem Buch erkannte ich plötzlich Paul, der aus dem Krankenhaus trat und seine Jacke im Gehen schloss.

Ich stand so schnell auf, dass mein Stuhl fast nach hinten kippte, nahm mein Buch und meine Jacke und stürzte aus der Bäckerei.

»Paul!«, rief ich, während auch ich mir im Gehen die Jacke anzog und versuchte, auf die andere Seite zu gelangen. Der Krankenpfleger sah in meine Richtung.

»Jules?«, fragte er überrascht und lächelte breit.

Ich kam vor ihm zum Stehen und lächelte ihn auch an.

»Du siehst fantastisch aus! Wie geht es dir?« Er zog mich in eine kurze, aber feste Umarmung. Und ich war überrascht, dass dieser kurze Körperkontakt keine Panikschübe in mir auslöste, sondern mir guttat.

»Danke, mir geht es richtig gut. Ich ...« Pauls offener Gesichtsausdruck ließ mich all meine Bedenken vergessen, und ehrlich erzählte ich ihm von mir. »Ich bin letzte Woche aus der Reha entlassen worden. Meiner Psyche und meinem Körper geht es wieder besser.«

»Das freut mich für dich, Jules. Ich habe oft an dich gedacht.«

»Gleichfalls«, sagte ich und musste wieder breit lächeln. »Und wie geht es dir?«

Paul fuhr sich durch die Haare. »Ich bin müde. War ein langer und hektischer Tag heute. Wir haben wieder ein paar Leben gerettet, also unterm Strich bin ich zufrieden.« Er zwinkerte mir spitzbübisch zu.

»Paul …« Ich konnte ja nicht ewig um den heißen Brei herumreden. Obwohl es mich natürlich interessierte, wie es ihm ging. »Ich wollte mich bei euch bedanken, dass ihr euch so gut um mich gekümmert habt, als ich im Koma lag.«

»Keine Ursache, Jules. Das ist nicht nur unser Job, das ist unser Leben.«

»Ich weiß, aber trotzdem. Du darfst es gern den anderen weitersagen.« Ich sah erwartungsvoll zu ihm auf, hoffte, dass er vielleicht einige Namen aufzählen würde.

»Werde ich machen«, war jedoch das Einzige, was er sagte.

»Also Larissa und …« Ich wartete, sah ihn leicht fragend an.

»Und?«, fragte er und musterte mich schmunzelnd.

»Und … der andere, der mich gepflegt hat«, sagte ich kryptisch und hoffte, dass ich mich hier nicht zum Deppen machte.

»Wen meinst du? Viele Leute haben sich um dich gekümmert, als du im Koma lagst.« Paul betrachtete mich aufmerksam.

Ich seufzte. Zögerte. Sah zu Boden. Dann wieder zu Paul.

»Auch einer, dessen Name mit L anfängt?«

Paul runzelte die Stirn.

»Meinst du Larissa?«

Ich schüttelte den Kopf. »Einen männlichen Pfleger.«

»Wieso fragst du das?«, kam es zögerlich von ihm.

»Gab es einen, der mit L anfängt?«, fragte ich direkt, ohne auf seine Frage zu antworten.

»Wie kommst du darauf?« Paul kam mir nicht misstrauisch vor, eher nachdenklich. Und durcheinander.

»Paul, ja oder nein?«

Stille.

Dann seufzte er. »Ja. Ja, ein männlicher Medizinstudent mit dem Anfangsbuchstaben L hat sich viel um dich gekümmert, als du im Koma lagst.«

Ich spürte, wie mein Herz schneller zu schlagen anfing. War es tatsächlich so leicht, L ausfindig zu machen?

»Arbeitet er noch hier?«, fragte ich eifrig und sah Paul mit großen Augen an.

»Nein, er war nur Praktikant.« Er sah ein wenig verwirrt aus. »Wieso fragst du, Jules? Und woher weißt du von ihm?«

»Ich habe alles gehört, was ihr gesagt habt, als ich im Koma lag«, flüsterte ich.

»Du ... Was?«, fragte Paul erstaunt, und da fing ich an zu lachen.

»Nein, ich habe nichts gehört. Überhaupt nichts. Keine Sorge.«

Paul schien fertig mit der Welt zu sein. »Ich dachte schon ... Das wäre ... Oha ...« Er lachte jetzt auch. »Aber im Ernst, Jules. Du kannst es mir erzählen.«

Ich überlegte. Wenn ich Pauls Hilfe haben wollte, musste ich mit offenen Karten spielen. Das schuldete ich ihm.

»Sag mir erst, wie er heißt.«

Paul sah mich mit hochgezogenen Augenbrauen an. »Und dann erzählst du mir alles?«

Ich nickte.

»Okay. Er heißt Lorenzo.«

Die Welt stand für einen klitzekleinen Moment still.

»Lorenzo«, wiederholte ich leise.

Lorenzo.

Mein geheimer Stalker L hieß Lorenzo.

Das klang Spanisch. Oder eher Italienisch. War er Italiener?

»Wie alt ist er?«

»Hey, genug gefragt, jetzt bin ich dran«, erwiderte Paul. »Woher weißt du von ihm?«

Ich wollte L, oder Lorenzo, nicht in Schwierigkeiten bringen. Also erzählte ich Paul nur die halbe Geschichte.

»Er hat in mein Buch geschrieben. Ein paar ziemlich nette und zum Nachdenken anregende Sachen. Und nur mit L unterschrieben.« Da Paul keine Ahnung hatte, von welchem Buch ich sprach, erklärte ich es ihm kurz, ohne aber zu erwähnen, dass es sich um mein Tagebuch handelte.

Paul wirkte amüsiert und gleichzeitig überrumpelt. »Der Spinner«, murmelte er leise lachend.

»Wie alt ist er? Weißt du, wo ich ihn finden kann? Wohnt er hier in der Nähe?«

»Ruhig, Jules!« Paul legte beschwichtigend seine Hände auf meine Arme. »Lorenzo ist, wie erwähnt, Medizinstudent und Anfang zwanzig. Mehr darf ich dir nicht sagen.« Ein entschuldigendes, schiefes Lächeln zeichnete sich auf seinen Lippen ab.

»Wieso nicht?«

»Weil das seine persönlichen Daten wären.«

»Habe ich nicht ein Recht darauf, zu wissen, wer mich gepflegt hat?«

»Das schon, aber du hast kein Recht darauf, private Telefonnummern oder Adressen zu bekommen. Außerdem ... Vielleicht will Lorenzo gar nicht gefunden werden?«, überlegte Paul laut.

»Wieso nicht?«

»Weil er nur mit L unterschrieben hat anstatt mit seinem Namen?«

»Dann hätte er ja gar nichts schreiben brauchen?«, argumentierte ich und merkte, wie sich langsam die Enttäuschung in mir breitmachte. Ich war *so* nah dran, würde ich ihn jetzt doch nicht finden können?

Paul war meine beste Chance, ihn aufzuspüren!

Irritiert ließ ich meinen Blick schweifen, hörte, dass Paul seufzte.

»Es tut mir leid, Jules. Ich weiß nicht, was ich sagen soll. Ich kann dir leider nicht helfen.«

Ich sah wieder zu ihm. Er machte den Anschein, ehrlich traurig zu sein.

»Passt schon«, murmelte ich und überlegte. »Aber danke für die Hilfe. Jetzt weiß ich wenigstens seinen Namen.«

Ein zaghaftes Lächeln schlich sich auf meine Lippen.

»Ich will dich auch gar nicht länger aufhalten, Paul. War schön, dich wiederzusehen!«

Paul schien noch kurz abzuwägen, ob er sich tatsächlich von mir verabschieden sollte oder ob ich mental nicht stabil genug war, allein gelassen zu werden.

»Gleichfalls, Jules. Und das meine ich von ganzem Herzen! Es tut mir leid, dass Lorenzo dich in diese Situation gebracht hat, und dass ich dir nicht mehr erzählen kann. Mach dir nicht so viele Gedanken darüber, er wollte mit seiner Kritzelei wahrscheinlich nur nett sein.«

Paul meinte es gut, doch ich wusste es besser.

Lorenzo wollte gefunden werden.

Paul umarmte mich noch einmal zum Abschied und ging dann zögernd Richtung Parkplatz. Ich sah ihm nach und winkte noch einmal, bevor er in sein Auto stieg.

Ich drehte mich zur Bushaltestelle und fasste zusammen, was ich eben herausgefunden hatte.

Er hieß Lorenzo, war Anfang zwanzig und studierte Medizin. So viel wusste ich jetzt.

Und ich hatte noch einen Anhaltspunkt – die Serviette.

Das *Bella Casa.*

Ohne lange weiter darüber nachzudenken, zückte ich mein Handy, das meine Eltern mir gnädigerweise ersetzt hatten, und tippte *Bella Casa* ins Suchfeld ein. Als Suchergebnis wurde erst ein Immobilienbüro mit dem gleichen Namen geliefert, aber der zweite Eintrag war ein Volltreffer.

Das *Bella Casa* war ein Stück weit vom Krankenhaus entfernt. Ich suchte mir schnell die Busverbindung raus und wartete dann ungeduldig, bis der nächste vor mir hielt.

Ich setzte mich in dem fast leeren Bus an einen Fensterplatz, lehnte meinen Kopf an die Scheibe und starrte nach draußen.

So viele Menschen waren unterwegs. Wo sie wohl alle hinwollten? Ich sah ihnen zu, wie sie an meinem Fenster vorbeiflogen und aus meinem Blickfeld verschwanden.

Was sollte ich machen, wenn ich im *Bella Casa* angekommen war? Fragen, ob irgendjemand einen Lorenzo kannte? Allein bei dem Gedanken wurde ich so nervös, dass ich genau wusste, dass ich mich das noch nicht trauen würde. Ich würde mich erst einmal reinsetzen und beobachten. Vielleicht noch einen Kaffee trinken. Zuhören, was die Kellner redeten. Und hoffen, dass Lorenzo nicht nur ein einmaliger Gast dort gewesen war, denn dann würde ich ihn nie finden.

Ich warf einen Blick auf die Anzeigentafel. Noch drei Stationen, und dann musste ich noch ein kleines Stück laufen.

Auf meinem Handy sah ich mir noch einmal den Weg an, den ich zurücklegen musste, stieg dann an der richtigen Haltestelle aus und lief los.

Alles in mir kribbelte, und ich war mir nicht sicher, ob es Vorfreude oder Nervosität war.

Ein paar Minuten später stand ich vor dem *Bella Casa* und bekam die Tür nicht auf.

Bis ich an den Öffnungszeiten, die auf die Tür geklebt waren, bemerkte, dass sie am Montag Ruhetag hatten. Ich war völlig umsonst hierhergefahren. Ich lehnte meine Stirn an die Glastür und unterdrückte einen frustrierten Schrei. Wieso hatte ich das nicht überprüft, als ich die Adresse herausgesucht hatte?

Dann legte ich meine Hände an die Fensterscheibe und spähte durch das Glas, um mir das Restaurant genauer anzusehen, jetzt, wo ich schon einmal hier war.

Es sah chic aus. Wirklich chic. Und wirklich gemütlich.

Wo hatte Lorenzo gesessen, als er die Wortfetzen auf die Serviette gekritzelt hatte? Hinten im Lokal, weil er dort seine Ruhe hatte? Oder an dem kleinen Tisch am Fenster? Hatte er vielleicht gedankenverloren nach draußen gesehen und an mich gedacht?

Immer wenn ich versuchte, ihn mir vorzustellen, sah ich vor meinem geistigen Auge nur eine gesichtslose Gestalt.

Plötzlich nahm ich eine Bewegung an der Bar wahr und starrte mit großen Augen auf einen dunkelhaarigen Mann, der sich in der Dunkelheit bewegte. Ich wich erschrocken zurück und drehte mich um, hoffte, dass er mich nicht gesehen hatte.

Ich ging einen Schritt, blieb dann stehen und drehte mich wieder halb um.

Was, wenn der Mann Lorenzo war? Oder ihn kannte? Wollte ich nicht lieber fragen, wenn ich im Restaurant allein war, anstatt wenn es voll war und ich vor lauter Zeugen nach einer unbekannten Person fragen musste?

Ich sah wieder nach drinnen, erkannte schemenhafte Bewegungen, und plötzlich ging die Tür auf.

»Hi, kann ich dir helfen?«, fragte der Mann, der eindeutig Koch war. Seine dunklen Locken lagen wirr um seinen Kopf und er schob sie mit einer lässigen Handbewegung zur Seite.

Okay. Das war nicht Lorenzo. Er würde mich doch bestimmt wiedererkennen, oder?

Der Mann bemerkte mein Zögern. »Ich bin Fabio, Inhaber und Koch des Restaurants«, sagte er, um mich zu beruhigen.

»Ich ...«

Verflucht.

»Tut mir leid für die Störung«, sagte ich dann. »Mir wurde das Lokal empfohlen, ich wusste aber nicht, dass ihr montags geschlossen habt.«

»Mir tut es leid, dass du umsonst gekommen bist«, gab Fabio schief lächelnd zurück. »Wie heißt du?«

»Ähm ... Jules«, sagte ich dann.

»J-Jules?«, hakte er nach und konnte nur schwer einen überraschten Ausdruck verbergen.

Ich nickte nur und wartete in der Stille darauf, dass er nach dieser etwas merkwürdigen Reaktion etwas sagte.

»Hey, ich habe einen Vorschlag«, meinte er dann. »Damit du nicht ganz umsonst gekommen bist, kann ich dir ja zeigen, woran ich in der Küche gerade arbeite.«

Meinte er das ernst?

»Und keine Sorge, wir sind nicht allein, meine Freundin ist im Büro«, versicherte er mir sofort beruhigend, da er meine Zweifel bemerkte.

Ich überlegte. Vielleicht könnte ich ja diskret Lorenzos Namen fallen lassen und sehen, wie er reagierte, dachte ich.

»Ähm, okay«, sagte ich schließlich, und Fabio lächelte breit. Er bat mich hereinzukommen und schloss hinter mir die Tür, damit nicht plötzlich das Lokal voller Besucher war.

Es sah mir so was von nicht ähnlich, einfach einer fremden Person irgendwohin zu folgen. Das hatte ich einzig und allein Lorenzo zu verdanken.

Wir kamen an einer angelehnten Tür vorbei, die Fabio öffnete und hinter der eine junge Frau mit dunklen Haaren an einem Schreibtisch sitzend zu sehen war. Sie hob den Kopf und ihr Blick schweifte zu mir.

»Das ist Jules«, erklärte Fabio und sah zu mir. »Und das ist Ceil.«

»Hi«, sagte ich vorsichtig, da sie mich ansah, als wäre ich ein Geist. Wahrscheinlich fragte sie sich, wieso um alles in der Welt Fabio mich hereinließ, obwohl das Restaurant geschlossen hatte. Sie nickte mir zu und rang sich ein Lächeln ab. Dann sah sie fragend zu Fabio.

»Ich zeige ihr was in der Küche, und dann kann sie gleich mal testen, ob das überhaupt essbar ist.«

»Okay, klingt gut.« Ceil lächelte jetzt etwas breiter, warf aber Fabio einen Blick zu, der deutlich sagte, dass sie nachher was zu besprechen hatten.

Shit, hoffentlich war ich nicht schuld, wenn Fabio Probleme bekam.

»Komm mit«, forderte er mich in dem Moment auf und ging weiter zur Küche. Ein unglaublich herrlicher Duft wehte mir entgegen, und ich ließ den Blick durch den Raum schweifen. Ich war noch nie in einer Restaurantküche gewesen.

»Montag ist zwar unser Ruhetag, aber ich arbeite meistens an neuen Kreationen, und Ceil versucht die Papierstapel im Büro zu reduzieren.« Er ging hinter einen Tisch, auf dem verschiedene Kochutensilien und Zutaten lagen.

»Interessierst du dich für Essen?«, fragte Fabio und beobachtete mich.

Was sagte man dazu, wenn man eigentlich wegen einer Person und nicht wegen des Essens ein Restaurant aufgesucht hatte, nun jedoch vor dem Inhaber und Koch stand und ihn aus einem unerklärlichen Grund nicht enttäuschen wollte?

»Essen war für mich bis jetzt eher einfach eine Notwendigkeit. Ich habe gegessen, um zu überleben, nicht weil es mich eigentlich besonders begeistert hat«, sagte ich ehrlich, und verspürte bei meinen eigenen Worten ein Stechen im Herzen.

Ich war mein ganzes Leben lang eigentlich nie wirklich glücklich gewesen.

Das hatte ich zwar schon im *Lighthouse* herausgefunden, aber immer wieder daran erinnert zu werden, tat weh.

Das, was ich als Kind erlebt hatte, hatte mich geformt, hatte mein weiteres Leben bestimmt, ohne dass ich selbst hatte mitreden können. Es hatte mir die Lust und die Freude an alltäglichen Dingen genommen, und das hatte ich nicht einmal mitbekommen.

Ich musste erst wieder lernen, die Schönheit in kleinen Dingen zu sehen. Die Schönheit zu spüren und auf mich wirken zu lassen, um so generell eine positivere Einstellung zu bekommen.

Dr. Hendricks und ich hatten in meiner Zeit im *Lighthouse* intensiv an meiner Einstellung und meinen Gedanken gearbeitet.

Und Lorenzo hatte in seinen Einträgen oft Beispiele gebracht, dass kleine Dinge ihn beglückten und dass das für alle möglich sei, man müsse dafür nur die Augen offen halten. Und es sich selbst erlauben.

Der Gedanke, dass ich nicht gut genug war und kein Glück verdiente, steckte mir noch tief in den Knochen. Obwohl Dr. Hendricks mich davon überzeugt hatte, dass der Missbrauch nicht meine Schuld und ich als Person nicht weniger wert war, nagte der Zweifel ab und zu immer noch an mir. Logisch gesehen wusste ich das, aber meine Gefühle sagten mir einfach oft etwas anderes.

Fabio schmunzelte. »Essen ist mein Ein und Alles«, erklärte er dann leidenschaftlich. »Natürlich gleich nach meiner Freundin«, stellte er dann schnell klar und lachte. »Essen kann dich in eine magische Welt führen. Gutes Essen kann einen so glücklich machen, dass es fast überwältigend ist. Das Geschmackserlebnis kann einen gefühlsmäßig berühren und Stimmungen hervorrufen, genauso wie Musik es kann.«

Er hielt inne, da er meinen leicht zweifelnden Blick sah. Natürlich hatte ich schon sowohl gutes als auch schlechtes Essen gegessen, aber mich hatte Essen noch nie so von den Socken gehauen, wie er das gerade beschrieb.

»Okay, ich werde versuchen, dich zu überzeugen!« Fabio war Feuer und Flamme. »Hier, du kannst dich auf die Arbeitsfläche dort an der Wand setzen. Gibt es etwas, was du gar nicht magst?«, fragte er mich und holte einen Topf und ein Schneidebrett hervor.

Ich überlegte kurz, während ich mich auf die Stahlplatte schwang. »Ne, ich esse eigentlich alles.«

»Magst du Käse? Und Pilze?«

Ich nickte und hob gleichzeitig meine Schultern. Wie gesagt, ich aß alles, liebte es aber nicht unbedingt.

»Mein Ziel beim Kochen und Erstellen eines Menüs ist, etwas zu kreieren, was die Leute immer und immer wieder essen möchten. Sie sollen sogar Wochen später an das Gericht denken, und ihnen soll dabei das Wasser im Mund zusammenlaufen. Sie sollen sich danach sehnen, die Zutaten in genau der Zusammensetzung wieder zu essen. Und das will ich versuchen dir zu zeigen.«

»Das ist ganz schön ambitioniert«, kommentierte ich und betrachtete ihn dabei, wie er Pilze in Scheiben schnitt und Parmesan rieb, als würde sein Leben davon abhängen.

»Es geht um Intensität. Intensität im Geschmack und im Aussehen. Das leckerste Gericht kann ruiniert werden, wenn es zu wenig gesalzen ist und dementsprechend fade schmeckt. Gleichzeitig kann ein wirklich hässliches Gericht den vielleicht ziemlich guten Geschmack verblassen lassen. Das Auge isst ja bekanntlich mit. Man muss die Balance finden.«

Während ich Fabio beim Kochen beobachtete, stellte ich deutlich fest, dass das Kochen nicht sein Beruf war, sondern seine Leidenschaft.

Ich wünschte mir auch ein Hobby, dem ich so leidenschaftlich nachgehen könnte.

»Was machst du so, Jules? Studierst du? Oder gehst du noch zur Schule?« Fabio sah weiterhin auf das Essen vor ihm.

»Ich mache dieses Jahr mein Abi.« Hoffentlich.

»Oh, und dann öffnet sich die große weite Welt für dich. Weißt du schon, was du danach machen willst?«

»Nein, noch nicht. Bin noch dabei, es herauszufinden.« Ich hatte erst die letzten Wochen wieder angefangen, an meine Zukunft zu denken.

»Lass dir Zeit«, meinte Fabio gelassen. »Ich bin nach dem Abi nach Italien gegangen. Ich wusste zwar schon, dass ich Koch werden wollte, aber ich habe mich die letzten Jahre ziemlich verändert. Jetzt weiß ich viel genauer, wer ich bin und wohin ich mit meiner Arbeit und meinem persönlichen Leben will.«

Fabios Einsicht und Selbsterkenntnis war beneidenswert. Gut, er war ja auch einige Jahre älter als ich.

»Wieso heißt dein Restaurant *Bella Casa*?«, fragte ich in die Stille, die sich zwischen uns gesenkt hatte.

»›Bella‹ ist eine Widmung an Ceil, meine schöne Freundin. Und ›Casa‹ bedeutet Haus. Meine Gäste sollen sich hier wohlfühlen, wie zu Hause.«

Dieses Restaurant hier war wirklich seine große Leidenschaft. Es strahlte aus ihm heraus.

»Und … Wie viele Angestellte habt ihr?«, fragte ich freundlich neugierig, obwohl ich innerlich anfing zu zittern. Ich konnte einfach nicht aufhören, darüber nachzudenken, ob Lorenzo wohl hier arbeitete.

»Hier in der Küche sind wir zu fünft. Ceil ist unsere Geschäftsführerin, und dann sind noch vier Kellner angestellt.«

Na toll, namenlose Köche und namenlose Kellner.

Ich starrte vor mich hin und bemerkte erst nach ein paar Sekunden, dass Fabio mich aufmerksam musterte.

O nein, dachte er, dass ich indirekt nach einem Job fragte?

Ich sah weg.

»Hier, probier mal«, hörte ich ihn dann sagen, und ich sah wieder zu ihm. Er hielt mir ein Schneidebrett hin, auf dem Parmesanstücke lagen. Vorsichtig nahm ich eins und biss ab.

Soweit ich mich erinnern konnte, hatte ich Parmesan nie so allein gegessen. Ich kaute vorsichtig und versuchte mich auf den Geschmack zu konzentrieren.

»Und?«

»Schmeckt ... okay«, sagte ich.

»Nur okay?« Fabio lachte. »Jules, das ist der beste Parmesan, den es gibt. Fast, zumindest.«

»Tut mir leid«, sagte ich schuldbewusst. »Ich kann ihn nicht wirklich vergleichen.«

Fabio winkte ab. »Das passt schon. Aber merk dir den Geschmack. Ich mache für dich nämlich gerade eine Parmesansoße, und die sollte am Ende fast genauso intensiv schmecken wie das Stück, das du gerade isst.«

Fabio erklärte mir noch einige Sachen über die Zutaten und die Herangehensweise. Ich wunderte mich immer wieder darüber, wie freundlich er mir gegenüber war. Einfach ehrlich freundlich. Er behandelte mich nett, lustig und respektvoll – und das, obwohl er mich gar nicht kannte.

»So.« Fabio holte einige Zeit später einen Teller und füllte ihn mit einer dünnen Schicht der dickflüssigen Parmesansoße. Dann vermischte er frische Nudeln mit gebratenen Pilzen, Petersilie, Salz und Pfeffer und legte die Portion auf die Soße. Darüber rieb er noch einmal ein wenig Parmesan, und dann stellte er den Teller neben mir ab. Bevor ich blinzeln konnte, hatte er mir auch schon eine Gabel gereicht.

»Ich bin gespannt, wie du die Parmesansoße findest.«

»Ich auch«, erwiderte ich und machte mich ans Essen. Ich tauchte meine Gabel in die Soße und probierte sie erst einfach so. Der Geschmack war überwältigend. Es gab keinen Zweifel, dass das hier eine Parmesansoße war.

»Intensiver Parmesangeschmack«, lobte ich und stellte erfreut fest, dass Fabio bei meiner Wortwahl seine Lippen zu einem breiten Lächeln verzog, das meins komplett in den Schatten stellte.

Dann probierte ich die Pasta. Das Verhältnis zwischen Pilzen und Petersilie war, wie ich das beurteilen konnte, lecker.

Und dann probierte ich alles zusammen.

»Und, und, und?« Fabio sah mich ungeduldig an. Ich fühlte mich wegen meiner Essensunerfahrenheit ein wenig verlegen, doch das hier schmeckte wirklich gut.

»Es ist echt lecker«, sagte ich und schaufelte gleich eine neue Portion auf meine Gabel.

Fabio bereitete sich einen eigenen Teller zu, setzte sich neben mich auf die Arbeitsfläche und begann zu essen.

Wir saßen in Stille nebeneinander, genossen das Essen und störten uns nicht an der Ruhe zwischen uns. Im Gegenteil, würde uns jemand beobachten, sähen wir bestimmt wie zwei gute Freunde aus, die an der Gesellschaft des anderen irgendwie genug erfreut waren.

»Fabio.« Ich sah auf meinen leeren Teller. »Das hier schmeckt so gut, dass ich Lust auf eine zweite Portion habe.«

Es war vielleicht unhöflich, nach mehr zu fragen, aber irgendwie war das die einzige Möglichkeit für mich, um auszudrücken, wie gut mir das Essen schmeckte. Außerdem musste ich ausnutzen, dass ich endlich wieder Hunger verspürte.

Fabio strahlte mich an. »Ich würde sagen, Mission erfüllt! Und her mit deinem Teller, es ist noch genug da!«

20

Lorenzo

Müde beeilte ich mich, im kalten, ungemütlichen Regen voranzukommen. Ich ging mit langen, schnellen Schritten durch die Straßen und seufzte erleichtert auf, als ich das *Bella Casa* erkannte.

Der Himmel war durch die regengefüllten Wolken so schwarz, dass er mir fast wie bei Nacht vorkam.

Ich konnte durch die Fenster erkennen, dass das Lokal an diesem Nachmittag gut gefüllt war. Die meisten tranken einen Kaffee oder aßen zu dieser Zeit nur eine Kleinigkeit.

Als ich durch die Tür trat, widerstand ich dem Drang, mich wie ein nasser Hund zu schütteln, um die Tropfen loszuwerden.

Ich lächelte einigen Gästen zu, begrüßte Enrico und Paolo, die zwei anderen männlichen Kellner, und huschte in den Mitarbeiterraum, um mich für meine Abendschicht umzuziehen.

Ich hatte heute den ganzen Tag an der Uni Vorlesungen gehabt und fühlte mich ausgelaugt. Seufzend zog ich die nasse Jacke aus, als hinter mir die Tür aufging.

»Lorenzo!«

Ich drehte mich lächelnd zu Fabio um, erstarrte aber in der Bewegung, als ich seinen Gesichtsausdruck sah. Fabio sprach schon weiter, bevor ich auch nur eine Silbe rausbringen konnte.

»Du steckst metertief in der Scheiße, ist dir das eigentlich klar?«

»Was? Wieso?«, fragte ich verwirrt und überlegte fieberhaft, ob ich Sonntagnacht vergessen hatte, das Lokal abzusperren, das Geld in der Kasse nicht stimmte oder ich eine Kerze angelassen hatte.

Fabio sah sich einmal über die Schulter, um sicherzugehen, dass wir allein waren.

»Jules war gestern hier.«

Ju…?

Mein Herzschlag setzte aus, und ich vergaß für einen kurzen Moment zu atmen.

Jules war hier gewesen?

»Woher …« Ich konnte keinen klaren Gedanken fassen und verspürte plötzlich das Bedürfnis, mich hinzusetzen.

Seit ich vor drei Monaten die Intensivstation verlassen hatte, schwirrte Jules mir im Kopf herum.

Jeden verdammten Tag hatte ich an sie gedacht. Mich gefragt, wie es ihr ging. Überlegt, ob sie mich suchen würde.

Mir vorgestellt, wie sie mich fand.

»Sie stand vor der Tür und hat ins Lokal gespäht. Ich habe sie gefragt, wer sie ist.«

»Du hast mit ihr gesprochen?«, unterbrach ich Fabio, bevor er mehr sagen konnte.

»Ja, ich habe sie hereingebeten und ihr in der Küche was zu essen gemacht.«

»Was hast du?«, fragte ich aufgebracht. Tausend Gefühle machten sich in mir breit.

Wie oft hatte ich mir ihre Stimme vorgestellt? Wie oft hatte ich mir ausgemalt, wie sich ihr Blick auf mir anfühlen würde? Wie lange schon sehnte ich mich danach, mit ihr zu reden?

Und jetzt hatte Fabio das alles einfach so geschenkt bekommen?

»Na klar, ich war neugierig. Neugierig, wie sie so ist, dass sie dir den Kopf dermaßen verdreht hat, und neugierig, wieso sie genau hier aufgetaucht ist«, sagte Fabio mit einem schiefen Grinsen. Er hatte sich ein wenig beruhigt.

»Und wieso?«

»Keine Ahnung. Sie meinte, jemand habe ihr das Restaurant empfohlen. Aber Essen sagt ihr im Grunde nichts. Ich hatte eher den Eindruck, als suche sie etwas. Oder jemanden.« Ich überlegte fieberhaft. Fabio beobachtete mich abwartend.

»Hast du ihr gesagt, dass du hier arbeitest?«

»Nein, ich habe ja nie mit ihr gesprochen«, antwortete ich darauf, doch Fabio verdrehte nur die Augen statt zu lachen.

»Wieso taucht sie dann plötzlich hier auf?«

»Ich weiß es nicht«, sagte ich ehrlich und dachte nach. Ich hatte nirgends reingeschrieben, dass ich im *Bella Casa* arbeitete.

Hatte Paul ihr was gesagt? Hatte sie ihn aufgesucht? Hatte ...?

Ich erinnerte mich an die Serviette.

»Verflucht!«, entfuhr es mir, und mit der Hand verstrubbelte ich gedankenverloren meine Haare. »Ich habe Notizen auf eine Serviette von hier gekritzelt und muss sie im Buch vergessen haben.«

War das wirklich so schlimm? Hatte ich denn nicht insgeheim die ganze Zeit darauf gehofft, dass sie nach mir suchen und mich finden würde? Warum war ich jetzt so überfordert mit der Situation?

»Wie hat sie gewirkt? Wie geht es ihr?«, löcherte ich Fabio, doch dieser hob abwehrend die Hände.

»Keine Ahnung, sie war ein bisschen reserviert, aber sie hat so gewirkt, als würde es ihr jetzt nicht so schlecht gehen.

Sie sah gut aus«, fügte er mit einem kleinen Lächeln hinzu, das ich geflissentlich überging. »Was hast du jetzt vor?«

Ich überlegte und hatte keinen blassen Schimmer.

»Du wirst sie ja wohl kaum nach ihrer Nummer gefragt haben?«, wollte ich von Fabio wissen, und ein kleiner Teil in mir hoffte, dass er es doch getan hatte.

»Nein, natürlich nicht. Na ja, gut, wir beide müssen jetzt erst mal wieder an die Arbeit. Das Restaurant ist brechend voll, wir reden später noch mal.« Fabio tippte sich einmal zum Abschied an die Stirn und war kurz darauf aus dem Raum verschwunden.

Schnell schlüpfte ich in meine Arbeitsklamotten. Mein Herzschlag hatte sich noch immer nicht beruhigt. Dass Jules einfach so hier auftauchen würde, damit hatte ich überhaupt nicht gerechnet.

Ich hoffte, dass sie noch einmal kommen würde, dass sie irgendwann draußen sitzen und sich etwas bestellen würde, und gleichzeitig hatte ich Angst davor, warum sie nach mir suchte. War sie sauer? Oder verstand sie meine Beweggründe?

Ich trat zurück ins Lokal und verdrängte alle Gedanken an Jules. Jetzt musste ich erst einmal mein charmantestes Lächeln aufsetzen und Gäste bedienen.

»Tisch zwölf, Lorenzo, übernimm bitte die Bestellung«, warf mir Enrico im Vorbeigehen mit leicht gestresstem Blick zu. Ich nickte und stürzte mich ins Getümmel.

Ich hatte das Gefühl, dass ich den ganzen Abend nur durch die Gegend hastete, an Tische eilte, zurück in die Küche lief, Essen verteilte, Getränke ausschenkte.

So einen Abend wie heute hatten wir schon lange nicht mehr gehabt. Irgendwann verschwammen die Gesichter zu einer einzigen Masse, meine Augen waren schlichtweg überfordert von den ganzen Eindrücken und Bewegungen.

»Die Bestellung für Tisch sieben ist fertig!«, rief Fabio, und ich schnappte mir die Teller.

Und als ich mich umdrehte, stand sie dort. Einfach so.

Ich kam mir vor wie in einem dieser kitschigen Hollywoodfilme. Alles um sie herum verblasste, verschwamm, wurde stumm, und ich konnte nur noch sie sehen. Es kam mir vor wie Stunden, dass ich sie einfach nur anstarrte, als würde sie allein im Scheinwerferlicht stehen.

Wie paralysiert stand ich da, bis ich mich Sekunden oder Stunden später, ich wusste es nicht genau, aus meiner Schockstarre löste und mich schnell wieder umdrehte.

Sie durfte mich nicht sehen!

Schnell unterdrückte ich den ersten Impuls, einfach in den Mitarbeiterraum zu laufen und mich in einem der Spinde zu verstecken. Jules kannte mich ja nicht einmal. Sie wusste nicht, wer ich war, also konnte ich auch einfach die Teller zu Tisch sieben bringen und mir in der Zwischenzeit überlegen, wie ich mich verhalten sollte.

Während ich die Teller vor dem Pärchen abstellte, nahm ich wahr, dass Paolo zu Jules ging und nach einem freien Platz für sie suchte.

Und dann führte er sie genau zu dem Platz am Fenster, ganz in der Ecke, genau dort, wo ich gesessen und auf die Serviette gekritzelt hatte, die mich nun wohl verraten hatte.

Ironie des Schicksals nannte man so etwas wohl, wenn man daran glaubte.

Ich wollte sofort zu ihr gehen, wollte sie ansprechen.

Und ich wollte rennen, weit weg, und mich dieser Situation nicht stellen.

Was war nur los mit mir?

Ich traute mich kaum, zu ihr zu sehen. Bemerkte nur, wie ihre Blicke durch das Restaurant schweiften, als suchte sie jemanden.

Als suchte sie mich.

Schnell wandte ich mich ab und lief zielstrebig in die Küche.

»Sie ist da«, platzte ich heraus, als ich neben Fabio stand. »Sie sitzt da draußen.« Langsam wurde ich leicht panisch. Nervös lief ich auf und ab und stand damit allen in der Küche einfach nur im Weg herum.

»Sie ist jetzt gerade hier?« Überrascht sah Fabio mich an. »Hatte nicht gedacht, dass sie so schnell wieder auftaucht. Anscheinend ist es ihr echt ernst damit, dich zu finden.«

»Was soll ich denn jetzt machen?«

Fabio dekorierte den Teller vor sich noch fertig und wandte sich dann mir zu.

»Geh endlich zu ihr und rede mit ihr! Darauf hast du doch die ganzen Monate über gewartet. Und offensichtlich will sie auch mit dir reden, also mach endlich!« So was nannte man dann wohl einen verbalen Arschtritt.

»Ich soll einfach so zu ihr hingehen?«

»Ja, natürlich! Was willst du denn sonst machen? Soll ich euch einander vorstellen?«

Die Vorstellung war so absurd, dass ich nervös auflachte.

Aber Fabio hatte recht, ich musste sie einfach ansprechen.

»Okay, ich mach's. Ich geh jetzt zu ihr.«

»Viel Erfolg!« Fabio klopfte mir aufmunternd auf die Schulter.

Langsam ging ich wieder ins Lokal zurück und blieb neben der Küchentür stehen. Von hier aus hatte ich das ganze Restaurant im Blick und konnte auch Jules sehen. Inzwischen hatte sie ein Getränk vor sich stehen, das aussah wie eine Apfelsaftschorle.

Sie sah so gesund und frisch aus, so ganz anders, als ich sie das letzte Mal im Krankenhaus gesehen hatte. Die Blutergüsse waren vollständig verheilt, aus ihrem Körper kamen nicht mehr unzählige Schläuche, und auch ansonsten schien es ihr körperlich gut zu gehen.

Jules nahm einen Schluck von ihrer Apfelsaftschorle und ließ dann ihren Blick wieder durch das Lokal schweifen. Ich wusste, was gleich unweigerlich geschehen würde, trotzdem sah ich nicht weg. Ich wartete geduldig, bis ihr Blick bei mir angekommen war.

Bis ihr Blick an mir hängen blieb.

Bis sie verstand, weshalb ich sie ansah.

Als die Erkenntnis sie traf, öffnete sie ihren Mund ein wenig in Verblüffung, und ihre Augen weiteten sich überrascht.

Mein Herz hatte komplett den Geist aufgegeben, und meine Beine wollten mir den Dienst versagen.

Nun gab es kein Zurück mehr.

Langsam setzte ich mich in Bewegung, hielt Jules' Blick gefangen, bahnte mir den Weg zwischen den Tischen hindurch, ohne etwas anderes wirklich wahrzunehmen.

Und dann stand ich endlich direkt vor ihr.

»Hallo, Jules. Ist der Platz noch frei?«

21

Jules

»Hallo, Jules. Ist der Platz noch frei?«

Kein Laut kam über meine Lippen, als ich ihn einfach anstarrte. Fassungslos. Wütend. Überrascht. Beeindruckt. Überfordert.

Wie in einem kitschigen Film verschwamm alles andere um uns herum zu einer grauen, undeutlichen Masse. Ich hörte alle anderen Geräusche nur noch gedämpft. Das Einzige, was meine Sinne geschärft wahrnahmen, war Lorenzo.

Lorenzo ...

Als er meinen Blick festhielt und ich realisierte, wer er war, fuhr ein Schauer durch meinen ganzen Körper. Ich erkannte ihn wieder, obwohl ich ihn nie zuvor gesehen hatte. Ein unbeschreibliches Gefühl.

Er wartete geduldig und höflich darauf, dass ich ihm erlaubte, sich hinzusetzen.

Doch ich wusste nicht, was ich tun sollte. Ich war unvorbereitet. Ich hatte nicht wirklich erwartet, ihn so schnell zu finden. Obwohl ich mit dem Gedanken gespielt hatte, dass er im *Bella Casa* arbeitete, hatte ich nicht wirklich damit gerechnet, dass er es tatsächlich tat. Dass ich ihn tatsächlich treffen würde.

Eine Welle des Unbehagens fuhr durch meinen Körper. Ich wollte weg. Ich wollte wegrennen und ihn nie wiedersehen.

Doch ich blieb sitzen. Denn war ich nicht mit genau diesem Vorhaben hier aufgetaucht? Ihn zu finden? Und jetzt, wo er tatsächlich vor mir stand, wollte ich fliehen?

Ich nickte zögernd, bevor ich es mir anders überlegen konnte, und Lorenzo setzte sich vorsichtig mir gegenüber.

Ich musterte jeden Zentimeter von ihm. Sah mir sein unverschämt hübsches Gesicht an, das meine Wangen rot werden ließ. Betrachtete seine dunklen Haare, seinen Bart, ließ meinen Blick nach unten schweifen, erkannte breit gebaute Schultern, die dunkle Hautfarbe, und endete bei seinen gepflegten Händen, die er verschränkt auf dem Tisch abgelegt hatte.

Und die, wie es mir mit einem Schlag bewusst wurde, mich berührt und angefasst hatten, als ich im Koma lag. Ich war überwältigt. Und überfordert. Absolut überfordert.

Ich stellte mir vor, wie er mich mit seinen Händen massiert und umgedreht hatte. Wie er mich beobachtet hatte, während er meine Werte überprüft hatte. Wie er mir nah gewesen war, als ich nicht einmal wusste, dass er existierte.

Mir wurde verdammt heiß, und ich begann, schwerer zu atmen.

Lorenzo kannte mich. Er kannte meinen Körper.

Und er kannte meine Geheimnisse.

Er wusste mehr über mich als ich über ihn. Er wusste mehr über mich als meine Eltern. Er wusste mehr, als er sollte.

Und auf einmal fühlte ich mich wie ein Tier, das in die Enge getrieben wurde.

Ja, ich hatte Lorenzo kennenlernen wollen, aber plötzlich fühlte ich mich dazu absolut nicht bereit.

Das Blut rauschte in meinen Ohren, als ich doch noch aufsprang und einfach an Lorenzo vorbei nach draußen lief.

Mir war bewusst, dass alle Augen im Restaurant auf mich gerichtet waren, und mir wurde vor Scham noch heißer. So viel Aufmerksamkeit hatte ich definitiv nicht erregen wollen.

Außerdem wurde mir schlagartig bewusst, wie kindisch ich mich gerade eben benommen hatte.

Also blieb ich stehen und drehte mich um. Halb hatte ich vermutet, halb gehofft, dass Lorenzo mir folgen würde.

Und tatsächlich stand er dort. Wartete. Ein wenig unbeholfen.

Ich war offenbar nicht die einzige Person, die gerade restlos überfordert war.

Einige Augenblicke lang sahen wir uns einfach nur an. Ich versuchte, das, was ich aus Lorenzos Kommentaren über ihn hatte erfahren können, mit der Person in Einklang zu bringen, die gerade vor mir stand.

Irgendwie hatte ich ihn mir anders vorgestellt.

Nicht so jung. Irgendwie ... Als müsste er schon mehr Lebenserfahrung haben.

»Hallo, Lorenzo«, brachte ich schließlich über die Lippen, und ich konnte sehen, wie die Anspannung ein klein wenig von seinen Schultern abfiel.

Er kam einen kleinen Schritt auf mich zu, doch ich wollte die Distanz zwischen uns noch wahren. Ich kannte diesen Menschen immerhin noch überhaupt nicht. Ich wusste nicht, wer er war.

Und er wusste einfach alles von mir.

»Wie konntest du nur?« Meine Stimme war mehr ein heiseres Flüstern, obwohl ich doch eigentlich so viel selbstsicherer klingen wollte. »Du hattest kein Recht, mein Tagebuch zu lesen!«, fügte ich dann mit etwas festerer Stimme hinzu, und Lorenzo senkte betreten kurz seinen Blick, bevor er mich wieder direkt ansah.

»Es tut mir leid, Jules. Ich wollte dich damit nicht verletzen. Ich wollte dir nur helfen.« Seine Stimme klang beruhigend, so unendlich beruhigend, dass ich schon beinahe vergaß, warum ich eigentlich wütend gewesen war.

Tief in mir wusste ich nämlich, dass Lorenzo der erste Mensch – nach meiner Oma natürlich – gewesen war, der sich um mich gesorgt hatte und dem ich wichtig war.

Und dann nickte ich. Ich verstand. Irgendwie zumindest.

»Ich weiß.« Ich wollte ihm sogar dafür danken, doch wieso kam mir dieses kleine Wort plötzlich nur so schwer über die Lippen? Ich erinnerte mich an den Anfang meines Tagebuchs und gab mir einen Ruck. Ich wusste noch nicht genau, wer ich sein wollte, aber ich wusste zumindest sicher, dass ich nicht wie all die anderen werden wollte.

Lorenzo sah mich noch immer an, wartete, gab mir Zeit, wusste vielleicht selbst nicht wirklich, was er sagen sollte.

»Danke.«

Dieses kleine, schlichte Wort, das jedoch so viel beinhaltete, zauberte ihm ein kleines Lächeln aufs Gesicht.

»Ich würde es jederzeit wieder machen«, gab er ehrlich zu, und ungewollt musste ich schmunzeln.

»Das hatte ich befürchtet.« Lorenzo lachte leise und kehlig. Ich mochte sein Lachen und den Klang seiner Stimme. So lange hatte ich mir nur vorgestellt, wie er die Worte aus meinem Tagebuch zu mir sagte, jetzt wusste ich, wie die Worte in meinem Kopf klingen mussten.

»Ich muss langsam wieder heim.« Das war zwar nur eine billige Ausrede, weil ich einfach nicht wusste, was ich sonst tun oder sagen sollte. Außerdem hatte ich das Gefühl, dass ich jetzt Ruhe und Zeit für mich brauchte. Trotzdem blieb ich unschlüssig stehen. War es das jetzt? Sollte ich einfach wieder gehen? Was wollte ich denn eigentlich?

Lorenzo setzte dazu an, etwas zu sagen, überlegte es sich dann jedoch anders. Ich wusste, dass er mich nicht bedrängen wollte.

»Oh, ich habe mein Getränk noch gar nicht bezahlt!«, fiel mir plötzlich ein, und ich wollte schon nach meinem Geldbeutel suchen, als Lorenzo mich davon abhielt.

»Entspann dich, Jules. Das geht aufs Haus.« Ich war froh, dass er mich nicht fragte, ob ich wieder mit reinkommen und austrinken wolle, das hätte ich beim besten Willen nicht geschafft. Außerdem wollte ich jetzt einfach nur nach Hause und verarbeiten, was heute geschehen war. Die wohlbekannte Müdigkeit überrollte mich wieder.

»Also dann ...« Ich machte einen Schritt zurück. Wie sollte ich mich von ihm verabschieden?

»Warte! Sehen wir uns wieder?«

Und da war sie, die alles entscheidende Frage.

Ich zögerte. Alles in mir schrie danach, Lorenzo besser kennenzulernen. Hatte ich ihn nicht deswegen so verbissen gesucht?

»Bitte, Jules. Lass mich dich wenigstens auf einen Kaffee einladen, dann können wir ein bisschen reden. Wie wäre es mit morgen?« Hoffnungsvoll sah er mich an. Sein Atem bildete weiße Wolken vor seinem Gesicht und erinnerte mich daran, wie kalt es war. Und dass er hier draußen ohne Jacke stand. Wegen mir.

Ein zaghaftes Kribbeln durchlief meinen Körper, so als würde ich etwas Verbotenes tun, als ich langsam nickte.

Ein erleichtertes Lächeln erschien in Lorenzos Gesicht.

»Also dann morgen. Um vier bei *Jo's Cake*?«

»Um vier bei *Jo's Cake*«, wiederholte ich zur Bestätigung.

»Gut, ich ... Ich muss jetzt leider wieder rein, aber dann sehen wir uns ja.« Lorenzo drehte sich langsam in Richtung Lokal und hielt dabei meinen Blick fest, als könnte ich mich jeden Moment in Luft auflösen, wenn er mich auch nur eine Sekunde aus den Augen ließ.

»Bis dann.« Einer von uns musste ja mal den Anfang machen.

Ich drehte mich um, überließ Lorenzo seiner Arbeit und versuchte auf dem Heimweg, mein wild klopfendes Herz zu beruhigen.

Irgendwie hatte ich das Gefühl, dass ich am Anfang von etwas ganz Neuem und Wunderbarem stand.

Unruhig stand ich vor dem Spiegel in meinem Zimmer und betrachtete meine Gestalt. Ich fuhr mir mit der Hand durch meine dunklen Haare, zupfte mein Shirt zurecht, warf mir einen kritischen Blick zu. Langsam musterte ich meine dürre Gestalt, die jedoch bei Weitem nicht mehr so abgemagert aussah wie kurz nach dem Koma.

Ich war nervös. Und ich wusste nicht, ob mein Outfit passend war.

Ich wollte Lorenzo gern den Eindruck vermitteln, dass es mir besser ging. Gleichzeitig wollte ich nicht, dass meine Kleidung so chic war, dass ich den Eindruck erweckte, mit ihm flirten zu wollen.

Und diese Balance zu schaffen, war gar nicht mal so einfach, wenn es einem ein halbes Jahr lang eigentlich egal gewesen war, wie man aussah.

Schwarze Jeans und ein Islandpullover – das war okay, oder?

Im Hintergrund spielte *Cigarettes after Sex,* und ich summte leise die Töne mit. Der Bandname könnte vielleicht einige unangenehme Assoziationen hervorrufen, nach dem, was ich als Kind durchgemacht hatte. Aber ich hatte viel mit Dr. Hendricks darüber gesprochen.

Irgendwie musste mein Verhältnis zu Sex verändert werden. Ich musste lernen, Sex – unter den richtigen Umständen – als etwas Normales und Schönes zu sehen. Dabei half es nicht, wenn ich alles vermied, was auch nur ansatzweise an Sex erinnerte.

Angriff war bekanntlich die beste Verteidigung.

Und die Musik von *Cigarettes after Sex* war im Übrigen auch viel zu gut, um sie nicht zu hören. Gemütlicher Dreampop, der stimmungsvoll, aber nicht traurig war.

Ich trug Balsam auf meine trockenen Lippen auf, verzog sie dabei zu einem Lächeln.

Ich hatte das erste Mal seit Monaten angefangen, wieder Musik zu hören. Ich hatte schon auf der Fahrt ins *Lighthouse* wieder die Lust dazu verspürt.

Und jetzt hatte ich mir erlaubt, wieder zu fühlen. Und das tat man beim Musikhören ja konstant. Und es freute mich, dass die kleinen Schritte in die richtige Richtung so deutlich waren, dass auch ich sie bemerkte.

Ich nahm mein Handy zur Hand und lächelte unwillkürlich. Ree hatte mir geschrieben.

Ich hätte mir meine Selbstmordversuche sparen können, ich langweile mich hier gleich zu Tode! Ich lachte leise. Die Arme saß gerade im Geschichtsunterricht. Aber solange sie ihren Galgenhumor beibehielt, wusste ich, dass bei ihr alles in Ordnung war.

Trotzdem konnte ich es nicht lassen, sie ein wenig zu ärgern, und schrieb ihr, dass ich jetzt Torte essen ging.

Mein Herz machte einen aufgeregten Hüpfer, als ich an das bevorstehende Treffen mit Lorenzo dachte. Würde es komisch werden? Oder würden wir uns gut unterhalten können? Würde ich mich wohlfühlen? Würde er sich wohlfühlen?

Immerhin war *er* in meine Privatsphäre eingedrungen und hatte mein Tagebuch gelesen. Wenn ich das anderen weitererzählte, würde das für ihn bestimmt Konsequenzen nach sich ziehen. Also war auch er sicherlich aufgeregt.

Ich schnappte mir mein Handy und meinen Geldbeutel und ging nach unten, um mir meine Jacke und meine Stiefel anzuziehen. Ich freute mich auf den Frühling, wenn man einfach in ein paar Schuhe und eine leichte Jacke schlüpfen konnte, statt sich komplett einzupacken. Der Winter war meiner Meinung nach eh außergewöhnlich früh hereingebrochen und schien sich deshalb endlos zu ziehen.

Ich zog mir meine Mütze über und nahm im Rausgehen noch meine Handschuhe mit.

Ich hatte Mama vorhin gesagt, dass ich heute wieder rausging. Ich glaubte, dass ihr das eigentlich ganz recht war. Meine Eltern waren mit der Situation immer noch komplett überfordert, und ich hatte den leisen Verdacht, dass sie es lieber hatten, wenn ich nicht daheim war.

Ich marschierte durch die Straßen und genoss die kalte Luft. Gefrorener Schnee knarzte unter meinen Sohlen, als ich die Leute um mich herum betrachtete.

Seit ich wieder zu Hause war, hatte ich jeden Tag einen Spaziergang gemacht. Ich merkte, wie gut mir das tat. Die wenigen trüben Gedanken, die ich ab und zu noch hatte, wurden von der frischen Luft förmlich weggeweht. Es war, als hätte sich der Druck in meinem Kopf aufgelöst.

Als ich mich *Jo's Cake* näherte, verlangsamte ich meine Schritte. Mein Herz stolperte weiter. Ich lugte um die Ecke und erkannte das Café.

Auf einmal wurde ich so nervös, dass ich zitterte. War das hier wirklich eine gute Idee? Oder war ich komplett bescheuert?

Ich atmete einmal tief durch.

Was erhoffte ich mir von dem Treffen mit Lorenzo?

Ich wollte ihn ein wenig besser kennenlernen, da es irgendwie nicht fair war, dass er mich so gut kannte.

Ich wollte wissen, wieso er sich so für mich interessierte.

Ich wollte ihn fragen, wie er das überhaupt angestellt hatte.

Ich wollte ihn einfach irgendwie verstehen.

Und das alles konnte ich nur, wenn ich mich zusammenriss und mich mit ihm unterhielt.

Als der nahe gelegene Kirchturm anfing, zur vollen Stunde zu läuten, setzte ich mich wieder in Bewegung und betrat das

Café. Die Wärme im Inneren schlug mir entgegen, und ich öffnete meine Jacke, während ich mich suchend umblickte. Ich zog mir die Mütze vom Kopf und meine Handschuhe aus, als ich ihn sah.

Lorenzo saß an einem Zweiertisch hinten im Café, direkt am Fenster, das in den gemütlichen Innenhof zeigte. Er las in einem Buch, vor ihm stand eine leere Tasse.

Ich bewegte mich langsam auf ihn zu, beobachtete ihn, solange er mich nicht bemerkte. Er sah konzentriert aus. Eine leichte Falte war zwischen seinen Augenbrauen zu sehen. Seine braunen Augen waren fokussiert auf das Papier vor ihm gerichtet. Er hielt kurz inne, schrieb dann einige Notizen an den Rand des Buches. Ich stellte mir vor, wie er genau das Gleiche mit meinem Tagebuch gemacht hatte.

Er legte den Kugelschreiber zur Seite und sah im selben Moment hoch. Direkt zu mir. Als hätte er meine Anwesenheit gespürt.

Ich ging langsam weiter, lächelte ihm freundlich zu, während mein Herz in meiner Brust förmlich zersprang. Er sah angespannt aus, aber als er aufstand, lächelte er mir zu.

»Du bist gekommen«, stellte er fest, und wieder einmal fiel mir auf, wie angenehm seine Stimme war.

»Du auch«, antwortete ich grinsend und zog meine Jacke aus. Versuchte, mit ein wenig Humor die Stimmung aufzulockern.

Ich hängte meine Jacke über die Stuhllehne und setzte mich. Lorenzo tat es mir gleich und sah mich dann einfach an. Er zögerte, als hätte er Schwierigkeiten, das Gespräch anzufangen.

»Was liest du?« Ich machte also den Anfang und zeigte auf das Buch, das aufgeklappt vor ihm auf dem Tisch lag.

»Oh, äh … Das ist ein Fachbuch über die Innere Medizin«, erklärte er und klappte das Buch zu. »Ich bin direkt nach der Uni hierhergekommen und dachte, dass ich die Wartezeit produktiv nutze.«

»Ist es spannend?«

»Äh ...« Lorenzo fuhr sich mit der Hand durch die Haare, die danach schön wirr abstanden. Ich fragte mich, ob er vielleicht nicht damit gerechnet hatte, über sein Studium zu sprechen. »Ja, es ist spannend. Kompliziert und doch irgendwie simpel und logisch. Aber für Nichtstudenten bestimmt auch wirklich langweilig«, plapperte er los, lachte leicht unsicher und packte das Buch und den Kugelschreiber in seine Tasche, die auf dem Boden neben dem Tisch stand.

In dem Moment trat eine Bedienung an unseren Tisch. »Was darf's sein?«, fragte sie freundlich und sah mich an.

»Einen Kaffee und ein Stück Käsesahnetorte bitte«, bestellte ich. Ich nahm immer das Gleiche, da brauchte ich gar nicht in die Karte zu gucken, ob ich vielleicht eine andere Torte probieren wollte.

»Machen Sie aus dem Kaffee doch bitte eine kleine Kanne«, hörte ich dann Lorenzo sagen. »Und für mich bitte ein Stück der Nougat-Orangentorte.«

»Gern.« Die Bedienung nahm Lorenzos leere Tasse, was ich ein wenig als Verschwendung ansah, und ließ uns allein.

»Danke, dass du gekommen bist«, sagte Lorenzo dann.

Ich hatte erst gedacht, dass es mir schwerfallen würde, ihm in die Augen zu sehen, weil er meine dunkelsten Geheimnisse kannte. Doch jetzt konnte ich gar nicht mehr wegsehen. Er hatte so freundliche Augen, dass meine Befürchtungen und Zweifel so gut wie komplett verblassten.

»Ehrlich gesagt, war ich ziemlich nervös, weil ich Angst hatte, dass du mich doch noch versetzt«, redete er weiter und gab ein kleines, nervöses Lachen von sich.

»Ich habe kurz mit dem Gedanken gespielt, aber so leicht lasse ich dich nicht entwischen. Du schuldest mir immerhin ein paar Antworten«, versuchte ich es wieder mit einer Prise Humor und war überrascht, wie leicht mir die Worte über die Lippen kamen.

Dass ich so locker war, wunderte mich selbst. Ich klang gelöst, definitiv nicht wie jemand, der sich gerade von den Folgen eines Suizidversuchs erholte.

Doch auch das konnte eine Nebenerscheinung bei Depressionen sein, wie mir Dr. Hendricks erklärt hatte.

In dem Moment kam die Bedienung mit Kaffee und Kuchen wieder und stellte diese mit einem gut gelaunten »Bitte schön, die Herrschaften« vor uns ab, wodurch unser Gespräch kurz unterbrochen wurde.

»Okay, also dann. Schieß los, Jules. Frag mich alles, was dir auf der Seele brennt«, forderte er mich auf, aber ich nahm erst einmal einen Schluck Kaffee. Lorenzo war direkt, das war ich in der Form nicht gewohnt, doch ich mochte es. So musste ich mich wenigstens nicht langsam an die Fragen herantasten.

Ich überlegte, was ich zuerst fragen wollte, und es formte sich ein einziges großes Wort in meinem Kopf.

»Warum? Ich weiß, du hast schon versucht, es mir zu erklären, aber warum ich?« Was ist an mir so besonders?, wollte ich weiterfragen, hielt dann jedoch lieber meinen Mund. Besonders war ich nun wirklich nicht.

Wieder fuhr sich Lorenzo mit einer Hand durch die Haare. Das schien eine seiner Angewohnheiten zu sein.

»Ehrlich, ich weiß es nicht genau. Wie du da in dem Bett gelegen hast, deine Haut fast durchsichtig vor Blässe, die Blutergüsse, die Schläuche ...« Er hielt inne und schloss kurz die Augen, als müsste er das Bild noch einmal heraufbeschwören. Oder vielleicht musste er es auch verarbeiten. Ich versuchte, mir mich selbst vorzustellen, wie ich in den ersten Tagen danach ausgesehen haben musste, aber verbannte das Bild schnell wieder.

»Es klingt vielleicht blöd, doch du hast etwas in mir berührt. Ich war überwältigt, mein Herz hat geschmerzt, und ich habe mich gefragt, was so ein junges Mädchen wie dich dazu bringt, einen derartigen Schritt zu gehen.« Er verstummte und sah mich an.

Der Blick aus seinen dunklen Augen drang direkt auf den Grund meiner Seele, und ich musste einmal schlucken. Wenn Lorenzo mich ansah, hatte ich das Gefühl, als könnte er meine Gedanken lesen wie in einem offenen Buch, und das erschreckte mich.

»Wie bist du an mein Tagebuch gekommen?«

»Auf deinem Bett lag dieses Kissen, und irgendwie ist es mir runtergefallen. Als ich es vom Boden aufhob und zurücklegen wollte, habe ich gespürt, dass irgendetwas Hartes darin liegt. Ich habe hineingesehen und dein Tagebuch gefunden. Erst wollte ich es deinen Eltern geben, aber dann habe ich gemerkt, dass sie dachten, es sei dein Kalender. Ehrlich, ich habe ewig mit mir gehadert, ob ich es überhaupt lesen soll, weil ich wusste, dass es eigentlich falsch ist. Als ich dann auch noch gemerkt habe, dass nicht mal deine Eltern wussten, warum du *das* getan hast, und dass sie nicht einmal auf die Idee gekommen sind, dass dein angeblicher Kalender ein Tagebuch sein könnte, dass sie nicht einmal einen Blick dort hineingeworfen haben, da musste ich es einfach tun. Ich wollte, dass wenigstens ein Mensch weiß, wie du dich gefühlt hast und was dich bewegt hat.«

Es ergab plötzlich alles einen Sinn. Und ich verfluchte mein kleines dummes Herz dafür, dass es bei dem Gedanken an Lorenzos Fürsorge schneller schlug. Er hatte recht: Meine Eltern hatten keine Ahnung von nichts. Nur Lorenzo, ein vollkommen Fremder, hatte sich für mich interessiert. Und das berührte mich in diesem Moment so sehr, dass mir beinahe die Tränen in die Augen stiegen.

Schnell nahm ich noch einen Schluck Kaffee und stopfte mir ein Stück Torte in den Mund, bis ich meine Fassung wiedergewonnen hatte.

»Und deswegen auch die ganzen Einträge? Weil du wusstest, dass ich niemanden mehr habe?«, fragte ich weiter und ignorierte den Kloß in meiner Kehle, der meine Stimme seltsam gepresst klingen ließ.

Lorenzo nickte und lachte ein wenig auf. »Das war eigentlich sogar gar nicht meine Idee. Fabio und Ceil haben mich darauf gebracht«, erklärte er.

»Die beiden haben es auch gelesen?«, fragte ich schockiert. Das konnte doch nicht sein Ernst sein!

»Nein! Um Gottes willen, nein, die beiden wissen gar nichts. Ich meine, sie wissen, dass ich dein Tagebuch gelesen habe, aber das haben sie auch nur aus Versehen herausgefunden. Sie wissen, wie du heißt und dass ich dich im Krankenhaus kennengelernt habe. Mehr nicht«, ruderte er zurück und kam bei der Erklärung sichtlich ins Schwitzen.

Dass ich dich im Krankenhaus kennengelernt habe …

Das klang so verkehrt.

Ich sah auf meinen Teller. Deswegen war Fabio so nett gewesen. Er hatte gewusst, wer ich war. Oder es geglaubt zu wissen. Und er hatte recht gehabt.

»Ich wollte …« Lorenzo holte tief Luft und ich sah wieder zu ihm. »Ich hatte den Eindruck, dass sich keiner wirklich für dich interessiert. Also so ganz aufrichtig. Und ich hatte irgendwie das Gefühl, dass irgendjemand es dir schuldete, sich um dich zu kümmern. Ich weiß, dass ich als fremde Person als Allerletztes diese Rolle übernehmen sollte, aber ich konnte nicht anders. Und es tut mir wirklich von Herzen leid, dass ich so in deine Privatsphäre eingedrungen bin, doch bitte glaub mir, wenn ich dir sage, dass ich es aus der besten Absicht heraus gemacht habe.«

Ich konnte erst gar nichts sagen. Lorenzo sah mich fast schon verzweifelt an, und mir wurde bewusst, dass er vor meiner Reaktion sicherlich Angst gehabt hatte. Vielleicht hatte er sich ausgemalt, wie ich ihn vor allen anderen anschreien würde. Ihm vielleicht eine verpassen würde. Ihn für den Rest meines Lebens hassen würde.

Und jetzt sackten seine Schultern ein wenig zusammen und er sah irgendwie erleichtert aus. Als hätte es ihm gutgetan, mir seine Beweggründe zu erklären.

Mein Herz begann schneller zu schlagen, als ich in seine gutmütig blickenden Augen sah. Verdammt, es tat so unglaublich gut, dass sich jemand um mich kümmerte. Und zwar aus einem selbstlosen Beweggrund heraus.

Ich hatte auch bei Ree das gleiche Gefühl gehabt, doch Lorenzos Fürsorge ließ mich fast schon schwindelig werden.

»Ich glaube dir«, sagte ich leise, und Lorenzo atmete laut die angehaltene Luft aus.

»Aber Jules ...« Er rang wieder nach den Worten. »Nur weil sich kein anderer dein Tagebuch angesehen hat, heißt das nicht, dass sich niemand um dich gesorgt hat.«

Ich nickte. »Ich weiß schon, meine Eltern waren jeden Tag da.« Ich wollte am liebsten nicht über sie reden. Sie hatten im Krankenhaus vielleicht den Eindruck vermittelt, dass sie liebevolle Eltern waren, aber im Grunde hatte sich nichts geändert.

»Du hattest auch von jemand anderem Besuch«, hörte ich dann Lorenzo sagen, und fragend sah ich ihn an. Meine Eltern hatten nichts dergleichen erwähnt.

»Von wem denn?«

Lorenzo lächelte kurz bei der Erinnerung. »Von Brad.«

»Br-Brad?«, hakte ich fassungslos nach, und sofort meldete sich mein schlechtes Gewissen. Ich schuldete ihm eine Erklärung. Dringend. Doch ich schob das Gespräch mit ihm schon die ganze Zeit vor mir her.

Dr. Hendricks hatte gesagt, dass ich mich nicht stressen solle. Brad hatte Monate auf eine Erklärung gewartet, da kam es auf ein paar Wochen mehr oder weniger auch nicht an. Ich würde schon noch irgendwann bereit sein, mit ihm zu reden.

»Ja, er war sehr besorgt.« Lorenzo nahm einen Schluck von seinem Kaffee. »Als er seinen Namen sagte, wäre ich ihm fast an die Gurgel gesprungen«, gestand er und fuhr sich wieder einmal durch die Haare. »Ich dachte, dass er schuld sei. Da wusste ich auch noch nicht, dass ...« Er ließ den Satz ungesagt ausklingen und fühlte sich sichtlich unwohl. Schnell stopfte er sich ein Stück Torte in den Mund, wie ich es ein paar Minuten zuvor getan hatte, wahrscheinlich, um nichts Dummes zu sagen. Er war mit der ganzen Situation fast noch überforderter als ich, stellte ich amüsiert fest.

Trotzdem war ich ihm dankbar, dass er nicht alles bis ins Detail ansprach.

»Wie hast du es überhaupt angestellt? Ich meine, du hattest auf der Intensivstation doch wohl kaum Zeit, die ganzen Einträge zu schreiben?«

Lorenzo ließ sich mit dem Kauen auffällig viel Zeit. »Ich hatte gehofft, dass du das nicht fragen würdest«, sagte er dann. Ein ironisches Lächeln zierte seine Lippen.

»Na ja, die ganze Situation ist so dermaßen komisch, da kommt es auf das ›wie‹ kaum mehr an«, versuchte ich ihn zu beruhigen. »Und du schuldest mir die Antwort«, fügte ich hinzu, um ihn ganz zu überreden. Wie schlimm konnte es schon sein?

»Ich habe einen schwarzen Kalender gekauft und ihn mit deinem Tagebuch ausgetauscht, um es mit nach Hause zu nehmen.«

Okay, es war schlimm.

»Du hast mein Tagebuch geklaut?«

»Ausgeliehen. Ich hab's mir nur ausgeliehen«, murmelte er und stocherte in seinem Tortenstück herum.

»Wusste Paul, dass du mein Tagebuch gelesen hast?«, fragte ich dann nach ein paar Sekunden Stille.

»Nicht dass ich wüsste. Er hat zumindest nichts gesagt.«

Lorenzo bestätigte meine Vermutung. Paul hatte wirklich nichts gewusst, und ich war froh, dass ich ihm nicht alles erzählt hatte. Ich wollte nicht, dass Lorenzo wegen mir Probleme bekam.

Man konnte vielleicht die Moral hinter seinen Taten infrage stellen, aber im Endeffekt hatte er mir nicht schaden wollen. Im Gegenteil, er hatte mir helfen wollen.

»Was hast du dir erhofft?«, wollte ich dann von ihm wissen. »Was wolltest du mit den Einträgen bezwecken? Hast du gehofft, dass ich dich suchen – und finden – würde? Oder was war der Plan?«

Er überlegte kurz. »Ich weiß es nicht genau. Ich wollte, dass du weißt, dass du nicht allein, nicht unwichtig bist. Und ich wollte dir zeigen, dass die Welt so viel mehr ist als die, die du erlebt hast. Ich hatte gehofft, dass du vielleicht wieder den Mut findest, dein Glück zu suchen. Weil du es meiner Meinung nach verdienst.«

Er sah mich sanft an und ich schluckte fest, versuchte, die sich abermals anbahnenden Tränen zu unterdrücken. Denn er *hatte* mir Mut gegeben. Er *hatte* mir die Augen geöffnet. Es gab ein anderes Leben als das, was ich erlebt hatte. Das Leben musste nicht notwendigerweise so schmerzhaft sein, wie meins es bisher gewesen war.

Dann fuhr er fort: »Klar, irgendwann habe ich gehofft, dass ich dich einmal im bewussten Zustand treffen würde. Ich hatte das Gefühl, dass ich dich kannte. Doch eben nur halb. Ich wusste, wie sich deine Gedanken anhören, aber nicht deine Stimme. Ich wusste, wie du die Welt siehst, aber nicht, wie deine Augen aussehen, wenn sie voller Leben sind. Ich wusste, was dich bewegt, aber nicht, wie du dich bewegst. Buchstäblich. Gesten, Mimik, Gesichtsausdrücke, solche Sachen. Die machen einen zu einem ganzen Menschen. Der Teil hat gefehlt, und ich bin neugierig geworden. Mir ist klar, dass sich das total krank anhört. Ich weiß das. Im Grunde wollte ich auch einfach wissen, ob es dir wieder gut geht. Oder besser, zumindest.«

Ein komisches, diffuses Gefühl breitete sich in mir aus. Eine kribbelnde Wärme lief durch meinen Körper. Das Blut rauschte mir in den Ohren. Ich konnte sogar im Sitzen merken, wie meine Knie weich wurden.

Lorenzos Worte berührten mich so tief, dass es fast schmerzte. Ich konnte gar nicht glauben, dass er sich so viele Gedanken gemacht hatte. Dass er so viel Empathie zeigen konnte, obwohl er mich nie gekannt hatte. Dass allein meine Tagebucheinträge so viel bewirken konnten.

Als ich tief Luft holte, ohne Lorenzo aus den Augen zu lassen, spürte ich es.

Mein Herz hatte sich einen kleinen Spaltbreit geöffnet.

Auf einmal wurde mir verdammt heiß. Ein wollener Islandpulli war vielleicht doch keine so blendende Idee gewesen. Hier im Café war es mehr als warm. Ich fächerte mir mit der Hand Luft zu, sah mich um, als gäbe es in der Nähe eine Lösung für das Feuer, das in mir brannte.

»Ist ... Ist alles in Ordnung?«, fragte Lorenzo zögernd, da ihm auffiel, wie unwohl mir plötzlich war.

»Ja, ich ... Mir ist nur grad ziemlich warm«, erklärte ich und lächelte verlegen.

»Willst du raus?«, fragte er leicht besorgt, und wieder spürte ich diese Wärme, die durch meinen Körper lief. Ich sah auf den Tisch, auf die erst halb leeren Teller und den noch lauwarmen Kaffee in der Kanne.

»Du brauchst dir darüber keine Gedanken zu machen«, sagte er schnell.

Plötzlich fiel mir das Atmen schwer. Verdammt, ich musste sofort hier raus.

Lorenzo stand auf und zog sich seine Jacke an. Mit wackeligen Beinen tat ich es ihm gleich.

»Ich zahle kurz, wartest du hier?«, fragte er, doch ich konnte nur hektisch nicken. Meine Brust zog sich schmerzhaft zusammen, und ich hatte das Gefühl, dass ich am Ersticken war. Meine Fingerspitzen kribbelten, und meine Glieder fühlten sich schwer an, als würden sie mich nach unten auf den Boden ziehen wollen.

Ich hielt mich am Stuhl fest und versuchte mich einfach darauf zu konzentrieren, nicht umzukippen und ganz in Panik zu geraten.

Ich wusste, was gerade mit mir passierte. Ich hatte es schon hundertmal erlebt. Jedoch nicht seit ich wieder zu Hause war, und das erschreckte mich.

Ich hatte eine Panikattacke.

Ich konnte nicht sagen, wie viel Zeit vergangen war, aber plötzlich war Lorenzo wieder bei mir. Er zog sich schnell seine Tasche über die Schulter, dann nahm er mich beim Arm und hielt mich fest. Ich klammerte mich an ihn, als er mich nach draußen führte.

Die kalte Winterluft beruhigte mich mit einem Schlag. Es war, als würde ich besser, tiefer atmen können. Wir gingen ein paar Schritte und stellten uns an eine Hauswand, wo wir niemandem im Weg waren.

Ich schloss die Augen und ließ die untergehende Wintersonne auf mich scheinen, während Lorenzo mich noch im Arm hielt. Meine Atmung wurde ruhiger, mein Herz schlug langsamer, und als ich die Augen öffnete, konnte ich wieder klar denken.

Bis mir auffiel, dass ich an Lorenzo gelehnt dastand und er seinen starken Arm um mich hielt.

»Geht's dir wieder besser?«, fragte er vorsichtig und trat einen Schritt zur Seite, als spürte er, dass ich den Abstand brauchte.

Ich sah zu ihm auf und schämte mich auf einmal. »Es tut mir so leid«, fing ich an, doch er unterbrach mich.

»Sag das nicht, Jules. Du musst auf deinen Körper hören. Er ist noch am Heilen, und ab und zu wird er dir solche Signale schicken. Dann weißt du, dass du es vielleicht ein wenig langsamer angehen musst.«

Lorenzo war Medizinstudent, er wusste sicherlich, wovon er redete. Trotzdem war mir die Panikattacke peinlich. Ich hatte unser Treffen nicht so abbrechen wollen.

»Du hast heute viel über mich erfahren. Es ist nur verständlich, dass du das alles erst einmal verarbeiten musst. Ich sollte mich eigentlich bei dir entschuldigen«, sprach Lorenzo leise weiter. Er war ein Stück größer als ich, und obwohl ich den Kopf in den Nacken legen musste, um ihm auf die geringe Entfernung in die Augen zu sehen, konnte ich nicht damit aufhören.

Ich verstand mich selbst nicht. Ich stand hier, in den Armen eines Fremden, der sich aber viel mehr wie ein Freund anfühlte, obwohl ich ihn eigentlich hatte verabscheuen wollen. Ich sollte sauer sein, ihn beschimpfen.

Doch ich wollte das nicht. Ich konnte keine Wut in mir spüren. Keine Entrüstung oder Empörung. Ich hegte keinerlei negativen Gefühle für Lorenzo. Nicht, nachdem ich ihn jetzt ein bisschen besser kennengelernt hatte.

Ich verstand ihn. Ich verstand, wieso er sich so verhalten hatte, was er getan hatte.

Und jetzt gerade, als ich hier stand und ihm in seine braunen Augen blickte, konnte ich mir gar nicht vorstellen, dass er sich anders entschieden hätte. Ich wollte mir gar nicht vorstellen, dass ich ihn nie kennengelernt hatte.

Denn Lorenzo stellte für mich eine komische Linie zwischen meinem vorherigen und jetzigen Ich dar. Er hatte mich vorher zwar nicht gekannt, tat es dank der Tagebucheinträge jetzt aber doch.

Und er war da gewesen, nachdem ich wieder aus dem Koma erwacht war. Nicht buchstäblich, doch dank seiner Einträge. Er hatte mir geholfen, als es für mich am schwersten war. Als ich wieder lernen musste zu leben.

Ich hatte noch einen langen Weg vor mir, aber ich fragte mich, wo ich wäre, wenn Lorenzos Stimme in meinem Kopf mich nicht unterstützt hätte.

»Soll ... Soll ich dich nach Hause begleiten?« Lorenzo musterte mich genau, ehrlich besorgt. »Oder kommt das zu komisch rüber, wenn ich auch plötzlich weiß, wo du wohnst?«, schob er schief lächelnd hinterher, und ich konnte nicht anders, als das kleine Grinsen zu erwidern.

Ich merkte, dass ich müde war. Völlig fertig, wie immer nach einem Angstanfall. Aber allein der Gedanke an mein Zimmer, in dem ich einsam und allein sitzen würde, ließ beinahe die nächste Attacke in mir hochkriechen.

»Ich will noch nicht nach Hause«, flüsterte ich deswegen. Ich wollte mich noch nicht von Lorenzo trennen. Ich hatte noch Fragen. Und da wir nicht abgemacht hatten, ob das hier unser einziges Treffen sein sollte, war ich noch nicht bereit, ihn gehen zu lassen.

»Okay.« Lorenzo sah die Straße entlang und kräuselte dabei leicht die Stirn. »Was sagst du zu einem Spaziergang im Park? Und wenn es uns zu kalt wird, dann sehen wir weiter?«

Frische Luft, Bewegung, Licht. Und seine Gesellschaft.

Ja, das wollte ich jetzt am meisten.

»Das hört sich gut an«, antwortete ich ihm deswegen, und als wir uns dieses Mal in die Augen sahen, war es kein zaghaftes, sondern ein breites, echtes Lächeln, das meine Lippen zierte.

Wir vergruben unsere Hände tief in den Jackentaschen, sodass keine kalte Luft mehr hineindrang. Die Sonne sank schneller und schneller Richtung Horizont, und es war teilweise bitterkalt, sobald ein Luftzug mein Gesicht streifte.

Mit einem Lächeln setzte Lorenzo sich in Bewegung, und ich folgte ihm. Eine ganze Weile redeten wir kein Wort miteinander, und ich war froh um das bisschen Ruhe, das er mir gönnte.

Die letzten Nachwehen der Angstattacke legten sich nach und nach vollständig, die frische Luft tat ihr Übriges, und der Schwindel und die Übelkeit, die bei mir meistens Begleiterscheinungen waren, zogen sich langsam wieder zurück.

Das Schlimme an Panikattacken war, dass man in einem Teufelskreis landete. Man bekam die erste Panikattacke und empfand diese als so schlimm, dass man Angst vor einer weiteren bekam. Diese Angst wiederum löste viel schneller weitere Panikattacken aus.

Dr. Hendricks hatte mir geholfen, mit diesen Attacken umzugehen, aber das Gespräch mit Lorenzo hatte unterbewusst etwas in mir ausgelöst und mich an all das erinnert, weshalb ich überhaupt erst Angstzustände bekommen hatte.

Ich atmete tief durch und versuchte, auch meinen Kopf langsam wieder zu beruhigen und mich auf das Hier und Jetzt zu konzentrieren. Mein Kopf, meine Gedanken mussten einfach stärker sein, wenn ich nicht wieder in diese Spirale zurückfallen wollte.

Und das wollte ich wirklich nicht mehr.

Ich warf Lorenzo einen kurzen Blick zu, der ruhig neben mir ging, die Stirn leicht gekräuselt und offenbar ebenfalls seinen Gedanken nachhing. Zu gern hätte ich ihn gefragt, worüber er gerade nachdachte.

Inzwischen waren wir im Park angekommen, und ich steuerte eine Bank an. Nach derartigen Attacken fühlte ich mich oft ausgelaugt, und das Laufen hatte mich angestrengt. Uns würde im Sitzen zwar bald zu kalt werden, doch jetzt brauchte ich erst einmal eine kleine Pause.

Ich war froh um die lange Jacke, die ich anhatte und die die Kälte der Bank ein wenig von meinem Körper fernhielt. Lorenzo hingegen hatte nur eine kurze Jacke an und blieb einen Moment unschlüssig stehen, bevor er sich doch neben mich setzte. Wenigstens war die Bank trocken, und die letzten Sonnenstrahlen des Tages schienen uns direkt ins Gesicht.

Kleine Lichtpunkte tanzten vor meinen Augen, als ich diese kurz schloss, um für einen Augenblick die Wärme zu genießen und mir von den Strahlen die Nase kitzeln zu lassen.

»Erzähl mir was von dir. Ich weiß noch gar nicht wirklich, mit wem ich es eigentlich zu tun habe«, brach ich schließlich das Schweigen. Ich wollte mehr über Lorenzo erfahren, damit ich wusste, worauf ich mich hier eigentlich einließ.

Ich sah ihn an, während er nachdachte. Dann lächelte er ein bisschen schief.

»Immer wenn man aufgefordert wird, etwas von sich zu erzählen, dann fällt einem erst einmal gar nichts ein. Ich versuch's mal. Also ... Ich heiße Lorenzo Martinelli, bin dreiundzwanzig Jahre alt und studiere Medizin. Ich lebe in einer winzigen Wohnung, die ich mir durchs Kellnern im *Bella Casa* finanziere.« Er legte eine kurze Pause ein. »Wenn ich neben Studium und Job mal ein bisschen Zeit für mich habe, dann gehe ich joggen oder lese die Tagebücher fremder, faszinierender Mädchen«, machte er einen Witz, und ich musste lachen.

Ich sah ihn an und wartete, ob er noch weitersprechen würde. Fast hatte ich die Hoffnung schon aufgegeben, als er doch noch einmal ansetzte.

»Ich esse am liebsten Fabios Pfirsicheis, ich habe einen schwarzen Daumen, und ich liebe es, aus meinem Wohnzimmerfenster aufs Dach zu klettern, um einfach nur die Sterne zu beobachten und meinen Gedanken nachzuhängen. Dort habe ich viel über dich nachgedacht, Jules. Und ich spiele Gitarre«, fügte er hinzu, und ich hatte das Gefühl, als wären diese Informationen völlig aus dem Zusammenhang gerissen, oder als würde ich die tiefere Bedeutung dieser Aussage noch nicht verstehen.

»Mir ist klar, dass du immer noch nicht so viel über mich weißt wie ich vielleicht über dich, aber ...« Lorenzo brach ab, verlegen, oder er rang einfach nur verzweifelt nach den richtigen Worten. »Aber wir könnten uns kennenlernen, wenn du das möchtest.«

Hinter dieser Bitte steckte für mich so viel mehr als nur das Angebot eines Fremden. Lorenzo bot mir seine Freundschaft an, und irgendetwas tief in mir sagte mir, dass dies kein Angebot von einem Verrückten war, sondern aus einem reinen Herzen entsprang.

Allein dass ich dieses Gefühl hatte, dieses zwar noch zaghafte, doch tiefe Vertrauen in Lorenzo verspürte, trieb mir schon wieder die Tränen in die Augen, und dieses Mal konnte ich nicht verhindern, dass mir ein paar Wassertropfen aus den Augenwinkeln entschlüpften und meine Wangen hinabrannen. Ich schniefte ein bisschen, aber ich lächelte.

Lorenzo wirkte ein wenig verwirrt und überfordert, also beschloss ich, ihn zu erlösen.

»Das würde ich sehr gern.«

Ein erleichtertes Lächeln erschien auf seinem Gesicht. Wieder kullerte eine winzige Träne meine Wange hinunter, und er verfolgte sie mit seinen Augen. Es war mir unangenehm, dass ich mich nicht unter Kontrolle hatte, also wandte ich mich ein winziges Stück ab und wischte die Tränen weg.

»Schäme dich nicht für deine Tränen, Jules. Sie zeigen deine Gefühle, und das ist etwas Wunderbares.«

Er war so unglaublich verständnisvoll, dass es beinahe schon gar nicht mehr möglich war.

»Du wirst bestimmt irgendwann mal ein toller Arzt«, rutschte es mir heraus.

»Mal sehen, erst mal muss ich das Studium bestehen.«

»Weißt du schon, in welche Richtung du dich spezialisieren möchtest?« Ich brauchte eine kurze Pause von den emotionalen Themen, weil ich mich sonst irgendwann vollends aufgelöst hätte, und bewegte uns beide wieder auf sichereres Faktenterrain.

»In der Neurologie hat es mir sehr gut gefallen. Also vielleicht werde ich Neurochirurg. Aber ich bin immer noch offen für Alternativen.« Lorenzo verstummte und überlegte kurz, ob er mir noch etwas erzählen sollte. »Eigentlich wollte ich immer Kinderarzt werden. Deswegen habe ich mich für mein erstes kleines Praktikum an der Uni auch für eine Kinderstation im Krankenhaus eingeschrieben. Als ich dann dort war, war ich mir nicht mehr sicher, ob ich das auf Dauer verkraften würde.«

»Du könntest doch auch eine eigene Praxis eröffnen, da hast du es nur mit Mumps und Windpocken zu tun«, schlug ich vor.

»Mal sehen.« Wieder lächelte Lorenzo, und automatisch zogen sich auch meine Mundwinkel nach oben. »So, Jules, jetzt erzähl doch mal. Wie hast du mich eigentlich gefunden?«

Unwillkürlich wurde ich rot, das konnte ich genau spüren.

»Na ja, du hattest deinen Brief mit L unterschrieben. Mir war klar, dass es nicht Larissa war, dafür war die Schrift zu hässlich«, fing ich an, und Lorenzo lachte auf.

»Na, vielen Dank!«

»Du bist einfach schon ein richtiger Arzt«, ärgerte ich ihn. »Na ja, ich bin also zu Paul gegangen und habe gefragt, ob einer meiner anderen Pfleger einen Namen mit L hatte, weil ich mich bei allen bedanken wollte. Er durfte mir nur deinen Vornamen sagen, so bin ich also nicht weitergekommen. Aber du hattest eine Serviette vom *Bella Casa* ins Tagebuch gelegt, also dachte ich mir, versuche ich mein Glück dort. Entweder warst du dort Kellner oder Gast. Ich bin also am Montag dorthin, da war Ruhetag. Fabio war trotzdem da. Und ... Das hat er dir bestimmt erzählt, oder? Ich meine, er wusste, wer ich war?«

Lorenzo nickte.

»Er hat aber kein Wort über dich gesagt. Als ich gestern wiedergekommen bin, habe ich also meine Chancen eigentlich nicht sehr hoch eingeschätzt, doch hier sind wir«, beendete ich meine Erzählung und zuckte ein bisschen verlegen mit den Schultern.

»Ach ja, die Serviette ...«

Wieder schwang hinter diesen Worten mehr mit, als ich ahnen konnte. »Dann hast du sie also nicht absichtlich dort reingelegt, sondern nur vergessen?« Insgeheim hatte ich gehofft, dass er sie mir als Hinweis hineingelegt hatte. Doch Lorenzo schüttelte den Kopf.

»Nein, das war keine Absicht. Aber mein Unterbewusstsein hatte offenbar andere Pläne«, fügte er grinsend hinzu.

Für einen Augenblick sahen wir uns einfach nur an. Sein Blick aus den braunen Augen ruhte auf mir und schien beinahe mit meinem zu verschmelzen.

»Ich bin auf jeden Fall froh, dass du nach mir gesucht und mich gefunden hast.«

»Und ich bin froh, dass du mein Tagebuch geklaut hast«, gestand ich lächelnd und unterdrückte den Impuls, meine Arme um ihn zu schlingen und ihn fest an mich zu drücken, um ihm meinen Dank zu zeigen.

»Was hältst du davon, wenn wir noch eine Runde durch den Park drehen? Langsam friert mir mein Hintern ein«, gestand Lorenzo, und ich musste lachen.

»Ich muss langsam wieder heim, aber danke, dass du dir heute die Zeit für mich genommen hast.«

»Für dich immer, Jules.«

Ich stand auf, und Lorenzo tat es mir gleich.

»Soll ich dich noch heimbringen?«, bot Lorenzo an, doch ich verneinte. Ich hatte viel nachzudenken. Aber ich wollte ihn wiedersehen.

»Gib mir dein Handy.«

Lächelnd zog er es aus der Tasche, entsperrte es und reichte es mir. Ich tippte schnell meine Nummer ein und gab es ihm zurück.

»Entscheide selbst, ob du mich noch einmal wiedersehen willst.« Ich war stolz auf meine eigene Kühnheit. Noch vor Kurzem hätte ich niemals einfach einem Jungen meine Handynummer angedreht, der nicht einmal danach gefragt hatte. Doch irgendetwas sagte mir, dass Lorenzo mich nur nicht überfordern wollte.

»Ich werde mich ganz sicher bei dir melden. Komm gut heim, Jules. Bis bald!«

Bei seinen Worten spürte ich ein sanftes Kribbeln, das von meinem ganzen Körper Besitz ergriff.

»Bis bald, Lorenzo.«

Und damit drehte ich mich um und lief den Weg zu mir nach Hause. Ich ließ mir Zeit, kostete die Ruhe, den Kontrast von Wärme und Kälte in meinem Gesicht voll aus und trat schließlich durch unser Gartentor, als die Abenddämmerung schon einen graublauen Schatten über die Stadt gelegt hatte.

Wie versteinert blieb ich stehen.

Auf der Treppe saß Brad.

22

Brad saß einfach dort auf den Stufen, im Licht der Außenbeleuchtung, die Arme auf den Beinen abgestützt, und starrte seine Hände an.

Und ich starrte ihn an.

Was zum Teufel machte er hier?

Ich überlegte kurz, ob ich mich einfach umdrehen und wegrennen sollte. Ich wollte nicht mit Brad reden, ihn nicht einmal sehen.

Dafür schämte ich mich viel zu sehr.

Doch trotz allem hatte er mich im Krankenhaus besucht, und nun war er hier.

Die Entscheidung wurde mir abgenommen, denn in dem Moment sah er auf und bemerkte mich. Sofort sprang er mit einem Lächeln auf und lief mir entgegen.

»Jules!«

Für einen kurzen Moment befürchtete ich, dass er mich umarmen würde, aber er stoppte seinen kleinen Sprint wenige Zentimeter vor mir. Trotzdem wich ich automatisch ein kleines Stück zurück und wusste nicht einmal genau warum.

Das hier war Brad.

Er hatte mir nie etwas getan.

Und sein Lächeln warf mich noch immer ein kleines bisschen aus der Bahn und ließ mein Herz höherschlagen. Auch wenn dieses Lächeln jetzt ein wenig schief ausfiel, da ihm mein Rückzug offenbar nicht entgangen war.

Ich wollte ihm ja eigentlich gar nicht aus dem Weg gehen. Trotzdem hatte ich es monatelang getan, weil ich ihm sonst hätte erklären müssen, was eigentlich los war. Was mit mir los war.

Wortlos starrten wir uns an. Brad unsicher, ich verzweifelt.

»Hi, Brad«, sagte ich dann endlich nach einer unendlichen Stille, und vorsichtig sah ich ihm in die Augen.

Er lächelte kurz, sichtlich erfreut.

»Ich ... Ich bin wirklich froh, dich zu sehen.« Er bereitete mir mit diesen Worten, wenn möglich, ein noch schlechteres Gewissen. Ich wusste nicht, was ich sagen sollte – konnte –, um auch nur ansatzweise gutzumachen, wie ich ihn die letzten Monate behandelt hatte. Ich hatte ihn von mir gestoßen, und trotzdem war er jetzt so nett zu mir.

Brad gab mir gar nicht die Gelegenheit, etwas zu sagen. »Wie geht es dir?«, fragte er vorsichtig und betrachtete mich intensiv.

»Ähm ... Besser«, brachte ich heraus. *Gut* im Allgemeinen war noch ein wenig zu übertrieben.

»Das freut mich wirklich«, sagte Brad und lächelte mich breit an. Er haderte kurz mit den Worten. Genau wie ich. Ich hatte keine Ahnung, was ich tun sollte.

»Ich habe dich im Krankenhaus besucht«, sagte er schließlich.

»Ich weiß.«

»Ich ... Ich habe viel an dich gedacht«, kam es dann leise von ihm. Ich schwieg. Ich hatte auch viel an ihn gedacht.

Brad sah mich abwartend an. Der arme Junge hatte von nichts eine Ahnung.

»Es tut mir so leid, Brad«, stotterte ich dann und sah auf den Boden. Wie oft schon hatte ich mich jetzt an diesem Tag entschuldigt? Wie oft schon hatte ich mir vorgestellt, die Worte endlich an Brad zu richten, um ihm alles zu erklären?

Doch ich wusste, dass ich ihm nicht alles würde erklären können. Ich konnte mich entschuldigen, aber ich konnte ihm nicht den Hintergrund erzählen.

»Das muss es nicht, Jules. Ich möchte nur wissen ... Habe ich etwas falsch gemacht? Dich verletzt?«

Langsam hob ich den Blick und sah die Angst in seinen Augen. Die Befürchtung, dass er schuld gewesen sei. Die Verständnislosigkeit, wieso ich ihn von mir gestoßen hatte.

Ich war ein Monster.

Ich atmete fast keuchend aus. Mein Herz schmerzte, und ich spürte, wie sich Tränen in meinen Augen sammelten.

»Bitte ... Ich kann nicht darüber reden.« Warum sagte ich denn nicht einfach, dass es nicht seine Schuld gewesen war?

Eine leise Stimme in meinem Kopf flüsterte mir zu, dass Brad immerhin der Auslöser dafür gewesen war, dass meine Erinnerungen zurückgekommen waren.

Doch wenn es nicht Brad gewesen wäre, dann wäre es früher oder später mit jemand anderem passiert.

Ich schloss kurz die Augen und versuchte mich wieder zu fangen. Zwei Panikattacken an einem Tag konnte ich nun wirklich nicht gebrauchen.

»Okay ... Ich ... Entschuldige ...« Brad wirkte unsicher, völlig überfordert mit der Situation, und ich konnte es ihm nicht verübeln. Umso dankbarer war ich, als er das Thema wechselte.

»Kommst du denn bald wieder in die Schule?«, fragte er hoffnungsvoll, aber ich schüttelte den Kopf, und der kleine Ansatz eines Lächelns in seinem Gesicht erstarb augenblicklich wieder.

»Nein, ich werde die Schule wechseln.« Weil ich einfach an nichts mehr erinnert werden will, was mich dazu gebracht hat, zu versuchen mich umzubringen, wollte ich hinzufügen, ließ es dann jedoch bleiben.

Brad vergrub die Hände in seinen Hosentaschen, sah auf seine Füße. Er wirkte geknickt. Noch trauriger als vorher.

Und das lag an mir. Daran, dass ich nicht offen mit ihm reden konnte. Dass ich ihn nicht von seinem schlechten Gewissen und seinen Ängsten erlöste.

Mit Lorenzo hatte ich heute offen reden können. Aber ich fühlte mich gerade viel mehr mit ihm verbunden als mit Brad, obwohl Brad und ich uns einmal sehr nahegestanden hatten.

So viel war passiert. So viel hatte sich verändert. Wir konnten nicht einfach da anknüpfen, wo wir an diesem verhängnisvollen Wochenende aufgehört hatten.

Brad machte einen Schritt Richtung Straße. Ich wusste, dass, wenn ich ihn jetzt gehen ließ, ohne zumindest diese schwere Last von seinen Schultern genommen zu haben, es für uns nur schwer einen Neuanfang würde geben können. Vielleicht wäre es sogar unmöglich.

Ich gab mir einen Ruck.

»Es ... Es war nicht deine Schuld«, flüsterte ich. Brad reagierte nicht. Sah immer noch nach unten. »Du hast nichts falsch gemacht«, sagte ich. Lauter.

Jetzt hob er langsam den Kopf, sein Blick suchte meinen. Zögernd. Unsicher. Als hätte er Angst davor, sich verhört zu haben. Dass er sich meine Worte nur vorgestellt hatte.

»Meinst du das ernst?« Seine Stimme klang heiser.

Ich nickte. Spürte nicht nur, wie die Last von seinen Schultern wich, sondern auch von meinen eigenen. Ich konnte auf einmal tiefer atmen. Die kalte Luft gelangte ganz in meinen Bauch anstatt nur oberflächlich in meinen Brustraum.

Nicht nur er hatte sich nach einer ehrlichen Antwort gesehnt.

Erschrocken stellte ich fest, dass eine Träne seine Wangen hinunterrann. Eine kleine Träne, die mehr als tausend Worte sagte.

»Ich ... Ich kann noch nicht darüber reden. Was passiert ist. Wieso ich ...« Mein Blick schweifte weg von ihm. Es tat weh, ihn anzusehen. Der Schmerz in seinen Augen klagte mich an.

»Vielleicht werde ich nie mit dir darüber reden können. Aber du bist nicht schuld. Eher … der Auslöser.«

Wie egoistisch ich doch gewesen war! Wie gemein, böse und egoistisch! Ich hatte Brad all die Monate in dem Glauben gelassen, dass er mich verletzt hatte. Ich hatte nur an mich gedacht und daran, wie schlecht es mir ging. Dabei war Brad wegen mir durch seine persönliche Hölle gegangen.

Ich versuchte mich zu beruhigen. Dr. Hendricks hatte mir gesagt, dass es normal sei, nur an sich zu denken, wenn es einem schlecht ging. Dass man gar nicht die Energie hatte, auch an das Wohl anderer zu denken. Dass das eigene Leid einen blind machte für die Probleme anderer und wie sie davon berührt wurden.

Dass ich Brads Schmerz fühlte, war dann wohl ein Zeichen, dass es mir besser ging, oder?

»Danke«, hauchte er. Er lächelte mich ganz leicht an. Und da wusste ich, dass er mir vergeben würde.

Dann verabschiedete er sich von mir. Versprach wiederzukommen. Und das war okay.

Als ich ihm hinterhersah, wie er durch unseren Vorgarten schlenderte und auf die Straße trat, war mein erster Gedanke, Lorenzo von Brads Auftauchen zu erzählen.

Ich holte mein Handy aus meiner Jackentasche. Hoffte, dass er mir geschrieben hatte, weil ich seine Nummer nicht hatte.

Ich sah eine Nachricht von einer unbekannten Nummer.

Ich öffnete sie.

Das Einzige, was dort stand, war ein L.

Ich lächelte und ging ins Haus, verschanzte mich in meinem Zimmer und versuchte, die Ereignisse des Tages zu verarbeiten. Und wie machte man das besser, als mit jemandem darüber zu reden? Deswegen rief ich Ree an und erzählte ihr von meinem Treffen mit Lorenzo. Und Brad. Und davon, wie verwirrt ich war.

Es tat gut, eine Person zu haben, mit der man über solche Sachen reden konnte. Nachdem ich mich mit Ree angefreundet hatte, hatte ich erst richtig gemerkt, wie sehr ich eine beste Freundin die letzten Monate, eigentlich Jahre vermisst hatte.

»Ich kann es einfach immer noch nicht fassen! Du hast Lorenzo so schnell gefunden, ihr habt euch irgendwie auch schon voll angefreundet, und wie aus dem Nichts taucht Brad auch noch auf!«, fasste Ree in dem Moment theatralisch die Situation zusammen, und ich hielt mein Handy ein Stück von meinem Ohr weg, um durch ihr Geschrei nicht taub zu werden.

»Du weißt schon, dass diese ganze Tagebuchsache mit Lorenzo die *krasseste* Lovestory aller Zeiten sein könnte, oder?«, brüllte sie weiter.

Moment, was?

»Äh, habe ich was verpasst?«, sagte ich ungläubig lachend.

»Ich habe schon die ganze Zeit fragen wollen, wie Lorenzo denn eigentlich aussieht.« Ich konnte Rees Grinsen nur zu deutlich an ihrer Stimme hören.

»Das tut doch überhaupt nichts zur Sache«, meinte ich verlegen und legte mich auf mein Bett.

»Mag sein, trotzdem bin ich neugierig. Also. Wie sieht er aus?«

Ich seufzte.

»Ziemlich gut«, sagte ich dann nüchtern. Ree lachte sofort los.

»Ich wollte eigentlich eine simple, objektive Beschreibung, von wegen welche Haarfarbe er hat, doch da hast du dich gerade schön selbst bloßgestellt.«

»Dass er gut aussieht, ist eigentlich auch eine objektive Betrachtung«, versuchte ich mich herauszureden. »Aber falls du es wissen willst. Er hat dunkelbraune Haare, braune Augen, er trägt einen Bart, er ist viel größer als ich und er hat ziemlich viel Stil.«

»Also irgendwie klassisch italienisch?«

»Jap.«

Ree war kurz still. »Reagierst du auf ihn?«, fragte sie dann.

Jetzt war ich still, weil ich erst überlegen musste. »Also mein Körper reagiert definitiv auf ihn, aber ich weiß noch nicht wieso. Es ist einfach ungewohnt, dass mich eine fremde Person so gut kennt. Und dass ich mich bei ihm mehr oder weniger wohlfühle. Ich meine, ich hatte schon so lange keinen nahen Kontakt zu anderen Menschen, und dann ist er auch noch ein Kerl ... Ich kann noch nicht sagen, woran es liegt.«

»Okay, ergibt Sinn. Und wie war es, als du Brad wiedergesehen hast?«

»Es ... hat mich irgendwie berührt. Er berührt mich immer noch.«

»Wäre auch komisch, wenn nicht«, bemerkte Ree. »Du warst volle Kanne in ihn verknallt, das verschwindet nicht einfach so.«

Ich war so froh, dass Ree mich verstand und Bescheid wusste. Über alles. Es hatte mich zwar immense Überwindung gekostet, aber wir hatten uns einander anvertraut, weil wir nach wenigen Wochen einfach gespürt hatten, dass wir füreinander da sein konnten.

Die gemeinsame Zeit im *Lighthouse* hatte uns zusammengeschweißt. Unser gemeinsamer Kampf fürs Leben hatte ein Band zwischen uns geschaffen, das nicht wieder gebrochen werden konnte.

Und deswegen hatten wir keine Geheimnisse voreinander.

»Ich bin einfach noch nicht bereit, wieder mit ihm befreundet zu sein. Es tut noch zu weh, und ich schäme mich noch so sehr.«

»Das ist verständlich. Du hast viel, was du erst einmal verarbeiten musst. So ist das einfach. Lass dir also Zeit. Wenn

Brad sich wirklich um dich kümmert, dann wird er dir sowohl Zeit als auch Raum geben. Und wenn nicht, dann brauchst du dir über ihn keine weiteren Gedanken mehr zu machen.«

»Manchmal wünschte ich, dass ich genauso pragmatisch wäre wie du.«

»Was nicht ist, kann ja noch werden. Bist du schon bereit für die neue Schule?«

Bei der Erwähnung der neuen Schule schlug mein Bauch einen Purzelbaum. Nächste Woche schon würde ich sie das erste Mal betreten.

»Ich weiß nicht, was mich erwartet, aber ich habe keine Angst. Keiner kennt mich an der neuen Schule, und das beruhigt mich so sehr, dass ich mich jetzt einfach nur auf meinen Abschluss konzentrieren will. Ich will unbedingt so viel wie möglich nachholen, damit ich den Abschluss noch schaffe und das Jahr nicht wiederholen muss.«

»Ich freue mich einfach drauf, dass du nicht den ganzen Tag zu Hause rumgammelst, während ich mich auf der Schulbank foltern lassen muss!«

»Ach, dir geht's also nur darum, dass ich auch leiden muss?«

»Ja klar, was denn sonst?«, konterte Ree lachend. Es freute mich so enorm, dass sie so gute Laune hatte und ihre Stimme so glücklich klang.

»Wie geht's dir, Ree?«, fragte ich deshalb. Wir hatten jetzt auch schon genug über mich geredet.

»Prächtig!«, kam es wie aus der Pistole geschossen. Ich hob eine Augenbraue, obwohl sie mich nicht sehen konnte.

»Du weißt, dass du mir gegenüber ehrlich sein kannst, Ree.«

»Ich weiß. Mir geht es jetzt gerade wirklich prächtig. Heute war ein guter Tag, und das genieße ich einfach.«

Ich lächelte breit. Auch Ree hatte mir von ihrer Vorzeit erzählt. Was sie dazu getrieben hatte, sich das Leben nehmen zu wollen.

Es waren ganz andere Gründe gewesen als bei mir. Und doch waren sie irgendwie gleich. Denn obwohl sie nie missbraucht worden war, resultierte ihre Geschichte auch darin, dass sie sich hasste, keinen Sinn im Leben sah, nicht aus der erdrückenden Dunkelheit kommen konnte und auch niemanden zum Reden hatte.

Und zum Schluss hatte sie aufgegeben.

Dass sie jetzt wieder so viel Freude und Lebensmut empfand, freute mich fast mehr als sie selbst.

Auf einmal klopfte es an meiner Tür.

»Kleinen Moment, Ree«, sagte ich und dann lauter: »Ja?«

Die Tür öffnete sich, während ich Ree durchs Telefon in irgendetwas blättern hörte. Wahrscheinlich hatte sie sich ein Buch oder eine Zeitschrift hergezogen.

Maria, unsere Haushälterin, steckte den Kopf zur Tür herein und sagte in ihrem vertrauten Dialekt: »Mama und Papa unten warten. Essen.« Sie lächelte mich freundlich an.

»Danke, Maria. Ich komme gleich«, sagte ich und wartete, bis sie die Tür wieder leise hinter sich zugezogen hatte.

»Ree?«, machte ich wieder auf mich aufmerksam. »Ich muss jetzt runter, meine Eltern wollen mich sehen. Sie sind ausnahmsweise mal wieder beide im Haus.« Unwillkürlich verdrehte ich die Augen, aber gleichzeitig spürte ich Nervosität in mir hochkriechen. Ich aß nicht gern mit meinen Eltern zu Abend.

»Okay, ich drücke dir die Daumen. Lass dich nicht unterkriegen. Hab dich lieb!«

»Hab dich auch lieb«, antwortete ich und hatte automatisch schon wieder ein Lächeln auf den Lippen, als ich das Telefonat beendete, aufstand und hinunterging, um meinen Eltern gegenüberzutreten.

Wann hatte ich sie das letzte Mal beide auf einmal gesehen?

Ich hörte Papa schon telefonieren, bevor ich überhaupt das Esszimmer betreten hatte.

»Da bist du ja endlich, wir warten schon mit dem Essen auf dich.« Mama sah nur für einen kurzen Moment zu mir auf, dann tippte sie wieder weiter auf ihrem Smartphone herum.

Das würde also wieder ein typisches *Familienessen* werden. Wenigstens hätte ich so meine Ruhe. Ich setzte mich auf meinen Platz und nahm mir etwas von dem Essen, das in der Mitte des Tisches stand. Eine Art Auflauf. Nicht genauer definierbar.

Da Essen für mich sowieso nur Mittel zum Zweck war, war es mir auch relativ egal, was ich mir da in den Mund stopfte, solange es nicht komplett widerlich schmeckte.

Unwillkürlich musste ich an Fabio und seine Leidenschaft fürs Essen denken. Beinahe hatte er es geschafft, dass er mich damit angesteckt hätte. Zumindest hatte er mich für einen kurzen Moment aus der Reserve gelockt.

Unwillkürlich fragte ich mich auch, ob Lorenzo nur aus praktischen Gründen kellnerte oder ob er Essen auch liebte.

Aber gut, er war Italiener ... Das beantwortete die Frage eigentlich schon.

Ich war so in Gedanken vertieft gewesen, dass ich nicht einmal mitbekommen hatte, dass Papa sein Telefonat beendet hatte und Mama gerade dabei war, beiden aufzuschöpfen.

»Jules, man wartet normalerweise, bis alle das Essen haben, bevor man beginnt«, tadelte Mama mich, und ich hätte mich beinahe verschluckt. Seit wann das denn bitte? Bei uns aß schon immer jeder einfach drauflos, weil Mama und Papa meistens sowieso nur ein paar Minuten Zeit hatten.

Trotzdem blieb ich ruhig und legte meine Gabel noch einmal kurz weg, bis auch Mama und Papa so weit waren. Ich wusste aus Erfahrung, dass ich bei Auseinandersetzungen einfach immer am kürzeren Hebel saß.

Nicht dass ich mich allzu oft aufgelehnt hätte.

Mama und Papa waren immer so gleichgültig, dass sie sich nie anhörten, was ich zu sagen hatte. Und deswegen brauchte ich mich gar nicht auf eine Diskussion einzulassen.

Papa erzählte kurz darauf Mama von irgendetwas, was mit dem Geschäft zu tun hatte, und ich blieb still. Es erschreckte mich gar nicht mal mehr, wie wenig ich ihnen zu sagen hatte.

Nachdem ich aus dem Koma aufgewacht war, hatte ich mir für wenige Minuten erlaubt, mir vorzustellen, dass meine Eltern und ich vielleicht endlich ein näheres Verhältnis zueinander bekommen würden. Doch die Illusion hatte so lange gereicht, bis klar war, dass ich wieder gesund werden würde.

Alles war wieder wie vorher.

Obwohl, nicht ganz.

Denn ich war nicht mehr allein.

Und dieses Gefühl verlieh mir den nötigen Mut, um nach dem Abendessen, als ich in meinem Bett lag, mein Handy zur Hand zu nehmen und eine Antwort an eine Person zu schreiben, die mehr für mich da war als meine eigenen Eltern. Die mich besser verstand als meine Eltern. Und die irgendetwas in mir berührt hatte.

Danke. Heute war ein schöner Tag, schrieb ich an Lorenzo.

Und zum ersten Mal, seitdem Paul mir im Krankenhaus geholfen hatte, konnte ich schlafen, ohne in Lizzie geschrieben und ihr von meinem Tag erzählt zu haben.

23

Für einen kurzen Moment, als ich vor dem grauen Schulgebäude stand, bereute ich meine Wahl, die Schule zu wechseln.

Waren eine ganz neue Umgebung und fremde Mitschüler tatsächlich besser als bekannte Gesichter, aber mit Erinnerungen verbunden?

Ich seufzte. Zögerte. Beobachtete die ganzen neuen Leute, die von mir keine Notiz nahmen. Sie lebten ihr Leben, hatten ihren eigenen Alltag, ihre festen Freunde und Bekanntschaften. Ich war noch kein Teil von deren Leben.

Würde es vielleicht nie werden.

Dann dachte ich an das, was Lorenzo mir am Vorabend geschrieben hatte.

Seit wir uns letzte Woche getroffen hatten, schrieb er mir jeden Tag. Und ich antwortete ihm.

Wir unterhielten uns meistens über belangloses Zeug, doch jeden Abend gab er mir noch einen guten Rat oder Zuspruch.

So auch gestern.

Ich hatte ihm natürlich davon erzählt, dass ich heute an der neuen Schule anfing. Und er hatte mir gesagt, dass ich das als Abenteuer sehen solle.

Anstatt Angst zu haben, dass mich keiner mögen, dass ich lange keinen Anschluss finden oder dass ich mich an der Schule noch einsamer fühlen würde als bisher, solle ich das

Ganze als ein neues Abenteuer betrachten. Mich auf die neuen Menschen freuen. Mich auf neue Erlebnisse freuen. Jeden einzelnen Moment auskosten und mit Selbstbewusstsein genießen, anstatt mich von meinen Ängsten steuern zu lassen.

Und das wollte ich jetzt versuchen.

Denn meine neuen Mitschüler kannten weder mich noch meine Vergangenheit. Und auch wenn mich welche nicht mögen würden – ja und?

Es war sowieso unrealistisch, dass *alle* einen lieben würden. Ich durfte mich einfach von den paar negativen Leuten nicht aus der Bahn werfen lassen. Ich durfte ihnen keine Macht über mich, meine Gedanken und somit meine Gefühle geben.

Ich schulterte meine Tasche, dann ging ich auf den Eingang zu, tauchte in die Schülermenge ein und tat so, als würde ich genau dorthin gehören.

Ich hatte noch genügend Zeit, um ins Sekretariat zu gehen, mir meinen Stundenplan abzuholen und danach das Zimmer für die erste Stunde zu finden. Das Letzte, was ich wollte, war, gleich am Anfang aufzufallen, weil ich zu spät in den Unterricht kam.

Als ich den Zettel in der Hand hielt und mir den Weg hatte erklären lassen, machte ich mich auf zu meiner ersten Stunde. Englisch.

Wenigstens hatten meine Eltern schon telefonisch mit dem Schulleiter abgeklärt, dass ich von jedem Lehrer eine Zusammenfassung über den Stoff bekam, den ich von den letzten drei Monaten nachholen müsste. So musste ich mich wenigstens nicht gleich am Anfang damit stressen, dass ich die Mitschriften von einem anderen Schüler bekam. Mir waren meine eigenen Zusammenfassungen sowieso lieber.

Irgendwie hatte es tatsächlich etwas Gutes, dass ich ein bisschen später im Schuljahr dazustieß. Jetzt hatte ich so viel Stoff nachzuholen, dass ich fast keine freie Minute mehr haben würde, um mir Gedanken über mich selbst zu machen. Ich würde mich einfach permanent mit Lernen ablenken.

Und dann gab es ja auch noch Ree und Lorenzo. Unwillkürlich musste ich lächeln. Die beiden waren mir in der kurzen Zeit schon so ans Herz gewachsen wie selten jemand zuvor.

Nachdem ich wohl einmal falsch abgebogen war und wieder umdrehen musste, fand ich das Klassenzimmer noch rechtzeitig vor Unterrichtsbeginn.

Unschlüssig blieb ich an der Tür stehen. Nur vereinzelt saßen schon ein paar Schüler auf ihren Plätzen und unterhielten sich. Ein Mädchen saß in der ersten Reihe und tippte auf ihrem Handy herum.

Ich hatte keine Ahnung, wo noch ein freier Platz war, aber einfach weiter an der Tür herumstehen wollte ich auch nicht. Also nahm ich meinen ganzen Mut zusammen und ging auf das einzelne Mädchen zu.

»Hi, eine Frage.« Sie blickte von ihrem Smartphone hoch und sah mich ein wenig irritiert an. »Weißt du, wo noch ein Platz frei ist?«

»Ähhh«, sagte sie lang gedehnt, setzte sich dann auf und drehte sich nach hinten in die Klasse. »Gwen, neben dir in der Ecke ist doch noch ein Platz frei, oder?«

Ein Mädchen mit blonden glatten Haaren, die ihr in Stufen ins Gesicht fielen, sah zu uns und nickte.

»Ja, wieso?«

Da das Mädchen, das ich angesprochen hatte, schon wieder auf ihr Smartphone blickte, musste ich antworten. Ich lief in die dritte Reihe zu Gwen und einem anderen Mädchen, mit dem sie sich unterhalten hatte.

»Ich bin Jules und ab heute neu in der Klasse und wollte nur wissen, wo ich mich hinsetzen kann, damit ich niemandem den Platz wegnehme.« Ich versuchte mich an einem möglichst offenen Lächeln und war froh, als ich im Gegenzug ebenfalls ein Lächeln erhielt.

»Ach so, klar, setz dich ruhig hierher.«

»Danke«, sagte ich, weil ich mir vorgenommen hatte, nie wieder ein Danke zu vergessen. Gwen wandte sich wieder dem anderen Mädchen zu und sie plauderten weiter, während ich mich hinsetzte, aber das war okay. Sie mussten mich ja nicht sofort als beste Freundin ansehen, solange sie mich einfach nur nett behandelten.

Mein Herz klopfte ein wenig vor aufgeregter Freude. Bisher lief es doch ganz gut, zumindest ohne Katastrophen.

Ich beobachtete die anderen Schüler, die die nächsten Minuten im Klassenzimmer eintrudelten. Immerhin würde ich die nächsten Monate mit ihnen verbringen und stellte schnell fest, dass es einfach in jeder Klasse die gleiche Mischung aus verschiedenen Persönlichkeiten und Typen gab.

Einige warfen mir ein paar neugierige Blicke zu, doch keiner sprach mich an. Das machte mir aber nichts aus.

Zwei Minuten bevor der Unterricht begann, kam unser Lehrer ins Zimmer. Mr Huxley stand kurz vor der Rente, doch er wirkte überraschend energiegeladen.

Bevor er anfing zu unterrichten, fing er meinen Blick auf und lächelte breit.

»Leute!«, rief er und klatschte zweimal in die Hände. »Bevor wir anfangen, begrüßt doch alle mal Jules Hyatt. Sie ist neu, und ich bin mir sicher, ihr werdet euch gut um sie kümmern!« Meine neuen Mitschüler klatschten, und die, die mich noch nicht bemerkt hatten, lächelten mir freundlich zu. Ich wurde leicht rot, doch ich war froh, dass ich nicht nach vorn gebeten wurde, um mich vorzustellen, wie man das in Büchern oder Serien las und sah.

»Gut, und jetzt geht's mit dem Stoff weiter. Holt bitte eure Lektüre raus, und Gwen, lass Jules bitte bei dir mit reinschauen.« Mr Huxley hatte den Überblick, stellte ich erfreut fest.

»Hier!« Gwen lächelte mir wieder zu und legte die Lektüre zwischen uns auf den Tisch. Ich spürte, wie die Anspannung von mir abfiel.

Keiner kannte mich, keiner hasste mich, keiner hatte einen Grund, mich zu mobben. Ich war in gewisser Weise anonym.

Ich war sicher.

Ich konnte mich zum ersten Mal seit einem Jahr wieder in der Schule entspannen.

Und als Nick, ein Junge in der ersten Reihe, anfing zu lesen, wusste ich, dass es die absolut richtige Entscheidung gewesen war, die Schule zu wechseln.

Ich hatte fast die erste Woche in meiner neuen Schule hinter mich gebracht. Nur noch eine Stunde Literaturgeschichte musste ich überstehen.

Wir hatten eine Interpretation aufbekommen, doch unser Lehrer ließ uns auch miteinander reden, während wir daran arbeiteten. Mr Hill wusste, dass wir so kurz vor dem Wochenende erfahrungsgemäß eh nicht die nötige Konzentration für schweigsames, effektives Arbeiten aufbringen würden.

Zumindest die anderen nicht. Ich hatte noch keine wirklichen Freundschaften geschlossen, und da Gwen nicht in diesem Kurs war, kannte ich eigentlich kaum einen der anderen Schüler.

Ich arbeitete also konzentriert und hörte den anderen dabei zu, wie sie von ihren Wochenendplänen erzählten.

Mir fiel dabei auf, dass ich womöglich als Einzige nichts vorhatte. Und obwohl ich mir das eigentlich so gewünscht hatte, weil ich mich dann auf die Schule konzentrieren konnte, machte es mich ein wenig traurig.

Ich verspürte nämlich mehr und mehr die Lust, auch wie andere Teenager zu sein. Sich am Wochenende mit Freunden zu treffen. Nicht nur allein und einsam in meinem Zimmer zu hocken.

Ich sah aus dem Fenster. Es war zwar kalt draußen, doch die Sonne schien. Ich spürte eine gewisse Rastlosigkeit in mir. Und ein bedrückendes Gefühl, wenn ich an mein Zimmer dachte. Wie so oft in letzter Zeit.

Vielleicht sollte ich es umdekorieren oder mir neue Möbel anschaffen. Denn so wie es jetzt war, erinnerte es mich einfach an die Zeit, in der es mir so unwahrscheinlich schlecht ging.

In dem Moment vibrierte mein Handy in meiner Jeansjacke. Ich lugte zu meinem Lehrer, der am Schreibtisch saß und ganz in sein Buch vertieft war, und holte es hervor.

Na, hast du heute schon was vor?

Lorenzo. Mein Retter in der Not.

Nein, aber irgendwie will ich nach der Schule nicht nach Hause, tippte ich zurück und legte mein Handy vor meinem Mäppchen ab, damit es von der Tafel aus nicht sichtbar war.

Wann hast du aus?, kam sofort die Antwort. Ich sah auf die Uhr.

In zwanzig Minuten.

Ich kann in einer halben Stunde da sein. In Ordnung?

Okay, schrieb ich und schloss kurz die Augen. Jetzt war ich plötzlich auch ein ganz normales Mädchen, das am Wochenende etwas vorhatte. Zumindest am Freitag.

Und es fühlte sich gut an.

Die letzten Minuten verliefen wie in Zeitlupe. Ich schaffte es, meine Interpretation fertig zu schreiben und alles einzupacken, bevor es klingelte. Ich sprang gleich auf und beeilte mich, nach draußen zu kommen, als mir einfiel, dass Lorenzo erst in ungefähr zehn Minuten da sein würde.

Unentschlossen blieb ich stehen und wurde dabei von mehreren Schülern von hinten angerempelt, die auch ins Wochenende flüchteten.

Ich ging ein wenig zur Seite und bemerkte dann einen großen Stein, der unmittelbar vor der Schulwand lag. Ich setzte mich darauf, lehnte mich zurück und ließ mich von der Sonne bescheinen. Sie war noch nicht wirklich warm, doch für den Moment ausreichend. Es kribbelte so schön unter meiner Haut, und ich konnte gar nicht aufhören zu lächeln.

Das erste Mal seit einem Jahr spürte ich so etwas wie Lebensmut und Lebensfreude. Die ersten Anzeichen von Optimismus. Ich freute mich auf den Frühling und den Sommer. Hatte vor der Zukunft keine Angst mehr.

Und ich genoss es einfach.

Ich weiß nicht, wie lange ich dort saß, als auf einmal ein Schatten auf mich fiel. Ich öffnete langsam meine Augen. Mein Herz machte einen erfreuten Hüpfer, als ich Lorenzo lächeln sah.

»Hallo, Jules«, begrüßte er mich mit seiner ruhigen, sonoren Stimme, und automatisch fühlte ich mich noch ein kleines Stück besser. »Bist du bereit?« Lorenzo hielt mir seine Hand hin, um mir aufzuhelfen.

»Bereit wofür?«, wollte ich wissen, während ich nach seiner Hand griff und mich bereitwillig von ihm auf die Füße ziehen ließ. Als ich stand, ließ Lorenzo meine Hand sofort wieder los, aber die kurze Berührung hatte mein Herz für einen winzig kleinen Moment stolpern lassen.

»Na, für eine heiße Schokolade«, meinte er breit grinsend und in einem Tonfall, als wäre das die logischste Erklärung überhaupt.

»Für eine heiße Schokolade bin ich immer bereit.«

»Freut mich, ich kenne nämlich zufälligerweise ein Café in der Stadt, in dem die absolut beste heiße Schokolade der Welt serviert wird!«

»Wieso wundert mich das nicht?«, scherzte ich vergnügt und versuchte mit Lorenzo Schritt zu halten.

Er lächelte nur noch breiter und sah mich von der Seite an. »Und, heute was gelernt?«

Eigentlich war es mir völlig egal, was ich heute gelernt hatte, aber ich brannte darauf, Lorenzo etwas anderes zu erzählen.

»Die anderen Schüler sind nett zu mir«, sagte ich, statt auf seine Frage zu antworten, und hörte die freudige Erregtheit, die im Klang mitschwang. Gleichzeitig spürte ich Scham und Verlegenheit in mir hochkriechen. War es dumm, so eine Banalität als so wichtig zu erachten? Für viele war es bestimmt alltäglich, normal behandelt zu werden. Ich konnte mir zum Beispiel nicht vorstellen, dass Lorenzo schon einmal von irgendjemandem nicht gemocht, geschweige denn gemobbt worden war.

Ich hatte einfach jegliches Selbstvertrauen verloren, war in meinen Grundfesten erschüttert worden, und jetzt lief ich neben Lorenzo her und wünschte mir fast, dass ich einfach nur seine Frage beantwortet hätte.

Wieder einmal belehrte mich Lorenzo eines Besseren.

»Das freut mich wirklich für dich, Jules! Du wirst sehen, bald wirst du an der neuen Schule tolle Freunde finden!« Lorenzo lächelte mich mit so viel Wärme an, dass es alle meine Zweifel schmelzen ließ und mir wieder ein Lächeln ins Gesicht zauberte.

»Wir können durch den Park abkürzen, wenn du willst«, schlug Lorenzo eine halbe Minute später vor und ich nickte. Kaum hatten wir einen Fuß in den Park gesetzt, sah er mich mit einem schelmischen Grinsen an. »Wer zuerst vorn beim Springbrunnen ist!« Er warf mir noch einen letzten Blick von der Seite zu, wartete noch eine Sekunde, bevor er lossprintete. Ich stand noch einen kurzen Moment völlig perplex da, bis sich ein riesiges Lächeln in meinem Gesicht breitmachte und ich mich ebenfalls in Bewegung setzte.

Als Lorenzo meine trampelnden Schritte hörte, drehte er sich einen Moment lang um, und ich hatte das Gefühl, als würde sich dieses Bild, dieses Lächeln, dieser ganze Augenblick unauslöschlich in mein Hirn einbrennen.

Es war perfekt.

Wie lange hatte ich mich nicht mehr so ausgelassen gefühlt? Ich rannte, lachte, schwebte und hätte mich am liebsten einmal im Kreis gedreht.

Fühlte sich so Glück an?

Ich schloss kurz die Augen, atmete ganz bewusst die frische Luft ein und rannte weiter, was das Zeug hielt. Lorenzo hatte sein Tempo ein wenig gedrosselt, sonst wäre er mir schon meilenweit voraus gewesen.

Es war ein ergreifendes Gefühl, was Lorenzo alles für mich tat. Auch wenn es für Außenstehende keine großen Sachen waren, aber für mich bedeuteten sie die Welt.

Meine Lunge brannte und meine Beine schmerzten, als wir endlich beim Springbrunnen ankamen. Erschöpft ließ ich mich auf den Steinrand sinken und versuchte erst einmal wieder zu Atem zu kommen. Obwohl es kein langes Stück gewesen war, kam es mir vor, als wäre ich gerade um die halbe Welt gerannt. Ich merkte einfach, dass mein Körper noch nicht wieder in seiner Topform war.

»Na, jetzt haben wir uns die heiße Schokolade wirklich verdient«, meinte Lorenzo und war dabei kaum außer Puste. Anscheinend machte er regelmäßiger Sport, als ich es je getan hatte.

»Und ein riesiges Stück Torte wäre perfekt!«

Ich lächelte ihn an, während sich meine Atmung langsam wieder normalisierte.

»Aber erst ... nach einer kleinen Pause«, meinte ich und holte tief Luft. Lorenzo setzte sich neben mich auf den Steinrand und lachte ein leises, kehliges Lachen, das mir eine leichte Gänsehaut bescherte.

»Wir haben alle Zeit der Welt, Jules.«

»Gut, das hier könnte nämlich dauern«, antwortete ich lachend und spürte noch zu intensiv mein Herz, das förmlich davonraste. Ob es wegen der Anstrengung, meinem inneren

Glücksgefühl oder Lorenzos Anwesenheit war, konnte ich in dem Moment nicht sagen.

»Eigentlich auch ziemlich unfair, ich habe schließlich auch eine Tasche zu tragen«, argumentierte ich für meine – wohlgemerkt knappe – Niederlage.

»Ich hätte so oder so gewonnen«, ärgerte mich Lorenzo.

Nach ein paar Minuten war ich wieder so bei Kräften, dass wir weitergingen.

»Ich glaube, ich bin als Kind das letzte Mal um die Wette gelaufen«, erzählte ich.

»Wahrscheinlich, weil du ein Mädchen bist. Fabio und ich laufen die ganze Zeit um die Wette, wenn wir mal nicht im Restaurant sind«, gestand Lorenzo. »In dem Punkt werden wir nie erwachsen.« Ohne ein weiteres Wort griff er nach meiner Tasche und zog sie sich über die Schulter, damit ich sie nicht tragen musste.

»Das brauchst du nicht zu tun«, murmelte ich. Wollte nicht als schwach dastehen. Gleichzeitig war ich über seine Geste unglaublich gerührt.

»Ich weiß«, war alles, was Lorenzo dazu sagte. Er warf mir einen amüsierten Blick zu.

Schweigend verließen wir den Park und ich folgte Lorenzo, der den Weg bestimmte. Wir näherten uns dem Stadtzentrum, und Lorenzo legte beschützend einen Arm um mich, als wir uns zwischen den Menschen hindurchschlängelten. Wir waren nicht die einzigen, die das gute Wetter an diesem Freitag genießen wollten.

»Ich liebe heiße Schokolade«, sagte er dann auf einmal, als wir gerade an einer roten Ampel standen. »Viel mehr als Kaffee.«

»Du hast bei *Jo's Cake* aber Kaffee getrunken.«

»Ja, ein Kakao und eine Nougattorte waren in dem Moment irgendwie doch zu süß«, erklärte er.

Er trank also gern heiße Schokolade.

Obwohl die Info banal war, freute ich mich darüber. Dass ich sogar so belanglose Sachen über Lorenzo erfuhr, gab mir das Gefühl von Vertrautheit und Verbundenheit. Ich hatte wirklich den Eindruck, er wollte, dass ich mehr über ihn erfuhr. Er wusste quasi alles über mich, und mit jedem Detail über ihn wurde unser Verhältnis ausbalanciert.

»Auf der Intensivstation hatten wir einen Automaten. Das Gesöff daraus war fast nicht trinkbar, aber die heiße Schokolade ging gerade so«, plauderte Lorenzo weiter, und ich saugte jedes seiner Worte in mich auf. »Manchmal, wenn mir ein Schicksal besonders an die Nieren ging, war der Automat meine einzige Hilfe. Ich hatte immer Lust, dem schwarzen Kasten mein Herz auszuschütten, als wäre der Automat ein Barkeeper, der traurigen Seelen ein Getränk nach dem anderen über den Tresen schiebt.«

Ich lächelte. Blieb stumm. Ich war auch eines der besagten Schicksale gewesen.

Es war eine halbe Ewigkeit her.

»Als Kind machte unsere Haushälterin mir immer einen warmen Kakao, wenn ich draußen im Schnee gespielt hatte. Sie tat immer Nelkenpfeffer rein. Das war typisch dominikanisch und hat wirklich unglaublich gut geschmeckt.«

»Nelkenpfeffer ... Das habe ich, glaube ich, noch nie probiert.« Er sah mich von der Seite an, und mir fiel auf, wie nah er mir plötzlich war, da er immer noch den Arm um mich gelegt hatte. »Irgendwie kommt es mir so vor, als hättest du schon viel mehr erlebt als ich«, sagte er leise und verlangsamte seinen Schritt.

»Wie meinst du das?«, fragte ich erstaunt.

Er zuckte leicht mit den Schultern. »Du weißt so viel.«

»Ich lese viel. Vermutlich einfach andere Sachen als du, und nur deswegen kommt es dir so vor, als würde ich viel wissen.«

Wir waren mittlerweile stehen geblieben.

»Du bist echt schlau.« Er lächelte breit und sah mich leicht beeindruckt an. »Weißt du schon, was du nach der Schule machen willst?«

Bevor ich antwortete, dirigierte Lorenzo mich in eine Seitenstraße.

»Ich habe das letzte Jahr nicht wirklich an meine Zukunft gedacht. Ich habe nicht einmal an eine Zukunft geglaubt«, antwortete ich ehrlich.

»Verständlich.« Er wirkte absolut ernst. »Und was ist mit jetzt?«

»Jetzt muss ich erst mal zusehen, dass ich mein Abi bestehe.«

»Falsch«, widersprach mir Lorenzo verschmitzt grinsend. »Jetzt musst du dir einen Kakao gönnen.«

Er lenkte mich zu einem Café, dessen Vorderseite von der Sonne beschienen wurde. Viele Leute saßen draußen, doch für uns war noch ein kleiner Tisch frei, und Lorenzo zog mir den Stuhl hervor. Ich setzte mich dankend und sah mich um.

Die meisten Gäste hatten sich eine der bereitgelegten Decken über die Beine gelegt, während sie ihr heißes Getränk oder ein kühles Bier genossen.

Unser Tisch stand nah an der Hauswand und somit wärmte die Sonne extra. Trotzdem legte ich mir auch eine Decke über.

»So, da ich unseren Wettlauf gewonnen habe, entscheide ich, was es für dich sein soll.« Lorenzo legte meine Tasche auf seinen Stuhl, zwinkerte mir zu und ging ins Innere des Cafés.

Während er weg war, sah ich den Leuten zu, die an uns vorbeiliefen. Einige waren in Eile, hetzten an mir vorbei und hatten keinen Blick übrig für ihr Umfeld.

Andere schlenderten mit einem Thermobecher in der Hand vorbei, unterhielten sich mit Freunden, lachten, hielten Händchen. Es machte mir Spaß, mir Geschichten zu den Personen auszudenken, mir vorzustellen, was für ein Leben sie führten.

Ich baute noch immer an meinen Traumschlössern, als Lorenzo mit zwei riesigen Kuchenstücken zurückkam.

»Einmal Käsesahnetorte und einmal eine Mokkatorte«, erklärte er und stellte die Teller ab. »Die Kaffees kommen gleich noch. Welches Stück willst du?«

Bevor ich antwortete, fing ich erst einmal an zu lachen. »Kaffee? Ich dachte, ich sollte die weltbeste heiße Schokolade probieren?«

Lorenzos Gesichtszüge entgleisten, dann fing auch er an loszuprusten. »Die Schokolade hast du bei mir gut, wenn ich mal nicht so verpeilt bin!«

»Ich werde dich dran erinnern!«, meinte ich und ließ dann meinen Blick auf die Teller vor mir fallen. Ich betrachtete die Kuchenstücke, und mir lief bei beiden das Wasser im Mund zusammen.

»Halbe-halbe?«, schlug ich vor, und Lorenzos Augen funkelten vergnügt.

»Ich hatte gehofft, dass du das sagst.« Er teilte die beiden Stücke in zwei Hälften, was ein riesiges Gemansche war, aber umso amüsanter zum Zuschauen.

»Ich hätte ja einfach nach der Hälfte die Teller getauscht«, gab ich trocken von mir, nachdem sich Lorenzo abgemüht hatte. Irritiert sah er mich an, sah auf die chaotisch aussehenden Teller und blickte dann mit einem Lächeln wieder zu mir.

»Na toll, das hättest du mir auch früher sagen können«, meckerte er gespielt beleidigt.

»Dann hätte ich ja den ganzen Spaß verpasst«, sagte ich grinsend und schnappte mir einen der Teller. »Was ist heute los mit dir?«, ärgerte ich ihn.

»Ich weiß auch nicht«, erwiderte er und lächelte mich offen an.

Mit Lorenzo war alles so leicht. Die alte Jules kam ohne Probleme zum Vorschein, und manchmal vergaß ich fast, dass es inzwischen auch noch eine andere Seite an mir gab.

Mit Lorenzo war ich einfach ich selbst.

Gerade als Lorenzo ansetzen wollte, etwas zu sagen, piepte mein Handy mit einer neuen Nachricht von Ree.

Lust zu telefonieren?, stand da.

Geht gerade nicht. Sitze mit Lorenzo in einem Café, tippte ich schnell zurück.

»Entschuldige, eine Freundin«, erklärte ich Lorenzo gerade, als mein Handy schon wieder piepte.

Na, dann viel Spaß! Ich will später alle Details wissen, stand dort und ich verdrehte lächelnd die Augen, bevor ich das Handy wieder in die Tasche packte.

»Apropos Freunde«, sprach ich weiter. »Brad hat mich letzte Woche besucht.« Ich konnte nicht erklären warum, aber ich verspürte das Bedürfnis, mich Lorenzo anzuvertrauen.

Lorenzo hob fast schon ruckartig den Kopf und sah mich erstaunt an. »Und?«, fragte er vorsichtig, als hätte er Angst vor der Antwort.

Ich kaute erst einmal fertig. »Es war komisch. Er saß auf den Treppen vor dem Haus und hat auf mich gewartet. Er wollte sehen, wie es mir geht und ...« Ich stockte. »Er hat sich entschuldigt, weil er dachte, dass er etwas falsch gemacht habe.« Ich spürte schon wieder das schlechte Gewissen in mir pochen.

»Oh.«

Die Bedienung kam in dem Moment mit zwei großen Tassen Kaffee und wir schwiegen. Als die Dame wieder weg war, sprach ich leise weiter.

»Ich habe es irgendwie hinbekommen, ihm zu sagen, dass er keine Schuld hat. Obwohl er der Auslöser war. Aber ... ich konnte ihm einfach nicht alles erzählen.«

Ich sah auf und direkt in Lorenzos Augen, deren Blick ruhig auf mir weilte. Ich hatte es bis jetzt die ganze Zeit als einen gemeinen Nachteil gesehen, dass Lorenzo, ein Fremder, meine tiefsten Geheimnisse kannte. Mir wurde klar, dass es ein Vorteil war, weil er für mich da sein konnte. Er kannte meine Geschichte, ohne dass ich mich hatte überwinden müssen, mich ihm zu öffnen. Ich brauchte mich vor ihm nicht zu verstellen. Ich musste nicht aufpassen, dass ich aus Versehen zu viel verriet. Ich konnte mich entspannen, weil er wusste, was ich durchgemacht hatte, und er trotzdem mein Freund sein wollte.

Die Erkenntnis raubte mir fast den Atem.

»Alles okay?« Lorenzo musterte mich, ahnte, dass in mir gerade ziemlich viel vorging.

»Ja, ich ...« Ich fasste mir ein Herz. »Danke«, hauchte ich. »Danke, dass du mein Tagebuch gelesen hast. Dass du dich für mich interessiert hast. Dass du dich um mich gekümmert hast. Dass du für mich da warst. Bist.«

Ich spürte eine Träne, die meine Wange hinunterlief. Lorenzo zögerte nicht lange, sondern rückte seinen Stuhl neben mich und legte den Arm um meine Schultern.

»Hey, ich bin hier. Werde ich immer sein«, sprach er beruhigend auf mich ein. Ich wischte die Träne weg und blickte Lorenzo an, der nah neben mir saß.

»Ich meine es ernst, Lorenzo. Ich weiß nicht, was ich ohne dich tun würde. Ich weiß, dass ich auf dich zählen kann, und das Gefühl ist so verdammt ungewohnt und gleichzeitig so verdammt schön, und ich kann dir dafür nicht genug danken.«

Noch eine Träne schlich sich aus meinem Auge, doch bevor ich etwas tun konnte, hatte Lorenzo seine Hand gehoben und sie sanft weggestrichen.

»Du darfst nicht traurig sein, Jules«, flüsterte er.

»Ich bin nicht traurig, Lorenzo.« Unsere Gesichter waren nur wenige Zentimeter voneinander entfernt. »Ich bin glücklich.« Ich atmete zittrig ein, als sich auf Lorenzos Gesicht langsam ein echtes, großes Lächeln breitmachte. Er schluckte einmal schwer, als würde ihn die Situation auch rühren.

Ich hatte das Gefühl, als würde mich etwas zu ihm ziehen, und als würde es ihm genauso gehen, doch dann drückte Lorenzo mich noch einmal fest an sich, bevor er wieder ein Stückchen von mir abrückte.

»Jetzt trink erst mal einen Schluck Kaffee und iss ein Stück Kuchen, und dann erzählst du mir, wie du mit Brad umgehen willst«, schlug er vor, und genau das tat ich.

Während ich den Kaffeegeschmack auf meiner Zunge genoss, überlegte ich, was ich eigentlich wollte.

Wollte ich mein Verhältnis zu Brad überhaupt wieder aufbauen? Würde ich damit klarkommen? Mit all den Erinnerungen, die unwillkürlich immer auf mich einströmen würden?

Seit Brad bei mir gewesen war, hatte ich pausenlos darüber gegrübelt, aber war noch immer zu keinem Schluss gekommen.

Ich mochte Brad, und eigentlich wollte ich auch wieder Zeit mit ihm verbringen, weil ich ja auch so viel Gutes mit ihm verband. Und gleichzeitig konnte ich mich selbst noch nicht ganz einschätzen, wie ich die Situation verkraften konnte.

Lorenzo hielt seine Tasse in beiden Händen, hatte sich gemütlich in seinem Stuhl zurückgelehnt und sah mich abwartend an.

»Ich weiß noch nicht, was ich machen soll. Ich weiß nicht, wie ich mit meinen Erinnerungen klarkommen soll, wenn ich mit Brad zusammen bin«, erklärte ich und war erstaunt, wie ruhig ich dabei bleiben konnte.

»Wie sehr vertraust du Brad denn? Hast du überlegt, dich ihm in Zukunft vielleicht anzuvertrauen?«, fragte Lorenzo vorsichtig.

Sofort stellte sich alles in mir auf Widerstand. »Nein! Ich kann ihm das alles nicht erzählen!«

»Okay, okay! Es war nur so eine Idee, du musst wissen, was das Richtige für dich ist«, beruhigte mich Lorenzo gleich wieder und nahm meine Hand in seine. »Dann schreib doch vielleicht erst mal ab und an mit ihm und schau, wie weit du gehen willst.« Der Vorschlag klang schon wesentlich besser.

Ich war Lorenzo dankbar, dass er das Thema Brad danach erst mal wieder fallen ließ und wir uns einfach über Belanglosigkeiten unterhielten.

Ohne dass er meine Hand losließ.

Und dieser Halt war mir in dem Moment einfach mehr als recht.

24

»Also, Jules. Wie geht es dir?«

Dr. Fulton legte ein Bein über das andere und lehnte sich in ihrem dunkelgrünen Sessel zurück. Es fiel mir schwer, mich auf sie, statt auf die Tapete hinter ihr zu konzentrieren.

Der Grundton war im gleichen dunklen Grün wie der Sessel und die anderen vier Wände, darauf gedruckt waren jedoch verschiedene Dschungelmotive. Große hellgrüne Blätter, orange Tiger, Papageien, Elefanten und eine große Anzahl an bunten Blumen. Alle Motive waren mit einem dünnen goldenen Strich eingerahmt.

Generell war der Raum in dunklen Tönen gehalten. Dr. Fultons Schreibtisch und ihre Regale waren schwarz gehalten, passten perfekt zu ihren langen, glatten Haaren.

Lediglich mein Veloursessel war in einem Altrosa gehalten, was zu den Gardinen am Fenster passte.

Beim ersten Besuch bei meiner neuen Psychologin war es mir so vorgekommen, als hätte sie lieber Innenarchitektur studieren sollen. Doch als ich sie darauf ansprach, meinte sie, dass dieser Raum das kreative Denken fördere und somit auch für ihre Sitzungen optimal sei.

Wenn sie das sagte …

»Danke, mir geht es gut«, beantwortete ich ihre Frage und lächelte. Manchmal vermisste ich Dr. Hendricks, doch es gefiel mir eigentlich auch ganz gut, mit einer Frau über meine Probleme zu sprechen.

»Das freut mich. Wie läuft es in deiner neuen Schule?«

»Ganz gut«, fing ich vage an. »Heute habe ich ja erst meine zweite Woche dort angefangen. Die anderen Mitschüler sind freundlich, ich habe mich noch nicht blamiert, und bis jetzt habe ich einfach die ganz normale Aufmerksamkeit einer neuen Schülerin bekommen. Ich bin relativ anonym, aber keine Außenseiterin.«

Dr. Fulton nickte und notierte sich einige Stichpunkte. »Was hast du am Wochenende gemacht?«

Unwillkürlich fing ich an zu lächeln. »Freitag nach der Schule habe ich mich mit einem Freund getroffen. Er ... heißt Lorenzo.«

»Lorenzo ... Erzähl mir von ihm«, bat mich Dr. Fulton.

Wenn ich in den letzten Monaten eines gelernt hatte, dann, dass man genauso gut von Anfang an ehrlich sein konnte. Dass man mit Aufrichtigkeit am weitesten kam. Und wenn ich in meinem Leben weiterkommen wollte, dann musste ich aufhören, Sachen vor Menschen zu verschweigen, die mir helfen wollten.

»Als wir Freitag zusammen waren, habe ich das erste Mal wieder ähnliche Gefühle verspürt wie damals bei Brad«, fing ich deshalb an und sah aus dem Fenster.

»Romantische Gefühle?«

»Na ja, eher eine Anziehung. Physisch als auch psychisch.«

»Macht dir das Angst?«

Ich überlegte. »Nein, aber ich habe Angst, dass die gleiche Reaktion wie damals bei Brad auf einmal hervorgerufen wird.«

»Ist das denn möglich?« Dr. Fulton rückte ihre Brille zurecht. »Was war denn die Reaktion?«

»Ich habe mich wieder erinnert.«

»Genau, und du kannst dich ja schlecht ein zweites Mal zum ersten Mal erinnern.«

Ich verstand und nickte. Ließ meinen Blick wieder zu ihr schweifen.

»Wovor hast du also wirklich Angst?«

Sie war gut … Wusste, dass etwas unter der Oberfläche lauerte, bevor ich es tat. Ich versuchte in mich hineinzuhorchen.

»Ich habe Angst, dass die Erinnerungen mich einholen. Dass ich nie wieder … mit jemandem intimer werden kann, ohne dass ich an damals denken muss.«

»Das ist eine berechtigte Sorge. Es ist ganz normal, dass es dir so geht.«

Na, immerhin.

»Verspürt Lorenzo die gleiche Anziehung?«

Ich zuckte mit den Schultern. »Das weiß ich nicht.«

»Wie nah seid ihr euch denn schon gekommen?«

»Er hat Freitag meine Hand gehalten. Aber das war eher eine tröstende und stützende Geste.«

Ich wusste nicht, was Lorenzo für mich empfand. Ob er mehr wollte als Freundschaft. Seinem höflichen Benehmen nach zu urteilen, bezweifelte ich das sogar.

Ich wusste ja auch nicht einmal, was ich fühlte. Ich war nicht in ihn verliebt. Aber etwas war da einfach …

»Wie hat sich das angefühlt?«

Wieder konnte ich mir nur schwer ein Lächeln verkneifen. »Gut«, sagte ich knapp.

»Es war dir also nicht unangenehm?«

Ich schüttelte den Kopf.

»Das ist doch schon ein Anfang, oder?« Dr. Fulton lächelte. »Wie lange kennt ihr euch schon?«

»Äääh …« Jetzt kam vielleicht der Aspekt, den Dr. Fulton auf keinen Fall auf Anhieb nachvollziehen konnte. »Zwei Wochen. Offiziell zumindest.« Selbst mich überraschte es, dass wir uns nicht schon ewig kannten.

Dr. Fultons Reaktion war völlig abwägend. »Das musst du mir erklären, Jules.«

»Lorenzo studiert Medizin. Er war ein Medizinstudent, der mich auf der Intensivstation betreut hat.«

»Oh.« Sie wirkte erstaunt. Bevor sie die nächste Frage stellen konnte, sprach ich weiter.

»Lorenzo ist dreiundzwanzig und für sein Alter – wenn ich das beurteilen kann – sehr nachdenklich. Er sorgt sich um mich.« Wenn ich es laut aussprach, konnte ich mein Glück kaum fassen.

»Wenn er dich damals im Krankenhaus gepflegt hat, wieso kennt ihr euch offiziell erst seit zwei Wochen? Und ... weiß er Bescheid?«, fragte Dr. Fulton jetzt. Sie hatte ihr Notizbuch zur Seite gelegt und die Finger ineinander verschränkt auf ihrem Knie abgelegt.

»Sein Praktikum war beendet, bevor ich aufgewacht bin«, fing ich an, was sie nur noch mehr verwirrte.

Und dann erzählte ich ihr alles. Dass Lorenzo mein Tagebuch gelesen und Kommentare hineingeschrieben hatte. Dass ich anfangs wütend gewesen war. Wie ich ihn gesucht und schließlich gefunden hatte. Und wie er meine Welt verändert hatte.

Dr. Fulton gefiel es nicht, dass er mein Tagebuch gelesen hatte. Trotzdem lächelte sie, als ich mit dem Erzählen fertig war.

»Es scheint so, als würde er dir guttun. Und dass sein Vertrauensbruch in eine ganz besondere neue Art von Vertrauen resultiert hat.«

Wenn sie es so darstellte, dann klang das alles wirklich ein wenig verrückt.

Doch es fühlte sich absolut nicht verrückt an.

»Ich weiß, dass das komisch klingt. Aber ich habe ein gutes Gefühl dabei, wenn ich mit Lorenzo zusammen bin. Ich denke, ich kann mich auf mein Bauchgefühl verlassen«, versuchte ich zu erklären und merkte, wie ich mich leicht in die Defensive gedrängt fühlte.

»Keine Sorge, Jules, ich möchte dir nichts wegnehmen, ganz im Gegenteil. Es freut mich, dass du dich bei Lorenzo so wohlfühlst und in ihm einen Freund gefunden hast. Ich möchte dir nur sagen, dass du auf dich aufpassen sollst. Du kennst ihn noch nicht lange. Lerne ihn kennen. Bau eine Verbindung auf. Und dann lass dich völlig auf ihn ein.« Dr. Fulton lächelte mich an, und wieder wünschte ich mir Dr. Hendricks zurück. Zu ihm hatte ich einfach eine andere Bindung verspürt.

»Das klingt vernünftig«, sagte ich und erntete ein zufriedenes Nicken, während ich ganz genau wusste, dass es dafür schon viel zu spät war. Denn eigentlich hatte ich mich schon komplett auf Lorenzo eingelassen.

Lorenzo

Ich war irgendwie ziemlich knapp dran für meine Schicht im *Bella Casa*. Um noch pünktlich zu kommen, sprintete ich zur Bushaltestelle und war froh, dass der Busfahrer tatsächlich noch einen Augenblick wartete, damit ich hinten hineinspringen konnte. Das war definitiv keine Selbstverständlichkeit.

Der Bus war gerammelt voll, weswegen ich gleich direkt bei der Tür stehen blieb und mich an die Glasscheibe lehnte. Bei dem Wetter war es auch kein Wunder, dass niemand zu Fuß unterwegs war. Alles war grau in grau, es regnete permanent und ein eiskalter Wind zog unter die Kleidung, wenn man nicht warm eingepackt war.

Was ich natürlich nicht war, denn ich hatte nicht einmal mehr die Zeit gehabt, meine Jacke zuzumachen, geschweige denn einen Regenschirm einzupacken. Deswegen war mein

T-Shirt jetzt vorn durchnässt und aus meinen Haaren tropfte ebenfalls das Wasser.

Irgendwie war das heute echt nicht mein Tag.

Ich schloss kurz die Augen und lehnte den Kopf an die Scheibe hinter mir, auf der ich jetzt mit Sicherheit nasse Schlieren hinterließ. Egal. Der Bus konnte sowieso mal eine Grundreinigung vertragen.

Jules hatte heute einen Termin bei ihrer Psychologin. Es interessierte mich irgendwie ungemein, wie so etwas ablief. Ich kannte solche Sitzungen nur aus dem Fernsehen, konnte mir also nur in etwa ein Bild machen. Ein bisschen was hatten wir auch im Zuge unseres Medizinstudiums bereits gelernt, aber Theorie und Praxis waren ja bekanntlich zwei Paar Stiefel.

Jules hatte mir bisher schon so viel anvertraut, dass ich sie nicht auch darüber gleich ausfragen wollte. Irgendwann würde sie mir erzählen, wie sie diese Sitzungen empfand und ob sie ihr wirklich weiterhalfen, oder ich würde einmal vorsichtig nachhaken.

Meine Haltestelle kam in Sicht, ich drückte den Stopp-Knopf und stellte mich an den Ausgang. Dieses Mal machte ich den Reißverschluss meiner Jacke zu und streifte wenigstens die lockere und viel zu dünne Kapuze über den Kopf. Ich musste ja nicht komplett wie ein begossener Pudel im *Bella Casa* aufkreuzen.

Als ich endlich das *Bella Casa* betrat – durchnässter, als ich gehofft hatte –, kam mir schon Ceil entgegen, links und rechts jeweils zwei Teller balancierend.

»Gut, dass du da bist, Lorenzo!«, raunte mir Ceil zu, als sie an mir vorbeilief. »Sydney ist während ihrer Schicht krank geworden und wir haben sie heimgeschickt. Also zieh dich schnell um, wir rotieren hier«, fügte sie mit flehendem Blick hinzu und lief dann mit einem strahlenden Lächeln an den nächsten Tisch, um die Gerichte zu servieren.

Allein der Duft des ganzen Essens ließ mir schon das Wasser im Mund zusammenlaufen und erinnerte mich daran, dass ich heute noch kaum etwas gegessen hatte. Genau genommen seit dem Frühstück nichts mehr, und das war Stunden her. Aber dafür war jetzt keine Zeit.

Schnell zog ich mich in der Umkleide um, versuchte meine durchnässten Haare mit den Fingern wieder ein wenig in Form zu bringen und stellte mich dann auf einen ausgefüllten Abend ein, an dem ich keine freie Minute haben würde.

Langsam wurde es Zeit, dass Fabio vielleicht doch noch einen Kellner mehr einstellte. Wir hatten kaum noch Zeit, um uns ein wenig um die Kunden zu kümmern, sondern hasteten nur noch von einem Tisch zum nächsten, immer darauf bedacht, uns bloß keinen Stress anmerken zu lassen.

Das Restaurant boomte jedenfalls dauerhaft, und ich ging davon aus, dass Fabio sich bestimmt eine weitere Aushilfe leisten konnte, wenigstens für ein paar Stunden die Woche.

Der Abend verging wie im Flug, und obwohl mein Magen immer wieder mal knurrte, besserte sich meine Laune. Heute hatte ich keinen einzigen nörgelnden oder missmutigen Gast gehabt. Froh war ich trotzdem, als endlich die letzten Gäste gegangen waren. Sofort stürmte ich in die Küche.

»Fabio. Essen. Schnell. Ich verhungere!« Der kleine, dramatische Italiener in mir sah sofort in jeden Topf, der noch herumstand, ob sich etwas Essbares darin befand, während Fabio nur lachte. Er nahm mich bei den Schultern und bugsierte mich zu einem der zwei Stühle, die an einem kleinen Tisch in der Ecke standen, damit auch die Köche zwischendurch einmal eine Mahlzeit einnehmen konnten.

Ein wenig widerwillig ließ ich mich auf den Stuhl fallen, aber ich wusste, dass Fabio gleich etwas Wunderbares zaubern würde. Ich hoffte nur, dass es schnell ging, weil ich sonst versucht war, den Holztisch anzunagen.

Tatsächlich dauerte es keine zwei Minuten, bis Fabio mir eine riesige Portion Fleisch und Nudeln auf einen Teller gehäuft hatte, dazu eine Schüssel mit Salat, und beides vor mir abstellte.

»Boah, danke!« Sofort haute ich rein und vergaß dabei fast, dieses unglaubliche Essen zu genießen. Wie konnte sich Fabio gefühlt einfach immer noch weiter steigern, wenn es ums Kochen ging?

Auch Fabio holte sich einen Teller und setzte sich dann mit zwei Weingläsern schmunzelnd mir gegenüber.

Wir aßen schweigend, doch nicht in unangenehmer Stille, sondern einfach entspannt. Essen war gerade einfach wichtiger als reden.

Nachdem ich alles restlos verputzt hatte, lehnte ich mich mit einem kleinen Seufzer auf meinem Stuhl zurück. Noch mal knapp dem Hungertod entronnen.

»Das war fantastisch, Fabio, danke!«, sagte ich und nahm den ersten Schluck von meinem Glas Wein.

»Immer wieder gern. Wenn du Hunger hast, siehst du immer aus wie eine kleine Raubkatze«, ärgerte Fabio mich, und ich stimmte in sein Lachen mit ein. »Und? Was macht das Studium?«, fragte er mich dann.

»Alles läuft bestens. Es ist zwar viel Stoff, aber es macht immer noch Spaß, auch wenn ich manchmal ein bisschen das Gefühl habe, dass mir alles über den Kopf wächst. Aber ich denke, das ist bei so einem Studiengang ganz normal«, erklärte ich.

»Und wie läuft es mit Jules? Habt ihr euch noch mal gesehen?«

Ah, das wollte er also eigentlich wissen.

»Ja, Jules und ich treffen uns regelmäßig. Wieso?«

»Lorenzo, warum machst du das? Was erwartest du dir davon?« Fabio war ganz ruhig und ernsthaft an meiner Antwort interessiert.

»Ich will ihr helfen.« Das sollte doch wohl völlig klar sein, oder?

»Ist es denn nur das?«

Oh.

Mein erster Impuls war, vehement zu verneinen, dass da sonst noch etwas war. Dann spürte ich, dass mich eine kleine Stimme davon abhielt.

»Ganz ehrlich? Darüber habe ich noch gar nicht wirklich nachgedacht. Jules ist noch jung und steht gerade am Anfang ihres Lebens. Ich habe einfach das Gefühl, dass ich für sie da sein will, fast ein bisschen muss, weil sie ja sonst kaum jemanden hat. Und außerdem verbringe ich wirklich gern Zeit mit ihr. Sie ist ein unglaublich toller Mensch, und das will ich ihr zeigen.«

Fabio nickte nachdenklich.

»Weißt du, ich kenne Jules nicht so gut wie du, doch mein Bauch sagt mir, dass du ein bisschen aufpassen solltest, wenn es um ihre Gefühle geht. Du magst sie nur als Freundin oder vielleicht sogar beinahe wie eine kleine Schwester sehen, aber bist du dir sicher, dass sie auch in dir nur einen großen Bruder sieht?« Fabio ließ seine Worte wirken, und ich musste erst einmal schlucken.

Daran hatte ich tatsächlich noch überhaupt nicht gedacht. Fabios Worte stimmten mich nachdenklich, und ich nahm mir vor, besonders darauf zu achten, wie sich Jules bei unseren nächsten Treffen mir gegenüber verhielt. Und je nachdem würde ich das Thema vielleicht sogar einmal ganz offen ansprechen.

Zuerst sollte ich mir vielleicht selbst einmal darüber klar werden, was ich eigentlich wollte.

»Danke, Fabio. Ich … Ich habe das von dieser Seite noch gar nicht betrachtet.«

»Ich weiß, dass du es mit allen nur gut meinst, und genau deswegen wollte ich dich darauf hinweisen.« Er machte eine kurze Pause, bevor er breit grinste. »Gut, eigentlich war es Ceils Idee und sie meinte, ich soll dir das unbedingt sagen.« Ich musste ebenfalls lächeln. Das war unsere Ceil.

»So, jetzt werde ich mal meine fleißige Freundin vom PC wegzerren und nach Hause bringen«, sagte Fabio, und ich lächelte, weil die beiden einfach ein unglaubliches Paar waren.

»Mach das. Sag ihr Grüße, ich räume hier noch kurz auf«, bot ich an.

»Danke dir! Bis demnächst«, verabschiedete sich Fabio, und ich räumte noch die Teller und Gläser in die Spülmaschine, bevor ich sie anstellte und dann in die Umkleide ging. Ich warf einen Blick auf mein Handy und erstarrte.

Kannst du mich bitte abholen?

Ich brauchte ein paar Sekunden, bis die Worte ganz zu mir durchdrangen. Dann gefror mir das Blut in den Adern.

Wo bist du?, tippte ich schnell zurück, schnappte mir meine Jacke und verschloss in Windeseile das Restaurant.

Haltestelle bei der Kings Bridge, kam währenddessen die Antwort und ich schluckte. Mein ganzer Körper zitterte vor Anspannung, Angst und Besorgnis. Was war passiert?

Komme sofort!

Ich beeilte mich, zu Fuß Richtung Fluss zu kommen, weil das gemäß meiner Kopfrechnung her doch schneller war, als wenn ich erst auf einen Bus warten müsste. Ich rannte durch die Nacht und ignorierte, wie sehr die kalte Nachtluft in meiner Lunge brannte. Auch die komischen Blicke der wenigen Fußgänger, die mir auf meinem Weg begegneten, ignorierte ich komplett.

Ich konnte nicht aufhören mir vorzustellen, in welchem Zustand ich Jules auffinden würde. Sie war doch damals von der *Kings Bridge* gesprungen, oder? War ihr Aufenthaltsort gerade Zufall oder ging es ihr wieder schlecht? War ihre Nachricht ein letzter Hilferuf? Was machte sie mitten in der Nacht auf der Straße?

Ich war am Rande eines Nervenzusammenbruchs und beeilte mich immer mehr. Ein unbeschreibliches Gefühl der Panik machte sich in meinem Körper breit, und auf einmal wusste ich, wie Jules sich bei ihrer Angstattacke gefühlt haben musste.

Ich bog ein letztes Mal um die Ecke und konnte das Rauschen des Flusses vor mir vernehmen. Mein Blick huschte sofort zur Brücke. Nur wenige Laternen waren auf ihr angebracht, und ich versuchte auszumachen, ob Jules auf der Brücke war.

Ich sah sie nicht.

War ich zu spät?

Dann flog mein Blick zur Bushaltestelle und ich hielt die Luft an. War da jemand?

Doch, oder?

Da! Da, auf der Bank!

Ich machte noch ein paar lange Schritte, dann sah ich Jules, zusammengekrümmt auf der Bank, die Knie angezogen und ihre Arme darum geschlungen.

»Jules!«, wollte ich rufen, konnte jedoch kaum einen Ton rausbringen. Die Angst hatte mir komplett die Kehle zugeschnürt.

Sie hatte mich trotzdem gehört, denn sie hob den Blick und sah mich sofort. Sah, wie ich auf sie zugeeilt kam, als würde nichts anderes auf der Welt mehr bedeuten als sie.

»Lorenzo!«

Sie sprang auf, rannte die letzten Meter auf mich zu, und dann lag sie weinend in meinen Armen. Ich hielt sie fest, so fest, dass ich fast Angst hatte, ihr wehzutun. Ich spürte, wie die Erleichterung mich überrollte, dass es ihr – zumindest physisch – gut ging.

Ihr Schluchzen jedoch zerriss mir das Herz.

»Shhh, Jules, ich bin hier. Ich bin bei dir«, murmelte ich und hauchte ihr einen Kuss auf den Kopf, während ich sie noch fester an mich drückte. Sie klammerte sich an meine Jacke und presste ihre Wange an meine Brust.

So unpassend das auch war, konnte ich nicht verhindern, ihren Duft einzuatmen, ihn mir zu merken, ihre Nähe zu genießen. Und spätestens da hatte ich meine Antwort auf Fabios Frage.

Ja, ich wollte ihr helfen, ja, Jules bedeutete mir viel.

Aber es lagen inzwischen auch wesentlich egoistischere Gründe dahinter.

»Was ist passiert, Jules?«, fragte ich leise, als ich ihre Tasche bemerkte, die neben der Bank auf dem Boden stand.

»Ich ... Ich halte es zu Hause nicht mehr aus«, brachte sie hervor und weinte jetzt nur noch leise. »Meine Eltern ... Sie ... Bitte, Lorenzo ...«

Ich spürte Jules' Verzweiflung mit jeder Faser meines eigenen Körpers, und es brachte mich fast um.

»Jules, sieh mich an«, flüsterte ich und nahm ihr Gesicht in meine Hände. Große Tränen quollen aus ihren braunen, gutmütig wirkenden Augen, als sie versuchte mich anzusehen. Ich wischte mit meinen Daumen die Tränen von ihren Wangen und wartete, bis sie sich einigermaßen beruhigt hatte.

»Ich bin bei dir, Jules. Egal worum du mich bittest, ich werde dir helfen«, versprach ich ernst.

Jules war wieder kurz davor, in Tränen auszubrechen, doch ich sah, wie sie versuchte, sich zu beherrschen, und sich dabei auf ihre Lippe biss. Mein Blick verweilte kurz an ihren Lippen, und ich verspürte den Impuls, ungehörige Dinge mit ihr anzustellen, und schluckte schwer.

»Egal was, Jules«, wiederholte ich.

»Nimm mich bitte mit zu dir«, hauchte sie dann, und sofort bereute ich mein Versprechen. Verdammt, das war bestimmt keine gute Idee, aber so wie sie mich gerade ansah, konnte ich ihr keinen Wunsch der Welt abschlagen.

Jules bemerkte mein Zögern und löste sich unglücklich von mir. »O Gott, tut mir leid, ich bin so dumm ...«

»Nein, Jules, nein!«, unterbrach ich sie. »Ich nehme dich mit zu mir«, sagte ich mit fester Stimme. »Okay? Du kannst bei mir bleiben.« Ich legte meine Stirn kurz an ihre, spürte ihr weiches, samtiges Haar an meinen Fingerkuppen und schwor mir, nie wieder zuzulassen, dass etwas Jules unglücklich machen würde.

»Danke«, raunte sie mir zu.

Ganz langsam löste ich mich von ihr. »Du kannst mir zu Hause alles erzählen«, meinte ich und bückte mich, um ihre Tasche aufzuheben. Mit meiner freien Hand ergriff ich ihre, weil das gerade das Natürlichste der Welt war.

Von hier aus wohnte ich auf der anderen Seite der Stadt, und wir mussten einen anderen Bus nehmen. Obwohl wir jetzt ruhig nebeneinanderher gingen, raste mein Herz immer noch, als wäre ich gerade einen Marathon gelaufen.

Ich konzentrierte mich auf meine Atmung, anstatt auf Jules' Hand in meiner.

Ich konzentrierte mich darauf, wie ich am besten für sie da sein konnte, anstatt darauf, dass sie heute bei mir übernachten würde.

Ihr sollte es einfach gut gehen, egal was das letzten Endes für mich bedeuten würde.

Jules schwieg die ganze Fahrt über. Sie kam mir so müde und zerbrechlich vor. Zerbrochen. Trotzdem war sie in meinen Augen der stärkste Mensch, den ich kannte.

»So, da wären wir«, brach ich irgendwann die Stille und zog Jules hinter mir aus dem Bus raus. Manchmal wunderte es mich wirklich, wie still es in der Nacht sein konnte. Nichts war zu hören außer unseren Schritten.

Ich schloss die Haustür auf und Jules folgte mir in den dritten Stock. In der Dunkelheit suchte ich den Lichtschalter, betätigte ihn und blieb abrupt in der Bewegung stehen.

Völlig irritiert starrte ich auf die Person, die da vor meiner Tür saß, den Kopf an diese gelehnt, die Augen geschlossen, eine riesige Tasche neben sich.

»Was machst du denn hier?«

Meine Schwester zuckte zusammen und blinzelte verschlafen, ich hatte sie wohl gerade geweckt. Wie lange wartete sie denn schon hier? Und vor allem – warum?

Cara machte den Mund auf, um etwas zu sagen, dann bemerkte sie Jules neben mir, und ihre Augenbraue zog sich ein wenig spöttisch nach oben. Ich wusste genau, was sie jetzt dachte, und eine Sekunde später bestätigte sie meinen Verdacht.

»Entschuldige, ich wusste nicht, dass du heute noch Damenbesuch erwartest.« Und beinahe hätte ich sie für ihre Worte erwürgt. Jules weinte zwar nicht mehr, aber sah Cara denn nicht, wie aufgelöst sie war und ihr Kommentar mehr als unpassend?

Wut kochte in mir hoch. Wut auf alles und jeden, doch ich kämpfte sie hinunter. Wenn ich jetzt auch noch den Kopf verlor, dann half das niemandem.

»Jetzt kommt beide erst mal rein, dann können wir reden.« Cara stand auf und machte mir Platz, damit ich die Tür aufschließen konnte. Ich ließ die beiden Mädchen als Erstes eintreten. »Setzt euch doch bitte. Ich mach uns erst mal einen Kakao«, murmelte ich dann, weil ich der war, der gerade am meisten Beruhigung nötig hatte, aber meine Schwester hatte das wohl gehört.

»Vergiss den Rum bitte nicht«, rief sie mir hinterher. »Und wer bist du?«, hörte ich sie Jules fragen, als ich gerade in der Küche war.

»Cara, lass Jules in Ruhe!«, rief ich rüber, und ich konnte förmlich sehen, wie sie mit den Schultern zuckte. Trotzdem hörte ich Jules' sanfte Stimme kurz darauf.

»Lorenzo und ich sind befreundet, wir kennen uns aus dem Krankenhaus«, erklärte sie vage, und ich war beeindruckt, wie gelassen sie wirkte. »Bist du dann seine Schwester?«

In dem Moment fiel mir erst auf, wie blöd die Situation hätte wirken können, wenn ich Jules gegenüber nicht schon einmal erwähnt hätte, dass ich noch eine Schwester namens Cara hatte.

Ein paar Minuten später hatte ich die drei Becher mit Kakao fertig und lief wieder rüber, um Jules und Cara jeweils einen in die Hand zu drücken.

Cara nahm einen Schluck und verbrannte sich prompt die Zunge.

»Scheiße, heiß. Und ohne Rum«, stellte sie fest und verzog angewidert das Gesicht. Doch bevor ich nicht wusste, was hier los war, würde niemand hier in diesem Raum seinen Kopf mit Alkohol vernebeln.

Ich zog mir einen Stuhl heran, da meine kleine Couch mit zwei Personen mehr als gut gefüllt war. Außerdem wollte ich den beiden in die Augen sehen können.

Jules hatte wieder die Beine angezogen und umklammerte ihren Becher, als würde ihr Leben davon abhängen. Sie wirkte so, als wären ihre Gedanken gerade in ganz anderen Sphären und nicht hier in diesem Raum bei uns.

Ich wandte mich Cara zu. »Also, was ist passiert?«

»Frederico ist ein Arsch, das ist passiert.« Cara verdrehte die Augen, und mir fielen sie fast aus dem Kopf. Was bitte hatte er angestellt? Frederico konnte doch keiner Fliege was zuleide tun. Wie oft hatte ich mich schon gefragt, wie es der gutmütige Frederico nur so lange mit meiner oft doch recht anstrengenden Schwester aushalten konnte, und jetzt sollte er der Böse sein? Ich konnte das gerade absolut nicht begreifen.

»Was hat er getan?«

»Er macht mich einfach wahnsinnig!«, platzte meine Schwester heraus. Sie stand sogar auf und begann, während des Sprechens wild mit ihren Händen zu gestikulieren und auf und ab zu gehen. »Ständig hängt er an mir dran, will mir alles abnehmen, und permanent fragt er mich, ob es mir gut geht, ob er etwas für mich tun könne, und versichert mir seine unsterbliche Liebe!«, zeterte sie, und ich saß einfach nur völlig perplex da. Sogar Jules sah nun irritiert auf.

»Moment. Sag mal, spinnst du denn? Frederico trägt dich auf Händen und behandelt dich wie eine Prinzessin, und du flippst aus? Hast du sie noch alle?« Meine Wut war schlagartig wieder da, aber dieses Mal richtete sie sich geballt gegen meine Schwester.

Was dann passierte, damit hätte ich nie im Leben gerechnet. Cara stand da, ganz ruhig, sah mich an, und plötzlich sammelten sich in ihren Augen Tränen, die langsam durch ihre falschen Wimpern drangen und ihre Wangen hinunterliefen. Sie ließ sich wieder aufs Sofa sinken, barg ihr Gesicht in den Händen und schluchzte bitterlich auf.

Ich saß völlig schockiert da und wusste überhaupt nicht, was hier gerade passierte.

Langsam ging ich vor ihr in die Hocke. »Was ist los? Rede mit mir.«

»Ich habe ihn heute Abend angefahren, dass er mich mit seiner ständigen Fürsorge in Ruhe lassen soll, weil er mich so damit nervt«, erzählte sie, ständigen unterbrochen von Schniefern und Schluchzern. »Und dann sagt er, dass er endgültig die Schnauze voll hat, dass ich nie schätze, was er alles für mich tut und ... und ...« Wieder schüttelten Schluchzer ihren Körper. »Und dass er eine andere hat.«

»Er hat ... WAS?« Frederico würde doch nie ... Andererseits hatte er nun Jahre mit meiner Schwester ausgehalten, irgendwann riss vielleicht sogar dem gutmütigsten Menschen der Geduldsfaden. Trotzdem konnte der Kerl noch was erleben. So was machte man einfach nicht!

»So viel dazu, dass er mich auf ewig liebt! Dieser Arsch!«

Ein wenig verwirrt war ich nun schon.

»Cara, du hast doch gerade gesagt, dass er dich nervt ...« Ich konnte meinen Satz nicht einmal zu Ende sprechen, da unterbrach sie mich schon.

»Deswegen liebe ich ihn doch trotzdem, und er kann mich doch nicht einfach so verlassen!«

Meine Schwester hatte manchmal schon eine seltsame Art, ihre Liebe zu zeigen.

Langsam spürte ich, wie mich Müdigkeit und Erschöpfung übermannten. Ich musste mir für heute Abend eine Lösung überlegen, denn beide konnten nicht hier übernachten.

»Cara, ich fahr dich jetzt zu Mama und Papa, dann kannst du erst mal dortbleiben.« Ich war froh, dass sie einfach nur nickte und meine Entscheidung akzeptierte. Ich tat wirklich alles für meine Familie, aber meine Schwester hatte noch andere Optionen außer mir, Jules nicht.

Während Cara wieder ihre Schuhe und ihre Jacke anzog, ging ich zu Jules, die bisher kein weiteres Wort gesagt hatte.

»Jules, ich bin in spätestens einer halben Stunde wieder da, ist das in Ordnung?« Ich hatte ein bisschen Angst, sie allein zu lassen, doch ich wusste mir gerade nicht anders zu helfen. Jules schien relativ gefasst zu sein, während Cara sich kaum beruhigen konnte. So konnte ich sie unmöglich Auto fahren lassen.

»Natürlich, kümmere dich um deine Schwester, ich warte hier.«

»Danke! Wenn du irgendwas brauchst, nimm es dir einfach. Im Kühlschrank ist noch Essen von meiner Mama, falls du Hunger bekommst. Getränke stehen auch in der Küche. Fühl dich wie ...« Zu Hause, hatte ich sagen wollen, stoppte mich jedoch gerade noch rechtzeitig. Wie konnte man nur so gedankenlos reden? Am liebsten hätte ich mich selbst geohrfeigt. »Mach es dir bequem«, sagte ich dann stattdessen, warf ihr noch ein Lächeln zu, schnappte mir dann Caras Tasche und machte mich mit ihr auf den Weg nach unten.

Etwa eine halbe Stunde später hatte ich sie bei Mama und Papa abgeliefert. Zum Glück hatten wir einen Schlüssel, so mussten wir die beiden nicht mitten in der Nacht aus dem Bett klingeln.

Inzwischen war es fast zwei Uhr morgens und ich sehnte mich nach meinem Bett. Aber jetzt war erst mal Jules an der Reihe.

Ich schloss die Tür zu meiner Wohnung auf, streifte Schuhe und Jacke ab, und dann sah ich Jules schon auf der Couch liegen, mit geschlossenen Augen und ruhig atmend. Sie schlief tief und fest. Ein müdes Lächeln schlich sich auf meine Lippen.

Von all dem Kummer und den Sorgen, die sich vorhin noch in ihrem Gesicht widergespiegelt hatten, war nichts mehr zu erkennen. Sie sah absolut friedlich aus wie ein kleiner Engel.

Leise ging ich zu ihr rüber und widerstand der Versuchung, ihr einen Kuss auf die Stirn zu drücken. Stattdessen hob ich sie vorsichtig hoch und trug sie in mein Bett. Sie war wohl so erschöpft im Tiefschlaf gefangen, dass sie nicht einmal davon wach wurde. Jules drehte sich nur einmal um und atmete dann gleichmäßig weiter. Ich zog ihr die Bettdecke über den Körper, betrachtete noch einen Moment lang ihre gelassenen Gesichtszüge.

Dann holte ich mir eine Wolldecke und legte mich auf die Couch, wo mich sofort der Schlaf übermannte.

Am nächsten Morgen wachte ich davon auf, dass Sonnenstrahlen meine Nase kitzelten. Ich warf einen Blick auf die Uhr und stellte fest, dass es erst halb neun war. Gute sechs Stunden Schlaf mussten erst einmal reichen.

Ich stand auf und warf einen Blick in mein Schlafzimmer, das so winzig war, dass es die Bezeichnung kaum verdiente, in dem Jules noch immer friedlich schlief. Sie sah auch nicht so aus, als würde sie in den nächsten Minuten wach werden.

Also ging ich schnell ins Bad und sprang unter die Dusche. Dann schrieb ich sicherheitshalber einen kleinen Zettel, dass ich in ein paar Minuten wieder da sei, falls sie doch aufwachen sollte, während ich schnell zum Bäcker lief.

Ich kam mit einer Tüte voller Brötchen und Croissants und zwei großen Bechern mit Kaffee wieder zurück. Gerade als ich alles auf dem kleinen Tisch bereitgestellt hatte, kam eine verschlafene Jules aus dem Schlafzimmer.

Ihre Haare waren zerzaust, die Kleidung zerknittert und die Augen verschlafen, aber für mich war sie auch in diesem Moment einfach wunderschön.

»Guten Morgen«, begrüßte ich sie lächelnd. »Hast du gut geschlafen?«

»Morgen. Mmh, danke.« Jules war noch nicht sonderlich gesprächig.

»Frühstück?«, fragte ich deshalb und bedeutete ihr, sich an den Tisch zu setzen. Dann konnte sie erst einmal essen und wach werden und musste nicht reden.

Lächelnd setzte sie sich.

»Wie geht es deiner Schwester?«

»Heute habe ich noch nichts von ihr gehört. Aber Mama wird sich schon um sie kümmern.«

Jules nickte und sah dann auf den Tisch.

»Nimm dir, was du willst«, bot ich ihr an. »Und hier habe ich noch Kaffee, wenn du möchtest.«

»Danke.« Sie lächelte zaghaft, und beinahe wäre mein Herz geschmolzen. Wann, verdammt noch mal, war Jules mir *so* wichtig geworden?

»Ernsthaft, danke, Lorenzo. Ich hätte gestern nicht gewusst, wo ich sonst hingehen sollte.«

Sie sah mich offen an.

Ich sah sie an.

Und wusste nicht, was ich sagen sollte. Denn was sagte man einer Person, die sonst keinen hatte? Die sich nicht einmal bei ihren Eltern wohlfühlte?

»Immer, Jules«, murmelte ich dann. Ich wollte nur zu gern wissen, was gestern vorgefallen war, doch ich wollte Jules auch nicht drängen, weswegen ich erst einmal nicht nachfragte.

»Musst du heute in die Uni?«

Ich sah von meinem Brötchen, das ich gerade in zwei Hälften geschnitten hatte, auf und lächelte ein wenig schief. »Theoretisch schon, aber ich denke, sie kommen ohne mich klar.«

»Du musst das nicht für mich machen, Lorenzo«, protestierte Jules leise.

»Ich weiß, aber ich will.«

Sie lächelte zaghaft.

»Und musst du nicht eigentlich in die Schule?«, fragte ich dann neckend. Dass Jules heute nicht in die Schule ging, war offensichtlich. Sie lächelte schief und schüttelte den Kopf. Während des Essens redeten wir nicht viel. Wir waren beide müde, und ich wollte Jules noch die Möglichkeit geben, sich ein wenig an die neue Umgebung zu gewöhnen. Ich konnte mir vorstellen, dass sie fürs Erste bei mir bleiben würde.

Sie duschte, während ich den Abwasch übernahm und überlegte, was ich mit ihr anstellen sollte. Wie ich mit der Erkenntnis umgehen sollte, dass Jules für mich die Welt bedeutete, ohne dass ich sie verjagte. Wie ich für sie da sein konnte – aus selbstlosen Gründen heraus.

Ich war so in Gedanken vertieft, dass ich gar nicht bemerkte, dass sie plötzlich neben mir stand, die Arme verschränkt und mit nassen Haaren. Ich hängte das Abtrocktuch an den dafür vorgesehenen Nagel und sah wieder zu Jules. Sie musterte mich ruhig.

»Ich schulde dir eine Erklärung.«

»Das Warum ist für mich nicht wichtig.« Das war es auch nicht. Für mich zählte nur, dass Jules hier war. Bei mir. »Du musst mir nichts erklären.«

Jules verzog ihre Lippen zu dem kleinen, für sie typischen Lächeln, das mir inzwischen so vertraut war. »Ich weiß, aber ich will.«

Ich lächelte auch. Touché.

»Okay, dann zieh dir deine Jacke und Schuhe an«, sagte ich und ging an ihr vorbei.

»Wo gehen wir hin?«, fragte sie erstaunt und folgte mir in den Flur.

»Siehst du dann«, meinte ich nur verschwörerisch und schlüpfte in meine Jacke. Ich zog meine Stiefel an und wartete darauf, dass auch Jules bereit war.

»Komm mit!«

Ich ging ins Wohnzimmer, schnappte mir meine Gitarre und öffnete das Fenster. Ich sah mir über die Schulter und lächelte Jules breit an, die mir skeptisch nachsah.

»Kommst du jetzt, oder was?«, neckte ich sie und kletterte über die Feuerleiter nach oben aufs Dach. Ich legte meine Gitarre ab und lehnte mich nach vorn. Jules steckte in dem Moment ihren Kopf hervor und sah nach oben.

»Meinst du das ernst?«, rief sie mir zu, und ich nickte.

»Sehe ich so aus, als würde ich es nicht ernst meinen?«

Jules überlegte, dann zog sie sich eine Mütze über ihre feuchten Haare und kletterte ebenfalls vorsichtig aus dem Fenster und die Leiter nach oben. Ich hielt ihr meine Hände hin und half ihr über die kleine Mauer, bis sie neben mir stand und den Blick über mein kleines Reich schweifen ließ.

Sie drehte sich einmal halb und sah dann über die Dächer der Nachbarhäuser. Mit dem dritten Stockwerk war mein Wohnhaus zwar nicht das höchste in der Gegend, aber es lag auf einem Hügel, sodass man trotzdem noch über einen großen Teil der Stadt sehen konnte.

»Wow …«, hauchte Jules neben mir. Während sie sich die Umgebung ansah, konnte ich meinen Blick nicht von ihr wenden.

»Hier bin ich oft, wenn ich einfach mal abschalten will«, fing ich an zu erzählen. »Ich war im Laufe meiner Zeit auf der Intensivstation oft hier oben. Habe mir den Sternenhimmel oder die Lichter der Stadt angesehen und versucht zu verarbeiten, was ich im Laufe eines Tages alles so erlebt hatte.«

Ich nahm den Stuhl, der zusammengeklappt an der Wand stand, setzte mich darauf und nahm meine Gitarre zur Hand.

»Warst du auch wegen mir hier?«, hörte ich Jules leise fragen, und wieder einmal berührte mich ihre tiefe Einsicht. Sie verstand Dinge, ohne dass sie gesagt werden mussten. Vernahm Stimmungen und die Bedeutung dahinter, die andere niemals bemerken würden.

Oder ich war für sie einfach wie ein offenes Buch.

»Ja, ich war auch wegen dir hier«, sagte ich ein wenig gedankenverloren und klimperte auf meiner Gitarre herum, bis ich merkte, was ich da eigentlich spielte.

Es war eins von Jules' Liedern. Eins von den Liedern, die mir dabei geholfen hatten zu verarbeiten, was ich alles in ihrem Tagebuch gelesen hatte.

»Was spielst du da?«, fragte Jules auch schon in dem Moment, als wüsste sie einfach ganz genau, worauf sie achten musste.

Ich hielt in der Bewegung Inne und sah dann langsam zu Jules, ein müdes Lächeln auf meinen Lippen.

»Das Lied, von dem der Text hinten in deinem Tagebuch steht«, sagte ich, und Jules sah mich erstaunt an. »Irgendwie musste ich doch verarbeiten, was ich in deinem Tagebuch gelesen habe«, erklärte ich ihr.

»Kann ich es hören?«

»Wenn überhaupt irgendjemand, dann du.« Ich lächelte Jules noch einmal an, dann konzentrierte ich mich auf das Lied, auf die Gitarre in meinen Händen, die Saiten unter meinen Fingern. Und ich sang für sie.

Während ich das Lied sang, wurde mir bewusst, dass ihr Tagebuch alles andere als ein toter Gegenstand gewesen war. Sie hatte ihm Leben eingehaucht. Und es hatte Jules für mich lebendig gemacht. Ihre Worte hatten sie für mich aufleben lassen, ein Licht in mein Leben gebracht, mir eine neue Sichtweise geschenkt, die ich ihr unbedingt auch geben wollte. Ihr Leben sollte auch voller Licht sein, und es kam mir vor, als würde es langsam zu leuchten anfangen.

Jules setzte sich auf den Stuhl neben mich und schwieg erst einmal, als ich fertig war. Dann wandte sie sich zu mir und lächelte mich an, sichtlich gerührt.

»Danke, Lorenzo. Noch nie hat mir jemand ein Lied geschrieben.«

Ich habe sogar mehrere geschrieben, wollte ich sagen, doch ich hatte das Gefühl, dass ich sie damit vielleicht ein wenig erschrecken würde.

»Ich dachte eigentlich, dass es nur ein Gedicht sei. Aber als Lied gefällt es mir besser«, sprach sie weiter, bevor ich antworten konnte.

»Freut mich«, murmelte ich, auf einmal überwältigt darüber, dass ich Jules gerade mein Lied vorgesungen hatte. Damals, als ich es geschrieben hatte, hatte ich nie wirklich daran geglaubt, dass sie es einmal hören würde.

Wir schwiegen einige Minuten und genossen einfach die Aussicht. Ich spürte, dass Jules sowohl Zeit als auch Ruhe brauchte.

»Ich habe mich gestern mit meinen Eltern gestritten«, fing sie dann an, ohne mich anzusehen. Ich hatte mir so etwas Ähnliches schon vorgestellt, ließ sie jedoch in ihrem Tempo weiterreden.

»Sie wollen, dass ich am Wochenende auf eine Veranstaltung gehe, damit alle ihre Bekannten sehen, dass es mir gut geht. Als ich sagte, dass ich für so etwas noch nicht bereit sei, sind sie ausgerastet. Haben gemeint, dass ich undankbar und dass ihre Geduld mit mir eh schon überstrapaziert sei, dass es mir mittlerweile doch wohl besser gehen sollte und dass ich mich einfach mal zusammenreißen soll. Ob ich denn überhaupt nicht an sie denke, an ihren Ruf und was andere über unsere Familie denken. Sie meinten, ich sei egoistisch und selbstbezogen, und wenn ich mit auf die Veranstaltung gehen würde, sollte ich doch um die ganze Aufmerksamkeit froh sein, denn das war ja angeblich das, was ich mit meinem Selbstmordversuch bezwecken wollte. Aufmerksamkeit.«

Jules schniefte einmal, und ich versuchte mit aller Kraft, das Zittern meiner Hände zu unterdrücken. Die Wut kochte in mir. Wie konnte man sein Kind nur so behandeln? Wie?

»Ich will keine Aufmerksamkeit von fremden Leuten. Ich will ihre Aufmerksamkeit, ihre Liebe. Aber das verstehen sie nicht. Sie sehen überhaupt nicht, dass sie etwas falsch machen. Dass sie etwas ändern sollten, ist in ihren Augen gar keine Möglichkeit. Und deswegen kann ich mit ihnen auch nicht darüber reden. Ich habe es versucht, glaub mir, Lorenzo, ich habe es wirklich versucht. Immer endet es in einer Diskussion, die im Nullkommanichts zu einem Streit wird, weil ich in den Augen meiner Eltern einfach eine Last bin. Ich mache alles falsch. Mein Benehmen ist verkehrt, meine Einstellung ist verkehrt. Sie wollen mir angeblich helfen, aber ich lasse sie ja nicht.«

Jules weinte jetzt richtig. Ich bewunderte sie für ihre Offenheit und war froh darüber, dass sie sich mir anvertraute. Es freute mich, dass ich ihr das Gefühl gegeben hatte, dass sie mit mir reden konnte.

»Irgendwie habe ich schon immer das Gefühl gehabt, dass meine Eltern hofften, dass ich pünktlich zu meinem Achtzehnten ausziehen würde. Und jetzt will ich ihnen den Gefallen tun«, sagte sie bestimmt. »Ich weiß, dass Papa mich finanziell unterstützen wird – er will sich ja nichts nachsagen lassen –, und das werde ich fürs Erste ausnutzen. Sie scheren sich nicht um mich, und deswegen werde ich mich um das Geld auch nicht scheren. Sie haben mir noch nicht einmal geschrieben und gefragt, wo ich bin. Entweder wissen sie nicht einmal, dass ich weg bin, oder es ist ihnen egal. Und jetzt habe ich einfach die Schnauze voll. Ihr Benehmen trägt nicht gerade dazu bei, dass es mir besser geht. Ich muss jetzt einfach auf mich und meine Gesundheit achten.«

Ich ballte meine Hände zu Fäusten. Gott, war ich wütend. Die Ungerechtigkeit der Aussagen ihrer Eltern war so enorm, dass ich sprachlos war.

»Aber ... trotzdem tut es weh«, murmelte Jules schließlich. Ich legte die Gitarre zur Seite und zog sie zu mir. Bevor ich darüber nachdenken konnte, platzierte ich sie auf meinem Schoß und legte meinen Arm um sie. Mir lagen schon zig Ausdrücke auf der Zunge, die meinen Unwillen ihren Eltern gegenüber schilderten, doch ich wusste, dass Jules das gerade nicht brauchte.

Trotz allem waren es immer noch ihre Eltern, und sie liebte sie.

»Ich finde, du hast die richtige Entscheidung getroffen. Und du kannst bei mir bleiben, solange es notwendig ist.«

Jules seufzte erleichtert und lehnte sich ein wenig an mich.

»Wenn du magst, können wir uns heute schon im Internet nach Wohnungen umsehen, und falls du einen Job suchen willst, helfe ich dir auch gern«, bot ich an.

Mir fiel wieder ein, dass wir im *Bella Casa* dringend Hilfe benötigen könnten, war mir aber nicht sicher, ob der ganze Trubel für Jules das Richtige war.

Wir konnten sicherlich etwas anderes für sie finden, und ich hatte da auch schon eine Idee.

25

Jules

Hier standen wir nun, starrten auf die Fassade des Hauses, das mein Heim, mein Zuhause, meine Zuflucht hätte sein sollen.

»Soll ich mit reinkommen?«, hörte ich Lorenzo fragen, der neben mir stand, und kurz schwankte ich.

Ich hatte meinen Eltern noch nicht gesagt, dass ich noch einmal kommen und ein paar Dinge abholen würde, deswegen wusste ich auch nicht, ob gerade eben zufällig jemand daheim wäre.

Ich wusste nicht, ob ich wollte, dass Lorenzo meine Eltern kennenlernte, aber andererseits wäre ein bisschen Hilfe beim Tragen bestimmt nicht schlecht. Und damit meinte ich hauptsächlich das Tragen dieser seelischen Bürde.

»Das wäre nett, danke.«

Meine Füße fühlten sich bleischwer an, als wir die letzten Meter zu dem Haus liefen. Mit zitternden Händen versuchte ich, den Schlüssel in das Schloss zu stecken, bis Lorenzo ihn mir abnahm.

»Bleib ruhig, Jules, ich bin bei dir. Es passiert dir nichts.« Lorenzo lächelte mir aufmunternd zu, und ich schöpfte ein wenig Mut.

Warum ging mir die Situation auch so unter die Haut? Ich wusste doch schon lange, dass meine Eltern keinen Funken Herzlichkeit besaßen, und jetzt war meine Chance, endlich mit allem abzuschließen.

Trotzdem war das alles hier so grundlegend falsch, dass mir fast schlecht wurde.

Lorenzo machte die Tür auf und ich trat als Erstes ins Haus. Im Arbeitszimmer konnte ich meinen Vater telefonieren hören; er war also da.

Kaum hatte ich den Gedanken gedacht, hörte ich die schlurfenden Schritte meiner Mutter, die in ihren Flipflops aus dem Wohnzimmer kam. Sie wirkte überrascht, mich zu sehen, brachte jedoch ein mehr oder weniger verkrampftes Lächeln zustande, als sie Lorenzo bemerkte.

»Oh. Hallo, Schatz«, sagte sie und blieb zwei Meter entfernt unschlüssig stehen.

»Hallo«, sagte ich. »Ich hole nur ein paar Sachen, dann bin ich wieder weg.« Ich wandte mich zur Treppe.

»Willst du mir denn gar nicht deinen Gast vorstellen?« Obwohl sie versuchte, ihn zu verbergen, konnte ich den tadelnden Unterton in ihrer Stimme heraushören.

»Das ist Lorenzo«, antwortete ich nur knapp. Ich wollte ihm gegenüber nicht unhöflich sein, aber ehrlich gesagt hatte meine Mutter kein Recht mehr darauf, dass ich ihr irgendetwas erzählte. Ich war seit zwei Tagen bei Lorenzo, und ich hatte noch kein Wort von meinen Eltern gehört. Auch jetzt kümmerte es sie gar nicht, wo ich war und wieso ich nicht zu Hause blieb.

»Schön, dass du Freunde gefunden hast. Oder einen zumindest.«

Ich presste die Lippen hart aufeinander und sah zu Lorenzo, der – so kam es mir vor – kurz davor war, komplett auszurasten. Ich griff nach seinem Arm und gab ihm mit einem Kopfnicken zu verstehen, dass er mir folgen sollte.

Wir gingen in den ersten Stock in mein Zimmer. Während Lorenzo sich interessiert umsah, packte ich die wenigen Dinge, die ich in erster Linie vergessen hatte, in eine weitere Tasche, die ich aus meinem Schrank holte.

Schulbücher, Notizen, Mappen, Kopfhörer, Medikamente gegen die Angstzustände, einen zusätzlichen Pulli, weitere Unterwäsche und meinen Laptop, den ich anfangs einfach nicht hatte mitschleppen wollen. Da hatte ich auch noch nicht mit Sicherheit gewusst, dass ich nicht mehr bei meinen Eltern wohnen wollte.

Ich sah mich noch einmal um, überlegte, ob ich alles hatte. Fast schon gefühlslos ließ ich meinen Blick schweifen. Ich verband mit diesem Zimmer hauptsächlich negative Erinnerungen, hatte keine nostalgische Verbundenheit zu meinen Gegenständen. Außer ...

Schnell ging ich zu meinem Bett und schnappte mir das Kissen, dessen Bezug meine Oma gehäkelt hatte, und stopfte es in die Tasche. Wie hatte ich das nur vergessen können?

»Was ist mit dem hier?«, hörte ich Lorenzo hinter mir fragen.

Ich drehte mich und sah auf das Cover vom *Joker*, den er in der Hand hielt. Mein Lieblingsbuch, wie ich Lorenzo in einer unserer vielen Nachrichten, die wir uns geschrieben hatten, erzählt hatte.

Ich musterte es, dann schüttelte ich langsam den Kopf. »Nein, ich glaube, es ist Zeit für einen Neuanfang. Fürs Erste.«

»Okay.« Lorenzo stellte das Buch zurück ins Regal und wandte sich wieder zu mir.

»Lass uns gehen«, sagte ich zu Lorenzo. Er ließ mich einfach das Tempo bestimmen, und ich war dankbar dafür. Er nahm mir die Reisetasche ab und warf sie sich locker über die Schulter, obwohl sie mit den ganzen Büchern doch ziemlich schwer war.

Mit zügigen Schritten lief ich voraus und wollte einfach wieder ohne ein Wort verschwinden, doch da kam meine Mutter mit meinem Vater im Schlepptau aus dem Arbeitszimmer und stellte sich uns in den Weg. Sie hatte ihm offensichtlich Bescheid gegeben, dass sich seine Tochter gerade einmal wieder blicken ließ.

»Jules, schön, dich zu sehen«, sagte er, und was bei anderen wie eine herzliche Begrüßung geklungen hätte, ließ mir hier einfach nur einen Schauer über den Rücken laufen. »Ist das dein Freund?«, erkundigte er sich, und ich konnte an seinem Blick sehen, dass er Lorenzo gerade musterte, um festzustellen, ob man ihn bedenkenlos seinen Elitefreunden vorstellen konnte.

Es war offensichtlich, dass er durchgefallen war.

Wie konnten meine Eltern nur so oberflächlich sein und jeden, der keinen Anzug und einen teuren Haarschnitt zur Schau stellte, sofort als minderwertig verurteilen?

»Das ist Lorenzo, ich wohne vorübergehend bei ihm.«

»Vorübergehend?«, wollte er mit gehobener Augenbraue wissen.

»Ich werde mir eine kleine Wohnung suchen«, erläuterte ich und nutzte die Gelegenheit gleich dafür, um ihm klarzumachen, dass er für die Kosten aufkommen würde. »Ich denke, es ist auch in deinem Sinn, wenn du deine Tochter dabei unterstützt, sich ein Leben aufzubauen, nicht wahr?« Mein Tonfall war spöttisch und ein klein wenig ironisch. »Die Familie muss doch zusammenhalten.« Ich hatte absolut keine Skrupel, seine eigenen Worte und Methoden gegen ihn zu verwenden. Er war nie für mich da gewesen, solange ich denken konnte. Jetzt holte ich mir einfach nur einen kleines bisschen von dem zurück, was mir zustand. Wenigstens so lange, bis ich einen Job gefunden hatte und auf eigenen Beinen stehen konnte.

Ich sah, wie er überlegte und abwog, was er nun tun sollte.

»Nun gut«, sagte er schließlich und schaffte es sogar, mich falsch anzulächeln. »Gib mir Bescheid, über welchen Betrag wir reden, sobald du eine Wohnung hast.«

Am liebsten hätte ich Lorenzo einen Blick zugeworfen und gesagt: »Siehst du? Wusste ich es doch!«, aber stattdessen hielt ich den Blick auf meinen Vater gerichtet.

»Ich werde die Belastung so gering wie möglich halten.« Ich hoffte, dass er die Doppeldeutigkeit in meiner Aussage verstand. »Wir müssen jetzt wieder los.«

Ohne sie eines weiteren Blickes zu würdigen, lief ich los. Ich sah aus dem Augenwinkel noch, wie Lorenzo meinen Eltern zum Abschied kurz zunickte. Anscheinend wusste er nicht so genau, wie er sich gerade verhalten sollte, und ich konnte es ihm nicht übel nehmen. Die ganze Situation war einfach vollkommen grotesk.

»Jules, bleib doch mal stehen!« Lorenzo ging neben mir her und hielt mich am Arm zurück. Mir war gar nicht bewusst gewesen, dass ich vor meinen Eltern fast davongerannt war. Von der Anstrengung – emotional wie körperlich – atmete ich schwer.

»Alles okay?« Lorenzo sah besorgt aus.

»Ja, alles in Ordnung.« Und die Erkenntnis, dass es sich wirklich anfühlte, als ob eine tonnenschwere Last von meinen Schultern genommen worden war, zauberte mir sogar ein kleines Lächeln auf die Lippen.

Endlich fühlte ich mich frei von dem Einfluss meiner Eltern. Endlich konnte ich selbst über mich und mein Leben entscheiden. Das Gefühl von Freiheit war einfach atemberaubend.

Auch Lorenzo sah, dass es mir tatsächlich so weit gut ging, denn er lächelte ebenfalls.

»Ich muss Cara heute ihr Auto bringen. Was hältst du also davon, wenn ich dir heute Abend meine Mama vorstelle und wir uns so richtig schön bekochen lassen?«, schlug er vor und legte einen Arm um mich, während wir langsam weiterschlenderten.

Der Vorschlag klang so fantastisch, dass er mir fast die Tränen in die Augen trieb.

»Das wäre wundervoll.«

Ein paar Stunden später stiegen wir aus Caras Auto aus, das Lorenzo hier stehen lassen würde, und liefen auf den Eingang eines kleinen Häuschens zu.

Ich war wahnsinnig nervös und wusste nicht einmal genau weshalb.

Es war ja nicht so, als würde Lorenzo mir meine zukünftige Schwiegermutter vorstellen, oder so.

Vielleicht hatte ich mich einfach schon viel zu lange unter Menschen nicht mehr wirklich wohlgefühlt und hatte ein bisschen Angst, wie der Abend verlaufen würde.

Würde ich mich tatsächlich wohlfühlen? Geborgen? Heimisch? Oder würde mir alles zu viel werden? Würden die anderen mich überhaupt mögen?

Unruhig zupfte ich an den Ärmeln meiner Jacke, während wir darauf warteten, dass die Tür sich öffnete.

»Lorenzo, mein kleiner Engel!« Eine kleine, etwas fülligere Frau machte uns mit einem herzlichen Lächeln die Tür auf. Lorenzo beugte sich ein wenig zu ihr hinunter und ließ sich auf beide Wangen einen Kuss drücken.

»Ciao, Mama, das ist Jules«, stellte er mich dann vor, und ich wollte ihr gerade meine Hand zur Begrüßung entgegenstrecken, als auch ich bereits in ihre Arme gezogen wurde und ebenfalls zwei Küsse erhielt.

»Ciao, Jules! Schön, dass du da bist!« Ihr herzliches Lächeln galt nun ganz mir, und mit einem Schlag fielen all meine Bedenken ab. Wieso hatte ich mir solche Sorgen gemacht? »Kommt rein, kommt rein!« Sie trat einen Schritt auf die Seite und zog uns dann in das Haus.

Es war ein gutes Stück großzügiger geschnitten, als man von außen annehmen würde, und sah aus, als wäre jedes Möbelstück und jede Deko kunterbunt zusammengewürfelt. Ganz anders als zu Hause, wo jedes Detail von einem angesagten Innendesigner durchdacht worden war und ein Vermögen gekostet hatte.

Ich fühlte mich hier sofort wohl.

»Setzt euch, das Essen ist in einer Minute fertig. Papa! Komm endlich, die Kinder sind da!«

Die Kinder. Ich spürte, wie sich der Druck hinter meinen Augen ausbreitete. Gleich würde ich in Tränen ausbrechen, weil ich so viel Herzlichkeit gar nicht mehr gewohnt war.

»Kann ich noch kurz ins Bad?« Ich versuchte, meiner Stimme einen möglichst festen Klang zu geben.

»Natürlich«, sagte Lorenzo und lief mir voraus zurück in den Flur, um mir die richtige Tür zu zeigen.

»Alles in Ordnung?«, fragte er ein wenig besorgt, als ich schon halb ins Bad verschwunden war, und ich drehte mich noch einmal zu ihm um.

»Ja, es ist alles gut.« Ich lächelte und meinte es auch so. Es war alles gut, es war sogar ganz fantastisch. So fantastisch, dass ich mit den ganzen schönen Gefühlen kaum zurechtkam.

Wie immer verstand Lorenzo genau, was gerade in mir vorging, denn er zog mich nur kurz an sich, um mir einen kleinen Kuss auf den Scheitel zu drücken.

»Nimm dir alle Zeit, die du brauchst«, sagte er, bevor er verschwand.

Ich schloss die Tür hinter mir und berührte kurz die Stelle, auf die Lorenzo mich eben geküsst hatte. Für ihn war das vielleicht nur eine unbedeutende Geste, die mich einfach aufmuntern sollte. Doch mein Herz fing davon an, komplett auszurasten.

Eine halbe Minute verstrich, in der ich mich einfach im Spiegel betrachtete. Dann wusch ich mir die Hände und das Gesicht mit kaltem Wasser, um mich möglichst zu beruhigen.

Ich wollte diesen Abend genießen. Ich wollte es einfach genießen, mich in einer normalen Familie zu befinden, wo ich nicht konstant darauf achten musste, ob ich irgendwelchen Erwartungen entsprach.

Als ich an Lorenzos Mama dachte, musste ich unwillkürlich lächeln. Sie hatte mir in der einen Minute mehr Liebe geschenkt als meine Mutter das letzte Jahr über.

Lorenzo hatte mir, als wir wieder zurück zu seiner Wohnung gefahren waren, erzählt, dass er meinen Eltern im Krankenhaus begegnet sei. Daran hatte ich überhaupt nicht mehr gedacht, aber natürlich musste er sie gesehen und mit ihnen gesprochen haben.

Ob meine Eltern ihn nicht wiedererkannt hatten?

Oder hatten sie nur so getan?

Hatten sie ihn vielleicht nicht wirklich wahrgenommen, weil er nur Praktikant gewesen war? War das denn eigentlich deutlich sichtbar gewesen?

Lorenzo würde in ein paar Jahren Arzt sein – wenn sogar das den Anforderungen meiner Eltern nicht genügte, dann kein Wunder, dass ich mich immer unzulänglich gefühlt hatte!

Ich trocknete meine Hände ab, atmete einmal tief durch und verließ das Bad. Ich ging zurück in die Küche, wo Lorenzo an der Küchentheke lehnte und gerade ein Stück Brot aß.

»Jules, hier, das musst du probieren!« Er schnitt ein Stück ab und reichte es mir. »Focaccia mit Oliven, Oregano, Knoblauch und Rosmarin. Frisch aus dem Ofen.« Lorenzo lächelte wie ein Kind zu Weihnachten, und ich konnte nur mühsam ein kleines Lachen unterdrücken.

Während ich das Brot probierte, drehte Lorenzos Mama, die gerade in einem Topf rührte, sich zu mir um. »Wenn Lorenzo kommt, sorge ich immer dafür, extra viel Essen zu kochen, und am besten noch einen kleinen – wie sagt ihr jungen Leute das noch gleich? – ach ja, Snack vorzubereiten, weil er immer so viel isst und nie warten kann, bis wir uns an den Tisch setzen.«

Das Wort *Snack* sprach sie eher wie *Snage* aus, da ihr italienischer Akzent sehr stark war.

»Ein Vielfraß also«, neckte ich Lorenzo grinsend, während ich gleich noch einmal von dem Brot abbiss, das wirklich verboten gut schmeckte.

Er sah mich schelmisch ertappt an und griff dann nach meiner Hand. »Komm, ich stell dir meinen Papa vor.«

Ich folgte ihm ins Wohnzimmer und klammerte mich dabei fast schon an seine Hand. Lorenzos Stütze war mir mittlerweile unentbehrlich geworden. Deswegen fühlte sich die Kälte umso intensiver an, als er meine Hand wieder losließ.

»Ciao, Papa. Darf ich dir Jules vorstellen?«

Lorenzos Papa saß in einem Sessel vor dem Fernseher, drehte mühsam seinen Körper in unsere Richtung und lächelte uns an.

»Ciao, Giulia«, sagte er und musterte mich freundlich. »Ich bin Massimo. Freut mich, dich kennenzulernen.«

»Danke, gleichfalls.«

»Fühl dich wie zu Hause, das tun wir anderen schließlich auch«, fügte er brummend lachend hinzu. Er war mir auf Anhieb sympathisch.

»Papa, Essen ist fertig, du kannst also gleich mitkommen.«

Wir bewegten uns wieder Richtung Küche.

»Giulia?«, flüsterte ich Lorenzo fragend zu und musste kichern.

»Ja, mein Papa spricht immer alle Namen italienisch aus, egal ob es eigentlich passt oder nicht. Paul war vor einigen Monaten hier, den hat er auch Paolo genannt.«

Irgendwie konnte ich mir Paul in dieser Umgebung gut vorstellen.

Vielleicht sollte ich Lorenzo vorschlagen, dass wir ihn mal besuchten. Schließlich kannte er uns beide, und es würde ihn sicherlich genauso freuen, uns zu sehen, wie uns ihn.

Cara war mittlerweile auch in der Küche aufgetaucht. Als sie uns bemerkte, kam sie sofort auf uns zu.

»Hi, Jules. Hör zu, ich wollte mich für mein Verhalten vorgestern entschuldigen. Ich war nicht sonderlich ... nett. Das tut mir leid.«

Cara war nicht geschminkt und hatte nur Joggingkleidung an. Sie erschien mir heute viel menschlicher.

»Kein Problem, lass es uns vergessen«, antwortete ich. Ich konnte mir nur vorstellen, wie es mir in so einer Situation ergangen wäre. »Wie geht es dir?«, fragte ich dann.

Caras Miene versteifte sich beim Versuch, ihren Schmerz nicht zu zeigen. »Schlecht«, sagte sie trotzdem ehrlich, und schon schossen ihr die Tränen in die Augen. Sie schluckte schwer. »Aber das wird schon wieder.« Sie versuchte, tapfer zu lächeln.

»Wir sind für dich da«, murmelte Lorenzo und umarmte sie kurz und fest.

»So, jetzt essen wir erst einmal! Kommt, kommt!«, herrschte Lorenzos Mutter und schubste uns alle mehr oder weniger zum Tisch, der mit Speisen nur so beladen war.

Ich rutschte auf die Bank und Lorenzo setzte sich neben mich. Ich sah auf die Gerichte vor mir und mir lief das Wasser im Mund zusammen. So viele Köstlichkeiten auf einmal hatte ich selten gesehen. Vor allem strahlte sogar das Essen in diesem Haus eine immense Wärme aus. Irgendwie konnte ich mit diesen Speisen hier gleich viel mehr anfangen als mit den Mahlzeiten, die ich sonst zu mir nahm. Als würde ich die Herzlichkeit dieses Hauses mit diesem Festmahl in mich aufnehmen.

Wenn meine Eltern zum Essen einluden, ließen sie sich meistens von einer Cateringfirma das Menü bringen – perfekt hergerichtet, fast schon wie kleine Kunstwerke, und so exakt auf den Tabletts angeordnet, dass man sich kaum traute, etwas davon zu nehmen.

Doch dieses Essen hier war einfach ... normal.

»Okay, aufgepasst«, sprach Lorenzo neben mir, während die anderen sich hinsetzten. »Hier hast du Teigtaschen mit Ricotta und Oliven. Das hier ist Vitello Tonnato, Kalbfleisch in dünne Scheiben geschnitten und mit einer eher flüssigen Thunfischcreme und Kapern obendrauf«, erklärte er mir und zeigte auf einen langen Teller. »Das hier ist Saltimbocca. Kalbfleisch, Salbei und Parmaschinken. Hier ein ganz üblicher italienischer Salat. Focaccia. Gefüllte Cannelloni mit ...« Fragend sah er zu seiner Mama.

»Oh, Ricotta und Salbei«, klärte sie ihren Sohn auf.

»Man kann Cannelloni mit allem Möglichen füllen. Hier hast du Bruschetta mit Spinat und Parmesan statt die klassischen mit Tomate und Basilikum. Das hier ... Was ist das hier? Ah, gefüllte Portobello-Pilze.« Dabei zeigte er auf das jeweilige Gericht. »Und zu guter Letzt eine klassische Lasagne, sollten wir bei dem ganzen anderen Essen hier verhungern«, scherzte er zum Schluss.

Ich brachte kaum ein Wort zustande. Das ganze Essen war überwältigend.

»Warst du schon einmal in Italien, Giulia?«, fragte Massimo, und ich schüttelte den Kopf.

»Ein Bissen von all dem hier – und du fühlst dich wie dort.« Ein seliges Lächeln schlich sich auf seine Lippen.

»Mama, ich glaube das war gerade ein Lob an deine Kochkünste«, sagte Lorenzo lachend neben mir.

»Ich glaube, das höre ich zum ersten Mal.« Auch Cara musste lachen.

»Redet nicht so viel, esst endlich!«, unterbrach Lorenzos Mama energisch, musste jedoch selbst über das Geplänkel lächeln. »Jules, gib mir deinen Teller, du musst von allem etwas probieren«, bestimmte sie, und ehe ich blinzeln konnte, hatte ich einen Berg Essen auf dem Teller.

»Also, Jules, erzähl mal. Du gehst noch zur Schule, oder?«

»Ja, genau, ein halbes Jahr habe ich noch, dann bin ich fertig.« Ich wurde ein wenig nervös, hatte ein bisschen Angst davor, welche Fragen noch aufkommen würden. Der Abend war bisher viel zu schön, um über all meine Probleme zu sprechen, und ich wusste auch gar nicht, ob ich das in dieser Runde überhaupt wollte.

»Ach ja, so jung waren wir auch einmal. Nicht wahr, Massimo? Das war eine schöne Zeit«, schwärmte Lorenzos Mama, ganz versunken in alte Zeiten, als sie selbst noch ein junges Mädchen gewesen war. Ihre Augen leuchteten, und ich hatte das Gefühl, als würde allein die Erinnerung an vergangene Tage sie jünger wirken lassen.

»Weißt du schon, was du danach machen möchtest?«, fragte sie weiter, und ich musste schnell den Bissen hinunterschlucken, den ich mir soeben in den Mund gestopft hatte. Mann, schmeckte das alles lecker!

»Nein, keine Ahnung. Aber ich denke, dass mir vieles Spaß machen könnte, Hauptsache, ich kann davon leben.« Im letzten Jahr hatte ich kaum einen Gedanken daran verschwendet, in welche Richtung ich beruflich gehen wollte. Warum eine Zukunft planen, die im eigenen Kopf schon kaum oder gar nicht mehr existierte?

Doch jetzt hatten sich meine Prioritäten komplett verschoben. Ich wollte nicht meinen Traumjob finden – ich wollte einfach nur unabhängig sein. Klar sollte mir die Arbeit schon ein wenig Spaß machen, aber da hatte ich keine Bedenken, dass ich da etwas Passendes finden würde. Ich konnte in einem Büro arbeiten oder als Eisverkäuferin – völlig egal.

»Das ist eine sehr lobenswerte Einstellung, Giulia! Ich habe damals auch jeden Job angenommen, damit ich meine Frau und die kleinen Bambini ernähren konnte.« Ich hörte sowohl das Lob für mich als auch ein wenig Stolz auf sich selbst heraus, dass Lorenzos Vater diese Herausforderung gemeistert hatte.

Massimo hatte alles getan, um finanziell für seine Familie zu sorgen, und trotzdem hatte ihr Verhältnis zueinander nicht darunter gelitten. Ganz anders, als das bei mir und meinem Vater der Fall war.

Still aß ich weiter. Ich fühlte mich zwar wohl, doch ich war allgemein nicht die Quasselstrippe schlechthin.

»Und was ist jetzt mit dir und Frederico?«, fragte Lorenzo seine Schwester und lenkte somit wieder ein wenig von mir ab, was mir nur ganz recht war, bevor weitere Fragen kommen würden, die ich nicht beantworten wollte.

Cara versuchte gleichgültig zu wirken. »Na ja, ich hole Ende der Woche meine Sachen und ziehe wieder hierher.«

»Es ist also ganz vorbei?«

Cara nickte und stocherte dabei in ihrem Essen herum. »Ja, er will lieber mit seiner Schlampe zusammen sein.«

Bei ihrer Ausdrucksweise blieb mir das Essen fast im Hals stecken und ich hustete einmal. Lorenzo warf mir einen amüsierten Blick zu.

»Und wieso zieht nicht er aus? Schließlich möchte er ja eure Ehe beenden.«

»Es wäre vielleicht gerechter, wenn ich in der Wohnung bleiben könnte. Aber ich kann sie mir allein nicht leisten. Außerdem ... will ich dort einfach weg.«

Sie tat mir leid. Unendlich. Es musste einfach schrecklich sein, wenn der Ehepartner einen wegen einer anderen sitzen ließ. Sie musste sich so fallen gelassen fühlen. Abserviert und weggeworfen. Man vertraute einer Person mit ganzem Herzen, und dieses Vertrauen wurde einfach ausgenutzt.

Und wahrscheinlich fragte sie sich jetzt die ganze Zeit, was sie hätte anders machen sollen. Ob sie die Zeichen hätte sehen sollen. Ob sie als Frau nicht gut genug gewesen war.

Ich konnte ihre Gefühle zum Teil nachvollziehen. Denn ich hatte das Gefühl, dass meine Eltern mich auch sitzen gelassen hatten. Dass ich als Tochter nie gut genug gewesen war.

Man fühlte sich wertlos, und das war einfach scheiße.

»Tut mir leid, Schwesterherz«, sagte Lorenzo neben mir. Er wirkte bedrückt. Massimo legte einen Arm um Lorenzos Mutter, als wolle er damit sowohl sie, Cara als auch sich selbst trösten.

Er fing meinen Blick auf und lächelte wehmütig. »Es gibt nichts Schlimmeres, als wenn man die Probleme und Trauer seines Kindes nicht wegnehmen kann«, sagte er zu mir, während Lorenzos Mama bekräftigend nickte.

Hätten meine Eltern auch nur versucht mitzufühlen, wie es mir ging ...

Ich sollte nicht darüber nachdenken.

Das Gespräch wurde nachher auf etwas heitere Themen gelenkt, und ich aß so viel wie gefühlt seit Jahren nicht mehr. Viel zu vollgefressen wuchteten wir uns nach dem Essen aufs Sofa im Wohnzimmer, und ich wollte mich gerade an Lorenzo lehnen und eine Runde schlummern, als seine Mama den Nachtisch auf den Couchtisch stellte.

Tiramisu. Was sonst?

Also quetschte ich auch davon etwas runter und war danach wirklich kurz davor, aus allen Nähten zu platzen. Als ich mich an Lorenzos Schulter lehnte und mit müden Augen seine Familie betrachtete und ihren Gesprächen lauschte, erfüllte mich eine Zufriedenheit, die für mich so gut wie neu war.

Vollgefressen, aber glücklich.

Der Abend war schnell vorübergegangen, viel zu schnell eigentlich. Und trotzdem fühlte ich mich ausgelaugt. Ich war es nicht mehr gewohnt, so viel mit Menschen zu interagieren, und der Abend hatte mich angestrengt, obwohl ich mich rundum wohlgefühlt hatte.

Lorenzo hatte wieder einmal seinen Arm um mich gelegt, als wir die letzten Schritte von der Bushaltestelle bis zu seiner Haustür liefen.

Es war spät geworden, und um diese Uhrzeit fuhr nur noch einmal in der Stunde ein Nachtbus. Massimo hatte angeboten, uns nach Hause zu fahren, doch Lorenzo hatte sofort eingewandt, dass das nicht nötig wäre. Ich war mir nur nicht sicher, ob er das nur gesagt hatte, weil Massimo schon so müde aussah, dass er nur noch ins Bett fallen sollte, oder weil er gemerkt hatte, dass ich langsam wieder ein bisschen Ruhe nötig hatte. Oder vielleicht auch wegen beidem.

Und jetzt lief ich hier neben Lorenzo her, machte keinen Hehl daraus, dass es mir unheimlich guttat, mich einfach nur an ihn zu schmiegen und in einträchtiger Stille die letzten Meter zurückzulegen.

Die Stufen bis zu Lorenzos Wohnung kamen mir endlos vor, aber irgendwann sperrte er die Tür auf und ließ mir den Vortritt.

Ich genoss die Ruhe und die Dunkelheit, die in der Wohnung herrschten. Zu lange hatte ich mich in meinem eigenen Zimmer verkrochen und mich an diese Stille gewöhnt. Ich wusste natürlich auch, dass ich mich wieder an Lärm und Trubel und Helligkeit gewöhnen musste – und das wollte ich auch –, ein Teil von mir würde jedoch ein wenig Einsamkeit immer zu schätzen wissen, auch dessen war ich mir sicher.

Lorenzo machte kein Licht, und als ich mich zu ihm umdrehte, konnte ich seine Silhouette im leichten Mondschein, der durch das Fenster drang, beinahe nur erahnen.

»Danke für den Abend, Lorenzo.« Ich lächelte, obwohl ich mir sicher war, dass er von meiner Mimik keine Spur in dieser Finsternis erkennen konnte, zumal ich mit dem Rücken zum Fenster stand.

»Hattest du ein bisschen Spaß?«, wollte er wissen, und ich spürte die leichte Anspannung in seiner Stimme, die leise Angst, ob mir der Abend und der italienische Trubel ein wenig zu viel geworden waren.

Natürlich erwartete Lorenzo eine Antwort.

Aber ich war nicht in der Lage, ihm eine zu geben.

Zumindest keine verbale.

Mein ganzer Körper, jede einzelne Faser, alle kribbeligen Nervenenden schrien förmlich danach, mich auf die Zehenspitzen zu stellen und ...

Und plötzlich stand ich tatsächlich auf meinen Zehenspitzen, hatte meine Hände um Lorenzos Hals geschlungen und ihm einen Kuss gestohlen.

Hitze strömte durch meinen ganzen Körper, als Lorenzo mich nicht einfach von sich wegschob, sondern seine Arme um mich schlang und damit fast meinen ganzen Körper bedeckte.

Seine Lippen waren so unglaublich weich, gleichzeitig kraftvoll und so unheimlich sanft.

Doch plötzlich löste er sich abrupt von mir und brachte ein wenig Abstand zwischen uns.

»Jules ...« Ich hörte, wie seine Stimme versagte. Wie ihm die Worte im Hals stecken blieben. Es brauchte auch keine Worte; ich hatte die Zurückweisung verstanden.

Wieder durchfloss eine panische Hitze meinen Körper, dieses Mal vor Scham, die mir sogar Tränen in die Augen trieb. Wie hatte ich nur denken können, er könnte ein bisschen etwas für mich empfinden, mich gar lieben? Meine Wangen brannten, und ich sah auf den Boden, obwohl Lorenzo sowieso nichts sehen konnte.

»Jules ...« Jetzt klang seine Stimme ruhiger, doch allein wie er meinen Namen aussprach, ließ mich ein wenig aufschluchzen, bevor ich es unterdrücken konnte.

»O nein, bitte weine nicht.« Wieder umschloss er mich mit seinen Armen, und meine nun unaufhörlich fließenden Tränen benetzten sein T-Shirt und durchtränkten es.

»Jules, bitte versteh das nicht falsch. Das war keine Zurückweisung.«

»Ach? Was war es denn dann?« Aufgebracht löste ich mich von ihm und trat einen Schritt zurück. Einen Schritt weg von seiner Wärme, seinem betörenden Duft, seinen verlockenden Lippen.

»Jules, du kennst mich noch nicht lange und …« Er brach ab, hatte Schwierigkeiten, die richtigen Worte zu finden, aber ich wusste trotzdem, was er meinte.

»Und ich bin psychisch labil und klammere mich an eine Traumvorstellung? An meinen Retter auf dem weißen Pferd?« Ich begann leise zu lachen, ein klein wenig hysterisch.

Natürlich. Warum hatte ich nicht vorher darüber nachgedacht? Natürlich musste die Situation so auf Lorenzo wirken, vor allem, da ich ihn so komplett ohne Anzeichen, ohne Vorwarnung überfallen hatte.

»Jules, bitte.« Lorenzo war wieder einen Schritt auf mich zugegangen und hatte meine Hände in seine genommen. »Du nimmst gerade enorm viele wichtige Veränderungen in deinem Leben vor. Lass dir einfach Zeit, das ist alles, was ich damit sagen will. Ich möchte nicht, dass zwischen uns Dinge passieren, die dir später leidtun und die unsere Freundschaft belasten könnten. Dafür bist du mir einfach viel zu wichtig.« Ich hörte die Verzweiflung in seiner Stimme und spürte die winzige Hoffnung wieder in mir aufkeimen.

Ich wandte mich trotzdem von ihm weg. Ich wusste nicht, was ich sagen oder wie ich mich verhalten sollte.

»Gute Nacht, Lorenzo«, hauchte ich und flüchtete ins Bad. Ich machte mich in Rekordzeit bettfertig und schlich mich danach ungesehen in sein Schlafzimmer.

Ich krabbelte unter seine Bettdecke, lauschte in die Stille und schämte mich in Grund und Boden. Egal welche Beweggründe er für die Abweisung hatte, ich wünschte, ich hätte ihn nie geküsst. Wie würde es jetzt zwischen uns weitergehen? Würde ich ihm je wieder in die Augen sehen können? Wie schnell würde ich mir eine Wohnung besorgen können?

Lorenzos Wohnung war meine einzige Zuflucht, und das hatte ich jetzt durch mein dummes Verhalten zerstört! Jetzt hatte ich wirklich kein Zuhause mehr.

Energisch wischte ich die Träne weg, die sich aus meinem Auge geschlichen hatte. Ein Meer aus verschiedenen Gefühlen rauschte in meinem Innern. Denn obwohl Lorenzos Reaktion mich wirklich traurig machte, fühlte ich mich lebendig.

Ich fühlte mehr in meinem Innern als nur Gleichgültigkeit. Ich war sogar imstande, etwas für eine andere Person zu fühlen, ohne dass mich meine Vergangenheit einholte. Das war doch ein Fortschritt, oder?

Ich legte meine Finger an meine Lippen und versuchte, mich an das Gefühl von seinen Lippen auf meinen zu erinnern, und seufzte. Mir würde nur diese eine Erinnerung bleiben. Er dachte vielleicht, dass ich das Hals über Kopf gemacht hatte, ohne an die Folgen zu denken, ohne es wirklich zu wollen.

Doch er hatte unrecht.

Als ich meinen Kopf auf dem Kissen zurechtlegte und seinen Duft einatmete, der mir fast das Herz brach, entschloss ich mich, seine Annahmen nicht richtigzustellen. Denn ich wollte auf keinen Fall ein zweites Mal abgewiesen werden.

26

Lorenzo

Wie zum Teufel konnte ich geradebiegen, was gestern Abend passiert war?

Diese Frage stellte ich mir schon den ganzen Tag in Endlosschleife.

Während meiner Unistunden hatte ich an gar nichts anderes denken können als an Jules' Kuss. Ihre zarten, weichen Lippen, die so überraschend und plötzlich auf meinen gelegen hatten. Ihre unendlich weiche Haut. Ihr Duft, ihr zierlicher Körper in meinen Armen. Das fast lautlose Seufzen, das über ihre Lippen gekommen war und mich fast umgebracht hatte.

Ich versuchte immer noch zu verstehen, woher dieser Impuls von ihr gekommen war, wie aus dem Nichts heraus. Ich hätte ihr nie im Leben so eine Spontaneität zugetraut und hatte mich überrumpeln lassen.

Hatte ich sie zu dieser Tat angespornt? Hatte ich sie durch mein Verhalten dazu ermutigt? Hatte ich ihr das Gefühl gegeben, dass ich sie auch *so* wollte? Obwohl, was hieß hier *auch* – denn wollte Jules mich überhaupt? War sie sich darüber im Klaren, was sie für mich empfand? War sie schon so weit gekommen, dass sie Freundschaft von tieferen Gefühlen unterscheiden konnte? Oder hatte sie nicht gewusst, wie sie ihre Dankbarkeit und Freude anders zeigen konnte?

Ich unterdrückte den Drang, laut aufzuschreien, als ich durch die Stadt marschierte. So viele ungeklärte Fragen, und ich hatte keinen blassen Schimmer, wie ich die Antworten darauf erhalten sollte. Denn ich bezweifelte, dass Jules heute noch mit mir reden wollte.

Sie war früh zur Schule aufgebrochen, bevor ich überhaupt aufgestanden war. Sie war mir ganz klar ausgewichen.

Ich konnte es ihr nicht verübeln.

Sie musste sich so abgewiesen fühlen, und der Gedanke machte mich fast wahnsinnig. Denn das hatte ich bestimmt nicht gewollt. Ich hatte einfach ...

Ach, verdammt.

Ich erkannte das *Bella Casa* und versuchte mich auf meine heutige Schicht einzustellen. Wie sollte ich bitte den Gästen schön fröhlich entgegenlächeln, wenn ich innerlich am Zerbrechen war? Ich hatte definitiv nicht die Energie, mich zu verstellen. Ich wusste aber auch, dass mir keine andere Wahl blieb.

Nach dem großen Mittagsandrang herrschte jetzt eine etwas behaglichere Ruhe im Lokal. Die jedoch nur so lange andauern würde, bis die Abendgäste eintrafen.

»Ciao, Lorenzo!« Paolo stand hinter der Bar und war dabei, seinen Spezial-Cappuccino zu machen, während er mich begrüßte.

»Ciao, Paolo! Löse ich dich ab oder bleibst du heute Abend noch?«

Paolo war der Kellnerkollege, zu dem ich das beste Verhältnis hatte. Er war wie ich Italiener, zwar einige Jahre älter als ich, trotzdem verstanden wir uns prächtig.

»Ich habe heute einen langen Tag, bleibe also bis zum Schluss«, antwortete er lächelnd. Nur selten ermüdete ihn die Arbeit wirklich. Er lebte wirklich seinen Beruf.

Ich ging als Erstes in den Mitarbeiterraum und zog mich um. Als ich mein weißes Hemd mit dem Logo des *Bella Casa* trug, fühlte ich mich gleich ein wenig wohler.

Ich nahm mein Handy zur Hand und hoffte, dass Jules mir geschrieben hatte. Ich hielt die Stille zwischen uns nicht aus, wusste dabei nicht, wie ich sie brechen sollte.

Wie erwartet, hatte ich keine Nachricht von ihr erhalten. Ich seufzte und fuhr mir einmal durch meine Haare.

Okay, was machte ich jetzt? Sollte ich ihr schreiben? Irgendetwas Aufmunterndes? Aber wie könnte ich sie nach gestern aufmuntern?

Ich sperrte meinen Spind zu und ging in die Küche zu Fabio. Er musste mir dabei helfen. Und zwar am besten sofort.

»Ciao, Lorenzo!« Die Küchenmitarbeiter begrüßten mich alle mit einem Lächeln, bevor sie sich ihrem Essen zuwandten, das sie im Stehen aßen. Sie mussten ausnutzen, dass gerade Ruhe im Laden herrschte, denn heute Abend würde ihnen keine Zeit bleiben, selbst zu essen.

Ich ging zu Fabio, der eine Portion Pasta mit Trüffel aß und mit ein paar Gesten fragte, ob ich auch etwas wollte. Warum nicht?

»Hast du kurz Zeit?«, fragte ich ihn. »Ich muss mit dir reden.«

Fabio warf mir einen fragenden Blick zu. »Okay.« Er schaufelte mir eine Portion auf einen Teller, dann folgte er mir aus der Küche und in den Gemeinschaftsraum.

»Was ist los?«, fragte er, sobald er sich gesetzt hatte. Ich ließ mich gegenüber von ihm auf einen Stuhl fallen und nahm erst einmal eine Gabel voll vom Essen.

»Ich habe Scheiße gebaut«, fing ich an. »Jules und ich waren gestern bei meinen Eltern zum Essen. Es war ein wirklich netter Abend. Und als wir wieder bei mir waren … Da …« Verflucht, ich konnte es kaum laut aussprechen.

»Da hast du sie geküsst?«, fragte Fabio.

»Nein, sie hat mich geküsst. Und ich habe sie weggestoßen.«

Fabio kaute zu Ende und betrachtete mich grübelnd. »Ich verstehe hier gleich mehrere Dinge nicht«, fing er dann an. »Erstens, ich dachte, da wäre etwas zwischen euch? Und wieso macht Jules den ersten Schritt und nicht du? Und wieso hast du sie weggestoßen? Und …«

»Schon gut!« Ich unterbrach ihn. »Eins nach dem anderen bitte.«

»Okay. Wolltest du sie nicht gern küssen?«, fragte er geradeheraus.

»Doch, verdammt! Ich war erst völlig überrumpelt, dann habe ich den Kuss erwidert, und dann habe ich ihn unterbrochen. Aber verdammt, ich hätte ihn ewig erwidern können! Ich wollte sie ja am liebsten noch näher zu mir ziehen und sie nicht wegstoßen! Ich meine …« Ich suchte wieder nach den Worten. Wie konnte ich mein Verhalten erklären?

»Wieso hast du den Kuss dann abgebrochen?«

»Weil ich mir nicht sicher bin, dass Jules das wirklich wollte. Sie hat die letzten Wochen so viel durchgemacht und gerade gestern ihren Eltern gesagt, dass sie endgültig auszieht. Sie muss so viele Entscheidungen treffen und arbeitet immer noch an ihrer Genesung, da habe ich einfach Angst bekommen, dass sie nicht weiß, was sie will. Dass sie in mir vielleicht irgendeinen verkörperten Wunsch sieht, der ich in Wirklichkeit gar nicht bin. Und sollte das so sein, will ich auf keinen Fall, dass sie denkt, ich würde sie ausnutzen. Weil, o mein Gott, ja, ich wollte sie zurückküssen, aber nicht, wenn sie es nachher bereuen sollte. Ja, ich will sie, aber nur, wenn sie mich auch wirklich will. Und nicht das, wofür ich stehe – ihr neues Leben, mehr Selbstvertrauen und so.«

Fabio wartete mit seiner Antwort. »Und wieso kann es nicht sein, dass Jules sich einfach in dich verliebt hat so wie du dich in sie?«

»Weil …« Gute Frage eigentlich.

»Wie hat sie sich denn bis jetzt benommen? Hat sie deine Nähe gesucht? Berührt sie dich? Oder weicht sie bei Nähe zu dir zurück?«

Ich überlegte und sah unwillkürlich vor meinem inneren Auge, wie sie sich gerade gestern Abend an mich gelehnt hatte. Ich hatte sie auf den Scheitel geküsst, ich hatte meinen Arm um sie gelegt, ich hatte ihre Hand ergriffen – und sie hatte es mir erlaubt. Sie war noch nie vor mir zurückgeschreckt.

»Sie … sucht meine Nähe«, murmelte ich und drehte einen Haufen Spaghetti auf meine Gabel. Ich hörte schon, wie Fabio Luft holte, um zu antworten, da sprach ich weiter. »Aber nur weil sie sich bei mir wohlfühlt, heißt das nicht, dass sie mich liebt. Oder dass sie auch romantische Gefühle für mich hegt!«

»Lorenzo. Wirkt Jules auf dich wie ein Mädchen, das irgendetwas tun würde, ohne dass sie es will?«

Ich schüttelte den Kopf.

»Wirkt sie wie ein Mädchen, das nicht Nein sagen kann, wenn sie etwas nicht will?«

Wieder schüttelte ich den Kopf.

»Du hast ihr Tagebuch gelesen, du hast die letzten Tage intensiv viel Zeit mit ihr verbracht. Wirkt sie wie ein Mädchen, das nicht spürt, was sich in ihrem Innern regt?«

»Nein.« Ich stöhnte leise.

»Du magst sie sehr, oder?«

»Ja. Ich denke die ganze Zeit an sie, frage mich, wie es ihr geht. Ich will sicherstellen, dass es ihr gut geht, dass ihr nichts fehlt. Ich will für sie da sein. Und wenn ich dann mit ihr zusammen bin, kann ich kaum einen klaren Gedanken fassen.«

»Ist es denn so unvorstellbar, dass es ihr ähnlich geht?«

Ich hatte mich bis jetzt nicht getraut, in diese Richtung auch nur zu denken. Mir ging es in erster Linie wirklich darum, dass Jules glücklich war. Ich wollte sie mit meinen

Annäherungsversuchen nicht abschrecken, obwohl ich auch selten die Finger von ihr lassen konnte.

Aber ja, ich fühlte mittlerweile so viel mehr für sie, als ich mir je hätte vorstellen können.

»Ich habe Angst, sie zu verletzen.« Was, wenn ich der nächste Brad war? Wenn meine Liebkosungen ihr unangenehme Flashbacks geben würden? Wenn sie wegen mir einen Rückfall bekam ... Ich würde mir das nie im Leben verzeihen.

»Ihr müsst reden. Ganz einfach.« Fabio aß den letzten Bissen von seinem Teller und stand auf. »Am besten noch heute.«

Ich wusste, dass Fabio recht hatte, und das wusste er auch. Denn er und Ceil hatten auch wertvolle Zeit vergeudet, weil sie nicht offen miteinander geredet hatten. Ich wollte auf keinen Fall, dass mir und Jules das auch passierte.

Denn wenn ihre Geschichte mich etwas gelehrt hatte, dann, dass das Leben sich so schnell verändern konnte. Wir wussten nicht, wie der Tag morgen aussah, und deswegen sollten wir das Hier und Jetzt genießen und voll auskosten.

Nicht im Sinne von *Yolo*, dass man einfach jeden Quatsch machen sollte, weil man nur einmal lebte. Sondern man sollte so leben, dass jeder Tag zählte.

Und jeder Tag mit Jules sollte zählen.

»Ich weiß.« Ich stand auch auf. »Danke, Fabio.«

Mit müden und langsamen Bewegungen sperrte ich meine Wohnung auf, blieb stehen und lauschte nach Geräuschen, die mir verrieten, ob Jules hier war oder nicht.

Vielleicht schlief sie auch schon, es war kurz vor Mitternacht.

Leise zog ich meine Jacke aus, dann ging ich den Flur entlang zu meinem Schlafzimmer. Die Tür stand offen und das Zimmer war leer. Ich sah im Wohnzimmer nach und seufzte. Sie war nicht hier.

Wo könnte sie dann sein?

Ich spürte, wie sich die Panik in mir ausbreitete. Was würde sie machen, wenn sie sich hier nicht mehr willkommen fühlte?

Ich holte schon mein Handy aus meiner Hosentasche, als ich einen Windhauch spürte und wieder hochsah. Zum Fenster. Das offen stand.

Eine Welle der Erleichterung strömte durch meinen Körper, und ich fuhr mir kurz übers Gesicht. Ich steckte mein Handy wieder weg, dann krabbelte ich aus dem Fenster und über die Feuerleiter aufs Dach. Jules drehte ihren Kopf in meine Richtung, als sie mich bemerkte. Sie saß auf einer Decke und war in eine zweite eingehüllt.

»Hi«, begrüßte sie mich vorsichtig. Ich überlegte nicht lange, sondern setzte mich neben sie und legte den Arm um sie.

»Bin ich froh, dass du hier bist. Ich dachte, du wärst … weg.« Ich lehnte mein Kinn an ihren Kopf und atmete ihren Duft ein. So ein Verhalten hatte uns zwar in diese leicht prekäre Situation gebracht, doch ich konnte nicht anders. Alle meine Sinne waren auf Jules ausgerichtet, ob ich es wollte oder nicht.

Ich spürte, wie sie sich ein wenig versteifte. »Hätte es denn einen Unterschied gemacht?«, murmelte sie und blickte auf ihre Hände.

Ich wartete mit meiner Antwort. Dann nahm ich ihre Finger in meine Hand und sagte leise: »Wir müssen über gestern reden, Jules.«

»Das brauchen wir nicht, Lorenzo. Wirklich nicht.«

»Okay, dann lass wenigstens mich reden, Jules.« Ich sah sie fragend an, doch sie blickte nur stur geradeaus über die Stadt. »Ich habe Angst, dich zu verletzen, Jules. Und ich habe Angst, dass du dich selbst verletzt, wenn du in irgendetwas hineinrauschst, ohne dir über die Folgen Gedanken gemacht zu haben. Aber das bedeutet nicht, dass du mir nicht wichtig bist.«

Innerlich schlug ich mir selbst mit der flachen Hand gegen die Stirn. Das klang gerade alles so bescheuert. Wie eine schlechte Ausrede. Ich konnte das, was gestern geschehen war, nicht einfach so wiedergutmachen. Ich konnte ihr nach der Abweisung gestern auch schlecht einfach gestehen, dass ich Hals über Kopf in sie verliebt sei. Das würde auch keinen Sinn ergeben.

Die Heftigkeit meiner Gefühle für Jules ergab generell keinen Sinn. Wir kannten uns noch nicht lange, doch ich wusste tief in meinem Herzen einfach, dass das, was zwischen uns war, nur einmal im Leben passierte. Die tiefe Verbundenheit, die wir zueinander empfanden, ließ sich nicht erzwingen. Sie war etwas Besonderes, Einzigartiges. Meine Liebe zu Jules war einzigartig. Und für andere kaum nachvollziehbar.

Aber das war mir egal. Für mich zählte einzig und allein Jules. Und wenn ihre Aktion gestern nicht nur ein falscher Impuls gewesen war, sondern ihr Wunsch, dann machte ich mir keine so großen Sorgen, wie sich unsere Zukunft zeichnen würde. Jules brauchte Zeit, davon war ich immer noch felsenfest überzeugt, doch unsere Liebe konnte diese Hürde überwinden.

Und wenn ich mir sicher war, dass Jules bereit war, dann würde ich mein Herz endlich ganz für sie öffnen.

Ich hatte reden wollen, nur jetzt wusste ich kaum, wie ich meine Gedanken und Gefühle in Worte fassen sollte, um sie Jules begreiflich zu machen.

Aber das war auch gar nicht nötig.

Sie drehte den Kopf zu mir und sah mich an.

»Ich glaube, ich verstehe dich. Ich habe heute sehr viel nachgedacht, über gestern und über uns.« Kurz verstummte sie. »Ich habe auch über Brad nachgedacht.«

Für einen Moment blieb mir das Herz stehen. Hatte sie es sich anders überlegt? War ihr Brad doch noch wichtiger, als ich dachte? Wichtiger als ich?

»Du hast recht. Ich muss sicher sein, dass ich weiß, was ich will.« Wieder stockte Jules, und ich platzte fast vor Nervosität. Was ging ihr nur alles durch den Kopf?

»Und was willst du?«, hakte ich vorsichtig nach und hatte ein wenig Angst vor der Antwort. *Bitte, hab es dir nicht anders überlegt!*, flehte ich sie im Geiste an.

»Ich will zumindest nicht Brad.« Ein kleines Lächeln schlich sich auf ihr Gesicht und eine sanfte Röte überzog ihre Wangen, die ich selbst in der Dunkelheit ausmachen konnte.

Ein riesiger Stein fiel mir vom Herzen, und erst jetzt merkte ich, dass ich unbewusst die Luft angehalten hatte.

»Vielleicht werde ich mit ihm Kontakt halten, da bin ich mir noch nicht ganz sicher, aber ich weiß, dass ich nicht mehr mit ihm zusammen sein will«, sprach sie weiter, und ich hätte sie bei ihren Worten am liebsten noch näher an mich gezogen.

Eine kleine Weile waren wir beide still. Verarbeiteten, was gerade gesagt wurde. Verstanden, was wir füreinander fühlten.

Wir sahen uns in die Augen, nahmen nur uns wahr. Mein Blick flog zu ihren Lippen, und ich verspürte den gleichen Impuls wie Jules gestern. Eine unbändige Macht versuchte mich Richtung Jules zu lenken.

Doch ich sah ihr wieder in die Augen. Sah, wie sie vor Leben sprühten. Wie meine Gefühle sich in ihnen widerspiegelten. Mir entging dabei auch nicht, wie ihre Atmung zittriger wurde. Wie sie mich ruhig und voller Vorfreude ansah.

»Hast du morgen Abend etwas vor?«, fragte ich Jules und lächelte sie an.

»Nein, wieso?«

»Würdest du mit mir ausgehen?« Die Frage überraschte sie erst, aber dann sah ich die Freude in ihrem Blick, ein kräftiges Leuchten, als sie verstand, dass ich sie soeben um ein Date gebeten hatte.

»Das würde ich zu gern.« Sie legte ihren Kopf auf meine Schulter, versteifte sich nicht mehr in meiner Nähe, wich nicht zurück, sondern kam mir entgegen, in dem stillen Einverständnis, dass wir uns beiden alle Zeit der Welt geben würden.

Ich drückte Jules einen Kuss auf den Scheitel, und dann sahen wir in die Sterne, blickten in die klare Nacht, genossen die Wärme des anderen und spürten, dass das hier der Anfang von etwas ganz Wunderbarem war.

EPILOG

Ich lief auf dem kleinen Pfad durch das Blumenmeer, über mir das saftige Grün der Bäume. Nicht zum ersten Mal schlenderte ich diesen Weg entlang, aber vielleicht würde es das letzte Mal sein.

In den vergangenen Monaten war so viel passiert, das meine Gedankenwelt auf den Kopf gestellt hatte. Das mich darüber nachdenken ließ, wer ich war und was ich sein wollte.

Eine lange Zeit hatte ich mir durch den Kopf gehen lassen, ob ich das Leben eines Arztes überhaupt psychisch verkraften konnte. Tagtäglich Krankheit und Leid zu sehen. Und manchmal hilflos danebenstehen zu müssen, da man einfach nichts tun konnte.

Das Schicksal von Jules hatte mich so stark beeinflusst, dass ich mir das erste Mal wirklich Gedanken darüber gemacht hatte, eher einen anderen medizinischen Bereich zu erkunden. Vielleicht Psychotherapeut zu werden. Auch das war mit Sicherheit kein leichter Job, und ich würde viele Schicksale gedanklich mit nach Hause nehmen. Aber tief in meinem Inneren hatte ich das Gefühl, dass das meine wahre Berufung war. Dass meine Seele diese Schicksale verkraften konnte, auch wenn es schwer sein würde.

Meine Familie und meine Freunde hatten sich oft Sorgen um mich gemacht. Mir war der Boden unter den Füßen weggezogen worden. Aber ich hatte mich wieder aufgerappelt, und das nicht zuletzt durch die Unterstützung ebenjener Familie und Freunde, die ich dankbar angenommen hatte.

Ich blieb stehen, als ich an dem Ort ankam, den ich in letzter Zeit immer seltener besucht hatte. Noch immer stand ich manchmal hier und hatte für einen Moment das Gefühl, die Realität kaum verkraften zu können. Kaum realisieren zu können, was tatsächlich passiert war.

Wieder dachte ich an die Nachricht, die Paul mir geschickt hatte, damals, an jenem Tag, der mein Leben verändern sollte.

Lorenzo, Jules hat es nicht geschafft. Es gab Komplikationen, als wir sie aus dem Koma aufwecken wollten. Ich weiß, wie sehr sie dir am Herzen lag und wie du dich um sie gekümmert hast. Es tut mir so leid.

Die Worte waren in mein Gedächtnis eingebrannt, und nun stand ich hier an Jules' Grab. Las die Inschrift und spürte der Traurigkeit in meinem Inneren nach. Jules war nur siebzehn Jahre alt geworden und viel zu früh von uns gegangen.

Ich legte den kleinen Strauß Blumen, den ich mitgebracht hatte, auf ihrem Grab ab und blieb in der Hocke davor sitzen.

Langsam überwältigte mich der Gedanke nicht mehr, dass ich Jules nie persönlich kennenlernen konnte. Aber um an diesem Punkt anzukommen, hatte ich sehr viel Zeit benötigt.

In den letzten Monaten hatte ich wieder und wieder Pauls Worte gelesen, diese eine verheerende Nachricht. Woche um Woche. Ich weinte, und dann schrieb ich.

Schrieb über das Leben, wie ich es der jungen Jules gewünscht hätte, wenn es so gnädig gewesen wäre, ihr eine zweite Chance zu geben. Ein Leben, in dem ich zu gern einen Platz gehabt hätte.

Ich stand wieder auf, verabschiedete mich zum vorerst letzten Mal, denn ich musste dieses Kapitel nun endlich abschließen und nach vorn sehen.

In Gedanken versunken schlenderte ich den Weg zurück zum Ausgang, trat aus dem Friedhof hinaus und hatte seit

Langem das erste Mal wieder das Gefühl, endlich frei atmen zu können.

Für den Heimweg nahm ich mir Zeit, spürte bewusst jeden Sonnenstrahl auf meiner Haut, versuchte die kleinen Freuden des Lebens wahrzunehmen, wie ich es Jules geraten hätte.

Zu Hause angekommen, machte ich mir eine heiße Schokolade und schlug dann das Buch auf der allerersten Seite auf, das mir geholfen hatte, meine Trauer zu verarbeiten. Das Buch, in dem ich meiner Fantasie freien Lauf gelassen und Jules ein Leben geschenkt hatte, das sie nie würde leben dürfen, um es mit den letzten Zeilen, mit der Widmung abzuschließen.

Ich würde nie wissen, wie sich Jules' und mein Leben geformt hätte, wäre sie wie geplant aus dem Koma aufgewacht. Ob sie ihre Reha erfolgreich beendet und ob sie mich gesucht und gefunden hätte. Ob sie mich geliebt hätte, so wie ich sie auf irgendeine Art und Weise geliebt hatte, nachdem ich ihr Tagebuch gelesen hatte und sie für mich auf diese Weise so viel lebendiger geworden war.

Jules verdiente ein glückliches Leben. Selbst wenn es nun nur auf Papier war.

Ich holte tief Luft, spürte ein letztes Mal den tiefen Schmerz in meinem Herzen und das Gefühl des Verlustes. Nicht nur den Verlust eines jungen Lebens, auch den Verlust von Möglichkeiten und einer Zukunft.

Ich hielt den Kugelschreiber fast krampfhaft fest. Endlich bereit, loszulassen. Denn das hier würden meine letzten Worte zu diesem Schicksal werden. Beinahe schien es mir, als würde mir die Schrift entgegenleuchten, als würden die Buchstaben anfangen zu leben.

Für Jules und all die Momente, die du nie erleben durftest.

Nachwort

Ja, ihr Lieben, ihr habt richtig gelesen.

Jules hat ihren Selbstmordversuch letzten Endes nicht überlebt ...

Alles, was nach ihrem Aufwachen stattfand, entsprang der Fantasie von Lorenzo. So, wie er sich ihr Leben nach dem Koma vorgestellt hätte. So, wie er sich die lebende Jules vorgestellt hätte, die er nie kennenlernen durfte.

Ihre Geschichte niederzuschreiben, war für ihn die Art gewesen, ihren Tod zu verarbeiten. Und mit seinen Worten konnte er ihr das Leben schenken, das ihr nicht mehr vergönnt war.

Ihr fragt euch bestimmt, wie wir euch das antun konnten – und zurecht. Aber je mehr wir uns mit Jules' Schicksal beschäftigt haben, desto deutlicher wurde das Ende, das sich für uns *richtig* angefühlt hat. So tragisch der Ausgang auch ist, für Jules und Lorenzo konnten wir leider kein Happy End bereithalten.

Damit ist natürlich nicht gesagt, dass sich ihr Kampf nicht gelohnt hätte oder dass es für andere, die in Jules' Position sind, keinen anderen Ausweg gibt. Im Grunde war eine Komplikation beim Aufwachen aus dem Koma ausschlaggebend und nicht ihr Selbstmordversuch.

Aber ihr wollt uns sicherlich alle recht geben, dass sich für Jules eine wunderbare Welt aufgetan hätte, wenn sie nur überlebt hätte. Wir hätten es ihr gewünscht.

Und das gilt nicht nur für Jules. Das gilt für alle von euch, die jeden Tag ums nackte Überleben kämpfen. Wir wünschen euch allen, dass euer Leben sich auf eine wunderbare Art und Weise entfaltet. Es kann immer besser werden. Selbst wenn alles aussichtslos erscheint, bedeutet das nicht, dass alles wirklich aussichtslos ist. Denn irgendwo da draußen wartet jemand auf euch, der euch helfen möchte. Ihr müsst diese Person nur finden ;)

Und an alle, die Jules nachtrauern, obwohl ihr sie gar nicht persönlich kennt – vergesst nicht alle die lebenden Jules' um euch herum in eurem Alltag. Seid für sie da, wie Lorenzo für Jules. Vielleicht können wir so die Welt einen kleinen Tick besser und aushaltbarer machen.

Ihr – unsere wundervollen Leser – macht auf jeden Fall die Welt für uns schöner :*

Danksagung

Wo fängt man an, sich zu bedanken, wenn der größte Traum in Erfüllung gegangen ist?

Als wir im Jahre 2010 angefangen haben, nur für uns als Hobby in ein kitschiges rosa Notizbuch mit viel zu vielen Herzen darauf zu schreiben, hätten wir nie gedacht, dass dieses Notizbuch einmal mit unserem eigenen, professionell gedruckten Buch ausgetauscht werden würde.

Na klar, das war schon immer unser Traum – aber ehrlich, wir haben uns anfangs kaum getraut, wirklich daran zu glauben.

Allein hätten wir diesen Meilenstein auch nie geschafft und deswegen möchten wir uns bei allen Folgenden bedanken:

Wattpad und unsere genialen, lustigen, fleißig lesenden, unterstützenden, mitfiebernden Leserinnen und Lesern, die wir teilweise absichtlich mit Cliffhangern in den Wahnsinn getrieben haben, deren Kommentare und Votes aber die größte Motivation überhaupt für uns waren.

Vor allem gilt unser Dank Cakepop567, die uns die anfängliche Idee für dieses Buch geschenkt hat. In ihrem Traum haben wir damit den Literaturnobelpreis gewonnen … Mal sehen, ob ihr Traum auch in Erfüllung geht ;)

Ein riesiger Dank an Petra und Carla bei Wattpad, die uns mittlerweile schon über mehrere Jahre begleiten und mit allen Mitteln versuchen, unsere Wattpad-Bücher zu pushen. Wir sind stolz, ein Teil des Wattpad-Teams zu sein!

Danke an Luca, der sich dazu bereit erklärt hat, seine Kreativität zu unseren Gunsten auszugießen und uns die zwei wunderschönen Songtexte in diesem Buch verfasst hat. Wer gern wissen möchte, wie sich die Lieder mit Musik anhören, kann das auf Spotify auf folgendem Profil tun: Lucky Lace.

Danke auch an das Team bei Piper:

Elke und Eliane – bei euch fühlen wir uns gut aufgehoben und sind sehr froh über die ganze Arbeit und Mühe, die ihr in unser Buch gesteckt habt. Wir lieben dieses Cover und freuen uns jedes Mal, wenn wir sehen, wie ihr unseren Debütroman auf Instagram vorstellt.

Michaela – unsere auf liebevolle und positive Art und Weise knallharte und begnadete Lektorin und Korrektorin, der kein Fehler und keine Ungereimtheit entgangen sind. Von dir haben wir so unglaublich viel gelernt und mit dir konnten wir das Beste aus dem Buch herausholen!

Obwohl wir uns mit unserer Recherche viel Mühe gegeben haben, sind uns sicherlich trotzdem Fehler unterlaufen. Falls es medizinische Ungenauigkeiten gibt, gehen diese voll auf unsere Kappe, und wir hoffen, dass die Leserinnen und Leser, die auf diesem Gebiet mehr wissen als wir, nachsichtig mit uns sind ;)

Ein großer Dank geht auch an jeden Einzelnen, der sich dieses Buch gekauft und es durchgelesen hat. Eure Unterstützung und euer Mitfiebern schätzen wir wirklich sehr! Wir freuen uns über jede Rückmeldung, und ihr seid herzlich dazu eingeladen, unseren weiteren Weg über unser Instagram-Profil elizahart.books mitzuverfolgen.

Und nicht zuletzt ein Danke an unsere wunderbaren Familien, die in uns nicht nur die Liebe zum Lesen haben wachsen lassen, sondern auch bei jedem unserer Schritte in Richtung Verlagswelt mitgefiebert haben und natürlich für ein Glas Champagner immer bereitstanden!

Ihr alle seid die Besten!

Sabrina & Anna-Sophie <3